Céline
Spierer

Le Fil
rompu

Céline Spierer

Le Fil rompu

Éditions Héloïse d'Ormesson

Roman

© 2020, Éditions Héloïse d'Ormesson

www.editions-heloisedormesson.com

ISBN 978-2-35087-528-6

En application de la loi du 11 mars 1957, il est interdit de reproduire intégralement ou partiellement le présent ouvrage sans l'autorisation de l'éditeur ou du Centre français d'exploitation du droit de copie.

À mes parents

Extrait de la rubrique « Art » du *New York Times*, 12 avril 1978.

Le réalisme lumineux sur le devant de la scène

Lundi soir, la vente de la maison Sotheby's, consacrée à des pièces d'art impressionnistes et naturalistes, aura tenu ses promesses. Parmi les œuvres attendues, on comptait, entre autres, un carnet de croquis ayant appartenu à Marie Spartali Stillman, deux toiles d'Henri Biva, et une fresque d'Alfred Munnings.

Mais c'est la vente de l'intégralité des tableaux de Mirko Danowski qui aura sans aucun doute le plus contribué à l'effervescence de la soirée. Depuis le battage médiatique autour du dernier best-seller controversé de Bryan Bristol à la jaquette ornée d'une reproduction de son œuvre, Danowski, jusqu'alors méconnu, s'est vu propulsé au rang de célébrité.

L'incertitude planait sur le sort de ces toiles que beaucoup convoitaient. Danowski suscite autant l'intérêt grâce à la beauté délicate et hyperréaliste de ses peintures - qui rappellent le romantisme typique des courants préraphaélites -, qu'en raison de son passé dramatique. À cette biographie tragique, qu'il n'évoque jamais, s'ajoute la rareté, puisque sa collection se compose d'uniquement six pièces.

Il est indéniable que le mystère auréolant Danowski a participé à l'explosion du prix de son œuvre. Sans atteindre la cote des chefs-d'œuvre incontestés, les peintures de Mirko Danowski ont hier largement dépassé les estimations. Au terme d'enchères acharnées, c'est finalement un acheteur anonyme qui, par téléphone, a remporté cette bataille inattendue pour un montant total de 950 500 dollars. •

Chris McNAMARA

Kalisz, Empire russe, 1912

Iwan marchait en traînant les pieds, le regard fixé sur l'extrémité usée de sa chaussure droite. Le cuir commençait à se décoller, et ce constat lui arracha un grognement résigné qui s'évanouit dans la nuit. À cette heure, seule la plainte de ses pas rompait la quiétude de cette agréable soirée.

En dépit de l'irritation que lui inspirait le couinement de ses souliers, Iwan savourait sa solitude. Il rechignait à rentrer chez lui et avait volontairement fait un détour à travers la ville. Les ruelles endormies lui paraissaient d'autant plus belles lorsqu'il était seul à les admirer. Débarrassée de ses habitants, du bruit, et enveloppée d'obscurité, Kalisz rayonnait d'un éclat différent.

Empruntant la rue Śródmiejska, Iwan songea à son épouse. Une femme fade et effacée, au caractère aussi plat qu'un interminable champ de blé. Iwan redoutait les mornes considérations qu'ils échangeraient à son retour, et il ferma brièvement les yeux comme pour mieux chasser cette idée.

Quelque part au-dessus de sa tête, un oiseau s'envola dans un bruissement d'ailes. Iwan le suivit des yeux jusqu'à ce qu'il disparaisse, puis laissa échapper un long soupir, lourd de toute l'insatisfaction d'un homme de quarante ans aux aspirations avortées. Il pensa à son fils, cet adolescent chétif et timoré, tristement conçu à l'image de sa mère, et ralentit encore le pas.

À la naissance de son garçon seize ans plus tôt, Iwan avait contemplé le bébé minuscule et dépendant, convaincu qu'il grandirait pour lui ressembler et inspirer sa fierté. La promesse de sa propre influence l'avait réjoui, et il s'était investi dans l'éducation de son fils, mû par la certitude, rétrospectivement naïve, qu'un enfant se façonne aussi facilement que l'argile qu'il manipulait jour après jour.

Au bout du compte, Iwan n'avait jamais eu l'impression de s'être si piteusement trompé. En plus de posséder un corps malingre et un visage d'une finesse féminine affligeante, son garçon avait un caractère diamétralement opposé au sien. Que dire de son attrait pour la peinture, par exemple ? Ce loisir futile qui, de l'avis d'Iwan, restait avant tout le domaine de prédilection des paresseux et des fous. Depuis toujours, Iwan abhorrait la sensibilité artistique de son fils et son exaspérante tendance à la rêverie.

La fascination manifeste qu'il vouait à des représentations de scènes anodines laissait Iwan à la fois songeur et irrité. Il détestait voir son regard s'illuminer lorsqu'il saisissait ses pinceaux, il détestait cette passion stérile synonyme d'inaction qui n'aboutissait qu'à une monumentale perte de temps. Pourtant, à d'autres moments, la possibilité que son fils jouisse d'une perception supérieure à la sienne l'effleurait, et Iwan se sentait alors étrangement déprimé.

Remarquant qu'il grommelait dans sa barbe, Iwan prit une longue inspiration et essaya, la tête renversée vers le ciel, de se réapproprier le sentiment de plénitude qui l'avait étreint avant qu'il ne laisse son esprit s'égarer. Il s'engagea ensuite sur le vieux pont de pierre surplombant la rivière Prosna. Les clapotements de l'eau en contrebas l'aidèrent à recouvrer son calme, et il s'arrêta quelques instants, appuyé contre le parapet, gagné par l'agréable fraîcheur de la rivière.

Succombant à la mélancolie, Iwan fit défiler les années et les innombrables souvenirs liés à cet antique pont, érigé près d'un demi-siècle avant sa naissance. Il repensa aux allers et retours qu'il faisait enfant chaque samedi avec sa mère, les bras chargés de sacs de provisions achetées au marché de la vieille ville. L'odeur iodée du poisson cru et celle, douceâtre, des fruits mûrs. Il se revit à treize ans, relevant le défi de traverser le pont en équilibre sur la rambarde. Puis à quinze, en train d'embrasser Paulina Bartkowiak, la fille cadette du boulanger, emportée quatre ans plus tard par le typhus. Il songea à ce chiot effrayé qui avait bondi dans la rivière, et au jour où, encore à la lisière de la sombre monotonie sur le point d'envahir sa vie, il avait appris qu'il deviendrait père.

Iwan se pencha et scruta le reflet noir et lisse du courant. Il inhala une dernière fois l'air saturé de ses regrets, puis se détourna.

De l'autre côté du pont, des rires étouffés se mêlèrent au chuintement de l'eau, et Iwan n'y prêta pas tout de suite attention. C'est en atteignant l'extrémité de la passerelle qu'il perçut distinctement une série de gloussements, ponctuée d'un affreux bruit de succion, et il s'immobilisa. Il fouilla les ténèbres, les sens en alerte, et finit par distinguer, moulées dans l'embrasure d'une porte d'entrée, deux silhouettes enlacées. Leurs contours se fondaient dans l'ombre projetée par le parapet au-dessus d'eux, et ce n'est qu'au moment où, parvenu à leur hauteur, Iwan leur jeta un coup d'œil sévère et curieux, qu'il réalisa qu'il s'agissait de deux hommes.

La surprise le cloua sur place, et il resta bêtement à les dévisager. Au bout de quelques secondes d'un silence consterné, Iwan pointa un doigt accusateur dans leur direction.

– Eh, vous, bande de pédés !

L'excitation modulait sa voix et ses paroles résonnèrent curieusement à ses oreilles.

Les deux amants se retournèrent brusquement. Sur l'instant, Iwan n'aurait su dire ce qui l'étonna le plus : la perversité déplorable et répugnante de ces sous-hommes, ou le fait qu'aucun indice dans leur apparence ne les désigne comme tels. Le plus grand des deux, solidement bâti, avait un visage avenant aux traits réguliers qu'Iwan, en dépit de sa profonde aversion, jugea séduisants. Ce constat attisa sa rage, et il s'avança d'un pas.

– Espèce de dégénérés. Vous ne pouviez pas trouver meilleure cachette ?

L'inconscience effarante de ces individus le mettait hors de lui. Leur instinct dépravé éclipsait manifestement tout bon sens, et Iwan fit un pas de plus, déterminé à en découdre.

Sans réfléchir, il poussa le plus petit et lui porta un coup à l'abdomen. L'homme s'affaissa légèrement, visiblement plus étonné qu'endolori, et tandis qu'Iwan se reprochait de n'avoir pas visé plus bas, histoire de lui refroidir ses désirs coupables, l'autre le percuta à la mâchoire. Iwan pivota, déséquilibré par l'impact et cherchant instinctivement à esquiver un deuxième coup, et il eut juste le temps d'enregistrer le mouvement du bras de son assaillant avant de s'effondrer par terre. Le poing s'abattit contre sa gorge avec une telle violence qu'il s'écroula, le souffle coupé. Sa trachée semblait s'être rétractée au point de ne plus laisser passer l'air, alors Iwan tendit le cou, les yeux exorbités, sa main battant inutilement dans le vide en quête d'une prise.

Le visage tourné vers la rivière, Iwan emporta une ultime vision de son pont bien-aimé avant de sombrer dans l'inconscience. Derrière lui, le couple s'approcha à pas prudents de son corps.

– Bon sang, qu'est-ce qui t'a pris de le frapper comme ça ? s'écria le plus petit, épouvanté.

– Je visais son nez. Il a dérapé et c'est la gorge qui a pris.

Il s'agenouilla près du corps et tâta le cou d'Iwan.

– Qu'est-ce que tu fabriques ?
– Je ne sens pas de pouls.

L'homme se passa une main sur le front puis jeta un regard circulaire sur l'avenue déserte.

– Il faut qu'on se tire, déclara son partenaire.
– Quoi ? Et on l'abandonne là ?
– Qu'est-ce qu'on peut faire d'autre ?
– Regarde-le, il porte des traces de coups, mes phalanges sont écorchées et c'est une route que j'emprunte tous les soirs.

Ils réfléchirent en silence aux implications de cette déclaration, puis le plus jeune prit la parole :

– Enterrons-le dans les bois. Personne ne cherchera de coupable s'il n'existe aucune preuve que cet homme est mort.

West Village, New York, 2015

Depuis la fenêtre de la cuisine que sa mère, pour une raison obscure, l'avait chargé de nettoyer, Ethan observait sa vieille voisine nourrir les pigeons dans la cour. Accoutrée comme toujours d'un manteau trois fois trop grand et de baskets mal assorties révélant ses mollets maigres, madame Janik jetait ses bouts de pain en babillant, arborant le sourire absent de ces individus mentalement égarés qu'Ethan croisait parfois dans le métro. Seule sa coiffure, parfaitement entretenue et brillante de laque, contredisait cette impression.

D'un mouvement étonnamment vigoureux, madame Janik lança une miette à un moineau en retrait et rit en le regardant sautiller vers son repas.

Ethan colla son front à la vitre, respirant malgré lui les effluves piquants de détergent, et suivit des yeux une feuille morte que le vent faisait virevolter. Il l'observa perdre de l'altitude, piquer vers le sol dans une pirouette élégante, et atterrir dans la cour au pied de madame Janik. La vieille dame, à court de pain, se contentait à présent de laisser picorer les oiseaux rassemblés autour d'elle, les mains enfoncées dans les poches de son manteau couleur aubergine, celui qu'elle portait par tout temps et qui lui allait si mal.

Comme si elle avait senti son regard, madame Janik leva les yeux vers Ethan. Surpris, ce dernier eut un mouvement de recul et bascula du comptoir sur lequel il avait pris appui, entraînant dans sa chute un vase vide et un imposant livre de recettes.

Les yeux fixés sur le plafond où bourdonnait une mouche solitaire, Ethan compta le nombre de secondes – trois exactement – séparant l'instant où son corps s'écrasa contre le carrelage froid et celui où sa mère s'agenouilla à ses côtés, la mine épouvantée. Il l'entendit accourir du salon dans un bruissement de jupe et la vit, avec un amusement chagriné, se pencher au-dessus de lui avec des gestes désordonnés révélant l'ampleur de sa panique.

— Ethan, Ethan! s'écria-t-elle tandis que son fils se relevait et ramassait l'ouvrage de cuisine.

Intitulé *Recettes légères et faciles pour ménagère pressée*, le livre s'ornait d'une sobre illustration représentant un morceau de chou-fleur posé sur une biscotte. Ethan eut à peine le temps de considérer cette proposition culinaire peu engageante avant que sa mère ne le saisisse par les épaules.

— Quelle idiote je fais, se sermonna-t-elle. Ce plan de travail est instable. Non! Ne touche pas au verre brisé, tu risques de te blesser.

— J'ai juste glissé, ne t'inquiète pas, maman.

— Tu aurais pu te casser le bras, tomber sur un morceau coupant, continua-t-elle sans l'entendre.

— Traverser le parquet et atterrir chez le voisin, tenta Ethan en esquissant un sourire.

— La prochaine fois, je demanderai à Alice, conclut sa mère.

— Elle se fiche pas mal de savoir si la vitre brille ou non, rétorqua Ethan en époussetant son pantalon.

Mais sa mère n'ajouta rien. Les bras nerveusement croisés contre sa poitrine, elle gardait les yeux rivés sur les morceaux de verre éparpillés. Lorsqu'elle releva finalement la tête, une ombre traversa son visage, qu'Ethan fit semblant de ne pas remarquer.

— Je suis désolée, maman. Je sais que tu tenais à ce vase…

— Tout est si facilement réduit en pièces, n'est-ce pas ? dit-elle dans un soupir dramatique.

Elle reporta son attention sur le carrelage couvert de débris pendant que son fils gagnait le placard à balais.

— Certaines choses se réparent, maman, marmonna-t-il en se baissant pour attraper une balayette.

Il allait se retourner pour compléter sa pensée, mais le froufroutement dans son dos lui indiqua que sa mère quittait déjà la pièce, l'abandonnant au silence de la petite cuisine et au sentiment pénible d'avoir, une fois de plus, échoué à trouver les bons mots.

Le repas du soir se déroula dans une paix fragile. Alice s'appliquait à extraire tous les petits pois de sa portion de riz sans rien avaler tandis qu'Estelle racontait d'un ton excessivement enjoué quelques anecdotes de sa journée à la papeterie — qu'Ethan jugea pour la plupart inventées ou largement exagérées dans le seul but de distraire leur mère. Comme à son habitude, cette dernière hocha la tête en souriant sans donner l'impression d'avoir écouté un traître mot de la conversation.

— Les enfants, intervint-elle soudain en clignant des yeux avec l'air surpris d'une personne se réveillant dans un lieu inconnu, c'est bientôt l'anniversaire d'Ethan.

Elle se leva et entreprit de débarrasser la table sans un regard pour l'assiette intacte d'Alice, dont elle jeta le contenu dans la poubelle avec indifférence.

— Je pensais, poursuivit-elle en apportant la boîte de biscuits qu'elle posa au centre de la table dans le respect d'une vieille tradition familiale à laquelle personne n'osait mettre un terme, je pensais qu'on pourrait faire quelque chose tous les quatre.

Il fut un temps où les biscuits disparaissaient en une poignée de secondes dans un concert de cris surexcités, sous le sourire attendri d'une Jodie moins tourmentée. Mais ce soir-là, comme les soirs précédents, personne ne tendit le bras vers la boîte. Personne ne prit même la peine de l'ouvrir. Alice baissa la tête en se tordant les mains. Jodie fixa le mur d'un air trompeusement absorbé. Estelle coula un regard de mise en garde à son petit frère, et ce dernier se détourna de la maudite boîte qui semblait désormais aimanter leur contrariété.

— On pourrait se promener le long de l'Hudson, avança le garçon prudemment. Aller manger une glace.

— Et trouver des formes débiles aux nuages, railla Alice.

— C'est une bonne idée, répondit leur mère en se levant à nouveau pour mettre en marche le lave-vaisselle.

Ethan observa les mèches grises s'échappant de son chignon, le motif fleuri délavé de sa robe en coton, son corps las, ses gestes démesurément lents, et cette vision le mit en colère. Il continua à détailler sa mère en lui reprochant intérieurement son abattement, sa passivité et le sentiment d'échec qu'elle exsudait. Puis, accablé, Ethan quitta la cuisine, rejoignit sa chambre et claqua la porte. Il se jeta sur son lit et contempla un moment le plafond, l'esprit en ébullition, avant de sortir de sa poche de pantalon la photo cornée dont il ne se séparait jamais.

Elle le montrait, lui et son père, trois ans auparavant, devant l'enclos des flamants des Caraïbes, au zoo du Bronx. Pris par le père d'Ethan à bout de bras, le cliché mal cadré ne laissait voir que la moitié du corps de son fils. On distinguait partiellement son sourire enfantin édenté et son œil gauche, plissé par le soleil, ainsi qu'un bout de son tee-shirt vert pomme où figurait un bateau à voile conduit par un castor hilare. Le visage collé au sien, son père adressait à l'objectif une moue plus réservée.

Cette expression, la composition de l'image, son imprécision, autant d'indices qu'Ethan ne pourrait s'empêcher de considérer a posteriori comme une préfiguration des événements à suivre.

Chaque fois qu'il passait son pouce sur la photo, Ethan revoyait sa mine ébahie face au ballet gracieux des flamants, la nuance profonde de leur plumage d'un rouge hypnotique, et il entendait le rire en cascade de son père, un rire complice et réconfortant, avait-il cru alors. Aujourd'hui, Ethan assimilait plutôt ce comportement à celui d'un touriste profitant une dernière fois, à l'aube de son départ, d'un paysage qu'il n'est pas appelé à revoir. Il réfléchissait souvent à ce que cela révélait le plus de lui : son égoïsme ou sa lâcheté. Son père était-il doué d'un talent inné pour la comédie ou d'une insouciance authentique, dépouillée de culpabilité ? Généralement, Ethan concluait que les deux allaient de pair, et il lui arrivait de maudire cet homme pour avoir parcouru innocemment le zoo, main dans la main avec son fils, tout en sachant que ces instants ne se reproduiraient plus.

Devant la photographie aux couleurs passées, Ethan étudiait les traits de son père, partagé entre le désir de lui ressembler et celui de l'oublier. Finalement, il la rangea et s'allongea dos au mur. Bercé par le toc-toc discret d'une branche contre sa fenêtre, il sombra vite dans un profond sommeil, et ne se réveilla qu'à l'aube, au chant des oiseaux qui, eux, ne manquaient jamais à l'appel.

Comme chaque samedi, Ethan se leva avant tout le monde. Il savoura son petit déjeuner en silence, enveloppé par le bourdonnement du chauffage électrique et le roucoulement des pigeons perchés sur le rebord de la fenêtre.

Le soleil commençait timidement à percer, ourlant les nuages d'un liseré scintillant. Les yeux mi-clos, Ethan pensa à sa vieille voisine, épiée la veille dans la cour, et il se surprit à réfléchir à la façon dont elle occuperait sa journée.

Madame Janik était une femme discrète qu'il croisait parfois dans l'étroit escalier de l'immeuble et avec qui il se contentait des politesses d'usage. Elle ressemblait à tant d'autres personnes âgées, ternes et anonymes, que l'on oublie sitôt sorties de notre champ de vision. Une vieille femme solitaire, vraisemblablement sans famille, dont l'activité la plus extravagante consistait à jeter du pain aux oiseaux. Ethan ne savait rien d'elle, mais il se souvenait avoir décelé dans ses yeux bleus une lassitude qui lui évoquait étrangement sa mère. Il se sentait toujours un peu désolé pour elle lorsqu'il la voyait, sans trop comprendre pourquoi. Il espérait simplement qu'elle ne le remarquait pas.

Après avoir rincé son bol, Ethan ouvrit le placard au-dessus de l'évier où, dissimulés derrière une pile d'assiettes, se trouvaient les médicaments de sa mère. Il attrapa les flacons orange et les aligna consciencieusement sur le comptoir, l'étiquette tournée vers lui. Arrangés de cette façon, *Cymbalta*, *Trazodone*, *Ativan* et *Prozac* lui évoquaient moins des pilules aux noms mystérieux qu'une armée de petits soldats fidèles.

Avachi sur le canapé du salon, Ethan consultait distraitement un magazine féminin lorsqu'Estelle émergea de sa chambre, sa chevelure frisée laborieusement maintenue par un bandeau rose et son visage disparaissant sous une épaisse couche de crème. Affublée d'un tee-shirt trop grand d'où dépassaient ses longues jambes maigres, elle n'avait pas le style négligemment sensuel prôné par les posters placardés dans sa chambre, mais Ethan la trouva drôle et attendrissante.

L'adolescente étudia un instant son reflet dans le miroir fixé au mur attenant à la cuisine, puis s'en détourna avec une moue triste qui tracassa son frère. En passant devant lui, elle lâcha :

— Arrête de lire ces idioties, Ethan.

Il observa sa sœur méditer devant le contenu du frigo. Au terme de son examen, elle claqua la porte et se retourna, furibarde sous le masque grossier que lui dessinait le masque hydratant.

— Pourquoi il ne reste plus de yogourt à la fraise ? C'est toi qui as pris le dernier ?

— Je digère mal le lactose, lui rappela Ethan, sentant se profiler un énième conflit entre ses sœurs.

— Alice, siffla Estelle en attrapant avec colère un bol et un sachet de flocons d'avoine.

— Elle n'a sûrement pas remarqué qu'il n'en restait plus, avança Ethan avec le vague espoir d'enrayer la confrontation.

— En plus c'est moi qui ai fait les courses la dernière fois, continua Estelle sans l'écouter. Elle va m'entendre !

Contre toute attente, le reste de la journée ne connut pas d'autre incident. Alice se dépêtra de son crime en proposant à Estelle d'aller faire du shopping à Soho, et les deux sœurs partirent en début d'après-midi. Jodie, que l'absence prolongée de ses filles plongeait systématiquement dans une morne apathie, se mit à errer d'une pièce à l'autre.

Aussi attristé qu'agacé par ce spectacle, Ethan ramassa les clés sur le comptoir et descendit quatre à quatre le petit escalier étroit menant aux boîtes aux lettres. Lorsqu'il regagna l'appartement, courrier sous le bras, il trouva sa mère accroupie devant le lecteur DVD, en train de batailler avec les différents boutons et raccordements.

— Cette technologie, c'est incompréhensible, soupira-t-elle en se tournant vers lui.

Ethan posa le courrier sur le comptoir et s'approcha du téléviseur. Sur le tapis gisait un DVD dont la jaquette montrait une femme athlétique à l'air conquérant, affublée d'une combinaison de sport moulante particulièrement peu flatteuse.

– C'est de l'aérobic, je crois, expliqua Jodie. Des exercices à faire chez soi. Je ne sais pas, c'est sans doute à Estelle.

Elle étudia avec intérêt Ethan effectuer les réglages nécessaires. Le menu s'afficha à l'écran, révélant la femme de la couverture, un haltère dans chaque main, sautillant sur place sur un tapis fluo assorti à sa combinaison.

– Fantastique, Ethan, s'exclama Jodie. Mon petit génie!

Patiemment, Ethan lui expliqua comment naviguer sur le menu et choisir parmi les exercices proposés. Sa mère l'écouta avec attention, puis conclut dans un murmure qui ne s'adressait qu'à elle et qu'Ethan fit semblant de ne pas entendre :

– C'est bien d'avoir un homme à la maison.

Pendant que sa mère s'ébattait maladroitement devant le téléviseur, ses jambes s'empêtrant à intervalles réguliers dans sa longue jupe qu'elle n'avait visiblement pas trouvé nécessaire de troquer contre une tenue plus adaptée, Ethan parcourait le courrier.

Il tria factures, publicités et revues en trois piles bien nettes, et s'immobilisa en avisant une enveloppe expédiée par le fournisseur d'électricité Con Edison, adressée à madame Janik. Voyant sa mère qui, à grand renfort de mouvements désordonnés, s'efforçait de suivre le rythme de la body-buildeuse, Ethan lança en gagnant la porte :

– Le facteur s'est trompé avec le courrier, je reviens dans une minute.

Deux étages plus bas, madame Janik se versait du thé dans une tasse en porcelaine de Meissen, lorsque la sonnette retentit. Surprise, la vieille femme reposa brutalement la théière et jeta un regard effrayé vers la porte d'entrée. Personne ne sonnait jamais, à l'exception du jeune employé du restaurant thaïlandais chez qui elle commandait parfois son dîner. Les avait-elle appelés aujourd'hui ? Elle ne pouvait le jurer, et cette incertitude accrut son malaise.

S'efforçant de garder son calme, madame Janik parcourut les quelques mètres qui la séparaient de la porte, les bras serrés contre son corps, comme pour se protéger. Elle s'arrêta brièvement devant le miroir de l'entrée pour vérifier sa coiffure et s'assura qu'aucun cheveu blanc ne transparaissait sous sa teinture blond vénitien.

Le soulagement qui l'étreignit en découvrant le petit voisin derrière la porte n'échappa pas à son visiteur, qui la considéra un instant avec hésitation.

— Excusez-moi de vous déranger un samedi, je m'appelle Ethan Parker, vous vous souvenez ? J'habite deux étages plus haut. Une lettre à votre attention est arrivée chez nous par erreur.

Et il lui tendit la facture d'électricité, embarrassé. Comme chaque fois qu'elle étudiait un visage, madame Janik nota immédiatement la couleur des yeux de son interlocuteur. Noirs, comme deux petits galets assombris par la pluie. La pâleur et le sérieux de ce garçon d'une douzaine d'années le vieillissaient. Ces détails inquiétèrent la vieille femme, qui fut brièvement traversée par la certitude glaçante que cet enfant blafard, à l'instar d'autres fantômes de son passé, venait lui réclamer des comptes.

Madame Janik cligna des paupières avec le vain espoir que son visiteur se dissoudrait sous ses yeux, mais il continuait de se tenir là, enveloppé d'un silence dans lequel elle crut lire une accusation. Consciente du tremblement de ses mains, elle les cacha prestement derrière son dos en espérant qu'il attribuerait ces gestes vacillants à son grand âge.

— C'est très gentil, dit-elle en tâchant de contrôler son émotion et d'ignorer la voix qui lui enjoignait de claquer la porte sous prétexte que personne, pas même les enfants, n'est digne de confiance. Je suis désolée pour…

Elle baissa les yeux sur ses vêtements flétris et sur ses pantoufles trouées.

— J'ai rarement de la visite, je dois ressembler à une vieille chouette folle.

Ethan la dévisagea un instant, étonné par sa remarque :

— Non, pas du tout, répondit-il sincèrement.

Il fut troublé que madame Janik s'inquiète de son jugement. Elle n'était en fin de compte pas aussi insensible au regard des autres que ce qu'il avait pu supposer, et il ajouta dans l'optique de lui faire plaisir :

— Vous savez, ma mère admire votre coiffure. Elle trouve que ça fait… il fouilla dans sa mémoire en quête du terme exact – *vintage*.

Prise de court par ce compliment inattendu, madame Janik porta une main à ses cheveux et risqua un timide sourire qui révéla une rangée de petites dents blanches parfaitement alignées.

— *Vintage*, répéta-t-elle, amusée.

Le geste de son bras permit à Ethan de noter une série de cicatrices rose et blanc dans le creux de ses paumes, et il baissa prestement les yeux.

— Oui, elle s'intéresse beaucoup à la mode des années cinquante, reprit-il. Les habits, les coiffures, tout ça. Elle est fascinée par… le passé.

— C'est assez commun, répondit madame Janik en réalisant que la mère du garçon était probablement cette femme à l'allure légèrement décalée et au regard vague, dont le mari, selon les rumeurs, avait du jour au lendemain pris la tangente sans plus donner de nouvelles.

Dans l'immeuble, les hypothèses les plus folles avaient circulé, se frayant même un chemin jusqu'à la vieille dame, que les ragots n'intéressaient pourtant pas du tout. Certains spéculaient sur l'existence d'une maîtresse plus jeune, d'autres affirmaient que monsieur Parker fuyait ses créanciers, qu'il traversait sa crise de la quarantaine, ou qu'il avait tout simplement perdu la tête. Tous s'accordaient néanmoins sur le fait que sa disparition n'avait rien de surprenant et qu'elle s'inscrivait dans l'histoire de cette famille instable, bâtie à l'image de ces jeux d'enfants qui s'effondrent au moindre coup de vent. C'est bien triste, soupiraient-ils. Et dans leur ton dégoulinant d'une compassion surjouée, dans leurs regards prétendument désolés, madame Janik décelait une sorte de satisfaction mesquine. D'ailleurs, si l'on en croyait ces mêmes rumeurs, les Parker habitaient dans un des rares logements de l'immeuble à loyer contrôlé, et cette seule possibilité indignait de nombreux locataires qui le vivaient comme une injustice personnelle.

Oscillant d'un pied sur l'autre pour soulager la douleur dans ses lombaires, madame Janik observait Ethan, qui fixait maintenant son paillasson. Elle aurait bien voulu qu'il parte. Sa propre mélancolie lui suffisait et puis la perte de contrôle qu'elle éprouvait ponctuellement à l'égard de ses pensées la dissuadait de nouer des contacts. Elle n'imaginait rien de pire que de trahir sa confusion mentale en public, et préférait, puisqu'elle avait le choix, la solitude à l'humiliation. Une part d'elle-même souhaitait ardemment qu'Ethan tourne les talons et disparaisse au coin du couloir. Mais la mine ratatinée du garçon lui renvoya un écho lointain de la petite fille triste et effrayée qu'elle avait été, et elle se sentit fléchir.

– J'ai beaucoup de vieilles choses, lâcha madame Janik, surprise par le son clair et résolu de sa voix.

Elle n'avait plus l'habitude de s'entendre parler, et il lui sembla que quelqu'un d'autre venait de prononcer ces mots à sa place.

– Ça pourrait intéresser ta maman, peut-être, non ? poursuivit la vieille dame, ragaillardie par son initiative.

Reculant d'un pas, elle l'invita à entrer. Ethan la suivit avec hésitation, s'étonnant de l'aisance avec laquelle se déplaçait sa voisine. Peut-être que la familiarité de son appartement y était pour beaucoup, ou alors Ethan n'avait jamais pris le temps de l'observer suffisamment longtemps. Mais même chaussée de ses baskets informes, madame Janik évoluait avec une vivacité étonnante pour son âge.

D'un geste rapide, la vieille femme se débarrassa de son châle, révélant une silhouette svelte et droite, et se dirigea vers la cuisine où elle farfouilla un instant dans un placard avant de tendre à Ethan un cookie aux raisins.

– Tu dois aimer les biscuits, non ? hasarda-t-elle, sourcils froncés, les yeux fixés sur un point derrière lui comme si elle cherchait la réponse à une très ancienne question.

Ethan acquiesça et mordit dans le biscuit, sec et rassis, avant de balayer les lieux du regard.

Le petit appartement exhibait un curieux mélange d'ordre et de chaos. Un nombre incalculable de vieilleries cassées encombraient jusqu'à saturation les étagères, les dessus de table et les commodes. Pourtant, l'intégralité de cette étrange collection paraissait époussetée et cajolée avec un soin quotidien.

Ethan remarqua d'abord une grosse horloge ancienne au vernis noir écaillé, dont le cadran dépourvu de protection n'arborait qu'une seule aiguille immobile et légèrement incurvée. Juste à côté, trônaient un vase en émail cloisonné au pourtour bardé de petites entailles ainsi qu'une famille de poupées russes dont les traits dessinés au pinceau étaient presque totalement effacés. Se trouvaient aussi là une boule de Noël fendillée, une magnifique boîte à bijoux au couvercle serti d'un carrosse en argent miniature auquel il manquait une roue, et un trio insolite composé d'une poupée borgne, d'une poupée chauve et d'une poupée manchot.

Il y avait quelque chose de terriblement triste et d'indéniablement magnifique dans cet amoncellement d'objets brisés, dans la minutie évidente avec laquelle on les avait choisis puis placés, comme s'ils représentaient d'inestimables objets d'art. La vision de ces bibelots trop endommagés pour avoir la moindre valeur, et cependant rassemblés avec affection en hymne glorieux à la détérioration, emplit Ethan d'une empathie nouvelle à l'égard de sa voisine.

Il se tourna vers elle, soudain inquiet d'avoir longtemps dévisagé ses insolites possessions et ainsi empiété sur l'intimité de cette femme à qui il ne restait peut-être plus rien d'autre que cette collection d'antiquités aussi défraîchies et abîmées qu'elle-même. À l'autre bout de la pièce, madame Janik lui adressa un sourire timide et s'humecta les lèvres avant de prendre la parole, d'un ton peu assuré, comme si elle ne cherchait pas tant à expliquer une idée qu'à s'en convaincre elle-même.

– On peut s'intéresser à l'apparence des objets ou à leur histoire. Pour moi, l'histoire est plus importante et plus intéressante.

– D'où viennent tous ces objets ?

– D'un peu partout…

Le regard qu'elle porta à ses babioles brillait d'un tel amour qu'Ethan se demanda si elle ne voyait pas en eux quelque chose qui lui échappait.

Le soleil de l'après-midi filtrait à travers les rideaux en dentelle, projetant des taches de lumière éparses sur les bibelots. Les meubles, quant à eux, étaient certes anciens, dans le style typique des logements occupés par des personnes âgées, mais en parfait état et soigneusement agencés. La propreté immaculée, combinée à ce singulier décor, créait une ambivalence intrigante.

L'appartement n'en demeurait pas moins accueillant. Il embaumait la lavande, diffusée par une bougie violette posée au centre de la table de cuisine, et Ethan se surprit à apprécier ces effluves printaniers, qui lui évoquaient davantage des arbres en fleurs ou une terrasse ensoleillée qu'une vieille dame solitaire en bout de course.

Ethan l'aurait plutôt imaginée dans un intérieur aux pièces sombres et encombrées, auréolées de l'odeur lourde, empesée, du temps mêlé à la poussière. Mais l'appartement de madame Janik revêtait une dimension mystérieuse, presque intemporelle, qui aiguisa sa curiosité. Il eut alors l'étrange impression qu'il y manquait un détail fondamental, sans parvenir à mettre le doigt dessus. Lorsqu'Ethan se tourna vers elle, madame Janik fixait la fenêtre derrière lui, la mine pâle.

Elle avait cru voir un lapin traverser le balcon. L'illusion n'avait pas duré plus d'une seconde, mais le sentiment fugace du rongeur s'imprima dans son esprit avec une précision stupéfiante. Rien de plus qu'un jeu d'ombre, ou une faible oscillation du rideau, conclut-elle sans réussir à se rassurer totalement.

– J'aime beaucoup chez vous, affirma Ethan avec un sourire franc. On dirait un musée.

– Merci, répondit sa voisine en reportant son regard sur lui. Elle se racla la gorge et désigna du menton le couloir, déterminée à ne pas trahir sa peur. Viens, je vais te montrer quelques-unes de mes merveilles.

D'un pas cette fois hésitant, madame Janik se dirigea au fond du couloir, où trônait une imposante armoire en bois de rose dont les battants, légèrement entrouverts, étaient décorés de délicates moulures. Un vieux chat gris somnolait à l'intérieur, confortablement lové sur une pile d'écharpes de laine. L'animal ouvrit un œil émeraude en avisant ses visiteurs, puis cala son menton sur ses pattes de devant pour se rendormir.

– C'est Toby la Terreur, lui apprit madame Janik avec le sourire indulgent d'une grand-mère évoquant un petit-fils caractériel. Il est paresseux, asocial, et prend un malin plaisir à s'assoupir là où il sait que je ne le trouverai pas.

Ethan détacha son regard du félin pour étudier le contenu de l'armoire. Un nombre impressionnant de robes et vestons reposaient sur des cintres surplombés par une étagère où s'entassait un fatras de foulards et de chapeaux. Rapidement, madame Janik fit défiler la moitié de sa garde-robe.

– Regarde ça, dit-elle en sortant un vison avec précaution pour le présenter à Ethan. N'est-il pas magnifique ?

– Je ne m'y connais pas tellement, admit Ethan en tentant de se représenter Jodie affublée de ce genre d'accessoire. Il faudrait le montrer à ma mère.

Mais madame Janik ne l'écoutait pas. Elle plongea entre deux manteaux de fourrure et s'affaira dans l'armoire, seules ses baskets dépassant de sous le monceau de vêtements suspendus. Elle finit par ressortir, les bras chargés d'une paire d'escarpins dorés à talon carré ainsi que d'un chapeau en feutre noir orné d'une longue plume tachetée. Elle les considéra un moment, le regard voilé par la nostalgie.

– C'est très beau, commenta Ethan, que ce moment de partage imprévu, indépendamment de son objet, émouvait.

Face à lui, sa voisine caressait la plume du chapeau, les lèvres légèrement pincées, et Ethan songea à tous ces gens dont l'occupation principale consiste à contempler cette vie antérieure à laquelle ils n'ont plus accès.

– Je possède ce chapeau depuis un demi-siècle, tu peux le croire, ça ? demanda-t-elle.

– D'où vient-il ?

– De New York, répondit la vieille dame en faisant tourner le chapeau dans sa main. On me l'a offert le jour de mon arrivée en Amérique.

– Vous n'êtes pas d'ici, alors ? s'enquit le garçon avec curiosité.

Il n'avait pas détecté d'accent particulier dans sa diction, mais son nom de famille, se souvint-il, avait une consonance étrangère.

— Je ne suis pas née ici, en effet, acquiesça madame Janik.

Comme elle s'était abstenue de toute précision, Ethan se contenta de hocher la tête.

— Bon, finit-il par dire, je devrais rentrer, ma mère risque de s'inquiéter.

Le long de l'étroit couloir menant au vestibule, Ethan désigna une des portes fermées, et lança gaiement :

— Chez nous, c'est là que se trouve ma chambre.

Il sentit la vieille femme se raidir dans son dos et se retourna pour lui faire face. Elle ouvrit la bouche, visiblement sur le point d'ajouter quelque chose, puis se ravisa. Son expression changea imperceptiblement, et elle salua Ethan avec empressement sur le seuil avant de refermer brutalement la porte derrière lui.

Ce n'est qu'une fois dans le couloir qu'Ethan comprit ce qui l'avait titillé : l'appartement ne contenait pas une seule photographie, d'elle ou de qui que ce soit.

Madame Janik resta le dos collé contre la porte jusqu'à ce que les pas d'Ethan s'évanouissent dans la cage d'escalier. Elle se concentra sur sa respiration pour calmer la panique qui l'avait, comme toujours, saisie par surprise. Elle atteignit la porte qu'Ethan venait de désigner et l'ouvrit en maudissant son incapacité à conserver son sang-froid.

Elle actionna l'interrupteur, révélant six tableaux alignés contre un des murs, et s'en approcha. S'accroupissant, elle passa l'index sur un des cadres, recueillant une fine couche de poussière, avant de se concentrer sur les œuvres.

Assise à même le sol dans une pièce mansardée, chevilles croisées, la jeune femme figurant sur l'une des peintures arborait un air indifférent, confinant à l'ennui. Ses longs cheveux se répandaient autour de son visage, et c'est leur blondeur, plus que n'importe quel autre élément du tableau, qui retenait chaque fois l'attention de madame Janik. La beauté du modèle, bien qu'évidente, se dissolvait dans les coups de pinceau dont l'hyperréalisme révélait, selon madame Janik, l'intensité de l'obsession. Elle la percevait, cette passion consumante, et l'observation approfondie des toiles l'amenait inévitablement à se demander vers qui ces émotions étaient dirigées. Le contraste entre la délicatesse sensuelle du sujet et la précision mécanique des traits créait un décalage fascinant, mais madame Janik ne savait ni comment creuser cette idée ni même si elle renfermait une signification qui lui échappait et n'appartenait peut-être qu'à l'auteur.

La valeur de ces peintures résidait-elle précisément là ? Madame Janik en doutait. Elle se méfiait du monde de l'art, qu'elle jugeait corrompu et soumis à une demande imprévisible, dont on ignorait qui tirait les ficelles. C'était un univers qui, sous sa surface laquée, demeurait opaque, et madame Janik soupçonnait son fonctionnement d'être aussi impénétrable que le génie qu'il se vantait de révéler.

Ses motifs à elle, supposait-elle, la distinguaient des autres collectionneurs, car elle n'avait pas acquis cette collection pour son indéniable qualité artistique ou dans une stratégie d'investissement – tout bonnement parce qu'elle n'y connaissait rien et ne s'intéressait pas à l'argent. Les raisons personnelles derrière son choix, madame Janik les gardait pour elle, et elle doutait de les dévoiler un jour.

La vieille femme laissa courir son regard sur les autres peintures en isolant alternativement la composition, l'alliance des couleurs, l'entremêlement des lignes, le rendu des ombres et des reliefs, pour ne plus appréhender les œuvres dans leur totalité mais par touches isolées. Madame Janik s'adonna à l'exercice avec son application coutumière dans l'espoir de percer le message caché des toiles, puis finit par quitter la pièce pour regagner la cuisine où l'attendait son thé refroidi.

De retour chez lui, Ethan fit à sa mère un compte rendu détaillé de sa visite chez leur voisine. Jodie l'écoutait d'une oreille distraite tout en enroulant une mèche de cheveux autour de son index. Elle avait coupé le son de la télévision, et la professeure d'aérobic baraquée avait laissé place à une émission sur la reproduction des hippocampes.
— C'est la caverne d'Ali Baba dans son armoire ! acheva-t-il avec enthousiasme.
Jodie hocha la tête et éteignit le poste au moment précis où un hippocampe mâle expulsait une horde de petits hors de sa poche ventrale, sous le regard horrifié d'Ethan.
— C'est la chose la plus bizarre que j'aie jamais observée, lâcha-t-il.
Sa mère lissa sa jupe du plat de la main et leva les yeux vers lui.
— C'est un bon système, affirma-t-elle. Plus équilibré que chez les humains.
Elle marqua une pause, sans doute en quête d'une conclusion acerbe sur la nature des hommes, mais Ethan ne lui laissa pas l'occasion de compléter sa pensée. De toute façon, Jodie ne cherchait pas son approbation, et Ethan se demandait parfois si, au contraire, elle n'attendait pas qu'il la contredise pour consolider sa piètre opinion d'elle-même.

Alors qu'Ethan gagnait sa chambre en traînant des pieds, madame Janik, installée dans l'un de ses fauteuils distingués, contemplait d'un œil morne l'étagère du salon sur laquelle s'alignaient plusieurs figurines en bois et une série de livres anciens qu'elle n'ouvrait jamais. Dehors, quelques oiseaux pépiaient avec entrain. Le soleil tardait à prendre congé. C'était une belle journée, de celles qui appellent à la paresse ou à la rêverie. Mais l'esprit de la vieille dame se promenait encore dans la petite pièce sombre, parmi les peintures à la beauté poignante détentrices d'un pan de son histoire. Une histoire désormais inaccessible, mais dont elle devinait l'empreinte à travers les coups de pinceaux passionnés du peintre.

La lumière déclina, le chant des oiseaux cessa, et madame Janik sombra dans un sommeil agité par des rêves confus à l'atmosphère énigmatique, qui lui rappelait la profondeur insondable des toiles.

Lower East Side, New York, 1932

La main gantée de l'officier remonta lentement le drap mortuaire, jusqu'à dissimuler entièrement le visage du cadavre. C'est du moins ce qu'imagina Isak, dont le regard refusait de se poser sur le corps. Il se borna à observer les vitrines des commerces avoisinants dans lesquelles se reflétaient les véhicules de police, garés à la hâte le long du trottoir.

Il entendit le grincement du brancard que les ambulanciers dépliaient avec cette précision propre aux gestes mille fois répétés, puis le chuintement de leurs chaussures contre la chaussée, et il s'efforça de ne pas songer à tout ce qu'ils emportaient de la victime, en plus de son corps : ses dernières pensées, ses désirs et ses peurs, dont lui-même estimait ne pas connaître la moitié, et surtout la fin d'une histoire bâclée.

Ce n'était pas la première mort à laquelle Isak assistait. Il possédait une conscience aiguë du caractère imprévisible, injuste et brutal de l'existence. Les conclusions impromptues, il connaissait.

Il en avait provoqué un certain nombre, et avait constaté les autres avec détachement. Ce chapitre-là en revanche s'achevait sur une note discordante, et ce n'est pas tant sa dimension personnelle qui affectait Isak que son absurdité flagrante.

« Semble quelque peu sous le choc », nota dans son carnet l'inspecteur chargé de l'enquête, que sa longue carrière rendait, selon lui, apte à déchiffrer la palette complexe des réactions et émotions humaines. « Mais pas surpris », griffonna-t-il encore. Un peu comme un joueur de poker, au moment où il comprend avoir perdu la partie. L'inspecteur Dillons ne prit toutefois pas la peine de retranscrire cette comparaison, mais il se promit d'en faire part à sa femme et de la consigner dans son carnet personnel, à la suite de toutes les observations que lui inspirait, depuis maintenant plus de quinze ans, son travail à la criminelle.

L'idée du joueur de poker lui plaisait car c'était exactement ainsi qu'il voyait Isak Goldstein, en dépit de son aversion pour les hommes de son acabit. Un type prévoyant et perspicace dont les activités en marge de la loi avaient, au fil du temps, aiguisé le sens de la prudence et de la discrétion, à tel point que même les soupçons des sceptiques comme Dillons ne suffisaient pas à ternir son image de bon citoyen.

On le disait impliqué dans des réseaux de vente illégale d'armes, d'alcool, de drogues et de femmes, connecté à des hommes tels qu'Arnold Rothstein ou Lucky Luciano, propriétaire de plusieurs bars clandestins et rattaché à certains syndicats, à travers lesquels il maintenait un contrôle significatif sur les secteurs de la construction, des transports, des importations maritimes et même de la politique. Dillons reconnaissait néanmoins dans la liste impressionnante des supposées infractions de Goldstein l'exagération propre aux légendes. L'incertitude nourrit le mythe. Pour Dillons, qui aimait le caractère inébranlable des faits, elle tendait plutôt à l'agacer.

Une grosse goutte de pluie tomba sur le carnet ouvert de l'inspecteur, qui jura intérieurement en avisant d'un air navré ses notes désormais illisibles. Il reprit en dissimulant au mieux son irritation, soucieux de conserver son professionnalisme.

— Vous semblez penser que cet acte délibéré était dirigé contre vous.

— Je ne pense pas, répondit Goldstein. J'en suis certain.

— Qu'est-ce qui vous fait dire ça ?

Goldstein laissa échapper un soupir impatient dans lequel Dillons perçut une réticence générale à s'expliquer.

— Les gens qui réussissent mieux que les autres s'attirent toujours des ennemis, finit-il par répondre.

— Les gens qui trichent aussi, osa l'inspecteur.

Goldstein se contenta de hausser les épaules avec indifférence, manifestement peu concerné par l'insinuation. Légèrement dépité par sa placidité, Dillons réfléchit. Pas de témoin. À cette heure tardive, la rue était déserte, et avec la réputation du quartier, les habitants ne se risqueraient de toute façon pas à donner leur version des faits, si tant est qu'ils en aient une. Goldstein prétendait n'avoir rien vu. Et rien entendu, sinon un sifflement au moment où la balle frôlait son manteau pour traverser la carotide de sa femme.

Dillons s'éloigna de quelques pas pour rejoindre son collègue, le jeune et pimpant Brant, dont le dynamisme et la bonne volonté compensaient la propension exaspérante à partager des observations superflues et souvent hors contexte. Désignant du menton leur unique témoin, ce dernier embraya :

— Son témoignage vous convainc ?

— Je vois mal pourquoi on l'aurait visée, elle. On ne peut pas exclure le motif de la vengeance, évidemment. Peut-être que Goldstein a vexé la mauvaise personne. Mais il n'y a eu qu'un coup de feu. Pas vraiment typique d'un règlement de compte. Et puis ces types ont quand même un minimum de principes. Ils s'attaquent rarement aux femmes.

Dillons ne jugea pas nécessaire de débattre ce point.

— Peut-être qu'il avait des raisons, lui, poursuivit-il.

— Possible, concéda Brant. Mais dans ce cas, il n'a pas idéalement choisi son endroit. En pleine rue. À découvert. Pas très discret, pour liquider sa femme.

— Il n'avait pas forcément prévu de le faire. Les hommes comme lui ont la gâchette facile.

— On comparera la douille avec son arme, conclut Brant, mais je n'y crois pas.

Dillons regarda la silhouette de Goldstein qui patientait sur le trottoir, le dos ostensiblement tourné à l'ambulance dans laquelle reposait le corps encore tiède de son épouse.

— Moi non plus, admit-il en soupirant.

Goldstein pivota vers eux. Colorée par une note d'incertitude, son expression perdait en rigidité, et Dillons releva qu'il semblait sincèrement abattu. Une fraction de seconde, son cœur s'amollit face aux symptômes de cette douleur universelle, mais il se reprit en voyant Goldstein s'approcher :

— Il faut que quelqu'un prévienne ma fille.

Morte, lui annonça l'inspecteur. Morte, confirma son père. Morte, répéteraient les journaux dès le lendemain. Edith Goldstein écouta les explications succinctes des enquêteurs, sans réussir à leur donner un sens, et lança des regards incrédules à son père, dont l'aplomb d'usage commençait à se fissurer sous les premières manifestations du deuil.

Abasourdie, elle se laissa conduire docilement dans le hall glacial et enfumé du poste de police, où elle s'entretint quelques instants seule avec son père. Aucun d'eux ne trouva le courage de faire un geste vers l'autre, et par-delà sa confusion, il apparut à Edith que cette perte, au lieu de les rapprocher, ne contribuerait qu'à les éloigner davantage.

Du reste de la soirée, l'adolescente ne garderait qu'un souvenir flou, son esprit s'étant réfugié loin du commissariat austère et des termes techniques qui pleuvaient autour d'elle. Les mots *homicide*, *balistique*, *mobile* et *légiste* résonnaient avec la froideur d'une insulte et réduisaient la personne qu'ils désignaient, sa mère, à rien de plus qu'un objet.

Insensible à l'affairement des policiers et à la lumière tremblotante du néon cassé qui, en d'autres circonstances, lui aurait valu une migraine carabinée, Edith implorait silencieusement sa mère d'accourir pour leur donner tort à tous et mettre fin à ce malentendu absurde.

Plus tard, lorsque l'inspecteur Dillons lui suggéra de rentrer se reposer en posant sur son épaule une main froide qui échoua à transmettre la moindre compassion, Edith ne put que hocher la tête. Elle accepta passivement l'étreinte forcée de son père et quitta le poste en évitant de croiser le regard de qui que ce soit. Elle sortit sous la pluie, indifférente à la fureur du vent qui soufflait les gouttes à l'horizontale et souleva ses cheveux avant de les plaquer brusquement contre sa veste trop légère. Rabattant sa capuche, Edith se mit en marche, soudain plus aussi sûre de retrouver sa mère assise sur le canapé du salon, un livre à la main, avec cette expression pensive et préoccupée qui la caractérisait depuis toujours.

West Village, New York, 2015

Madame Janik émergea de sa torpeur au son d'un klaxon lointain. Elle se leva avec la prudence dictée par sa fragilité physique, réalité qu'elle n'aurait pas pensé devenir sienne si tôt, et se dirigea vers le tourne-disque qui trônait sur la console, à côté du téléviseur.

Malgré la sieste, elle ne se sentait pas reposée. Elle avait rêvé de sa chambre d'enfant, du rire fêlé de sa mère dont elle percevait encore l'écho. Elle redoutait l'émergence de ces souvenirs, et la précision avec laquelle ils s'imposaient à elle. La musique, espérait-elle, saurait la distraire. Oscillant d'un pied sur l'autre, la vieille dame hésita devant la pile de disques avant de jeter son dévolu sur un vinyle de Nat King Cole. *Unforgettable* se répandit dans la pièce, noyant momentanément sa mémoire sous le rythme entraînant du jazz.

Paupières closes, madame Janik tournoyait lentement sur elle-même. Son corps se mouvait avec aisance, et elle s'imagina quitter ses baskets usées pour chausser les fringants escarpins de sa jeunesse, ceux dont le talon fin mettait à l'épreuve le sens de l'équilibre et la tolérance à la douleur. Bras écartés, paumes ouvertes, madame Janik dansait en articulant silencieusement les paroles de la chanson. Provisoirement libérée de ses peurs, du temps et de la douleur, elle ondoyait avec grâce. Lorsqu'elle rouvrit les yeux, elle s'étonna de ne pas reconnaître son visage flétri dans le grand miroir mural au-dessus du canapé, mais le reflet de celle qu'elle avait été.

La vieille dame agita ses bras graciles, admirant cette peau lisse et ces traits harmonieux qui lui avaient jadis valu une admiration et un succès auxquels elle n'avait jamais aspiré. Personne n'avait prêté attention à ses mains qu'elle gainait systématiquement de gants de soie, et c'est avant tout à elle-même qu'elle avait dissimulé ses cicatrices, dans l'espoir naïf qu'un fait inavoué n'existe qu'à moitié.

De ce passé, si lointain qu'il revêtait l'aura d'un rêve, madame Janik n'avait conservé que la coiffure. Brillants de laque, ses cheveux encadraient son visage d'un halo doré, figés dans l'espace et le temps, leur éclat narguant les années.

Repoussant la fatigue, elle virevoltait, transcendée par le souvenir de cette époque, et il lui sembla alors percevoir, derrière le timbre profond aux accents sensuels de Nat King Cole, le crépitement des flashs et l'acclamation des photographes.

La télévision crachait des borborygmes indistincts ponctués par les sanglots étouffés de Jodie. Assis au comptoir de la cuisine, Ethan tentait de finir ses devoirs en prétendant ne rien remarquer. Il relisait inlassablement les questions se rapportant au livre étudié en cours d'anglais, mais les mots dansaient sur la page comme autant de petites taches noires abstraites. Le crayon coincé entre les dents, Ethan essayait de se remémorer les thèmes principaux de l'histoire. Incapable de se concentrer, il finit par jeter un coup d'œil à sa mère.

Recroquevillée sur le canapé dans une posture fœtale caractéristique de ses épisodes dépressifs, elle reniflait en battant des paupières, sa main agrippant un mouchoir qui dissimulait la partie inférieure de son visage.

Comme si elle avait senti son regard, Jodie se tourna vers son fils. Son menton tremblait, et Ethan regretta immédiatement de s'être laissé distraire.

— Ils dépècent les phoques, Ethan, lâcha-t-elle, effarée, un doigt accusateur pointé vers la télévision. Des bébés. Et parfois, ils sont encore vivants.

Au grand soulagement d'Ethan, elle s'arrêta là, lui épargnant un pénible laïus sur la noirceur de l'âme humaine et sur les barbaries auxquelles se livraient les cupides chasseurs de l'Arctique. Ethan avait assisté à suffisamment d'épisodes similaires pour savoir à quoi aboutirait ce morne monologue. À peine l'émission terminée, Jodie se lancerait dans la quête frénétique d'une quelconque organisation d'aide à la protection des phoques, et elle leur verserait une somme modeste mais appréciable. Cette preuve tangible de son altruisme la rassurerait pour un temps et elle se féliciterait d'avoir participé à une noble cause. Jusqu'à ce qu'une nouvelle campagne visant à éradiquer l'esclavage des enfants au Bangladesh ou un reportage sur la guerre en Syrie suscitent à nouveau sa culpabilité et le besoin d'y remédier.

— Tu as lu *L'Étrangleur* de Jerry Spinelli ? demanda Ethan en caressant l'espoir d'engager une conversation constructive avec sa mère.

— Non, répondit-elle sans quitter la télévision des yeux.

Elle n'ajouta rien, et Ethan comprit que leur échange n'irait pas plus loin. Avec un soupir, il se laissa glisser de son tabouret et attrapa les poubelles qui attendaient d'être descendues.

S'attardant dans la cour de l'immeuble, Ethan traçait des cercles dans le gravier du bout de sa chaussure. L'air était encore doux et exhalait le parfum annonciateur de la fin de l'été. Avant le départ de son père, Ethan chérissait cette période suspendue entre deux saisons. Profitant du climat favorable, ils avaient pour habitude de se rendre ensemble au parc James J. Walker, à deux pâtés de maisons, batte et gant de baseball sous le bras pour améliorer le hit exécrable d'Ethan.

Sous l'œil distrait de son père qui ponctuait ses suggestions techniques d'anecdotes sur l'enfance de Babe Ruth, le triste destin de Lou Gehrig ou encore l'étonnant handicap de Mordecai Brown, Ethan cumulait les lancers ratés. Son absence évidente de talent pour le sport que vénérait son père l'avait d'abord mortifié, jusqu'à ce qu'il comprenne que le baseball n'était qu'un prétexte, vraisemblablement le seul que son père avait trouvé pour passer du temps avec lui. Fort de cette conviction, Ethan encaissait plus facilement ses lamentables performances, car elles lui permettaient avant tout de profiter de la compagnie de cet homme qu'il peinait à cerner.

— Ce n'est pas grave, répétait ce dernier sans se formaliser de la maladresse de son fils, c'est comme pour tout, tu t'amélioreras avec le temps.

Sauf que le mensonge contenu dans cette exhortation à la persévérance ne leur échappait ni à l'un ni à l'autre. Ethan n'était pas doué pour le sport, et tous deux savaient que ces entraînements n'y changeraient rien.

Ethan savourait ces moments, sans pour autant comprendre ce qui les rendait si précieux. La présence de son père l'emplissait de sentiments contradictoires, parce que, tout en l'aimant, il n'arrivait pas à se défaire du sentiment qu'ils ne se comprenaient pas. Ils n'abordaient jamais de sujets importants lors de ces tête-à-tête, peut-être par peur d'assombrir ces instants qu'ils essayaient vaillamment de colorer de la chaude nuance de la complicité.

À l'époque, pour éviter toute confrontation, Ethan évitait soigneusement les allusions à sa mère, à ses absences à lui, aux promesses qu'il ne tenait pas ou qu'il oubliait avoir faites. Ethan choisissait le silence car il redoutait les réponses et préférait le réconfort de l'ignorance.

Désormais, la défection de son père le poussait à réfléchir à ces occasions manquées, à la somme des conversations qu'ils n'avaient pas eues, aux questions qu'il n'avait pas osé poser et dont les réponses n'importaient plus. Il y réfléchissait en se demandant ce qu'il aurait modifié, s'il l'avait pu.

Ethan se représenta son père, assis sur les gradins déserts d'un stade de baseball d'une ville quelconque, sondant sa propre enfance et les circonstances qui avaient mis un terme à ses rêves. Il l'imagina les yeux embués par l'amer constat d'avoir laissé filer le temps sans avoir su lui donner un sens, et pourtant convaincu qu'une parcelle de cette existence manquée l'attendait encore, quelque part, ailleurs.

Maintenant que ces parenthèses privilégiées avec son père n'avaient plus lieu, ces journées à l'orée de l'automne, ternes et identiques, s'auréolaient du parfum âpre des remords et du désœuvrement.

Absorbé dans ses pensées, Ethan ne remarqua pas tout de suite la paire de baskets devant lui. C'est un raclement de gorge qui le ramena à la réalité, et il leva la tête pour découvrir madame Janik, qui le dévisageait en fronçant les sourcils. Avec son sac poubelle à la main et ses habits trop grands, on aurait dit une vagabonde perdue, si ce n'était son impeccable coiffure.

– Tu as la mine de quelqu'un qui broie du noir, dit-elle en guise de salutation.

Ethan haussa les épaules, pris de court, et la vieille dame ajouta d'un ton inspiré :

– C'est la saison. Les journées maussades appellent des pensées maussades.

Elle poussa un profond soupir compatissant et parcourut la distance qui la séparait des containers de la cour, déséquilibrée par le poids de son ballot. En l'observant trier ses ordures, Ethan songea à tout ce que les gens gardent par habitude, paresse ou nostalgie, et à ce dont ils se débarrassent sans réfléchir. Qu'avait pu ressentir son père en tournant au coin de leur rue pour la dernière fois ? Avait-il jeté un ultime coup d'œil à ce qu'il laissait derrière lui en soupesant les conséquences de son acte ? Sa résolution avait-elle ployé, ne serait-ce qu'une seconde, sous l'effet du doute ou de la culpabilité ? La réponse restait hors de portée, et Ethan regretta de lui accorder tant d'importance.

À quelques mètres, madame Janik s'époussetait comme une vieille Cendrillon fatiguée et lui adressa un sourire incertain. Elle retraversa rapidement la cour et s'engouffra dans l'immeuble. La porte se referma derrière elle, le vent balaya quelques feuilles mortes égarées, et l'automne parut soudain bien trop présent à Ethan.

Le mois de septembre se déroula lentement, sans heurts, et dans l'ennui. Jodie n'appela jamais madame Janik pour voir sa collection de vêtements vintage. Fidèle à elle-même, la famille Parker se coulait dans sa routine.

Jodie travaillait six jours par semaine dans une boutique d'accessoires et de nourriture pour animaux domestiques. Le soir, elle partageait parfois avec ses enfants quelques anecdotes de sa journée : cette dame farfelue qui se plaignait d'avoir mal digéré les cookies destinés à son chihuahua, ou ce jeune homme distrait qui croyait se trouver dans un magasin d'articles pour bébés et ne s'était rendu compte de sa méprise qu'en lisant le nom de l'enseigne sur son ticket de caisse.

Les enfants de Jodie l'écoutaient alors avec attention, retrouvant dans ses brefs éclats de rire leur mère d'autrefois, celle qui fredonnait en préparant le dîner et attendait Noël avec une excitation contagieuse. Celle qui parvenait encore à dissimuler ses démons et réservait ses pleurs pour les moments où personne ne pouvait l'entendre.

Au sein de la fratrie Parker, Ethan poursuivait sa scolarité en dernière année à l'école primaire du quartier, rapportant des bulletins convenables auxquels sa mère jetait un œil distrait avant de lui rappeler de s'appliquer en cours et de respecter son professeur. Alice venait d'entamer sa première année de lycée dans le même établissement que sa sœur. Estelle, qui espérait intégrer l'*Ivy League* dans le but de devenir psychiatre, suivait les cours avec assiduité et rendait des devoirs reflétant son sens aigu de l'analyse et son perfectionnisme, facettes de sa personnalité que le départ de son père avait exacerbées.

Les semaines se succédaient, interchangeables. Il semblait souvent à Ethan qu'il assistait à sa vie sans vraiment y participer. Il évoluait dans ce brouillard d'évitements et de non-dits clairsemé d'épisodes joyeux, suffisamment isolés pour qu'il les note, mais assez fréquents pour raviver son espoir de retrouver l'équilibre d'autrefois.

Les dimanches soirs comptaient parmi ces rares moments. Affalé sur le canapé en compagnie de ses sœurs et de sa mère, un cornet de pop-corn au caramel sur les genoux, Ethan suivait l'ultime saison des *Experts*. Ces policiers scientifiques de haut vol l'avaient d'abord fasciné, mais il ne prêtait plus qu'une attention superficielle aux trames bourrées de rebondissements dont ses sœurs ne cessaient de contester la crédibilité. Ethan, lui, accordait moins d'importance au dénouement de l'histoire qu'au réconfort que lui inspirait la présence des siens. Assis entre ses sœurs et sa mère, il était heureux, et désormais conscient de la nature éphémère et réversible des choses, il ne souhaitait rien sinon que l'épisode ne prenne jamais fin.

Par un dimanche pluvieux, madame Janik alluma son téléviseur. Elle changea plusieurs fois de chaîne, se désolant de la pauvreté des programmes, puis tomba sur une émission japonaise où deux hommes affublés de combinaisons multicolores, leur visage barbouillé de peinture, s'affrontaient à l'aide de rames en plastiques au sommet d'un cylindre géant fixé au-dessus d'une piscine extérieure. Au terme d'une joute grotesque, un des concurrents perdit l'équilibre et chuta dans l'eau sous les rires d'un public invisible. Atterrée, madame Janik se hâta de zapper. Elle tomba sur trois jeunes femmes en bikinis pailletés se déhanchant langoureusement autour d'une Lamborghini où un homme aux dents en or, coiffé comme un caniche fou, balançait des insultes sur le monde, la politique et même sa propre mère en gesticulant au rythme de la musique tonitruante qui s'échappait de la radio de bord. La vieille dame appuya une fois de plus sur la télécommande. Apparut alors le corps d'une femme morte, allongée nue sur une table en métal, et dont la nature des blessures conduisait le médecin légiste à émettre toutes sortes d'observations compliquées qu'un policier stoïque et déterminé en face de lui écoutait attentivement.

Dans un mouvement de panique, madame Janik se rua sur la télévision et appuya sur tous les boutons jusqu'à ce que l'image s'évanouisse dans un grésillement. Le corps tremblant, la vieille dame contempla la surface noire et rassurante de l'écran éteint, en attendant que les battements de son cœur reprennent un rythme normal.

Honteuse de sa réaction, elle ne trouva toutefois pas la force de rallumer la télévision et, d'un pas las, alla se coucher toute habillée. Malgré la chaleur ambiante, elle se recroquevilla en boule, les poings serrés contre son menton, et attendit le sommeil, emplie de cette terreur paralysante commune aux soldats qui, malgré leur entraînement et en dépit de l'habitude, continuent de craindre le combat.

Manhattan, New York, 1932

Même la mort n'avait su ôter sa grâce au corps de Katarzyna Goldstein. Allongée sur la table d'autopsie du médecin légiste, elle dégageait une sérénité que l'inspecteur Dillons fut troublé de trouver poétique. Ses longs cheveux encadrant son visage lui évoquaient les tentacules souples d'une anémone de mer, et il ne put s'empêcher de comparer son teint à la porcelaine dont sont faites certaines poupées. La délicatesse de ses traits, d'une beauté saisissante, tranchait avec son milieu, songea Dillons, que cette proximité avec la mort aurait presque rendu lyrique. Il peinait à entrevoir ce que cette femme avait vu en Isak Goldstein. Pouvoir ?

Argent ? Les apparences pouvaient être trompeuses, il le concédait, mais le plus souvent, elles révélaient tout ce qu'il y avait à voir.

Face à lui, le légiste s'éclaircit la gorge. Arnold Schwartz était un homme fluet, à la barbe grisonnante et au crâne entièrement chauve, sur lequel la lampe du plafond projetait une lueur jaunâtre. Il flottait dans sa chemise, et ses longs doigts osseux aux jointures protubérantes rappelaient à Dillons la mort qu'il analysait jour après jour. Au premier abord, il ressemblait à un homme éreinté par des journées de travail prolongées, mais son regard ourlé de larges cernes pétillait d'une malice surprenante, en contradiction avec son âge et la nature de sa profession. Les aberrations de l'espèce humaine ne le surprenaient plus depuis longtemps. Dillons le soupçonnait même de trouver en elles une forme de divertissement. De fait, l'excitation qui se lisait sur son visage lui donnait l'allure d'un gamin manifestant cet enthousiasme intarissable pour le dénouement d'une histoire déjà lue cent fois.

– Il est à peine visible, commença Schwartz. J'ai failli passer à côté, la balle ayant endommagé de nombreux tissus. Mais en analysant la blessure de plus près, j'ai remarqué cet œdème sur le larynx ainsi que des stigmates unguéaux, autrement dit des traces d'ongles en forme de demi-lune, juste sous l'oreille droite.

De sa main gantée, il souleva la chevelure de Katarzyna, dévoilant aux enquêteurs les minuscules égratignures.

– Une tentative de strangulation ? avança Dillons.

– Pas forcément. Mais quelqu'un a visiblement eu une crise de nerfs.

– Une dispute conjugale, suggéra Brant en se tapotant le menton de l'index.

– Pourquoi pas, admit le médecin. Par ailleurs, vous constaterez l'absence de bleus. J'en ai déduit que la victime portait quelque chose autour du cou, peut-être un foulard, au moment des faits.

Mais il subsiste des traces internes, prouvant qu'une agression a bien eu lieu.

— Madame Goldstein ne portait pas de foulard au moment du meurtre, releva Dillons. De quand date l'agression, d'après vous ?

— C'est toujours difficile à déterminer, surtout quand les dommages sont relativement superficiels, comme dans le cas présent. Mais je dirais moins de quarante-huit heures avant le décès.

Dillons ne savait trop quoi penser des conclusions du médecin légiste. C'était connu, les femmes battues ne parlaient pas et ne quittaient pas non plus leur conjoint. Par honte, par peur, par amour. Les raisons ne manquaient pas. Dans son cas, la situation conjugale des Goldstein n'avait pas forcément de lien avec le meurtre, et les marques n'avaient peut-être aucun rapport avec l'affaire, même si elles attestaient bien d'une agression. Mais l'absence de piste agaçait Dillons. Les employés du restaurant où les Goldstein s'étaient rendus le soir du meurtre n'avaient rien remarqué d'anormal. Un couple d'habitués, polis, relativement discrets, ni monsieur ni madame n'avait élevé la voix ou fait preuve d'un comportement suspect. Personne ne les accompagnait. De toute façon, Dillons ne se leurrait pas. Goldstein jouissait d'une réputation qui décourageait les témoignages à charge. En revanche, s'ils parvenaient à découvrir la cause des blessures de la victime, peut-être mettraient-ils au jour un élément utile. Dillons souhaitait de toute façon obtenir une image plus précise de leur cadre familial et, à cette fin, Brant et lui se rendirent chez les Goldstein.

Ce fut la fille Goldstein qui leur ouvrit et, avisant leur badge, les laissa entrer sans discuter. Ses cheveux, plus foncés que ceux de sa mère, formaient une masse indisciplinée, et Dillons remarqua ses yeux gonflés, son menton tremblant, et cette expression commune aux endeuillés. Elle n'avait pas hérité de la beauté classique de sa mère, mais ses grands yeux sombres et ses joues parsemées de taches de rousseur lui conféraient un charme singulier, dont elle n'avait probablement pas encore conscience.

— Merci de nous recevoir, commença Dillons.

Elle ne prit pas la peine de répondre et les précéda dans un salon élégamment meublé. La décoration était sobre et rappelait davantage le mobilier impersonnel d'un hôtel sans prétention que le logement d'une famille aisée. L'atmosphère de la pièce traduisait, aux yeux de Dillons, une retenue en opposition avec le caractère qu'il attribuait à Goldstein. Cette observation le contraria, et il s'en voulut immédiatement d'avoir cédé à ses a priori.

— Mademoiselle Goldstein, enchaîna Brant, pourriez-vous nous décrire en quelques mots la relation entre vos parents ?

C'était une entrée en matière brutale, susceptible de les desservir, et Dillons reprocha intérieurement à Brant, outre son indélicatesse, de lui avoir coupé l'herbe sous le pied. Rien n'obligeait la fille à leur parler. Et rien ne l'empêchait de les mettre à la porte.

— C'était un couple ordinaire, répondit Edith Goldstein, visiblement indifférente au manque de tact de son interlocuteur. Avec des hauts et des bas.

— Il leur arrivait de se disputer, alors ? continua Brant sur sa lancée, sans remarquer le regard furieux de Dillons.

— Vous ne vous disputez jamais avec votre femme ? rétorqua-t-elle.

Elle comprenait où ils voulaient en venir, c'est du moins ce que supposa Dillons, et évitait donc de répondre. Avec une rapidité accablante, Brant venait de griller leurs chances d'obtenir une information utile, et la jeune fille était désormais sur ses gardes. Comme pour confirmer sa théorie, Edith croisa les bras dans une attitude de défi qui, l'espace d'un instant, créa une ressemblance frappante avec son père. Elle jaugea les deux hommes avec un mépris craintif, et il sembla à Dillons qu'un changement imperceptible s'opérait en elle, comme si la gravité de la situation précipitait définitivement le départ de l'adolescente qu'elle était au profit de la femme qu'elle deviendrait sous peu.

– Vous avez raison, dit-il pour alléger la tension. Tous les couples se disputent. C'est impossible d'être d'accord sur tout.

Edith le dévisagea quelques secondes dans un silence que Dillons mit à profit pour tenter de se mettre à sa place. Que voyait-elle ? Un adulte incapable de la comprendre. Un flic inapte à susciter sa confiance. Un étranger insensible à sa douleur. Lui devinait en elle une jeune fille intelligente, peut-être un brin révoltée, d'un naturel méfiant intrinsèque à son environnement.

Comme chaque fois qu'il s'entretenait avec les enfants d'un criminel, Dillons déplorait qu'ils soient les premières victimes des erreurs et des choix parentaux. La nervosité soupçonneuse d'Edith ne cadrait pas avec son âge. Elle était encore trop déboussolée pour réfléchir posément et ignorait quel camp représentait au mieux l'intérêt de sa mère.

– Je suis sûr que votre père aimait beaucoup votre mère.

– C'est vrai. Elle s'est même convertie pour lui, ajouta-t-elle d'un ton de défi, comme si cette déclaration devait suffire à balayer les doutes des enquêteurs.

– Ce n'est pas pour rien qu'on dit que l'amour est aveugle, enchérit Dillons avec l'emphase d'un politicien déclamant une vérité percutante. C'est un sentiment complexe.

Du coin de l'œil, il vit Brant lever les yeux au ciel.

– Écoutez, inspecteur, je ne sais pas ce que vous attendez de moi, s'impatienta Edith.

– Votre mère avait-elle peur de votre père ? interrompit Brant.

– Quoi ? Non !

Déstabilisée, elle avait répondu sans réfléchir, et sa surprise, jugeait Dillons, était authentique. Il tapota son carnet, pensif. Intéressant.

— Est-ce que vous voyez une objection à ce qu'on jette un œil à l'appartement ? risqua Dillons, soucieux de tirer profit de l'incrédulité provisoire d'Edith.

— Si vous voulez.

Ils traversèrent le salon et hésitèrent un instant sur le seuil de la chambre conjugale.

— Sans mandat ? souffla Brant.

— Ce n'est pas une fouille, on ne fait que regarder. Et puis, je ne m'attends pas à trouver un indice fracassant.

Il n'y avait, de toute façon, pas grand-chose à inspecter. En avisant le lit aux draps impeccablement tirés, Dillons conclut que Goldstein n'avait pas trouvé le courage d'y passer la nuit, et il compatit malgré lui. Intacte depuis la mort de Katarzyna, la pièce dégageait encore la présence du couple, et l'empreinte de leur existence conjointe déprima Dillons, qui se reprocha son inclination au sentimentalisme. Il procéda rapidement, convaincu de ne rien trouver. Edith n'avait pas pris la peine de les suivre. Assise à une extrémité du canapé, elle patientait, le regard rivé sur la fenêtre.

— Elle tenait un journal, nota Brant en feuilletant le carnet en cuir qu'il venait de trouver dans un tiroir de la coiffeuse.

— Comment ?

— C'est écrit en polonais, par contre…, se rembrunit-il aussitôt. Ils utilisent un nombre invraisemblable de consonnes, quand même !

Sans prendre la peine de débattre de ce problème linguistique certes troublant, Dillons ouvrit sa sacoche, en sortit son Rolleiflex Baby, et photographia les cinq dernières pages du carnet.

— On les fera traduire par Wiesniewski. Il sera heureux de se rendre utile.

Ils jetèrent un dernier regard circulaire, puis rejoignirent Edith.
— Est-ce que votre mère avait des amies proches ? interrogea Dillons d'un ton plus léger.
— Pas vraiment. Mais il y a Dolly. Dolly Parsons. Elle et maman se voyaient régulièrement.

Dillons griffonna le nom sur son carnet, puis serra la main de l'adolescente.
— Merci, nous tiendrons votre père au courant, assura-t-il sans vraiment le penser.

Dolly Parsons vivait au premier étage d'un petit immeuble sur Canal Street, coincé entre deux bâtisses, plus hautes et plus modernes, débouchant sur une rue à sens unique. Un quartier calme et silencieux qui, comme ils s'apprêtaient à le découvrir, détonnait avec la personnalité de leur hôte.
— C'est sympa, par ici, commenta Brant. En plus, ils doivent avoir une belle vue de l'Hudson depuis le toit.

Dillons ne prit pas la peine de répondre, et ils se dirigèrent vers l'entrée. Il n'avait pas prévenu Dolly Parsons de leur visite, misant sur l'effet de surprise. Même quand ils n'avaient rien à cacher, ou ne possédaient pas le moindre indice, les témoins avertis tendaient à préparer leur récit et transformaient les faits, souvent malgré eux. Dillons préférait donc prendre le risque de trouver porte close.
— C'est quoi, ce truc ?

Suivant le regard de son collègue, Dillons remarqua un minuscule rouleau de parchemin emboîté dans un réceptacle fixé au linteau de la porte.
— Une *Mezouzah*, répondit-il.
— Et ça sert à quoi ?
— C'est un objet de culte juif.
— Mais à quoi ça sert ? C'est une sorte de crucifix ?

— Je n'en sais rien, sans doute, abrégea Dillons, déterminé à ne pas perdre son temps sur des considérations religieuses.

— Elle est de travers, nota Brant sous le regard courroucé de son collègue.

Ils patientèrent quelques secondes, puis des bruits de pas leur parvinrent depuis l'intérieur. Dissimulée derrière une épaisse couche de maquillage, Dolly évoquait à Dillons ces femmes fatiguées de jouer de leurs atouts mais incapables de vivre autrement. Son fond de teint peinait à camoufler les larges cernes sous ses yeux, et le parfum trop entêtant de son eau de toilette, mêlé à celui de sa laque, n'étouffait que partiellement les effluves d'alcool qu'elle exhalait.

Dillons remarqua l'alliance à sa main gauche et se demanda si le mari de madame Parsons comptait parmi ses anciens clients. Il s'était renseigné sur elle au préalable et avait découvert, sans franchement s'en étonner, un passé trouble ponctué d'arrestations pour prostitution.

— Madame Parsons, détectives Dillons et Brant, de la police criminelle, annonça Dillons en présentant son badge. Nous aurions aimé vous poser quelques questions.

— C'est à propos de Katie, n'est-ce pas ? demanda-t-elle en s'effaçant pour les laisser entrer.

Elle les précéda dans un couloir mal éclairé à la moquette épaisse. Les gros anneaux ornant ses oreilles cliquetaient à chacun de ses pas, et Dillons se surprit à suivre des yeux le mouvement fascinant de son postérieur rebondi.

Ils pénétrèrent dans un salon que Dillons, en sa qualité d'expert des mœurs sociales, jugea meublé avec le mauvais goût typique des gens déterminés à exhiber l'épaisseur de leur porte-monnaie. L'imposante méridienne rouge, au dossier à moulure dorée et aux pieds sculptés en pattes de lion, attira immédiatement le regard de l'inspecteur. Deux fauteuils d'époque, tapissés d'un tissu canari irisé, étaient disposés de part et d'autre d'une table basse en verre, au support composé d'une roue de bateau incrustée de coquillages variés. Un tapis oriental antique recouvrait presque la totalité du parquet, et le papier peint au motif baroque, bien que ton sur ton, apportait la touche finale à ce décor extravagant. Partout où il posait les yeux, Dillons trouvait matière à s'interroger. Il considéra ainsi une sculpture en céramique, entreposée dans une étagère vitrée, en tâchant de déterminer si elle représentait une fleur ou une main.

Sur la cheminée en faux marbre reposait une carafe remplie d'un liquide ambré, sûrement du whisky. Ce qui n'étonnait guère Dillons, et lui importait peu, à vrai dire. Il y avait des lois que l'inspecteur s'acharnait à faire respecter, et d'autres qui lui tenaient moins à cœur. Interceptant son regard, madame Parsons ébaucha un sourire narquois et, attrapant la carafe, se servit un verre. Elle s'assit sur la méridienne infâme et porta la boisson à ses lèvres, sans se soucier de la réaction de ses visiteurs.

Dillons s'efforçait de comprendre l'origine de la relation amicale entre Katarzyna Goldstein et cette femme. À première vue, le seul point commun se résumait à la générosité similaire avec laquelle les avait traitées Dame Nature. Quoique Dolly entretînt le style ouvertement lascif de certaines femmes inaptes à saisir la différence entre sensualité et vulgarité. Elle avait la voix rauque d'une fumeuse endurcie et l'attitude d'une personne rodée aux imprévus.

— Madame Goldstein et vous-même étiez proches, n'est-ce pas ? demanda Brant.

— Je ne suis proche de personne, répliqua-t-elle d'un ton sec en lui jetant le regard d'un professeur déçu par une remarque particulièrement stupide.

— Mais vous étiez amies, insista Dillons.

— C'est un terme à la définition très variable, lâcha-t-elle.

— Certes. Pouvons-nous toutefois établir que vous connaissiez madame Goldstein sur un plan personnel ?
— Si ça vous fait plaisir.
— Quand l'avez-vous vue pour la dernière fois ?
Elle réfléchit quelques instants.
— Il y a environ deux semaines, je dirais. Nous avons bu un thé.
— Était-elle… différente ? A-t-elle dit quoi que ce soit qui sortait de l'ordinaire ?
— Non, mais c'était une femme réservée, difficile à cerner.
— Dans quel sens ?
— Dans le sens qu'elle entretenait le mystère.
— Pourriez-vous préciser ?
— Oh, elle remplissait les blancs, quand elle s'y sentait obligée. Elle partageait peu. Certaines personnes sont comme ça. Ce que je peux vous dire, c'est que son mariage battait de l'aile depuis un bout de temps. Une union heureuse au début, comme souvent, ajouta-t-elle en lorgnant l'alliance de Dillons. Mais, aussi réussie que soit la fête, il faut bien que les confettis retombent et que les coupes se vident.

Belle métaphore, approuva Dillons pour lui-même.
— Un détail en particulier vous fait dire ça ? rebondit Brant.
— La nature des hommes et celle des femmes. Nous ne voulons pas les mêmes choses.

Devant cet amer constat, Dillons réalisa que le parcours de Dolly n'en faisait peut-être pas le témoin le plus à même de juger une relation maritale.
— Je ne parle pas de sexe, précisa-t-elle en fusillant Dillons du regard.
— Alors quoi ?
— Le pouvoir. Il en voulait toujours plus. Et elle voulait la paix. Ce sont deux concepts incompatibles.

— C'est ce qu'elle vous a dit ?
— Pas besoin. C'était évident qu'il y avait en elle une part grandissante d'insatisfaction. Quant à lui, sans doute était-il vexé qu'elle ne l'admire pas davantage. Ils ne se comprenaient plus.
— Mais si je comprends bien, il s'agit là de spéculations.
— L'erreur des femmes est de croire que leurs hommes peuvent changer, et les hommes que leurs femmes ne changeront pas.
— Intéressant, conclut Dillons en gribouillant prestement cet adage afin d'en débattre ultérieurement avec son épouse.
— Avait-elle peur de son mari ? demanda Brant.

Pour la première fois depuis qu'elle leur avait ouvert la porte, Dolly laissa entrevoir de l'incertitude.

— Peur ?
— Est-ce que vous savez si son mari pouvait se montrer... violent ?
— Il peut. Mais jamais contre elle.
— Donc elle n'avait pas de raison de le craindre ?
— Pas que je sache. Mais je ne sais pas grand-chose de Katarzyna, pour être honnête. Les énigmes, chez elle, se cachaient autant dans ses propos que dans ses silences.
— Qu'est-ce que vous entendez par là ?

Elle but une autre gorgée, lentement, savourant le suspense et la facilité avec laquelle elle menait cet entretien.

— Elle ne le disait pas, elle l'a longtemps gardé secret, mais son mari n'est pas le père biologique de sa fille.

Dillons et Brant échangèrent un regard, surpris par ce revirement inattendu.

— Qui est le père ? demanda Brant machinalement.

Dolly haussa les épaules.

— C'est vous les inspecteurs, conclut-elle avec un demi-sourire, une lueur de provocation dans ses yeux las.

La bruine associée à la bise n'encourageait pas à la promenade, et Isak étudia le flot de badauds qui convergeait vers Washington Square Park avec amertume. Chaque sourire qu'il interceptait, chaque éclat de rire prenait la dimension d'un affront personnel, et Isak éprouvait un dégoût croissant pour tous ces inconnus et pour l'indifférence insolente avec laquelle ils acceptaient leur chance.

Katarzyna affectionnait le parc, son arche massive et l'énergie qui se dégageait de cet îlot de verdure. Quand Edith était encore petite, elle se joignait quotidiennement à la nuée bourdonnante de femmes à landaus rassemblées vers les bancs, quoiqu'elle ne conversât avec personne et fuît les invitations. La quiétude du lieu représentait une alternative bienvenue au rythme étourdissant du Lower East Side et permettait à Edith de s'ébattre dans un environnement que Katarzyna jugeait bénéfique.

Assis sur un banc non loin de la fontaine, Isak se représenta Katarzyna, cheminant seule à travers le parc, déterminée à se fondre dans le paysage. Il pouvait presque voir sa silhouette, emmitouflée dans le manteau en lainage noir qu'il lui avait offert pour son anniversaire deux ans plus tôt, et supposa qu'elle avait très vite maîtrisé l'art de passer inaperçue. Personne ne l'avait vraiment vue, cette femme discrète et sa petite fille timide. Et aujourd'hui, son fantôme sillonnait le parc dans la même indifférence.

— Désolé, c'est le bordel au boulot. Pas pu m'éclipser plus tôt.

L'agent Furlow prit place à côté d'Isak dans un soupir pareil à un pneu en train de se dégonfler. Il batailla un moment avec son parapluie, sans résultat, et abandonna finalement l'idée de le refermer.

— L'autopsie a révélé un détail bizarre, commença-t-il en entreprenant de nettoyer ses lunettes sans lâcher l'embout de son parapluie, qu'il maintenait soigneusement contre son flanc comme l'ombrelle d'une geisha.

Isak connaissait Furlow depuis plusieurs années. C'était un flic consciencieux, fiable et relativement intelligent, qui aimait son travail, sa famille, croyait à la justice et à toutes sortes de nobles idéaux éculés. Or, comme nombre de gens honnêtes, Furlow restait imparfait. En l'occurrence, il dépensait de l'argent qu'il n'avait pas. Au cours des années vingt, il avait accumulé des dettes importantes envers des individus connus pour leur intransigeance, et les détails de sa situation avaient voyagé jusqu'à l'oreille attentive d'Isak. Furlow représentait une proie facile justement parce que c'était un type foncièrement bon qui n'attirait pas les soupçons. Isak avait, en retour de son aide, toujours pu compter sur les informations que le policier lui fournissait, mais désormais, sa collaboration devenait cruciale.

— L'autopsie ? répéta Isak, sans pleinement croire que ce terme se rattache d'une quelconque manière à sa femme.

— Peut-être que tu es au courant, je n'en sais rien, marmonna Furlow, mal à l'aise.

— On ne va pas y passer la nuit. Balance.

— Ils ont trouvé des marques. Sur son cou. Ça ressemble à une tentative de strangulation d'après eux.

Le regard d'Isak survola la fontaine pour se poser sur une fillette et sa mère qui marchaient main dans la main en direction de l'arche. La fillette tira soudain sur la manche de sa mère et pointa quelque chose du doigt. Cédant à l'insistance de l'enfant, la jeune femme se pencha à sa hauteur pour suivre la direction indiquée. Cet émouvant tableau familial transporta Isak vers sa propre fille, et il réfléchit à la nature des souvenirs qu'elle ressassait probablement en ce moment même, et à quel point ils devaient différer des siens.

Il essaya de ne pas penser à toutes ces occasions ratées, au nombre incalculable de fois où il aurait pu lui témoigner son amour et s'était interdit de le faire. Il s'était efforcé de lui montrer ce qu'elle représentait pour lui sans le dire, et aujourd'hui, il se demandait s'il lui avait jamais transmis quoi que ce soit.

— Quoi d'autre ? aboya Isak en ignorant délibérément l'expression sincèrement navrée de Furlow.

— Pas grand-chose. Le coroner a établi que l'agression remonte à quelques heures avant l'homicide. Ce qui n'est pas forcément une piste parce que… eh bien parce qu'elles peuvent être de ton fait, et donc sans rapport avec l'enquête.

— Ils pensent que je la battais ?

La stupéfaction éclipsa son irritation et, dédaignant les mesures rudimentaires de prudence, Isak se tourna franchement vers Furlow, lequel semblait aussi contrit qu'effrayé.

— Je n'en sais pas plus, conclut ce dernier en se levant prestement avant de s'éloigner en quelques enjambées rapides, le visage dissimulé sous son parapluie défectueux, et de disparaître, laissant Isak à ses sombres ruminations.

Chargé des archives depuis qu'il s'était mis ses supérieurs à dos, Wiesniewski commençait à ressembler aux dossiers flétris qu'il triait à longueur de journée, et désormais rompu par son inlassable travail de classement, il accueillait chaque interruption comme un divertissement bienvenu. La seule vision des deux inspecteurs dessina un large sourire sur son visage émacié, et il saisit les photographies que Dillons lui tendait avec une excitation à peine contenue. Les traits concentrés, Wiesniewski étudia les pages du journal intime de la défunte sous la lumière de son bureau.

— Belle écriture…, nota-t-il pour lui-même en arborant une moue pensive.

— Mais pourquoi autant de consonnes ? aboya Brant avec mauvaise humeur comme s'il jugeait leur collègue personnellement responsable de l'orthographe polonaise.

— Je croyais que vous enquêtiez sur le mari, reprit Wiesniewski. Ce n'est pas lui qui était visé ?

— On enquête sur tout le monde ! Est-ce qu'il y a quelque chose d'intéressant, ou bien elle se contente de parler de la pluie et du beau temps ? s'impatienta Dillons.

— Eh bien, dans ce passage, elle établit un parallèle intéressant entre l'aube et l'attente, leur apprit Wiesniewski en tapotant du doigt une phrase au milieu de la première page.

— Peut-être qu'elle souffrait d'insomnie, suggéra Brant.

— Ce n'est pas un cours de littérature ! s'énerva Dillons, quoiqu'en d'autres circonstances, il eût pris plaisir à disserter sur le sujet. Passez outre les comparaisons poétiques, Wiesniewski !

Résigné, leur collègue étudia rapidement les autres clichés, hocha plusieurs fois la tête à mesure qu'il parcourait les pages, laissa même échapper une exclamation amusée, puis les tendit à l'inspecteur.

— Là, les deux dernières lignes. Elle dit, je cite : « On croit connaître les gens, on leur parle et on les écoute en pensant savoir de quoi ils sont faits, mais la vérité, c'est qu'on ne sait jamais ce dont ils sont capables. »

— Sérieusement ?

— Non, j'adore perdre mon temps à faire parler les morts.

— On fera sans les sarcasmes, Wiesniewski. Il y a une date ? demanda encore Dillons en étudiant le cliché.

— Le 15 septembre.

— Le jour du meurtre ! jubila Brant.

— Alors c'est décidé, on oriente notre enquête sur elle.

— Vous déduisez qu'elle a été assassinée simplement parce qu'elle évoque une vérité universelle dans son journal intime ? demanda Wiesniewski, sceptique.

— Disons que c'est une coïncidence qui vaut la peine d'être creusée.

Edith promenait sa cuillère dans son thé, la mine sombre. Son expression concentrée suggérait un débat interne. Malgré quelques différences notoires, elle ressemblait de plus en plus à sa mère, observa Isak. Elle avait hérité de la stature fine de Katarzyna, de ses fossettes et de sa démarche. Mais le plus frappant était l'inflexion similaire de leur voix, ce timbre légèrement haut perché qui conférait à leurs paroles la dimension d'une question. C'était aussi l'empreinte qu'avait laissée en lui sa femme : un énorme point d'interrogation.

Edith ne parlerait pas la première. Si cela ne tenait qu'à elle, songeait Isak, elle ne dirait rien du tout.

– Ta mère…, commença-t-il avec maladresse.

– … n'était pas heureuse, compléta Edith sans vraiment s'adresser à lui.

Cherchait-t-elle à le déstabiliser, à l'acculer ou simplement à le provoquer ? Isak n'aurait su le dire, et il choisit, comme chaque fois qu'un commentaire chicanait son ego, de ne pas y accorder d'importance.

Edith releva la tête et laissa son regard errer dans la cuisine, délaissant son thé, dont les effluves emplissaient l'air de notes fruitées. Isak inspira avidement l'odeur familière, accueillant la douleur des souvenirs avec une triste gratitude. De son vivant, Katarzyna n'avait jamais accordé la moindre importance à ce que l'argent de son mari pouvait acheter. Contrairement à beaucoup de gens de leur entourage, elle n'était pas dépensière et semblait peu attachée à leurs possessions. En revanche, le thé comptait parmi ces plaisirs simples de l'existence qu'elle chérissait, et elle avait, au fil des ans, accumulé une impressionnante collection.

Isak l'avait souvent épiée à son insu, en se demandant si la vapeur parfumée du thé ravivait les vestiges de son passé en Europe, là où la vie était plus dure qu'en Amérique, mais où elle avait également plus de saveur.

– Ta mère était… compliquée, déclara-t-il en s'adressant aussi bien à Edith qu'à lui-même.

C'était une bien piètre entrée en matière, mais Isak n'arrivait pas à organiser le fil de ses pensées, et il regretta aussitôt de ne pas s'être tu. À l'autre bout de la table, Edith accueillit son analyse lapidaire en silence. Isak vit une larme rouler le long de sa joue, et il se détourna prestement, mal à l'aise.

– Je ne comprends pas ce qu'il s'est passé. Mais en attendant de le découvrir, il faut que, toi et moi, on reste soudés. Des alliés, pas des adversaires. Tu comprends ?

Edith acquiesça, l'air absent. Elle n'aimait pas la consonance du mot *allié* dans la bouche de son père. N'importe quelle expression, aussi banale fût-elle, prenait une connotation menaçante quand elle était prononcée par Isak. Ses paroles cachaient presque systématiquement un sous-entendu, et c'est ainsi qu'il communiquait. À demi-mot.

Abattue, l'adolescente embrassa la vaste cuisine du regard. La pièce respirait encore la présence de Katarzyna, et son tablier, suspendu au dos de la porte, semblait l'attendre. Edith pouvait presque la voir s'activer aux fourneaux, ses longs cheveux ramenés en un chignon désordonné qui dégageait sa longue nuque pâle. Depuis toujours, cette pièce appartenait à Katarzyna, car ce n'était qu'à travers les arômes évocateurs des plats de son pays natal qu'elle retrouvait la part d'elle-même qu'elle avait laissée en Pologne.

– Maman était mystérieuse, approuva finalement Edith.

Son père acquiesça.

– Et sa mort est à son image, compléta-t-il.

Quelque part sur l'océan Atlantique, 1913

L'embarcation tanguait violemment, et Katarzyna ravala un énième haut-le-cœur. Une nouvelle secousse la projeta contre le bord de sa couchette, dont elle agrippa le montant de toutes ses forces. Un seau glissa sur le sol avant de se fracasser contre le mur, et Katarzyna s'interdit de réfléchir à la distance la séparant du continent le plus proche, à la profondeur de l'océan ou à l'expertise du capitaine.

Le vrombissement du moteur lui vrillait les tympans et imprimait dans son corps de telles vibrations que ses dents claquaient en continu. De temps à autre, les passagers laissaient échapper un râle ou de faibles gémissements révélateurs de leur inconfort, et la contiguïté des corps produisait une moiteur infecte, à laquelle Katarzyna redoutait de s'habituer.

L'appréhension et l'excitation enflaient depuis qu'ils avaient quitté le port, planant au-dessus d'eux telle une bulle susceptible d'exploser à tout instant. Les rares conversations s'échangeaient dans un murmure et les yeux restaient obstinément baissés. Perdus dans leurs pensées, les voyageurs réfléchissaient à l'existence qu'ils venaient d'abandonner et à celle qui les attendait, de l'autre côté de l'océan.

Au terme de cette première semaine de voyage, Katarzyna ressentait pourtant une incapacité frustrante à se projeter. La tempête, en plus de malmener leur embarcation et leurs estomacs, accentuait son sentiment d'abandon, et l'angoisse lui serra la gorge. Autour d'elle, la saleté imprégnait désormais chaque voyageur, leur conférant l'aspect de vieux objets ternes et délaissés. Elle vit un homme se pencher pour vomir, et songea avec abattement que si l'enfer existait, il devait ressembler à cette traversée sans fin.

Ses yeux rencontrèrent ceux, écarquillés par la peur, d'une fillette au visage luisant de sueur, qui serrait contre elle un ours en peluche borgne. Depuis sa couche, Katarzyna lui adressa un faible sourire, tout en priant pour que ce symbole de pure détresse ne soit pas la dernière image qu'elle emporte. Le bateau endurait l'assaut imprévisible des vagues, aussi impuissant qu'un jouet entre les mains d'un bambin. La jeune femme ferma les yeux et se promit de louer la fermeté de la terre s'il lui était donné de la rejoindre un jour.

L'embarcation encaissa une nouvelle secousse brutale, et Katarzyna focalisa son attention sur les tresses blondes de la fillette à l'ours borgne. Elle revit alors les doigts agiles de sa propre mère tresser ses cheveux d'enfant. Elle éprouva la douceur de sa peau contre son cuir chevelu, la chaleur communicative de son amour, et rejoua ces fragments de souvenirs encore et encore, jusqu'à repousser le doute et la terreur que suscitaient en elle la mer déchaînée et la tempête dans son cœur.

Ellis Island, New York, 1913

— Posez vos bagages ! Les hommes de ce côté. Les femmes et les enfants par là ! cria l'officier au bas de la passerelle en soulignant ses paroles d'un grand geste de bras.

Un désordre indescriptible succéda à ces ordres, ponctué par le bruit des malles heurtant le quai avec fracas et les injonctions que tous se lançaient pêle-mêle dans leur langue natale. Épuisés, les voyageurs s'accrochaient néanmoins à leurs affaires avec une détermination farouche, et la perspective d'abandonner leurs biens, ne serait-ce qu'un instant, en ébranlait plus d'un. C'est donc à regret et avec une certaine appréhension qu'ils déposaient leur mince bagage et ce qu'il contenait du souvenir de leurs origines.

Désarçonnée par la sensation persistante de tanguer, Katarzyna se mêla au troupeau d'immigrants et plaça sa valise à côté des autres.

Elle s'apprêtait à gagner les grands escaliers du bâtiment central accueillant les voyageurs quand son regard s'arrêta sur une vieille femme à la mine défaite, plantée devant le tas de bagages. Quelque chose dans son attitude l'interpella, et elle s'approcha sans prêter attention aux sommations de l'officier américain dont les paroles se noyaient dans le brouhaha ambiant.

— Tout va bien ? demanda-t-elle. Vous avez besoin d'aide ?

La vieille femme ne répondit pas tout de suite.

— Pas de bagages, finit-elle par articuler en russe, en se balançant d'un pied sur l'autre.

Ses yeux, d'un bleu profond évoquant les eaux violentes qu'ils venaient de traverser, survolèrent l'amas de valises et la marée de voyageurs. Elle inspira, avant de conclure, la main sur le cœur :

— Besoin de rien d'autre ici.

Ses traits avachis révélaient l'angoisse et le désarroi, mais également une santé déclinante, que Katarzyna devina avec inquiétude. Gênée par son regard appuyé, la vieille femme baissa la tête, puis, avec la mine grave de ceux qui s'apprêtent à professer une vérité dont ils sont les détenteurs, elle affirma, la voix pleine de cette énergie qu'engendre l'espoir :

— Tout sera différent ici.

Katarzyna acquiesça. Oui, tout serait différent ici. Pour le meilleur et pour le pire. Manifestement revigorée par ce bref échange, la vieille dame désigna du menton les grands escaliers menant à l'artère principale du bâtiment. Suivant son regard, Katarzyna lui saisit le coude, déterminée à aider cette femme que le destin avait jetée ici, comme elle, seule et sans repère.

Elles n'avaient pas gravi trois marches que la Russe, dont la respiration haletante trahissait une gêne respiratoire, s'arrêta pour reprendre son souffle, les yeux exorbités par l'effort. Tandis que Katarzyna raffermissait la prise sur son bras, son regard rencontra celui d'un officier qui, depuis son poste d'observation en haut du large escalier, suivait leur ascension avec attention.

Son expression, couplée à l'aura d'autorité inhérente à l'uniforme, alarma Katarzyna. Instinctivement, elle agrippa le poignet de la vieille dame avant de murmurer entre ses dents, sans quitter des yeux le sommet de l'escalier :

– Gardez la tête haute et ne vous arrêtez plus.

Au terme de leur laborieuse ascension, heureusement ralentie par la foule, la vieille dame lâcha sa main pour se couvrir la bouche, tentant sans succès d'étouffer une toux sèche et soutenue. Katarzyna observa de loin le processus des officiers en blouse blanche, qui s'entretenaient avec chaque immigrant pendant quelques secondes au cours desquelles ils auscultaient les yeux, le maintien, la peau, et posaient parfois une série de questions, avant de décider s'ils marquaient les habits des voyageurs d'un signe à la craie. Chacun semblait tenir une fonction précise. Un tel s'attardait sur le visage, un autre sur la corpulence. Des médecins, comprit Katarzyna.

Le premier à les examiner arborait une moustache fournie surmontée par un long nez et des petites lunettes rondes qu'il rajustait en permanence. Il adressa à Katarzyna un sourire dans lequel elle essaya de puiser du réconfort, et lui sourit à son tour en dépit de sa nervosité. Après avoir fait état du corps secoué par la toux de la vieille dame, dont le regard terrorisé courait de gauche à droite, le médecin brandit sa craie et inscrivit d'un geste rapide, sur le manteau élimé, la lettre capitale H. Il gratifia Katarzyna d'un deuxième coup d'œil appuyé, pas vraiment clinique, avant de faire signe à la personne suivante d'avancer.

Katarzyna remarqua un petit groupe de voyageurs, dont les vêtements portaient également un signe de craie, et que deux officiers entraînaient à l'écart. Elle en déduisit qu'ils seraient soumis ultérieurement à un bilan médical approfondi. Elle se tourna vers la vieillarde qui, étant arrivée à la même conclusion, lui agrippa soudain la manche à la manière d'un enfant implorant sa mère :

– Je ne peux pas retourner en Russie.

Impuissante, Katarzyna observa la peur assombrir son visage à mesure que son esprit anticipait la défaite et l'ajoutait à toutes les autres déceptions de sa vie.

Mue par une impulsion, Katarzyna s'assura qu'aucun officier ne regardait dans leur direction et pressa la vieille femme de retirer son manteau.

– Enlevez-le, lui enjoignit-t-elle avec une détermination qu'elle était loin d'éprouver. Enlevez-le et portez-le à l'envers. Ils n'y verront rien.

L'immigrante russe demeura d'abord pétrifiée par l'injonction ou par la perspective de commettre l'irréparable. Enfin, ses fines lèvres s'étirèrent en une grimace malicieuse et elle s'exécuta avec l'assistance d'une Katarzyna consciente que ce geste de solidarité risquait de mettre en péril son propre exil. Du coin de l'œil, elle aperçut un officier qui approchait et ajusta rapidement le col du manteau de la vieille femme avant de se replacer docilement dans la file.

Les pas ralentirent à leur hauteur, puis s'éloignèrent à nouveau. La colonne s'anima, et Katarzyna sentit la tension quitter son corps sous la forme d'un fou rire incontrôlé et vivifiant. Finalement, sa nervosité se dissipa complètement et, au cœur de la ruche humaine d'Ellis Island, cet antre d'espoirs, d'opportunités et de désillusions, Katarzyna prit l'entière mesure de sa première victoire : elle avait atteint sa destination et foulait cette terre qu'on disait mère de tous les rêves et foyer aux mille promesses : l'Amérique.

L'attente se prolongeait, interminable. Depuis le débarquement quelques heures plus tôt, la salle continuait de se remplir, avalant un nombre croissant d'individus qu'elle recrachait au compte-gouttes. Les hauts murs du hall résonnaient des milliers de conversations qui, à quelques variations près, imitaient celles d'hier et se répéteraient le lendemain. Les officiers américains, répartis dans le bâtiment derrière leurs bureaux surélevés, criaient des noms aux consonances variées, *Karkov, Vandercamp, Herlig, Fujita, Ginovese, Vasilieva, Aronowitz*, et les concernés se dirigeaient vers le guichet indiqué. À peine ces derniers libéraient-ils leur place que d'autres, inlassablement, leur succédaient selon une chorégraphie parfaitement rodée.

Katarzyna savait que la plupart fuyaient les persécutions religieuses, les oppressions politiques ou la pauvreté qui ravageaient certaines contrées d'Europe, et elle en conclut que son périple comptait parmi les rares à se justifier par d'autres motifs.

Lors de l'interrogatoire d'entrée, Katarzyna fournit les informations requises à l'aide d'un interprète, en s'efforçant de dominer la frayeur que lui inspirait cet entretien aux allures de procès. Elle répondit avec aplomb, le regard droit, et prit soin d'arborer une expression confiante qu'elle supposait déterminante pour réussir cette épreuve.

– Quelle est votre ville d'origine ?
– S'agit-il de votre premier voyage aux États-Unis ?
– Qui a payé votre billet ?
– Y a-t-il quelqu'un qui vous attend ?
– Avez-vous déjà un emploi ?
– Avez-vous un passé criminel ?
– Quelle somme d'argent apportez-vous ?

Ils avaient sous les yeux le formulaire que chaque immigrant avait préalablement dû remplir, et tous ces renseignements y figuraient déjà. Mais ils voulaient les entendre de sa bouche, et ainsi en tester la véracité, songea Katarzyna. Profitant d'un court intermède entre deux questions, elle osa un coup d'œil rapide vers l'interprète,

un jeune homme au menton fuyant et à l'air avenant dont les joues rebondies et l'attitude alerte évoquaient un rongeur. Il inclina légèrement la tête en signe d'encouragement, et Katarzyna l'imagina avec quelques années de moins, debout dans cette même pièce face à ces mêmes gens, inquiet et excité, espérant fébrilement qu'on valide ses papiers. Finalement, les officiers apposèrent sur ses documents une série de tampons avant de les lui tendre, et l'interprète se tourna vers Katarzyna, un sourire aux lèvres.
– *Dobrze.*
Tout est en ordre.

Kalisz, Empire russe, 1913

Le couteau s'abattit à plusieurs reprises, tranchant l'oignon en fines lamelles. Une fois le riz cuit, Agnieszka l'égoutta avant de le transvaser dans un saladier où elle l'incorpora au mélange de viande hachée, de chapelure, d'œuf et de lait. Elle y ajouta ensuite les oignons ainsi qu'une pincée de sel, de poivre et de cannelle. Les *klopsiki*, boulettes de bœuf au riz, comptaient parmi les plats préférés de Katarzyna et, l'espace d'un instant, Agnieszka crut sentir dans son dos l'ombre de sa fille.

Petite, Katarzyna adorait lui tenir compagnie lorsqu'elle cuisinait, suivant des yeux les gestes maternels avec une fascination mêlée de gourmandise. La fillette en profitait pour lui raconter sa journée tout en ébouriffant le poil de leur chien Tadeusz, ainsi nommé en hommage au général Tadeusz Kościuszko – même si les maladresses de l'animal ne rendaient pas grâce à la prestance légendaire du général – au grand dam de Gregor, le mari d'Agnieszka, qui avait initialement réprouvé ce choix, avant de réaliser que l'idée venait de sa cadette.

Sévère et peu expansif, Gregor se montrait néanmoins exceptionnellement conciliant envers sa fille. Il lui cédait avec une facilité déconcertante, révélatrice des limites de son impartialité, et Agnieszka le soupçonnait d'abhorrer ce trait de sa personnalité plus que tous ses autres défauts. Le pouvoir de Katarzyna sur son père résidait là, dans cette ambivalence entre l'ineffable prédilection dont elle était l'objet et son déni.

Lors de la préparation du dîner, toutefois, il régnait entre les murs de la cuisine une quiétude qu'aucune présence masculine ne se risquait à troubler. Dans ces moments Katarzyna n'appartenait qu'à sa mère. Agréablement enveloppées par la chaleur émanant du poêle, mère et fille commentaient les ragots du jour en grignotant des *ogórki kiszone*, ces cornichons macérés dans du vinaigre dont raffolait Katarzyna. Agnieszka gardait un souvenir si précis du rire de sa fille qu'il tintait comme un rappel cinglant de sa perte. Elle l'entendait encore remplir la cuisine, aussi doux et aérien que la mélodie d'une boîte à musique, avant de s'évanouir dans la vapeur ronronnante qui s'échappait des casseroles. Ces éclats spontanés contenaient toute l'insouciance de la jeunesse, et Agnieszka essayait alors de se remémorer l'époque lointaine où elle-même riait sans retenue. Elle appréciait d'autant plus ces instants privilégiés avec sa fille qu'elle savait, le temps passant, qu'ils se tariraient.

Et de fait, au fils des ans, Agnieszka suivait la lente métamorphose de sa cadette avec l'appréhension qu'inspire un bonheur appelé à prendre fin. Katarzyna était son unique fille, ensemble elles formaient le fragile noyau féminin de la famille. Leur proximité, espérait Agnieszka, perdurerait quoi qu'il advienne.

Mais la fillette malicieuse qui jouait encore la veille avec ses poupées s'était débarrassée en un claquement de doigts des derniers vestiges de son enfance. Sans avertissement, son allure juvénile s'était évanouie pour révéler un corps aux courbes voluptueuses, synonymes d'une maturité illusoire qu'Agnieszka savait pernicieuse. Dans le même temps, les gloussements espiègles disparurent, remplacés par des rires retenus, un timbre sophistiqué et des mouvements de tête maniérés qu'Agnieszka découvrait comme s'ils étaient ceux d'une inconnue. Son bon sens biaisé par la crainte, Agnieszka associait ces transformations à une injustice plutôt qu'à une transition inéluctable, et elle ne comptait plus les soirs où, rattrapée par la nostalgie, elle extirpait du tiroir de sa table de chevet une photo de Katarzyna, prise lors de ses dix ans, en s'imaginant remonter le fil du temps et l'arrêter pour toujours.

Hormis sa beauté frappante, Katarzyna possédait une grâce et une prestance innées qui, immanquablement, captivaient. Agnieszka connaissait le danger qui guettait ces filles dont le charme naturel attisait tout à la fois l'angoisse des parents, la convoitise des hommes mal intentionnés et la jalousie des femmes moins gâtées par la nature. Leurs atouts physiques relevaient de la malédiction et, malgré sa vigilance, Agnieszka avait failli. Elle avait commis l'erreur de baisser sa garde, et sa propre négligence n'avait d'égale que sa honte. L'imprudence est le propre de la jeunesse, et on la pardonne plus volontiers. Mais une mère dont l'inattention conduit l'enfant à l'exil ne trouve d'absolution auprès de personne, à commencer par elle-même. La punition est à la mesure de la faute, conclut Agnieszka en pétrissant la pâte avec férocité. Et tant pis si elle n'était pas seule responsable.

Lower East Side, New York, 1913

La première fois que son regard se posa sur Jozef Kadjinsky, l'ami de son père qui l'accueillait, lui offrait un toit et un emploi, Katarzyna ne trouva qu'un seul adjectif pour le décrire : résigné. Il émanait de sa personne une aura de renonciation, comme s'il ne se croyait plus en droit d'affirmer ses rêves et ses ambitions, ou même d'en nourrir. Ses yeux fatigués et sa posture courbée renforçaient cette impression, de même que sa voix, dont le timbre fluet évoquait un enfant timoré.

Katarzyna, à sa demande, lui décrivit les changements survenus dans leur ville au cours de l'année écoulée avant de digresser sur sa propre famille et la santé de chacun. Jozef l'écouta sans l'interrompre, impassible, dans un calme seulement troublé par les mouvements involontaires de son genou gauche chaque fois que Katarzyna mentionnait son père. Elle évita de s'épancher, pourtant, car l'évocation des siens, à ce stade, lui coûtait trop. Son hôte n'insista pas, et la conversation s'épuisa rapidement.

En dépit de sa courtoisie, Jozef faisait preuve d'une distance prudente, comme s'il apprivoisait un animal imprévisible, susceptible de le mordre ou de se cabrer. L'appartement hébergeait cinq personnes, dont elle, et Jozef lui apprit que ce chiffre pouvait varier. Les gens allaient et venaient, dit-il simplement.

Leurs actuels colocataires, un jeune couple allemand et leur enfant, vivaient dans la pièce adjacente à la cuisine commune et ne parlaient pas un mot de polonais. La vision de cette famille unie raviva la peine de Katarzyna, mais elle les salua chaleureusement. Elle fit également la connaissance de ses petites voisines du dessus, des jumelles d'une dizaine d'années qui travaillaient comme bonnes avec leur mère dans une famille juive aisée.

En fin d'après-midi, Katarzyna et Jozef se rendirent au marché et, sur le chemin du retour, Jozef lui expliqua brièvement en quoi consisterait son travail et le montant de sa paie. Un vent cinglant leur fouettait le visage, et Katarzyna l'imagina transporter son amour par-delà l'Atlantique, jusqu'au cœur de sa mère.

Les rues semblaient ne jamais désemplir, et les immeubles étroits qui les bordaient vibraient de sons et d'odeurs. Les cultures et les langues se chevauchaient dans un chaos symphonique que Katarzyna apprécia d'emblée. Elle s'étonna de la désinvolture avec laquelle la plupart des Juifs se promenaient et exposaient leur religion, à savoir comme leur marchandise : avec fierté.

– C'est toi l'intruse, dorénavant, plaisanta Jozef sans toutefois sourire. Le Lower East Side appartient aux Juifs.

Ils arpentèrent Allen Street, divisée en son centre par la ligne de métro aérienne de Second Avenue, et Jozef lui désigna l'endroit précis où, quelques années plus tôt, un incendie avait ravagé un immeuble surpeuplé, causant la mort de vingt personnes. Lorsqu'ils gagnèrent l'intersection avec Rivington Street, il lui fit également le récit d'une fusillade qui, dix ans auparavant, avait opposé les gangs rivaux Five Points Gang et Monk Eastman. D'après les rumeurs, plus de cent hommes avaient participé à la rixe.

– C'est une ville riche d'histoires et de dangers, conclut Jozef avec philosophie en s'allumant une cigarette.

Ils marchèrent ensuite jusqu'à Ludlow Street et s'accordèrent une halte chez Kat'z Delicatessen, où Jozef leur commanda deux sandwichs au pastrami qu'il présenta comme une des spécialités de la maison. Depuis leur table, Katarzyna observa les hommes derrière le comptoir s'activer et se crier des ordres dans un vacarme amplifié par les conversations animées de la clientèle.

– La nourriture pleut sur ce pays, affirma Jozef. Il y a des restaurants à tous les coins de rue. Des légumes, des fruits et des pommes de terre tout au long de l'année. La famine, ils ne connaissent pas ici, Katarzyna. Regarde comme les gens sont heureux.

C'était peut-être vrai, quoique Katarzyna peinât à déterminer si l'exubérance des clients était réellement l'indicateur du bonheur que Jozef leur prêtait ou si celui-ci projetait ses sentiments sur eux.

Lors de ce dîner improvisé, Jozef devisa sur la diversité culturelle du quartier qui, bien que majoritairement peuplé de Juifs d'Europe de l'Est, comptait aussi des Allemands, des Irlandais et des Italiens. Il décrivit ensuite la beauté architecturale de la synagogue d'Eldridge Street, à laquelle il se rendait pour observer le shabbat. L'effervescence de la ville le fascinait. Katarzyna entendait les mots qui sortaient de sa bouche, ou plutôt elle en percevait les sons et l'émotion. Mais l'enthousiasme de Jozef ne contribuait qu'à lui rappeler sa solitude, et ravivait son chagrin au lieu de la distraire. L'estomac noué, elle reposa son sandwich sans y avoir touché, et Jozef se tut.

Bruit et puanteur. Aux yeux de Katarzyna, ces deux mots décrivaient à eux seuls le Lower East Side. Ce quartier surpeuplé d'immigrants, localisé au sud de Manhattan, exsudait chaque jour les mêmes relents de nourriture, de détritus abandonnés par les charrettes à bras et de crottins de cheval que personne ne prenait la peine de ramasser. L'odeur, omniprésente et étouffante, s'infiltrait par les fenêtres, sous les portes, et imprégnait les meubles. Elle suintait la tristesse et la nostalgie. Pourtant, Katarzyna ne pouvait s'empêcher de l'associer aussi à l'espoir. Le quartier résonnait du rire des enfants, des anecdotes que se partageaient les femmes en étendant leur linge aux fenêtres, des grincements tonitruants provoqués par la ligne de train surélevée et du timbre aigu des garçonnets qui interpellaient les passants pour leur vendre un exemplaire du quotidien. Les rues vivaient au rythme du labeur de ces hommes et de ces femmes qui travaillaient sans relâche jusqu'à ce que leurs enfants prennent un jour le relais ou que leurs économies leur permettent de déménager dans un quartier plus prospère.

Toutes ces voix emplissaient l'air dès l'aube, se mêlant les unes aux autres dans une telle cacophonie qu'il devenait impossible de distinguer le yiddish du russe, le polonais du hongrois, le tchèque de l'ukrainien. Katarzyna aimait se répéter que ces gens appartenaient désormais au même peuple, unis par leurs rêves de réussite, par leur aspiration à un bonheur simple, et parfois par leur foi. Et qu'à défaut de s'apprécier, ils se toléraient. Leur existence en Amérique, éreintante et jonchée d'obstacles, vibrait de toutes les promesses qu'ils partageaient entre eux ou qu'ils contemplaient en silence.

Depuis son arrivée aux États-Unis deux semaines plus tôt, Katarzyna se réveillait chaque matin avec la certitude d'être dans son lit, chez elle, à Kalisz. L'espace d'une fraction de seconde, juste avant que son esprit ensommeillé s'ajuste à la réalité, elle croyait entendre le murmure du vent dans les pins, les aboiements joyeux de Tadeusz et les pas de sa mère dans l'escalier branlant.

Et puis le chant des arbres se muait en bruissement d'ailes de pigeons, les aboiements cessaient au profit du tumulte naissant de la journée et les pas n'étaient autres que ceux de Jozef. Alors Katarzyna regrettait le réveil, maudissait cette ville étrangère et refermait les yeux afin de ressusciter les sensations auxquelles elle ne pouvait plus prétendre : le poil rêche de son chien, l'odeur de la cour où caquetaient les poules, la chaleur du soleil de fin d'après-midi filtrant à travers les persiennes et le rire discret de sa mère. Sans qu'elle puisse se l'expliquer, il lui paraissait crucial d'entretenir cette mémoire sensorielle, de raviver son éclat comme on continuerait de polir un bijou que l'on ne porte plus.

Elle se demandait souvent si Jozef se livrait au même travail de réminiscence, si cette inclination simultanément réconfortante et pénible était le lot de tous les immigrants. Elle se retint un temps de lui poser la question, car d'après son père, Jozef avait fui la Pologne pour échapper aux pogroms, et elle soupçonnait que ses souvenirs de Kalisz différaient fortement des siens.

— Le pays te manque-t-il parfois ? osa-t-elle un soir.

— C'est ici, mon pays, répliqua Jozef, même si Katarzyna ne manqua pas de relever une pointe d'incertitude dans sa voix.

— Ça ne sera jamais le mien, affirma-t-elle.
— Désormais, c'est là que tu vis, Katarzyna, alors autant t'y faire.
— Je n'ai qu'une patrie.

Cette fois, Jozef reposa son journal et réajusta ses petites lunettes, signe qu'il s'apprêtait à dire quelque chose d'important.

— Ça ne vient pas en un jour, concéda-t-il. Et l'empreinte de notre pays ne s'efface jamais. Mais l'Amérique offre des opportunités uniques. Il faut juste savoir les saisir. Ici, chacun peut être qui il veut.

Dès qu'elle se sentait gagner par le chagrin, Katarzyna se répétait ses paroles pour se rassurer.

Un soir, pourtant, les sages conseils de Jozef n'y suffirent plus. Il pleuvait depuis près d'une semaine et les vents violents apportaient avec eux des rafales de souvenirs auxquels elle n'arrivait plus à se soustraire. Seule dans l'appartement, Katarzyna s'allongea sur le sol de la cuisine. Doucement d'abord, elle se mit à fredonner, une main derrière la nuque, l'autre posée sur son ventre. À mesure que sa voix s'affermissait, la tension qui contractait son corps se relâcha. Son chant emplit bientôt la petite pièce, recouvrant le brouhaha dehors et son sentiment de vide. Peu à peu, la mélodie réveilla le passé, et elle se laissa submerger.

Paupières closes, Katarzyna déambula dans les rues de Kalisz, admira l'église ancienne et l'école primaire, récemment rénovée. Elle passa ses doigts sous la fontaine du village et fit voler des gouttes où se reflétaient les nuages. Elle se rendit chez elle, inspecta chaque pièce, tâta l'édredon moelleux de son lit, le petit trou en forme de poire dans le papier peint au-dessus de sa commode, et huma l'odeur familière de sciure et de vieille peinture. Elle rejoignit sa mère dans la cuisine, contempla son visage, son sourire où il manquait une dent, et voulut se lover entre ses larges épaules, si imposantes par opposition à son caractère effacé. Elle embrassa ensuite son père et ses frères, salua les voisins, les enfants du village qu'elle avait vus grandir et même la folle du quartier, qui passait son temps à hurler sur tout le monde. Enfin, elle s'attarda sur Mirko. Sur sa mine sérieuse et ses yeux songeurs qui ne révélaient pas la moitié de ce qu'il pensait. Sur le dessin que formaient les veines sur ses avant-bras minces, sur la boucle de cheveux indisciplinée qui lui barrait constamment le front. Sur ses peintures d'une précision mathématique, obsessionnelle, d'un réalisme si frappant qu'il suscitait tout à la fois admiration et malaise. Au bout d'un moment, la voix de Katarzyna se brisa, et elle cessa de chanter.

Lorsqu'elle ouvrit les yeux, Jozef était là, ainsi que le couple d'Allemands et leur fille, debouts dans un silence respectueux. Chacun puisa dans la mélopée de Katarzyna matière à célébrer son histoire, et lorsque les dernières volutes de mélancolie se furent dissipées, ils gagnèrent sans un mot leur couche, leur attention de nouveau tournée vers l'avenir.

Malgré sa dextérité en couture et l'envie de satisfaire son employeur, Katarzyna trouvait le travail exténuant et sa monotonie décourageante. Jozef et elle se levaient chaque jour à l'aube, s'habillaient en hâte, avalaient leur petit déjeuner puis sortaient dans l'air vivifiant du matin pour traverser les trois rues les séparant de l'atelier textile de monsieur Ernberg.

Ils étaient à pied d'œuvre derrière leur machine avant sept heures du matin et restaient courbés sur leur table la journée entière, les doigts engourdis et le corps raide à force de répéter les mêmes gestes. Les heures s'écoulaient, ternes et identiques, entrecoupées par les plaisanteries éculées que se lançaient les hommes d'un ton las reflétant leur humeur. Le soir, ils rentraient chez eux les muscles endoloris, les yeux secs et la tête vibrant du bruit continu des machines à coudre. Trop fatigués pour parler, ils se contentaient d'avaler leur souper en silence avant de se mettre au lit, où ils sombraient immédiatement dans un sommeil profond. Ce train de vie éreintant comportait en revanche un avantage. Katarzyna, épuisée, reléguait désormais son chagrin au second plan, aidée également par le tempérament calme et bienveillant de Jozef.

Au fil du temps, elle avait révisé son opinion le concernant. Il n'était pas l'homme soumis qu'elle s'était figurée, et elle comprenait à présent la nuance qui lui avait échappée les premières semaines. Les yeux tristes de Jozef et sa posture suggéraient peut-être une forme d'affliction, mais en aucun cas la résignation. Cette attitude, supposait-elle, était le fruit d'une existence particulièrement rude où la survie avait longtemps été l'ambition principale. Jozef acceptait son destin parce qu'il ne se croyait pas en mesure de prétendre à mieux. Et s'il rencontrait encore des obstacles, il avait néanmoins atteint un objectif inaccessible pour lui en Pologne : la sécurité. Alors il célébrait ce qu'il avait chèrement acquis, même si son corps portait les stigmates de cette bataille. Persévérer, voilà ce à quoi il occupait ses journées. Son caractère effacé ne traduisait pas un abattement moral ou une forme de défaite, mais une sobre dignité, puisée dans la partie la plus tendre de son cœur, là où reposent aussi la bonté, l'amour et le pardon.

De son côté, Jozef appréciait la compagnie de sa jeune colocataire. Il aimait sa franchise et sa candeur, qui adoucissaient leur routine. Sa grâce touchait également les autres artisans de l'atelier qui l'admiraient à distance, intimidés par ce charme propre aux femmes qui ne mesurent pas l'ampleur de leur beauté. Le Lower East Side employait un grand nombre de couturières, mais le hasard avait voulu que Katarzyna se retrouve entourée d'hommes, et sa présence en était d'autant plus estimée.

Depuis l'arrivée de la jeune femme, Jozef travaillait avec un entrain renouvelé et se surprenait même à qualifier ses journées d'agréables. Il réalisa alors à quel point sa solitude lui avait pesé. Plus qu'une amie, Katarzyna lui apparaissait comme une parente sur laquelle il veillait. N'ayant pas d'enfant, Jozef endossa ce rôle avec une ferveur dont il fut le premier étonné, et qu'il associa peu à peu à la félicité.

« C'est déjà une femme », lui avait écrit Gregor, le père de Katarzyna, dans une de ses lettres, avant d'envoyer sa fille sur un bateau à destination des États-Unis. Une femme en apparence, aurait-il dû ajouter, car de l'avis de Jozef, Katarzyna tenait davantage de l'enfant. Jozef pressentait que les mois à venir seraient aussi formateurs que pénibles pour Katarzyna. Car si son exil lui avait enseigné une leçon, c'était bien qu'il n'y a pas d'apprentissage sans douleur.

Jozef, par exemple, redoutait la nuit. Au terme de ses longues journées, quand il retrouvait son lit, l'obscurité combinée au silence lui écrasait la poitrine. Lorsqu'il n'était plus accaparé par son travail, étourdi par l'animation des rues de Manhattan ou distrait par une conversation, son passé venait le tourmenter. Le temps n'y avait rien changé. Et sans doute n'y changerait-il jamais rien. À certains égards, cette souffrance lui paraissait méritée, et Jozef s'y soumettait docilement. Il avait menti à Katarzyna : en vérité, il songeait à Kalisz en permanence.

Concernant son propre exil, il peinait encore à déterminer ce qu'il avait réellement tenté de fuir. La peur ou la culpabilité ? Ses propres doutes ou les soupçons des autres ? La réponse continuait de lui échapper et ce vide le tourmentait.

Encore aujourd'hui, Jozef se surprenait à chercher dans le regard des autres le dégoût et l'aversion qu'il se vouait à lui-même. Dès qu'il riait ou osait se réjouir, le spectre du blâme réapparaissait.

La présence de Katarzyna fit un temps barrage à ce douloureux conflit. Parce qu'il aimait et était aimé en retour, Jozef abandonna son désir d'absolution car il ne constituait plus sa priorité. Désormais toute son attention se dirigeait sur Katarzyna, sur ce qu'il pouvait lui transmettre et les conseils qu'il était à même de lui prodiguer. Rien d'autre ne comptait, et il finit par conclure que la rédemption résidait peut-être là, justement. Dans le don, simple et gratuit.

À son entrée, tout le monde se figea. Les machines se turent brusquement et un silence terrifié s'abattit sur le petit atelier. Les hommes regardaient leurs chaussures et affichaient une mine inquiète que Katarzyna ne leur avait jamais vue. Ne sachant trop comment se comporter, elle cessa elle aussi ce qu'elle était en train de faire et observa le visiteur à la dérobée. Relativement grand et d'imposante stature, il donnait de loin l'impression d'être un homme. Mais son visage imberbe et la légère acné constellant son front suggéraient toutefois qu'il s'agissait d'un adolescent. Katarzyna décela dans son attitude un mélange d'arrogance et d'agressivité qui lui conféraient une aura d'autorité en décalage avec son âge, et c'était précisément de cette combinaison, comprit-elle, que les autres avaient peur. L'inconnu se racla la gorge et Katarzyna perçut l'irritation du petit garçon habitué à obtenir ce qu'il veut. Il n'était pas particulièrement séduisant, mais ses gestes dégageaient une assurance et une désinvolture que la jeune femme, à son corps défendant, trouva attirantes.

Tout à coup, elle se rendit compte qu'il la fixait également, et elle baissa les yeux en rougissant. Alerté par ce silence prolongé, leur patron dévala les marches séparant l'atelier de son bureau, son imposante bedaine rebondissant à chaque marche, et glissa une enveloppe dans la main du visiteur avant de tourner les talons sans un mot. Le jeune homme embrassa la pièce du regard une dernière fois en s'attardant sur Katarzyna, puis fit demi-tour et sortit.

Sitôt la porte refermée, les employés reprirent leur travail comme s'il n'avait jamais été interrompu, et Katarzyna jugea préférable de garder ses interrogations pour elle. En jetant un coup d'œil à Jozef qui, mâchoire serrée, s'appliquait à coudre une poche de manteau, elle se demanda s'il était courant, en Amérique, de voir les jeunes effrayer pareillement leurs aînés.

Le soir même, impatiente, Katarzyna questionna Jozef sur l'incident de l'après-midi. S'il ne parut pas surpris par sa curiosité, son expression se voila l'espace d'un instant alors qu'il reposait sa tasse d'une main tremblante. Comme chaque fois qu'un sujet le dérangeait, son genou gauche tressaillit et la veine de son front palpita. Il toussa et contempla son assiette vide en se grattant le menton. Même si Jozef ne lui faisait pas part de ses angoisses, Katarzyna savait reconnaître cette lueur fugace qui dilatait parfois les pupilles de son ami et donnait à son regard l'éclat fiévreux de la maladie. Cette lueur, comprenait-elle pour l'avoir croisée tant de fois à Kalisz, trahissait la peur. Elle se rencontrait plus particulièrement chez les Juifs, qu'elle ne quittait jamais totalement et définissait au même titre que leurs taliths et leurs prières. Chez Jozef, la peur était si profondément ancrée qu'elle paraissait indissociable de son être, telle une cicatrice ancienne à laquelle on ne fait plus attention, sans pour autant l'oublier.

— Qui est-ce, Jozef? le pressa Katarzyna en lui touchant la main, avide d'en apprendre plus.

— Un de ces hommes, dit-il en se détournant, comme si la réponse lui faisait honte.

— Quels hommes?

Mais il secoua la tête et se leva.

— Il fait partie de ces cercles dont il vaut mieux tout ignorer.

Et comme la jeune femme attendait, son intérêt piqué, il se contenta d'ajouter en baissant la voix:

— Garde tes distances, Katarzyna.

Et il quitta la pièce, car tout avait été dit.

Il s'appelait Goldstein. Elle l'apprit de la bouche d'un employé, qui refusa néanmoins de lui en dire plus. Personne ne semblait enclin à lui donner des informations à son sujet, et Katarzyna, accaparée par son travail, remisa vite l'événement dans un coin de son esprit, avant de l'oublier totalement.

Elle le revit par hasard dans une épicerie à quelques pâtés de son immeuble. En réalité, elle aurait quitté l'échoppe sans le remarquer s'il ne l'avait pas abordée tandis qu'elle choisissait des pommes.

— C'est toi la nouvelle qui travaille chez Ernberg ? lui lança-t-il dans un polonais parfait tout en allumant une cigarette.

Katarzyna hocha la tête et l'observa fumer, avec la vague impression d'assister au numéro d'un prestidigitateur trompant son public pour la centième fois. Un magicien adroit, se dit-elle en se promettant de rester vigilante.

— Oui. Tu vis aussi dans le quartier ?

À son tour, il opina et expira sa fumée vers le sol.

— Et tu travailles où ?

Son insistance allait à l'encontre de toute prudence, mais Katarzyna refusait de croire que le danger puisse prendre la forme d'un adolescent déguisé en adulte. Face à elle, Goldstein tira une nouvelle bouffée, puis dodelina de la tête comme s'il cherchait la bonne façon de répondre.

— Un peu partout, finit-il par lâcher.

Il exhala cette fois par le nez et plissa les yeux derrière la fumée. Sous l'éclairage cru de l'épicerie, il semblait terriblement fatigué, et beaucoup trop jeune pour inspirer la crainte chez des hommes plus âgés.

— Tu aimes l'Amérique ? demanda-t-il soudain.

Katarzyna hésita un moment, puis décida d'opter pour l'honnêteté.

— Rien n'égale la maison.

– Même si la maison est en cendres ?
– Ça n'était pas le cas de la mienne.
– Personne ne débarque ici sans raison.

Il lui sourit, comme si leur échange se résumait à un jeu qu'il maîtrisait. Ses yeux sombres restaient braqués sur elle, et elle fut surprise d'y déceler un intérêt naissant, qui la troubla à défaut de la flatter. Un frisson lui hérissa les poils de la nuque et elle se hâta vers le comptoir, soudain pressée de retrouver Jozef et l'intimité de leur cuisine. Elle paya rapidement, avec des gestes maladroits, et quitta le *deli* sans saluer le jeune homme, dont elle sentit le regard la suivre.

De retour à l'appartement, Katarzyna prépara le repas en tentant de chasser l'étrange sensation que lui inspirait ce face-à-face. Leur court échange, sans qu'elle se l'explique, avait fait resurgir dans son esprit les événements l'ayant conduite à quitter son pays. À table, elle finit par reposer brutalement ses couverts et se tourna vers Jozef :

– J'ai vu le jeune de l'atelier tout à l'heure. À l'épicerie.
– Les jeux du hasard, hein ? commenta Jozef avec ironie.
– Il n'a pas l'air si dangereux que ça.
– Si le danger s'affichait de façon évidente, il n'existerait pas.

Cette mise en garde à mots couverts ne suffisait pas à Katarzyna, elle aurait préféré que Jozef manifeste, outre son attention paternelle et protectrice, une autorité à laquelle elle n'aurait eu d'autre choix que de se soumettre.

– Si tu passais plus de temps avec moi, tu apprendrais à aimer ce pays, lui asséna Goldstein environ une semaine après leur rencontre à l'épicerie.

Il avait surgi de nulle part tandis qu'elle marchandait, sans trop de conviction, avec un vendeur de rue promettant les meilleures pommes de terre de Manhattan.

— Je me fiche d'aimer l'Amérique, répliqua une Katarzyna éreintée.

La journée s'était révélée particulièrement pénible à l'atelier — elle avait été plusieurs fois saisie de vertiges —, et Ernberg, d'humeur massacrante, avait trouvé utile, ou vivifiant, de passer ses nerfs sur ses employés. Il s'était particulièrement acharné sur Katarzyna, lui reprochant chaque point et reprise sans même avoir pris la peine de regarder de près son ouvrage.

— Ça te changerait les idées, c'est tout, reprit Goldstein en haussant les épaules avec une désinvolture qui suggéra à la jeune femme qu'il ne faisait peut-être pas grand cas de sa réponse.

— Eh bien pas ce soir, dit-elle à la place de la réponse catégoriquement négative qu'elle voulait lui opposer. Je suis exténuée.

— Comme tu veux.

Il lui fit un bref salut de la main et s'éloigna d'un pas nonchalant. Une fois de retour chez elle, Katarzyna s'efforça d'oublier sa proposition.

Elle devait bien admettre que son travail à l'atelier était loin d'être distrayant, elle œuvrait de manière mécanique, sans motivation, et basculait constamment dans les affres du chagrin. Elle se représentait sa mère occupée à cuisiner, à nourrir le chien, à repriser une jupe, s'affairant sans discontinuer pour combler le vide causé par l'absence de sa fille. Les pensées de Katarzyna la conduisaient vers son village, vers sa famille, vers cette vie qui continuait sans elle et qu'elle n'était pas appelée à retrouver. Alors elle chérissait ces souvenirs, dont les couleurs et les contours s'atténueraient jusqu'à s'effacer.

Sans aucun doute, oui, une rupture de sa routine, loin de l'atelier de l'affreux Ernberg, ne pouvait que se révéler bénéfique. Ainsi, par ennui, par dépit et parce que cette invitation aux allures de défi exerçait sur elle une attraction croissante, Katarzyna finit par accepter.

En attendant, et dans l'espoir d'atténuer sa peine, elle entreprit de dresser une liste des détails de son quotidien en Amérique qu'elle aurait aimé partager avec sa mère : l'abondance de nourriture qui contrastait avec l'étroitesse de leur appartement, les enseignes en yiddish qui bariolaient leur quartier, la foule de travailleurs qui affluait tôt le matin et se déversait le soir comme un reflux. Elle lui décrivait l'émotion découlant de cette agitation, et l'admiration que lui inspiraient ces visages fatigués mais sereins. « Tu aimerais la cuisine de Jozef », s'imaginait-elle lui dire, ou « Tu apprécierais sa douceur et ses bonnes manières, la dignité qui se dégage de sa personne, sa patience et sa tolérance. » Elle s'emploierait ensuite à dépeindre la saveur des plats variés auxquels son exil lui permettait de goûter – une information qui aurait particulièrement intéressé sa mère. Les *sarmale* de Simona Bobescu, le tendre *Leberkäse* de leur colocataire, le *roast beef* légendaire de Katz, le *fasírt* hongrois de Daniella Szabo et leur équivalent italien de chez John's. Elle retravailla longuement le contenu de cette correspondance imaginaire qu'elle ne trouva jamais le courage d'écrire. Pas tant parce qu'elle craignait de raviver la douleur de sa mère ou la sienne, mais parce qu'elle savait que ses lettres resteraient sans réponse. Interceptées par ses frères ou son père, elles seraient immédiatement détruites, sans que personne ne prenne la peine de les lire.

Face à ce chagrin et cette amertume inexpiables, Goldstein symbolisait l'émancipation à laquelle elle aspirait. Son caractère insolent et son détachement l'affranchissaient de cette compassion coupable qu'elle éprouvait à l'égard de tous, ses voisins, les enfants des rues, les vieillards, les sans-abris, et, face à lui, elle se sentait enfin en droit de revendiquer ses sentiments. Parce que son acrimonie trouvait un écho dans son regard fermé, et qu'il était l'une des rares personnes de son entourage à ne pas vénérer aveuglément ce pays, il lui offrait une perspective différente sur cet univers étranger. Alors, en dépit de ses défauts, ou grâce à eux, elle s'identifiait à lui. Oui, ils se ressemblaient. Des *outsiders*, des incompris, et des insoumis.

Le petit restaurant était enfumé, sombre et sentait la viande bouillie. Goldstein conduisit Katarzyna au fond de la salle et lui indiqua un box aux sièges en cuir rouge affaissés. De larges miroirs couraient le long du mur au-dessus des tables et les motifs bariolés du papier peint, dupliqués à l'infini, créaient une sensation de confinement.

Katarzyna se perdit un instant dans les reflets du bar et des serveurs qui s'activaient entre les tables, avant de reporter son attention sur Goldstein. Il lui tendit un menu qu'elle repoussa presque immédiatement.

– Je ne comprends pas la moitié de ce qui est écrit, expliqua-t-elle d'un ton plus sec qu'elle ne l'aurait souhaité. Et quand je comprends, je ne suis pas plus avancée.

Il sourit et reposa les menus :
– Je commanderai pour toi.

Sans attendre de savoir si cet arrangement lui convenait, il sortit un paquet de cigarettes de sa poche de veste, en alluma une à l'aide d'un briquet en argent, et exhala la fumée en la regardant droit dans les yeux.

Katarzyna prit soudain la mesure de l'absurdité de ce rendez-vous. Goldstein et elle n'appartenaient pas au même monde, un seul coup d'œil suffisait pour s'en convaincre. Il se comportait comme l'homme qu'il n'était pas encore, avec l'arrogance surfaite des garçons que la vie brutalise depuis l'enfance. Il avait forcément des circonstances atténuantes, tempérait Katarzyna, mais pour l'heure, elle peinait à le trouver sympathique.

À travers la fumée de sa cigarette, Goldstein la dévisageait avec intensité. À quoi pouvait-il bien penser ? Elle n'avait pas tressé ses cheveux comme à son habitude, dans un sursaut de coquetterie qui l'avait surprise, et elle regrettait maintenant cette décision qui risquait d'être mal interprétée par un homme comme lui.

Le serveur, un homme élancé arborant une moustache peu fournie et un crâne précocement dégarni, s'approcha de leur table en dégainant son carnet, interrompant le fil des pensées de Katarzyna.

— Qu'est-ce qui vous ferait plaisir ? demanda-t-il avec un sourire avenant.

Goldstein tira une autre bouffée de sa cigarette en désignant Katarzyna du menton.

— Un milkshake et un pain de viande.

Le serveur prit note et repartit d'un pas décidé vers la cuisine.

— Tu vas aimer, assura Goldstein d'un ton si confiant que Katarzyna le crut sur parole.

Un tel aplomb était réconfortant, mais elle eut presque aussitôt honte de s'en remettre à la seule inflexion d'un individu qu'elle connaissait à peine.

— Tu viens souvent ici ?

Le restaurant était presque entièrement vide et peu accueillant, aussi Katarzyna comprenait-elle difficilement ce qui avait pu inciter Goldstein à choisir cet endroit en se figurant qu'il servirait sa cause. Mais qu'était-elle, cette cause, en fait ?

— Jamais, répondit Goldstein en souriant, révélant une dentition irrégulière.

Peut-être qu'il se fichait d'elle, mais son sourire révéla une espièglerie que Katarzyna trouva touchante. Un gamin, conclut-elle en repensant à la facilité avec laquelle il avait réduit au silence tout le petit atelier de couture, sans avoir à prononcer un mot.

— Les autres ont peur de toi à l'atelier, lança-t-elle, cédant à l'envie de le pousser dans ses retranchements.

Mais Goldstein écrasa son mégot dans le cendrier, sans paraître ni surpris ni ennuyé par la tournure que prenait la conversation.

– Ah oui ? dit-il.
– Oui, répéta Katarzyna dans l'espoir qu'il ajoute quelque chose.
– Ils sont faciles à impressionner, dans ce cas. Et toi, tu as peur de moi ? ajouta-t-il en haussant un sourcil moqueur.
– Est-ce que je devrais ? contra Katarzyna.
– J'ose espérer que tu n'attends pas des gens qu'ils te disent quoi penser.

Il la provoquait. Pour s'amuser et parce qu'il pouvait ainsi la jauger. Katarzyna chercha une réponse adéquate, drôle et futée, s'étonnant d'accorder tant d'attention à la manière dont Goldstein recevrait ses paroles. Mais le serveur lui offrit une trêve en apportant son milkshake, constitué d'une énorme coupe de glace surmontée d'une montagne de crème chantilly au sommet de laquelle était piquée une cerise confite d'un rouge éclatant.

– Ils ne servent pas ça à Kalisz, n'est-ce pas ? la taquina Goldstein en attaquant son pain de viande.
– C'est délicieux ! s'exclama-t-elle, ravie par la saveur de la glace onctueuse.
– Je te l'avais dit.

Il lui lança un clin d'œil complice, qui lui rappela ses frères.

Elle avait bien fait de venir, se dit-elle en faisant rouler la cerise confite sur sa langue. L'Amérique lui apparut soudain sous un jour prometteur. Un pays qui avait inventé le milkshake était un pays digne d'être glorifié. Pour la première fois depuis son débarquement, Katarzyna entrevit la possibilité d'aimer cette patrie qu'elle s'était juré de ne jamais appeler sienne.

Ils discutèrent longtemps, sans toutefois se risquer à gratter le vernis protecteur de leur histoire personnelle, comme si chacun avait décelé la part secrète de l'autre et saisi l'importance de la respecter. À plusieurs reprises, Katarzyna perçut chez Goldstein un fragment d'authenticité, révélé par le ton de sa voix ou l'éclat insouciant de son rire, et il lui apparut tel qu'il était réellement : un petit garçon trop pressé de grandir. L'Amérique portait-elle beaucoup d'enfants comme lui, produits ambivalents d'un exil aux mille visages, façonnés par les sacrifices, le courage et l'espoir ?

Au moment où ils se levaient pour partir, Katarzyna sentit sa tête tourner. Elle s'appuya contre la table, mais la salle chavira dans un tourbillon de couleurs, et c'est à peine si elle reconnut la voix de Goldstein, lointaine et altérée, dans laquelle sourdait une pointe d'inquiétude. Sa main se cramponna à son sac, et Katarzyna pressentit sa chute avant même de basculer et de perdre connaissance.

Elle se réveilla dans une chambre inconnue, pourvue d'une fenêtre aux rideaux opaques ne laissant filtrer aucune lumière. Des draps rêches lui couvraient le corps jusqu'au menton, et sa tête reposait sur un coussin dur, inconfortable, aux relents de tabac. Encore groggy de sommeil, Katarzyna se pelotonna pour mieux conserver sa chaleur.

Le bruit assourdi de deux voix masculines derrière la cloison attira son attention, et elle tendit l'oreille pour saisir des bribes de leur conversation. Elle plissa les yeux, incommodée par des élancements migraineux, et le souvenir de sa chute lui revint brutalement. Prise de panique, Katarzyna voulut se lever, mais la porte s'ouvrit à ce moment précis, laissant apparaître dans l'encadrement la silhouette d'un homme.

L'inconnu referma derrière lui et vint s'installer sur une chaise près de la tête du lit étroit. Il semblait embarrassé, et surtout pressé de repartir.

– Ah, vous êtes réveillée, constata-t-il, soulagé, en polonais.

Katarzyna s'adossa au coussin.

– Que m'est-il arrivé ?

– Un malaise, rien de grave, la rassura l'homme. Une chute de tension.

Et puis il ajouta :

– Je suis médecin. C'est votre ami qui m'a contacté.

– Ce n'est pas mon ami.

Le docteur se frotta les jointures, visiblement soucieux.

– Quoi qu'il en soit, vous vous trouvez chez lui, précisa-t-il.

Katarzyna assimila l'information, le regard rivé sur le papier peint défraîchi. Deux questions la taraudaient depuis qu'elle s'était réveillée, mais elle se savait incapable de les poser.

– Je suis connu pour ma discrétion, reprit-il. Vous serez peut-être soulagée de savoir que je n'ai rien dit à monsieur Goldstein.

Katarzyna se mordit la joue, espérant trouver la force de ne pas pleurer.

– Je lui ai simplement assuré que vous alliez bien, ce qui, autant que je puisse en juger, est la vérité, poursuivit le médecin sans la regarder. Essayez de maintenir une alimentation riche en fer, ajouta-t-il.

– D'accord, souffla Katarzyna.

– Maintenant, et je vous le dis sans aucune forme de jugement, d'ici quelques semaines vous ne pourrez plus le cacher.

S'enfonçant dans les draps, Katarzyna préféra ne rien ajouter.

– Vous en êtes à environ cinq mois, n'est-ce pas ?

Elle hocha la tête en guise de réponse.

– Et lui… ? commença le médecin avant de baisser les yeux, gêné.

Katarzyna resta silencieuse.

– Faites attention, conclut le docteur en désignant la porte du menton, quoi que vous décidiez. Et prenez soin de vous. Ce sont mes seules recommandations.

Kalisz, Empire russe, 1914

Flottant dans des vêtements amples et troués, le squelette avait une allure paradoxalement comique. Face aux hommes qui exhumaient le corps de son père, Mirko sentit monter dans sa gorge une hilarité des plus déplacées, et toussa à deux reprises pour contrôler ses nerfs. La disparition à présent élucidée de cet homme violent et grossier ne suscita d'abord ni colère ni chagrin chez son fils officiellement orphelin.

Les mains enfoncées dans les poches de son pantalon, Mirko essayait d'associer la dépouille empêtrée dans son costume familier, et désormais superflu, à l'homme qui l'avait élevé. Mais il n'y parvint pas.

Debout à côté de lui, la mère de Mirko sanglotait. Son visage disparaissait derrière un mouchoir en tissu qu'elle pressait de ses doigts secs, et Mirko se retint de la toucher. Elle pleurait son mari, le père de son unique enfant, et tout ce que cette mort confirmée emportait dans son sillage. Elle pleurait sa peur et ses doutes plus que la perte, songea Mirko avant de reporter son attention sur les hommes à la mine contrite, qui s'activaient au-dessus de la fosse. Aucun d'eux n'avait remis en question la théorie selon laquelle Iwan Danowski avait tout simplement abandonné sa famille. À présent, ces mêmes hommes dégageaient le cadavre de celui qu'ils savaient avoir mal jugé, et la honte se lisait sur leurs traits fatigués. Les remords, Mirko le devinait, rendaient leur travail plus difficile encore. Il se lécha les lèvres, gercées par le froid, et reporta son attention sur le squelette. Malgré lui, ses yeux finirent par se poser sur le crâne lisse qu'un des hommes palpait en quête d'une cavité, et il lui sembla surréaliste que cette enveloppe ait un jour contenu le cerveau de son père, une masse à peine plus grosse que le poing englobant ses idées, désirs, incertitudes, et la somme des émotions qui font des hommes ce qu'ils sont.

C'est devant ce spectacle que la vérité enfin le frappa. Celle qui se refusait à lui depuis qu'un de leurs voisins, à la suite d'une rumeur qui enflait de minute en minute, leur avait enjoint de se rendre en urgence dans les bois en début de soirée.

Son père était mort. Pas disparu, parti ou retenu quelque part contre son gré. Mort, assassiné, et enterré à la va-vite à seulement quelques centaines de mètres de chez eux. Sa dépouille gisait là depuis des mois, laissant à la nature le soin de ronger chaque parcelle de sa chair tandis que les gens oubliaient peu à peu son visage et son nom.

Mirko déglutit en réfrénant son envie de vomir. Il flancha et, malgré sa grande taille, seul héritage de son père, n'eut d'autre choix que de prendre appui sur la frêle épaule maternelle. La nature définitive de ce qu'il avait sous les yeux induisit une autre vérité : il n'avait jamais rendu son père fier. C'était une observation futile au vu des circonstances, mais il n'eut pas la force de réprimer le sentiment vertigineux d'inachevé que provoqua la vision des côtes décharnées sous lesquelles gisait autrefois le cœur. Un cœur qu'il n'avait pas su gagner.

— Madame, articula un des hommes en s'épongeant le front, votre fils et vous devriez rentrer.

— Je prendrai le temps qu'il me faut.

L'homme préféra ne pas la contredire et entreprit, avec l'aide de deux autres voisins, de soulever le corps afin de le placer dans un brancard de fortune. Avec une minutie excessive qui évoqua à Mirko des sages-femmes manipulant un nourrisson, ils installèrent les restes méconnaissables d'Iwan sur la civière.

Aucun d'eux ne l'avait apprécié de son vivant, et même si Mirko ne pouvait leur reprocher leur opinion – que rejoignaient ses propres sentiments –, la délicatesse de leurs gestes et leur respect cérémonieux lui semblèrent déplacés. En fin de compte, il aurait préféré les voir traiter le corps comme ils avaient toujours traité son propriétaire : avec un mépris à peine dissimulé.

Lorsqu'ils passèrent devant eux, la mère de Mirko eut un brusque mouvement de recul.

— Iwan, souffla-t-elle, sans que son fils parvienne à déterminer ce dont cet appel vibrait le plus : de chagrin, de terreur ou de déception.

Ils restèrent un moment seuls, puis repartirent chez eux sans échanger le moindre mot. Cette nuit-là, le silence qui pesait sur la maisonnée différait de celui des nuits précédentes, car il portait en lui une confirmation irréversible. Face à ce vide indéfinissable, plus ambigu que le soulagement, Mirko se sentit étrangement démuni. Les heures précédentes l'avaient délesté définitivement de la part la plus sombre de son existence, et pourtant, cette consolation s'apparentait à une perte plus qu'à un gain.

Les yeux fixés sur le plafond de sa chambre, Mirko laissa ses pensées dériver jusqu'à Katarzyna. Il dessina mentalement son visage, dont il ressentait encore dans les doigts les proportions, les reliefs et toutes ses infimes nuances, et projeta sur cette vision l'expression de la compassion. Car il était convaincu qu'elle aurait compati à sa perte, et accueilli la complexité de ses sentiments sans le juger. Mais était-ce seulement vrai ? Mirko soupira en repensant à la façon dont Katarzyna était brutalement sortie de sa vie, et s'en voulut de ne pas mieux savoir oublier les gens qui l'abandonnaient sans prévenir.

La police n'ouvrirait pas d'enquête, la mort remontait à trop longtemps et aucun indice exploitable ne permettait d'envisager une piste sérieuse. Il fut donc admis qu'Iwan s'était simplement trouvé au mauvais endroit au mauvais moment, surpris par un voleur à l'orée des bois, comme cela arrivait parfois. Mirko, comme sa mère, préféra se contenter de cette conclusion. Iwan appartenait au passé, et ni sa femme ni son fils ne souhaitaient raviver la mémoire de cet homme, ce qu'il avait représenté pour eux et la façon dont il avait régenté leur vie.

— J'aimerais retourner à Beuthen, annonça sa mère quelques jours plus tard. J'y ai encore de la famille. Ça nous fera du bien, de redémarrer sur de nouvelles bases. Et je pense que tu t'y plairais.

— D'accord, concéda Mirko, aussitôt agacé par sa docilité.

Sa mère souffrait du mal du pays depuis longtemps, peut-être même depuis toujours. Elle n'avait jamais réussi à se sentir chez elle à Kalisz, et désormais, plus rien ne l'y retenait. Si elle parlait parfaitement le polonais, comme tous les germanophones de la ville, Mirko savait qu'elle n'entretenait de liens qu'avec les Silésiens dans sa situation. Elle tenait le prétexte idéal pour enfin partir, et Mirko ne voyait aucune raison de s'y opposer. Il était lui aussi prêt pour un nouveau départ. Prêt à laisser derrière lui cette ville, les ambitions naïves qu'il y avait développées et les relations qu'il n'avait pas su consolider. Prêt à abandonner sa part d'enfance, et déterminé à ne plus vivre en spectateur, effacé et passif. Car le monde ne souriait pas à ces gens-là. À vrai dire, il ne les voyait même pas.

Lower East Side, New York, 1914

Katarzyna interpréta l'incident du restaurant comme une mise en garde, et elle évita soigneusement Goldstein par la suite.

Qu'elle le veuille ou non, elle comptait maintenant au nombre de ces femmes dont le ventre arrondi susciterait les moqueries et les commérages. On lui reprocherait son irresponsabilité, son immoralité, son absence de bon sens et toutes les autres faiblesses qui lui avaient valu de se retrouver dans cet état. Elle fournirait un sujet de discussion à tous ceux dont le quotidien pénible appelait désespérément un peu de distraction. Et elle ne pouvait s'en prendre qu'à elle-même.

Mais ses prédictions exagérément pessimistes se révélèrent infondées, essentiellement parce que les gens jonglaient avec trop de soucis pour s'intéresser à ceux des autres. Et puis leur proximité permanente, quoique parfois inconfortable et inopportune, tendait à renforcer l'esprit de solidarité et l'empathie.

– J'ai su dès le jour où je t'ai rencontrée, lui confia Maria, leur voisine du dessus, elle-même mère de quatre enfants. N'importe quelle mère l'aurait remarqué, ajouta-t-elle.

– Mais…

– Enfin, Kat, une femme enceinte ne se définit pas seulement par son ventre.

– Ah bon ?

Katarzyna, désemparée, observa Maria s'activer dans son salon minuscule, essuyant des vitres qui restaient sales, lissant la nappe trouée, récurant un plancher éternellement terne aux lattes grinçantes et irrégulières. Du linge séchait, suspendu à plusieurs ficelles tendues en travers du salon – quelques draps, mais surtout des habits pour enfants. Katarzyna compta au moins cinq layettes grisâtres et usées ayant vraisemblablement servi à chaque enfant, et donc dorénavant au dernier né.

Âgé de huit mois, celui-ci possédait un ravissant visage joufflu et d'immenses yeux verts que les visiteurs admiratifs oubliaient sitôt après l'avoir entendu s'égosiller en brandissant ses petits poings potelés. La nuit, ses pleurs traversaient les murs ténus de l'appartement, réveillant une bonne partie du voisinage.

Maria n'avait pas encore vingt-cinq ans, mais ses tracas quotidiens et le manque de sommeil occasionné par sa nombreuse progéniture l'avaient vieillie prématurément. En plus de ses charges domestiques, elle s'était récemment mise à coudre des vêtements pour enfants ornés de fines broderies qu'elle vendait ensuite aux femmes du quartier pour arrondir ses fins de mois. Ses clientes lui avaient vite décerné le titre de brodeuse prodigieuse en raison de la qualité de ses ouvrages. Grâce à des chutes de tissu inutilisées que lui rapportait son mari de l'atelier, Maria habillait ainsi près de la moitié des enfants du Lower East Side.

La vieille machine à coudre Singer reposait sur une table en bois bancale placée sous l'unique fenêtre de l'appartement, qui donnait sur la bruyante Allen Street. L'aînée de Maria se chargeait généralement de trier les morceaux de tissu par couleurs pour faciliter le travail de sa mère. La journée, le bébé restait dans son berceau à côté de la jeune femme, qui s'interrompait à intervalles réguliers pour le nourrir et le changer. Il dormait maintenant à poings fermés, étroitement emmailloté dans plusieurs couvertures, et laissait parfois échapper un soupir satisfait ou un bref geignement.

Seule la fille aînée de Maria fréquentait l'école élémentaire du quartier, tandis que Grazyna et le petit Fredek, âgés de quatre et deux ans, restaient à la maison auprès de leur mère. Sages et disciplinés, ils comprenaient la nécessité de ne pas la déranger, mais il arrivait, comme au sein de toute fratrie, que des disputes éclatent, et Maria devait s'interrompre avant de calmer le bébé, que ces chamailleries finissaient immanquablement par réveiller.

Ces rudes journées éprouvaient la patience de Maria et entamaient précocement sa jeunesse. Son amour et sa dévotion pour sa famille étaient évidents, de même que l'épuisement moral et physique qui en découlait.

Katarzyna en était là de ses réflexions lorsque retentit le son caractéristique d'un objet se brisant, et les deux femmes se retournèrent de concert sur Fredek figé, un verre d'eau fracassé à ses pieds, le haut du corps dissimulé derrière un jupon séchant sur la corde à linge. Maria traversa la pièce en deux enjambées furieuses, repoussa brusquement son fils, s'agenouilla et ramassa les morceaux éparpillés en jurant à voix basse. Accablé, Fredek alla se réfugier derrière le canapé où, les bras serrés autour de ses genoux, il tenta tant bien que mal de se faire oublier.

Katarzyna rejoignit son amie et l'aida à éponger l'eau répandue. Elle savait que sa présence avait épargné à Fredek une gifle magistrale, et elle espérait que Maria n'y remédierait pas après son départ. Du coin de l'œil, elle vit Grazyna qui, debout devant le berceau du bébé, les observait, tétanisée, sensible au langage corporel de sa mère, dans lequel elle lisait l'interdiction formelle de s'approcher.

– Merde, souffla Maria en agitant vivement la main.

Du sang gouttait de son pouce, qu'elle enroula dans un pan de son tablier. Puis, tandis qu'elle se relevait, des sanglots s'élevèrent du berceau. Alors Maria ferma un bref instant les yeux en inspirant profondément.

– Ce n'est pas tout le temps comme ça, dit-elle à Katarzyna avec un ton d'excuse chagriné.

Les pleurs du bébé sortirent Grazyna de sa torpeur, et elle balança le berceau de façon mécanique sans quitter sa mère des yeux. Embrassant la pièce du regard, Katarzyna tâcha de voir au-delà de ce qui s'offrait immédiatement à elle – la misère, la fatigue, la saleté, le confinement et la privation – pour y déceler le bonheur d'une famille unie et le soulagement de vivre en sécurité. Au lieu de cela, elle se heurta à l'étroitesse de l'appartement, aux rideaux élimés, au tissu rapiécé du canapé, à la minuscule baignoire dans la cuisine, aux angles que la lumière du jour n'atteignait jamais, à la bouilloire au socle rouillé, et enfin aux draps rêches suspendus aux cordes à linge.

À l'expression de Maria, Katarzyna comprit que son jugement ne lui avait pas échappé, et elle baissa les yeux, gênée. Elle s'attendait à ce que son amie, blessée, lui reproche ses idées préconçues sur la misère et la précarité, ou qu'elle la chasse de chez elle avec toute la dignité dont elle était capable. Mais la jeune femme jeta un regard circulaire, une main sur la hanche, avant d'esquisser un sourire dépité.

— J'ai commencé une courtepointe, déclara-t-elle. Pour le jour où nous déménagerons. J'en recouvrirai notre lit, un lit que je ne partagerai qu'avec mon mari.

— C'est une bonne idée, approuva Katarzyna, même si elle sentait que ce projet relevait d'un rêve auquel la jeune mère ne croyait pas.

— Cette vie est meilleure. Nous avons gagné beaucoup plus que nous n'avons perdu. C'est comme ça que l'on définit une victoire, non ?

— Sans doute, murmura Katarzyna, qui percevait dans ces paroles l'imminence d'une leçon de morale.

— Mais pour toi, la situation est différente.

Katarzyna dévisagea son amie, perplexe.

— Les belles femmes ont toujours plus d'options, Kat, reprit Maria. Tu gagneras le cœur de n'importe quel homme. Alors si je peux te donner un conseil, trouves-en un qui t'offrira mieux que ça.

Le soir même, incapable de trouver le sommeil, Katarzyna ressassa ces paroles. L'argument de Maria n'était pas complètement incongru, mais sa mise en pratique lui paraissait plus compliquée. Car, si Katarzyna admettait que son physique facilitait ses rapports avec les hommes, elle pressentait en revanche qu'aucun d'eux ne serait suffisamment stupide ou généreux pour fermer les yeux sur sa grossesse. Et puis elle n'aimait pas la notion marchande que suggérait la recommandation de son amie. Tiraillée, elle relança le sujet quelques jours plus tard.

— J'aurais l'impression de me vendre, avoua-t-elle à Maria.

– Vois ça comme un investissement. Pour ton bébé, pour toi, pour votre avenir.

– J'aimerais troquer de l'amour contre de l'amour. Pas autre chose.

– Peut-être que tu y parviendras, concéda Maria un brin sceptique. C'est une question de priorités. Et c'est à toi d'en choisir l'ordre.

Le visage d'Isak Goldstein s'imposa dans l'esprit de Katarzyna, et elle repensa au plaisir qu'elle avait éprouvé, abstraction faite de sa conclusion, lors de leur rendez-vous.

– Un garçon m'a invitée récemment.

Mais Maria secouait déjà la tête.

– C'est un homme qu'il te faut.

– Les gens le respectent comme tel.

Maria réfléchit un instant.

– Il y a cette fille, Veronika Bratislava, qui vit dans l'immeuble en face. Le soir, et parfois la journée, une petite lampe rouge brille à sa fenêtre. C'est signe de disponibilité pour ses potentiels clients.

Voyant que Katarzyna ne saisissait pas l'allusion, elle précisa :

– Elle se prostitue. Son mari l'a quittée et elle a trois enfants à nourrir.

– Je ne compte pas me prostituer, la coupa Katarzyna, offusquée.

– Ce n'est pas ce que j'essaie de te dire. Les enfants de Veronika sont encore très jeunes, mais pas assez pour ignorer ce que fabrique leur mère. Les gosses grandissent vite dans ces circonstances.

Katarzyna acquiesça, sans toutefois comprendre où Maria voulait en venir. Elles parlaient rarement des sujets intimes et se contentaient d'habitude d'évoquer leur quotidien en plaisantant pour tromper leurs frustrations. Katarzyna n'aimait pas les ragots. Les secrets des autres, qu'ils fussent tristes, ignobles ou drôles, ne l'intéressaient pas, et elle espérait que Maria mettrait rapidement un terme à cette conversation.

— Peut-être qu'un jour ils la détesteront pour ce qu'elle a fait, reprit Maria. Mais en attendant, elle leur offre un toit, les nourrit, et les aime. Et ils l'aiment en retour.

Katarzyna tirait nerveusement sur la manche de son manteau.

— C'est dans notre nature d'ignorer ce qu'on ne veut pas voir, conclut Maria. Tout ne vaut pas la peine d'être étudié à la loupe.

Déstabilisée, Katarzyna observa son amie en tentant de deviner ce qu'elle savait et refusait de lui dire frontalement, et si ces informations, au bout du compte, influeraient sur son choix.

— Ce n'est jamais aussi simple qu'il n'y paraît, répondit Katarzyna.

— Oh si, justement, ça l'est.

De façon générale, Isak Goldstein se méfiait des belles femmes, qu'il jugeait plus enclines à manipuler et plus difficiles à cerner.

Pourtant, rien dans le comportement ou les propos de Katarzyna ne suggérait la duperie. Elle manifestait le manque d'assurance typique des immigrants en pleine transition entre leur patrie et l'Amérique, mais possédait également une force dont elle ne semblait pas avoir conscience. Isak admirait la témérité de ceux qui, quelle qu'en fût la raison, prenaient la décision de quitter seuls leur pays, leurs racines et leur famille, sans l'ombre d'une garantie.

Pour sa part, il savait tout juste prononcer son nom lorsque ses parents avaient débarqué sur le sol américain, aussi ne conservait-il aucun souvenir de son existence en Europe. Pas plus que des longs mois d'anxiété fiévreuse qui avaient précédé l'obtention d'un ticket de bateau, dont le prix équivalait à plusieurs années d'économies. Il était donc incapable de décrire la minuscule maison en pierre, bâtie des mains de son grand-père, dans laquelle il était né et avait prononcé ses premiers mots. Sa mère lui avait raconté qu'ils possédaient quelques poules malingres, dont les caquètements provoquaient chez elle des migraines chroniques qu'elle soulageait en buvant des infusions à l'écorce de saule blanc. Le minuscule potager leur permettait de récolter, sous un climat propice, pommes de terre, tomates, carottes, radis et laitues. En automne, ils cueillaient des pommes molles et sans saveur qu'elle broyait afin de confectionner des conserves en quantité suffisante pour les nourrir jusqu'à l'année suivante. Les températures clémentes de l'été favorisaient la récolte des framboises et des mûres qui poussaient selon leurs caprices dans le verger, et avec lesquelles la grand-mère d'Isak réalisait des tartes dont elle régalait son petit-fils de morceaux écrasés.

Un jour, son père avait acheté au marché une chèvre maigrichonne et boiteuse, la moins chère du lot, pour laquelle la grand-mère s'était prise d'affection et à qui elle murmurait des histoires que l'animal écoutait patiemment, les yeux mi-clos. En dépit de son apparence rachitique, la chèvre produisait un excellent lait, et sa présence intimidait inexplicablement les poules, qui cessaient de caqueter à son approche.

Mais malgré leurs efforts combinés, les réserves de nourriture restaient minces, et chaque hiver ravivait l'inquiétude de manquer des denrées essentielles et de traverser la rude saison la faim au ventre. Le père d'Isak persistait aussi à penser que leur religion les rendait vulnérables au village, car certains marchands refusaient de servir les Juifs, des clients dédaignaient leurs commerces et des pogroms frappaient régulièrement. L'ensemble de ces facteurs finirent par le convaincre de quitter la Pologne.

Les États-Unis promettaient une existence différente, entendait-on. Les Juifs y vivaient en paix, et personne ne vous empêchait de prospérer si vous en aviez la capacité et l'envie. C'était une porte ouvrant sur des milliers de possibilités, et cet univers, bien que terriblement lointain, n'était pas hors de portée. Il suffisait, comme pour tout, d'y mettre le prix.

En plus du coût, les démarches administratives impliquées par le voyage avaient conduit à d'innombrables disputes, crises de larmes, nuits blanches, et déployé dans le cœur de chacun l'angoisse qui précède un bouleversement irrévocable. L'appréhension s'était néanmoins dissipée à mesure qu'ils franchissaient les étapes, et la perspective du départ, désormais palpable, suscitait des sentiments mitigés.

Une époque joyeuse et cruelle, à la fois belle et triste, que la mémoire d'Isak, pareille à un récipient troué, n'avait pas su retenir. Les odeurs, les sons et les paysages liés à cette époque ne lui appartenaient plus depuis longtemps, mais se rappelaient à lui à travers les récits de ses parents. Le pelage rêche de la vieille chèvre sympathique, la lueur veloutée du ciel au crépuscule, l'arôme du bois brûlant dans la cheminée, le rire saccadé, ponctué par la toux, de sa grand-mère.

Les yeux de sa mère s'embuaient chaque fois qu'elle évoquait cette dernière, qui n'avait pas entrepris le voyage et était morte peu après, loin des siens.

Isak ignorait les raisons du départ de Katarzyna, mais il savait reconnaître une conscience tourmentée, et c'est l'effet qu'elle lui avait fait au restaurant. Peut-être avait-elle aussi ses secrets ou, comme ses parents, des souvenirs qu'elle préférait taire.

Comme beaucoup d'enfants d'immigrants issus d'un milieu précaire, Isak vouait à sa famille un respect et un amour illimités, indémêlables d'une sorte d'exaspération contenue. Sensibilisé depuis son plus jeune âge à la notion de sacrifice, mais aussi à celle de risque et d'ambition, Isak avait grandi dans un univers saturé de contradictions, où les sentiments de ses parents, rapportés d'une autre vie, ne correspondaient plus à ce qu'éveillait en lui l'Amérique, son pays. Une patrie envers laquelle ses parents se sentaient infiniment redevables et qui, précisément pour cette raison, ne serait jamais tout à fait la leur.

Ils n'osaient pas se plaindre et excellaient dans l'art de rester invisibles. Ils bénissaient leur nouvelle existence tout en pleurant l'ancienne, et traînaient en permanence avec eux cette chape de nostalgie à la manière d'un costume traditionnel, inconfortable et usé, mais lourd de symbolique.

Isak comprenait leur point de vue sans le partager, et il lui arrivait de leur reprocher le stoïcisme avec lequel ils acceptaient les déconvenues, comme si le simple fait de vivre en Amérique proscrivait toute manifestation de mécontentement.

Il n'empêche qu'il leur était reconnaissant d'avoir traversé l'océan avant qu'il ait atteint l'âge où ses propres émotions auraient rejoint les leurs. Car indéniablement, cette divergence de perspective avait entraîné une fissure dans leurs rapports, de celle qui scinde toutes les familles dont les enfants grandissent dans une culture différente. Malgré cette barrière invisible, ou peut-être justement à cause d'elle, Isak n'arrivait pas à quitter son rôle d'interprète, position qu'il tenait depuis si longtemps qu'il n'aurait su dire qui, de lui ou de ses parents, en avait le plus besoin.

Peu à peu, il s'était aussi mis à traduire ses actions comme bon lui semblait, justifiant ses écarts au nom d'un rêve qui n'était pas le sien et dont il détournait sciemment la trame. Ce pays offrait à qui était capable de prendre. Et Isak prenait. Le drapeau américain avait instillé en lui un esprit conquérant et une détermination de fer. Il appartenait à cette génération qui revendiquait une vie meilleure que celle de ses aînés, et dont le quotidien se définissait par le devoir d'honorer les sacrifices engendrés. Alors tant pis si Isak s'accordait plus que ce qui lui revenait. L'argent était gage de réussite et ouvrait des portes jusqu'alors closes. Celles auxquelles son père avait frappé, sans succès.

— Je parie sur un garçon, déclara Maria au huitième mois de grossesse. C'est l'inclinaison de ton ventre, ça ne trompe pas.
— Une fille, contra Leonora. Regarde-toi, tu raffoles subitement des aliments sucrés. Ma mère m'a toujours dit que c'était un signe.
— Il suffit d'additionner son âge au mois de l'année où elle a conçu son bébé, renchérit Frieda, la femme du brasseur qui tenait le bar au rez-de-chaussée de leur immeuble. Pair pour un garçon, impair pour une fille.
— Ma grand-mère utilisait la technique du pendule. Elle ne s'est jamais trompée.
— Il y a aussi le lancer de mouchoir.
— Ou le lancer de la cuillère.
— Taisez-vous donc, bande d'ignares. Elle attend des jumeaux. Je le sais, son ventre est énorme.
— C'est vrai, et ses seins ont triplé de volume.

Les spéculations et autres théories farfelues de ses voisines incitèrent Katarzyna à ne plus se soucier du sexe de son enfant. Cette attention incessante qu'elles lui accordaient l'exténuait, sans compter leur acharnement à avoir le dernier mot. Certaines suivaient même sa grossesse avec une inquiétude irraisonnée qui confinait au harcèlement, comme Ekaterina Drasnova, qui lui prescrivait toutes sortes de remèdes invraisemblables pour alléger des symptômes qu'elle ne présentait pas. Il y avait aussi celles qui vivaient cette expérience par procuration, comme Elena Tsrinsky, dont les trois enfants étaient morts en bas âge, ou Larissa Valcek, qu'une complication médicale survenue dans sa jeunesse avait rendue stérile. Celles-ci couvaient Katarzyna, à la fois envieuses et terrifiées.

Il y avait aussi les pessimistes, qui lui prédisaient un accouchement interminable et terriblement douloureux, et les âmes compatissantes, dont les discours rassurants échouaient malheureusement à contrebalancer l'inquiétude croissante de Katarzyna.

En revanche, toutes se réjouissaient pour elle. Un bébé symbolisait l'espoir, l'amour et l'innocence, et dans les *tenements*, ces immeubles étriqués où s'entassaient des dizaines de familles d'immigrants, il incarnait aussi l'avenir.

Lorsqu'il croisa Katarzyna par hasard, une semaine avant son accouchement, Isak la salua en prenant soin de ne pas regarder son ventre. Il avait eu vent des rumeurs concernant sa grossesse peu après leur rendez-vous au *diner*, et n'avait pas jugé pertinent de découvrir si ces ragots étaient avérés. En fait, la nouvelle l'avait plus intrigué que choqué, et le mystère qui auréolait Katarzyna, partiellement élucidé, avait attisé davantage encore son intérêt pour elle. Il comprenait mieux son comportement distant, ou s'imaginait en avoir découvert la cause. Une grossesse accidentelle qui l'avait conduite à l'exil, conclut-il. Une histoire vieille comme le monde, en somme. Et selon lui, il n'y avait rien d'autre à en dire.

— C'est pour bientôt, on dirait, dit-il avec un sourire avenant, pour l'obliger à s'arrêter.

Elle sembla hésiter, et se contenta d'un timide hochement de tête. Comme il gardait les yeux rivés aux siens, il ne voyait que son visage harmonieux aux traits délicats, que tous les hommes devaient observer avec le même désir. La beauté attire. La douceur aussi, songea-t-il, quoiqu'il ignorât laquelle de ces deux qualités le séduisait le plus et la définissait le mieux. Enfin il baissa le regard là où, entre eux, bourgeonnait la vie. Une existence sur le point de commencer, fruit d'une union dont il préférait ne rien savoir. Ce qu'il savait, en revanche, c'est qu'il ne voulait pas conclure leur conversation sur le sujet.

— J'ai appris un nouveau mot, le devança Katarzyna. *Tomorrow*.

— C'est un début, admit-il, inexplicablement heureux qu'elle partage ce détail insignifiant avec lui.

— C'est le début qui est pénible, ajouta Katarzyna.

– Ça sera plus facile par la suite, la rassura-t-il, et tous deux se regardèrent, incertains quant à la signification contenue dans les propos de l'autre.

Les doigts de Katarzyna s'agrippèrent aux draps froissés, et un son rauque, guttural, s'échappa d'entre ses lèvres. Ses yeux exorbités exprimaient un tel affolement que Jozef perdit toute contenance, et il se figea, désarçonné et brutalement conscient de l'inutilité de sa présence. C'était par bon sens qu'on ne conviait pas les hommes dans ces moments-là, lui apparut-il, tandis qu'une nouvelle contraction déformait les traits de Katarzyna.

– Il faut pousser, répéta pour la énième fois la sage-femme, que l'expérience nimbait d'une assurance dont Jozef tentait désespérément de s'imprégner.

Elle était accroupie au bout du lit, recouvert pour l'occasion de plusieurs linges, et son visage concentré et sévère dissuada Jozef d'émettre le moindre commentaire.

Cramponnée aux couvertures, Katarzyna percevait les exhortations de la sage-femme sans en saisir le sens. Les contractions lui déchiraient le bas-ventre avec une telle violence qu'elle fut convaincue de vivre ses derniers instants, et un gémissement soutenu, semblable au feulement d'un chat, enfla dans sa gorge.

Elle retint alors son souffle, soudain convaincue que, tant qu'elle ne criait pas et aussi longtemps qu'elle s'abstenait de pousser, le bébé resterait en elle. Mais indépendamment de ses efforts pour l'en empêcher, il entamait sa sortie, et elle en vint à espérer qu'il ne survive pas à leur lutte. Les larmes jaillirent, et Katarzyna hurla tout le désarroi et l'appréhension accumulés depuis la découverte de sa grossesse. Ses cris emplirent la pièce, et personne n'essaya de la faire taire.

« On peut définir un homme en fonction de son rapport à sa peur, lui avait un jour dit son père. S'il la vainc, il est brave. S'il l'ignore, il est inconscient. S'il n'en a aucune, il est arrogant. Et s'il la laisse prendre le dessus, il devient lâche. Tu peux être brave, inconsciente ou arrogante. Mais ne sois jamais lâche. »

À l'époque, Katarzyna n'avait pas saisi la pertinence de ces propos déclamés d'un ton trop théâtral pour être pris au sérieux. Mais, à la lumière de sa situation, ils lui semblaient renfermer une vérité nouvelle, et c'est au souvenir de cette mise en garde de son père qu'elle lâcha finalement prise.

– Je vois la tête ! annonça la sage-femme.

À ces paroles, Katarzyna oublia la honte et les regrets. Elle agrippa la main de Jozef et leurs regards se croisèrent. Il était blême, désemparé, et aussi pressé qu'elle d'en finir. Mais ce qui la sidéra davantage fut l'amour indicible qu'elle lut dans ses yeux. L'amour d'un père pour la fille qu'il n'avait jamais eue. D'un homme pour la femme qu'il souhaitait protéger. Et, dans la pression de ses doigts, Katarzyna entendit les encouragements qu'il n'osait prononcer.

Cette fois, elle poussa de toutes ses forces. Sous l'effort, la perception de son environnement se modifia. Et au cœur de cet étourdissement des sens, Katarzyna distingua soudain d'autres pleurs, dont le timbre aigu, animal, déchira l'état de semi-conscience dans lequel elle avait glissé. Plus ténus, plus faibles, mais fondamentalement semblables à ses propres sanglots. C'était la plainte d'un être apeuré, attendant qu'on le réconforte.

– C'est une fille, déclara la sage-femme, et elle coupa le cordon ombilical avant de tendre le nouveau-né à sa mère.

Les yeux humides, Jozef contemplait Katarzyna et son bébé. Il avait vu ce que la cruauté, la vanité, la jalousie ou l'ignorance des hommes pouvait engendrer. Et il s'y était tant habitué qu'il avait presque oublié la puissance tout aussi indomptable de l'amour. Devant le nourrisson qui, la bouche ouverte, encore aveugle, cherchait le sein de sa mère, Jozef fixa ses propres mains, rêches et vieilles. Des mains qui se contentaient, jour après jour, de tendre du tissu, de coudre des poches, et qui lui parurent subitement bien inutiles. Il fut saisi par l'envie irrépressible de toucher l'enfant, et lui effleura le sommet du crâne pour prier, paupières closes. Lorsqu'il rouvrit les yeux, Katarzyna tendait les bras vers lui, et il lui fallut plusieurs secondes pour comprendre qu'elle lui offrait le nourrisson endormi.

Avec toutes les précautions du monde, il souleva le nouveau-né, qui émit un vagissement presque inaudible et se blottit contre le corps de ce grand-père improvisé. La gorge nouée, Jozef osait à peine respirer, partagé entre émerveillement et terreur. Il admira les minuscules poings fermés, la mince touffe de cheveux sombres et les veines qui palpitaient sous la peau translucide. Il sentait le petit cœur battre contre le sien et prit brusquement conscience de l'énormité de ce à quoi il venait d'assister.

La tête baissée, Jozef pleurait, parce que le bonheur s'était enfin décidé à frapper à sa porte, et qu'il respirait maintenant dans le creux de ses bras.

Kalisz, Empire russe, août 1914

L'explosion ébranla la bâtisse à tel point que les casseroles et autres ustensiles se décrochèrent des murs et tombèrent avec fracas. Tadeusz lança plusieurs aboiements suraigus et se rua hors de la chambre dans un bond terrorisé. Le cœur battant, Agnieszka risqua un coup d'œil par la fenêtre et vit, au loin, une grange s'embraser. La fumée s'élevait au-dessus de la ville en volutes opaques, et les flammes semblaient lécher le ciel. Des cris affolés résonnèrent, presque aussitôt étouffés sous la clameur d'une deuxième déflagration.

Agnieszka se recroquevilla sur le sol de sa chambre pour ne pas voir ce que cet impact-là coûterait à la ville. Elle entendit des pas précipités dans l'escalier, et l'instant d'après, son mari s'encadrait dans la porte.

— Reste là ! tonna-t-il.

Comme si elle allait se risquer dehors. Ils échangèrent un long regard, suffisamment long pour qu'Agnieszka réalise qu'ils ne s'étaient pas regardés aussi intensément depuis bien longtemps. C'était un homme qui n'avait jamais flanché, et sans doute eût-il gagné à le faire de temps à autre. Il était à présent méconnaissable, le visage déformé par l'incertitude et le désarroi. Et c'est à l'expression de son mari qu'Agnieszka comprit que Kalisz, mais surtout leur existence, s'effondrait de façon définitive.

Il tourna les talons tandis qu'au dehors résonnait une nouvelle explosion.

— Fais attention ! cria Agnieszka, mais il avait déjà disparu, certainement mû par le vain espoir qu'il restait encore à Kalisz quelque chose à défendre, ou à sauver.

Dehors, une femme poussa un hurlement, puis un coup de feu retentit. Un cheval hennit au loin, quelqu'un cria quelque chose en allemand, et Agnieszka s'aplatit au sol, terrifiée.

Elle n'en revenait pas de la rapidité avec laquelle la situation s'était envenimée et elle essayait encore de déterminer l'élément déclencheur de cette monstruosité. Tout avait débuté de façon si pacifique. L'armée allemande avait posé le pied dans la ville le 2 août, et les habitants l'avaient accueillie, plus curieux que craintifs. Certains soldats étaient de souche polonaise et avaient même sympathisé avec la population locale. Les choses s'étaient précipitées sans qu'on sache très bien pourquoi, un incident en entraînant un autre, plus dévastateur que le précédent. Dès lors, le manque d'organisation des soldats, combiné à leur nervosité et à la fureur de leur commandant, ne pouvait qu'aboutir à une catastrophe. Rétrospectivement, ce tragique dénouement n'était peut-être pas si surprenant, songea Agnieszka.

Les bombes, ponctuées çà et là par des coups de feu et des rafales de mitraillettes, pleuvaient désormais à une telle cadence qu'elle cessa de les compter et pria pour Katarzyna. Pour elle et la descendance qu'elle avait emportée. Pour son propre salut. Pour l'avenir de la Pologne et de Kalisz.

L'imminence de sa fin lui insuffla un ultime regain d'énergie. Mâchoire serrée, Agnieszka entreprit de ramper vers la table de chevet, secouée à intervalle régulier par l'impact des coups de mortier. Elle s'écorcha les mains sur les lattes en bois et sa jupe s'accrocha à une écharde protubérante qui déchira le tissu. Jurant, elle s'arrêta pour évaluer les dégâts. Elle tenait à cette jupe, offerte par sa mère peu avant son mariage. À défaut d'autre chose, elle aurait aimé conserver son vêtement intact jusqu'au bout. Une forte détonation résonna, si près qu'elle en lâcha l'ourlet du vêtement dans un sursaut.

Sans se redresser, Agnieszka tendit le bras pour atteindre le tiroir de sa table de chevet, où elle farfouilla à l'aveugle parmi ses affaires. Elle sentit les dents d'un peigne en ivoire, le contour d'un petit miroir, la texture laineuse de l'écharpe qu'elle avait tricotée en prévision du voyage de sa fille et que, transie par l'émotion, elle avait oublié de lui offrir, les perles froides d'un collier offert par son mari vingt-cinq ans plus tôt et un mouchoir plié. Enfin, ses doigts rencontrèrent le cadre en bois familier, et elle extirpa la photo pour la contempler une dernière fois.

Une toute jeune Katarzyna lui souriait, avec cette retenue empruntée caractéristique des fillettes au seuil de l'adolescence. Ses épais cheveux blonds étaient noués en une longue tresse qui retombait avec grâce sur son épaule droite. Assise de trois quarts, elle plissait légèrement les yeux, sans doute surprise par le flash. Ses mains étaient soigneusement croisées sur ses genoux et sa robe s'évasait élégamment jusqu'à ses chevilles, là où pointaient deux petites chaussures blanches ornées d'une fleur sur le côté.

Agnieszka avait dû batailler plusieurs jours pour convaincre sa fille de porter une robe en mousseline, prêtée pour l'occasion par une connaissance couturière. Elle était magnifique avec son col en dentelle, ses manches bouffantes et ses élégantes broderies. Malgré ses protestations, Katarzyna l'avait adorée à peine essayée et s'était pavanée comme une princesse en attendant l'heure de se rendre chez le photographe.

Elle n'avait pas plus de dix ans à l'époque, mais on devinait déjà la femme qu'elle était appelée à devenir. Même son père, que ces afféteries féminines laissaient normalement indifférent, l'avait complimentée, avant de se racler la gorge. Inquiet, tout à coup, de constater que sa fille n'en serait bientôt plus une et qu'il avait fallu un rendez-vous chez le photographe pour qu'il s'en rende compte.

Ce jour lointain, Katarzyna paradait, insensible au trouble qui avait saisi ses parents, à cette anxiété résignée qui accompagne chaque compte à rebours. Et c'est cette image que sa mère voulait emporter. Celle d'une fillette inconsciente de sa beauté, qui lançait des baisers à un public invisible en dansant dans une robe de mousseline blanche.

Lower East Side, New York, 1914

Morts. Tous. C'est Jozef qui le lui annonça, les yeux baissés, luttant pour ne pas laisser éclater sa tristesse. Il alla droit au but, peu soucieux d'enrober les faits, et Katarzyna lui en fut étrangement reconnaissante.

– Il ne reste presque rien de Kalisz, conclut-il. Les Allemands…

Il ne trouva pas le courage de terminer sa phrase.

L'information se contenta d'abord d'effleurer Katarzyna, et elle la considéra un instant, vide de toute émotion.

Durant quelques minutes, la petite pièce résonna seulement des sanglots du bébé, inquiet du corps figé de sa mère. Katarzyna, sous le choc, semblait réfléchir, et Jozef soupçonna que ses pensées reflétaient celles de tous ceux qui, comme eux, ne devaient leur survie qu'au hasard d'être partis à temps.

Les pleurs insistants du nourrisson ramenèrent brusquement Jozef à la réalité, et il se leva pour l'extraire des bras inertes de Katarzyna. La petite émit un son plaintif pour marquer son désaccord, avant de s'accrocher férocement à la chemise de l'homme contre laquelle elle plaqua sa minuscule bouche humide. Précautionneusement, Jozef la berça en murmurant des paroles douces.

Toujours immobile, Katarzyna fixait le vaisselier, le chagrin imprimé sur chacun de ses traits.

— Si je n'avais pas…, commença-t-elle dans un filet de voix qui se brisa.

— C'est comme ça, Katarzyna.

Elle se passa une main sur le visage avant de se tourner vers Jozef, le menton tremblant.

— Ne cède pas à la tentation de réécrire l'histoire, insista-t-il. C'est un chemin dangereux, en plus de ne mener nulle part.

Katarzyna appliqua de son mieux ce conseil. Elle n'évoqua jamais plus sa famille à voix haute, évita le regard compatissant de ses voisins et ignora les tentatives maladroites de Maria pour aborder le sujet. Elle voulait rester forte pour sa fille, pour Jozef, pour elle-même et la mémoire des défunts. Mais il lui arrivait, au terme d'une journée particulièrement pénible, de s'abandonner à des rêveries douloureuses où elle embrassait sa famille chez elle, à Kalisz.

Elle écrivit de nombreuses lettres durant cette période. De longues missives rédigées avec application sur un papier à grain, qu'elle adressait tantôt à sa mère, à ses frères ou à son père. Dans cette conversation à sens unique, rien ne trahissait la mort des destinataires. Et c'est finalement grâce à cette correspondance que Katarzyna fit son deuil. La somme des souvenirs heureux qu'elle y ressuscita l'aida à éloigner sa culpabilité et ses regrets, lesquels lui apparurent comme ce qu'ils étaient : irrationnels et vains. Ainsi transposée, la mémoire des siens était à la fois glorifiée et immortalisée, et, peu à peu, sa peine s'estompa.

La proposition d'Isak prit Katarzyna au dépourvu, et elle chercha, sans y parvenir, une raison de refuser.

— Il veut que tu deviennes sa bonne ? s'étonna Maria après que son amie lui eut confié ladite proposition.

— Il veut que je travaille pour sa famille, corrigea Katarzyna, comme si cette précision importait. Je m'occuperais du ménage, des courses et je tiendrais également compagnie à sa mère. Elle ne travaille plus, et Isak pense que la solitude lui pèse.

— Bien sûr, c'est sa santé qu'il a à cœur, ironisa Maria.

— Quel que soit son motif, je peux amener Edith avec moi. Ce n'est pas le genre de travail auquel j'aspire, mais c'est temporaire. Et ça me permet de m'occuper du bébé.

— C'est drôle, ces dispositions ont beau être à ton avantage, je parie que c'est lui qui les a suggérées.

— Je croyais que c'est ce que tu me souhaitais, s'énerva Katarzyna.

— C'est ton ticket de sortie, Kat. Mais ne le laisse pas bêtement prendre la main.

Si la décision de Katarzyna surprit Jozef, il se garda bien de le montrer. Il l'écouta patiemment lui énumérer les avantages supposés de son futur emploi et ne chercha pas une seule fois à lui démontrer qu'elle avait tort ou prenait un risque.

– Tu suis la voie qui te semble juste, Katarzyna, lui dit-il simplement. C'est notre lot à tous. Je sais que les données ne sont plus les mêmes, que ta situation n'est pas… idéale.

– Mais tu n'approuves pas.

– C'est plus compliqué que ça. Ma position comme la tienne. N'est-ce pas ?

L'appartement des Goldstein était plutôt exigu, mal éclairé et sentait l'humidité, mais il avait des toilettes privées et seuls les trois membres de la famille y logeaient. En comparaison avec l'exécrable monsieur Ernberg qui s'acharnait à rabaisser ses employés à longueur de journée sous prétexte qu'un cadre professionnel rigide générait une meilleure performance, la mère d'Isak représentait une alternative des plus attrayantes.

Il émanait d'elle une douce nostalgie, de celle que le Lower East Side répandait comme un parfum propre à ses habitants. Elle se montra d'emblée aimable, mais ses yeux trahissaient une mélancolie telle que Katarzyna se demanda si elle aussi pleurait parfois des êtres chers dont elle ne prononçait plus le nom.

Comme elle l'apprit lors de sa première journée chez son nouvel employeur, Daria Goldstein souffrait d'une polyarthrite rhumatoïde qui s'étendait non seulement à ses mains mais aussi à son genou et à sa hanche droite. Ses articulations étaient gonflées et ses doigts, jadis habiles, présentaient une déformation prononcée à laquelle on donnait le nom paradoxalement poétique de « col de cygne ».

– Ma mère m'a enseigné la couture et la broderie, et j'ai perfectionné cet art jusqu'à ce que l'arthrite mette un terme à ma carrière. Notre savoir-faire traditionnel est apprécié ici.

Daria s'interrompit quelques secondes, avant d'ajouter :

— Le plus difficile, ce n'est pas la douleur, ni même la difformité. Non, ce qui m'affecte vraiment, c'est d'avoir perdu mon outil le plus précieux. La confection de qualité est une forme d'art, de mon point de vue.

À ces mots, Katarzyna repensa à Mirko, à la dextérité de ses mains graciles. Elle se représenta ces mêmes doigts déformés par l'arthrite et se demanda si le poids des années accablait plus profondément ceux dont la profession, mais surtout la perception de leur environnement, s'accomplit à travers la maîtrise de leurs gestes.

Lorsqu'elle ne parlait pas de sa carrière de couturière avortée, Daria Goldstein évoquait son fils ou son mari, à qui elle attribuait des prouesses que Katarzyna n'estimait pas aussi remarquables que le ton de sa patronne le laissait suggérer. Mais sa loyauté la touchait et lui permit d'entrevoir Isak sous un nouveau jour. Katarzyna apprit ainsi qu'il avait été un enfant difficile, doué d'une intelligence rare mais aussi d'un caractère insubordonné. Il ne se pliait à aucun règlement, et malgré des aptitudes académiques avérées, sa scolarité avait souffert de ses absences répétées et de son tempérament provocateur. À l'adolescence, il avait plusieurs fois été arrêté, « pour des broutilles ».

— C'était surtout un grand farceur, tempéra Daria avec une indulgence excessive, comme si elle admettait volontiers les écarts de son fils, mais pas leur gravité.

De façon générale, elle abordait n'importe quel sujet avec un enthousiasme que contredisait la tristesse de son regard. La présence du bébé, par contre, la ravissait sincèrement, et leurs discussions tournaient souvent autour de la maternité.

— Quand j'étais enceinte, Isak n'arrêtait pas de bouger, avoua-t-elle un jour à Katarzyna. Déjà à l'époque, il ne tenait pas en place.

Une tendresse infinie illuminait son visage à l'évocation de ses souvenirs. Souvent, lorsque Katarzyna entendait sa fille babiller en réponse aux sollicitations de Daria, un souffle de tristesse l'envahissait à la pensée de sa propre mère. Il lui arrivait alors de fredonner une comptine polonaise de son enfance en berçant Edith, sous le regard hypnotisé de Daria qui marquait le rythme de la mélodie en agitant doucement ses mains déformées.

À bien des égards, la famille Goldstein étonnait Katarzyna. Par exemple, elle n'aurait jamais imaginé que Daria se révèle si aimante et pleine de bonne volonté. Quant au père d'Isak, qu'elle croisait rarement, c'était un homme mince, peu bavard, dont les manières raides et guindées rappelaient la froide efficacité d'un comptable. À quoi Isak devait-il sa fougue et son esprit rebelle ? Katarzyna n'aurait su le dire, mais ils ne lui avaient certainement pas été légués par ses parents. Elle se demandait parfois, quand elle l'observait à la dérobée, à quel moment et pourquoi il avait renoncé à une existence honnête. Et s'il s'en était fallu de peu. D'un professeur encourageant, d'une parole avisée que quelqu'un s'était gardé de dispenser, d'une scène dont il avait été témoin, ou d'une mauvaise fréquentation. Ces interrogations la tourmentaient, car elle refusait de croire qu'Isak n'avait pas eu d'autres options. Qu'il ne cherchait pas simplement une issue favorable dans un monde qui n'avait rien à lui offrir. Mais au fond, elle savait qu'il avait sciemment choisi sa voie, qu'importait quand et pourquoi.

Katarzyna était une employée appliquée et efficace. Daria appréciait la compagnie discrète de cette élégante jeune femme, qu'elle décrivait à son fils comme une princesse de conte au destin tragique, et elle adorait la petite Edith. Chaque matin, elle guettait la sonnette signalant leur arrivée avec impatience. Quant à Isak, il prit vite goût à constater les infimes traces laissées par Katarzyna après son départ, réjoui sans trop savoir pourquoi. Il aimait arpenter chaque pièce en quête des objets qu'elle avait pu toucher, déplacer ou nettoyer pendant qu'il n'était pas là. Il se la représentait discutant avec sa mère à la table de la cuisine, dans la chambre à coucher, lissant les draps du plat de la main et tapant les coussins pour leur redonner forme, ou encore devant l'évier, occupée à astiquer la vaisselle, les joues rosies par l'effort et le cou brillant d'une sueur qui, dans ses rêveries éveillées, laissait sur sa propre langue une saveur acidulée. Les pensées d'Isak le ramenaient inlassablement vers Katarzyna. Son corps, sa voix, sa démarche, le soulèvement régulier de sa poitrine à chaque inspiration, les reflets de la lumière dans ses cheveux qui, relevés, dégageaient sa nuque fine. L'éclat de ses iris pâles. Des yeux tristes, qu'il rêvait de faire briller.

Comme à peu près tout ce qui sortait de la bouche d'Isak, son invitation prit Katarzyna par surprise. Le ton qu'il employa la dissuada de décliner, mais elle comprit à son regard qu'il avait senti ses appréhensions et que sa méfiance à son encontre le blessait. Pour quelqu'un qui excellait à masquer ses émotions, cette transparence était surprenante, et Katarzyna se demanda s'il était en fin de compte moins opaque que ce qu'il voulait faire croire. Elle confierait Edith à Maria, à qui elle promit de ne pas s'absenter plus de trois heures.

— Tu vas bientôt changer de monde, observa cette dernière, la mine sombre.

— Ne dis pas n'importe quoi, rétorqua Katarzyna tout en songeant qu'une part d'elle-même voulait lui donner raison.

Deux jours avant la représentation de *Carmen* au Metropolitan Opera à laquelle Isak l'avait conviée, et alors que Katarzyna s'apprêtait à quitter la demeure des Goldstein, Daria lui tendit un paquet soigneusement ficelé.

— Vous n'auriez pas dû. Qu'est-ce que c'est ? voulut savoir Katarzyna, l'embarras le disputant à l'étonnement.

— De la part de mon fils. Ouvrez-le une fois seule.

Elle n'en dit pas plus, aussi Katarzyna la remercia-t-elle avant de s'en aller. De retour chez elle, elle déballa hâtivement le paquet, son premier cadeau depuis qu'elle avait débarqué. Ses doigts rencontrèrent un tissu doux et fluide, qu'elle déplia avec soin pour admirer une robe en soie d'un bleu iridescent.

Sa réaction initiale fut de refuser ce présent qu'elle jugeait trop coûteux, trop osé et, surtout, trop révélateur des intentions de son expéditeur. Mais la délicatesse du tissu lui suggéra une autre possibilité plus accommodante : Isak souhaitait avant tout lui faire plaisir. L'élégance sobre du vêtement et les promesses qu'il contenait réveillèrent le souvenir de la robe en mousseline de son enfance. Katarzyna contempla le présent d'Isak, conquise, en imaginant le ravissement qu'aurait éprouvé sa mère en le voyant.

La robe magnifiait les formes de Katarzyna. Isak admira la silhouette ainsi mise en valeur de son invitée et se promit de remercier sa mère. C'était elle qui, grâce à son œil avisé de couturière, l'avait aidé à choisir la taille et la coupe appropriées. Lorsqu'il lui avait présenté le modèle final, elle l'avait vivement approuvé, les yeux brillants devant l'exécution minutieuse et le talent de l'artisan, dont les mains, contrairement aux siennes, fonctionnaient encore parfaitement.

Isak n'aimait pas particulièrement l'opéra, et l'opulence inhérente à ce type de mondanités tendait à le mettre mal à l'aise. Il savait où étaient sa place et les limites de son territoire. Son argent l'aidait peut-être à se fondre dans cette foule de privilégiés, mais il n'appartenait pas pour autant à leur caste. Ce qui, dans ce cas précis, importait peu, car ce n'est pas lui qu'il cherchait à divertir. Il ne prêta donc qu'une attention distraite à la représentation. Son regard glissait constamment vers Katarzyna pour s'arrêter sur la naissance du décolleté, sublimé par le talent du tailleur, ou sur son profil, afin d'évaluer son degré d'amusement.

Katarzyna était coutumière de ce type d'attention et de tout ce qu'elle sous-tendait, elle prétendit donc ne rien remarquer. Du coin de l'œil, elle voyait la main d'Isak reposant sur la cuisse de son pantalon, et elle essaya d'imaginer ce qu'elle ressentirait si ces doigts se posaient sur elle. Du désir, du dégoût, ou peut-être rien du tout ? Elle supposa que ces mains se permettaient rarement de caresser quoi que ce soit. Qu'elles savaient empoigner, bousculer et frapper, qu'elles étaient habituées à traiter toute chose avec fermeté, mais qu'elles avaient oublié – si elles avaient jamais su – comment transmettre de la tendresse ou tout bonnement comment aimer.

Le souvenir de son ultime rencontre avec Mirko s'imposa dans son esprit, et elle se demanda si tous les hommes partageaient sa délicatesse et sa sensibilité, ou si ces qualités demeuraient le propre des artistes, plus enclins à écouter leurs sens et à s'exprimer à travers eux. Était-elle prête à le vérifier ? D'un geste gracieux, Katarzyna rajusta sa robe et relâcha ses épaules, jouant le rôle qu'on attendait d'elle et auquel une part d'elle-même souhaitait s'abandonner.

Une réussite, convint Isak devant l'air détendu de son invitée. La chaleur ambiante, le confort moelleux de son siège, le timbre profond et suave de la cantatrice et la lumière tamisée du grand théâtre, tout concourait à favoriser l'intimité entre eux, et Isak s'enfonça dans son fauteuil, satisfait. Aussi, lorsque les artistes se réunirent sur scène à la fin de la représentation, il applaudit avec le soulagement enfiévré que procure un pari remporté.

L'exaltation d'Isak émut Katarzyna. Peut-être n'avait-elle pas aimanté toute son attention, finalement. Elle s'en voulut de l'avoir si vite catégorisé, et lorsque le jeune homme lui saisit impétueusement le bras pour sortir, elle décida d'y voir l'expression d'un engouement auquel elle pouvait s'identifier.

Ils jouèrent des coudes pour rejoindre le hall principal et gagner l'air libre. La fraîcheur nocturne les surprit l'un comme l'autre, et Isak passa un bras autour de la taille de Katarzyna. Un garçon spontané, décréta la jeune femme, déterminée à profiter de cette agréable soirée. Il était si libérateur d'ignorer ses soupçons.

À la faveur des lampadaires, les traits d'Isak paraissaient plus doux et son visage presque séduisant. Ils marchèrent plusieurs minutes dans cette promiscuité nouvelle sans prononcer un mot, leurs manteaux se frôlant, comme les battements d'ailes furtifs d'un papillon. La quiétude incitait à la réflexion, et chaque pas les rendait moins enclins à briser ce silence.

Lui pensait au bébé de Katarzyna, à cet être minuscule en devenir. Ressemblerait-elle à sa mère ? Pleurait-elle en ce moment l'absence de Katarzyna ? Cette dernière ne pouvait s'absenter plus de quelques heures parce qu'elle devait allaiter sa fille. La vision de la jeune femme portant le nourrisson à son sein fit naître dans son esprit des images d'un érotisme troublant et il déglutit, gêné. De son côté, Katarzyna réfléchissait aux nuances. Celles qui permettaient au monde de se décliner sous mille couleurs. Celles qui compliquaient des choix d'apparence simple, celles qu'il était si facile d'oublier ou de ne pas voir. Elle se remémora le spectacle, la beauté extravagante des costumes, la sensualité flamboyante de Geraldine Farrar. Elle songea à ses propres aspirations et au cours qu'elles avaient pris en l'espace de seulement quelques mois. Elle tenta de se figurer celles d'Isak, cherchant à déterminer si elles rencontraient les siennes quelque part.

Cédant à une impulsion, Isak l'embrassa sans attendre que l'occasion lui en soit offerte. La jeune femme lui rendit son baiser, et il glissa la main le long de sa colonne vertébrale, pour voir jusqu'où elle lui permettrait d'aller. Katarzyna le laissa faire, et ne recula qu'au moment où il se risqua sous la frontière de ses reins. Une danse parfaitement orchestrée, dont chacun connaissait d'avance la chorégraphie. Elle résisterait avec une détermination feinte, nourrirait l'attente et prétendrait dicter la situation quand tous deux savaient qu'il n'en était rien. Et tant pis si elle ignorait à qui cette illusion s'adressait vraiment. Au terme de leur baiser, Isak affichait un sourire sincère, surmonté d'un regard où brûlait un désir que Katarzyna feignit de ne pas remarquer. Car ainsi s'exécutait cette danse.

— C'est pratique de flirter avec un homme influent. Mais ça l'est encore plus d'être sa femme, avança un jour Maria tandis qu'elle leur versait du thé dans des tasses en porcelaine de Chine, un de ses rares biens de valeur.
— C'est aussi dangereux.
— Parce qu'être une mère célibataire ne l'est pas, peut-être?
Katarzyna garda le silence en détaillant le motif élégant de sa tasse, habilement peint à la main par un artisan dont le quotidien, quelque part dans une lointaine contrée, ressemblait peut-être au leur.
— Et puis tu l'aimes bien…, ajouta Maria avec un sourire taquin.
— Si on se contentait toutes de n'écouter que notre cœur…, commença Katarzyna, avant de se rendre compte, entre effroi et amusement, qu'elle citait sa propre mère.
— On perdrait justement moins de temps! l'interrompit Maria.

Il s'avéra qu'Isak, de son côté, avait un sens des priorités qui ne souffrait pas de délais.
— J'aimerais que tu deviennes ma femme, lui dit-il environ deux semaines plus tard alors que Katarzyna, sur le perron de son immeuble, s'apprêtait à partir.

— C'est une question ou un ordre ? se déroba cette dernière en raffermissant sa prise sur Edith, emmitouflée contre sa poitrine.

— À ton avis ?

Il arborait cette expression blasée et provocatrice si caractéristique de sa personne. Mais Katarzyna le connaissait déjà suffisamment pour voir par-delà la façade, et ce qu'elle vit lui évoqua curieusement de l'incertitude. Elle se garda bien de lui dire, offrant ainsi à Isak l'opportunité de croire, comme elle le ferait souvent par la suite, qu'il menait la discussion et conservait l'avantage.

— Je dirais qu'il s'agit d'un accord, répondit Katarzyna, que la spontanéité brute d'Isak flattait malgré elle.

Il tendit la main, sans se départir de son sourire.

— Alors sommes-nous en affaire, mademoiselle ?

— Hey ! Mademoiselle !

Katarzyna sursauta, mais poursuivit son chemin. La foule de passants formait une masse compacte le long de Grand Street, bordée de chaque côté par une multitude de vendeurs s'époumonant derrière leur stand. *Cornichons ! Blinis de patates ! Huîtres ! Poissons !* Katarzyna naviguait dans la cohue avec une lenteur exaspérante, et elle résista plusieurs fois à l'envie de bousculer les gens sur son passage.

— Mademoiselle !

La voix, rauque et sifflante, lui parut familière, mais Katarzyna préféra ne pas se retourner et serra son sac à main contre elle.

— Attendez !

L'homme la devança à grands renforts de coups de coude et se planta face à elle, l'obligeant à s'arrêter. Katarzyna reconnut alors le vieux vendeur de *knish* d'Orchard Street, qui scandait à longueur de journée le prix supposément imbattable de sa marchandise disposée sur sa charrette à bras en une pyramide bien nette. Il lui sourit en reprenant son souffle, le front constellé de gouttes de sueur.

– Tenez, prenez-en quelques-uns, dit-il avec empressement en lui refourguant un petit sac de *knish* chauds entre les mains.

Sa bonne humeur, surfaite, dissimulait mal sa nervosité, et Katarzyna resta un instant incrédule.

– C'est gentil, mais j'ai tout ce qu'il me faut, répondit-elle.

– Pas possible. On a toujours besoin de *knish*. J'insiste.

Katarzyna nota son sourire vacillant avec une perplexité méfiante.

– Je ne suis pas sûre de...

Mais le vendeur l'interrompit d'un signe de la main. Ses papillotes grises rebondirent contre ses joues quand il secoua la tête, et il recula d'un pas avant d'incliner son chapeau.

– Cadeau ! Ça me fait plaisir.

– Merci, je ne sais pas quoi dire.

– Pas de problème, conclut-il assez fort pour couvrir le vacarme ambiant. Dites à votre mari que c'est un honneur pour moi. De la part de Yonah. Vous n'oublierez pas, hein ?

– Je n'en veux pas ! tonna Katarzyna.

– Arrête, c'est juste des *knish*, répliqua Isak.

Elle se retint de le contredire, même si elle savait, comme lui, que ce présent n'en était pas un, et se borna à ignorer le petit sac en papier posé sur la table.

– À ta guise, répliqua Isak avec un haussement d'épaules avant de s'emparer d'un *knish*, qu'il enfourna en quelques bouchées voraces.

Le regard rivé sur les muscles de sa mâchoire et son air indéniablement satisfait, Katarzyna se demanda si son mari savourait le goût que la subordination laissait sur sa langue, ou s'il acceptait ce don sans se préoccuper de sa finalité. Isak époussetta sa chemise pour en faire tomber les miettes, et se leva en adressant un clin d'œil à sa femme. Son insolence la fit frémir, parce qu'elle pressentait qu'il devinait ses pensées, et la conclusion à laquelle elle parviendrait.

– Il en reste encore un, lui rappela-t-il d'un ton complice.
Elle croisa les bras, à la manière d'un enfant buté.
– Je n'y toucherai pas.
– Très bien.
Il lui effleura la nuque avec une tendresse qui la troubla encore davantage que leur bref échange, et traversa la pièce avant de disparaître. Au bout d'un moment, Katarzyna se leva à son tour, rangea la vaisselle et s'activa à ordonner la pièce déjà propre. Elle évita de poser son regard sur le dernier *knish*, comme s'il s'agissait d'un objet obscène, et suivit des yeux un chat errant de l'autre côté de la rue. Finalement, elle se détourna en soupirant, et s'approcha de la table, hésitante. C'était juste de la nourriture, en fin de compte. Et puis il serait sec le lendemain. Quand on y réfléchit, le gaspillage n'est-il pas un vice en soi ? D'un geste rapide, telle une voleuse craignant d'être prise sur le fait, Katarzyna attrapa le *knish*, et quitta prestement la cuisine.

Elle feignait à la perfection de ne rien voir. Et d'une certaine manière, Isak lui en était reconnaissant. Elle ne demandait pas d'où venait l'argent. Elle ne s'indignait pas de ses absences, se gardait de le contredire et s'évertuait à ne rien remettre en question.

Au début, ce silence obstiné inquiéta Isak qui, à choisir, préférait la confrontation au consentement forcé. Il tenta d'établir si l'attitude de Katarzyna s'expliquait par crainte de la vérité, par pur désintérêt ou par devoir marital. Lui accordait-elle une confiance aveugle ou était-elle simplement lucide ?

Il lui arrivait toutefois d'émettre des suggestions, l'air de rien mais avec un à-propos qui laissait entendre à Isak qu'elle suivait la progression de ses activités avec attention et que son implication ne se limitait pas à son statut d'épouse. Elle ne se risquait jamais à initier la conversation ou à défendre une position opposée à celle de son mari, mais sa participation se manifestait à travers les idées qu'elle glissait habilement, avec suffisamment de détachement pour échapper au titre d'instigatrice, un rôle auquel elle n'aspirait pas, et qu'Isak aurait de toute façon rechigné à lui attribuer.

C'est elle notamment qui, lors du passage du Volstead Act en 1919 et de l'entrée en vigueur du XVIIIe amendement l'année suivante, insinua qu'investir dans un restaurant serait judicieux. Sur le moment, elle évita de faire ouvertement allusion à l'imminence de la prohibition, se contentant d'avancer, avec tact et suffisamment de conviction, que la restauration était un domaine lucratif. De la même manière, c'est elle aussi qui l'incita à prêter une attention particulière aux syndicats. Il ne savait pas pourquoi elle ne revendiquait jamais la responsabilité du succès de ses idées. Mais de toute façon, si Isak trouvait naturel d'écouter, de protéger et de respecter sa femme, il se sentait en revanche peu enclin à partager son pouvoir.

Les gens pensaient certainement que leur union se résumait à ça : un pacte. Personne, à part Isak, ne savait à quel point il tenait à reconnaître dans le regard de Katarzyna le reflet de l'estime qu'il lui portait. Dans ses yeux, mais aussi dans son sourire et à travers tous ces détails anodins qui constituent le quotidien d'un couple et peuvent progressivement le ternir ou lui donner son lustre. Il l'aimait. En dépit de son passé. Elle l'aimait. Malgré ses vices. Et il n'y avait rien de plus à ajouter.

Lower East Side, New York, 1920

Quand les enfants cessent-ils d'être des enfants ? Katarzyna se posait souvent la question en observant ceux du Lower East Side qui passaient leur temps dans les rues, dédaignant l'école, et se destinaient à une carrière de criminels avant même de savoir épeler leur nom. En fin de compte, elle n'arrivait pas à décider si le quartier regorgeait de petits garçons voulant grandir trop vite ou d'hommes à qui on avait volé l'enfance.

Elle se désolait de voir un jour ces enfants devenir des hommes grossiers, imbus d'eux-mêmes et suffisamment stupides pour se croire invincibles. Mais il y avait des exceptions, qui sortaient du lot grâce à leur discernement et leur sens des affaires. Ceux qui comprenaient la notion de risque et de récompense, qui savaient saisir les opportunités du capitalisme et doser ambition et prudence. Ceux qui, en somme, rehaussaient leur statut de voyou du titre de *businessman*. Isak, elle en était certaine, avait débuté de cette façon. Il n'avait pas toujours été la personne cynique et brutale qu'elle connaissait. Mais comme tant d'autres petits garçons attirés par les promesses de la rue, il avait fini par lui céder et ne parlait plus que son langage. On ne peut pas reprocher aux gamins pauvres de rêver à mieux. Ainsi raisonnait Katarzyna, et face au sourire de son mari à la seule vue d'un dollar, elle songeait aussi qu'il était dangereux de sous-estimer l'impact d'un rêve.

Quand les enfants cessent-ils d'être des enfants ? se demandait Katarzyna en pensant à sa propre fille et au jour redouté où le jeu de dupes qu'elle avait bâti ne suffirait plus. Elle avait conscience de la gravité du mensonge dans lequel elle élevait Edith, mais elle en éprouvait rarement des remords. Avec Isak, ils accordaient à leur fille l'attention et l'amour dont elle avait besoin, et aux yeux de Katarzyna, cette définition du bonheur primait sur la vérité.

Quand elle se projetait dans l'avenir, Katarzyna se disait qu'alors, si certaines questions persistaient, elle fournirait les réponses. Mais pas avant et pas si elle pouvait l'éviter. Elle avait rapidement endossé son rôle, revêtant sur sa culpabilité le manteau du devoir. La notion de sacrifice lui était désormais familière, et s'il existait un prix pour épargner sa fille, alors elle le paierait, sans hésiter.

Bytom, Haute-Silésie, 1922

D'ordinaire, la soupe n'avait pas de saveur. Aujourd'hui, elle semblait aussi dépourvue de couleur. Avachi sur sa chaise, Mirko se perdait dans les minuscules remous provoqués par les mouvements de sa cuillère, et Anita résista à la tentation de lui saisir le poignet pour le faire cesser.

Du vivant de son mari, elle investissait une énergie considérable dans la préparation des repas. Elle s'attelait aux tâches ménagères avec une frénésie que d'autres auraient pu confondre avec de l'enthousiasme, sans réaliser que ses gestes traduisaient avant tout sa frayeur. Anita redoutait son époux, même si elle espérait se convaincre du contraire à travers l'observation rigoureuse des règles qu'il avait établies. Cette peur, elle l'avait emmagasinée et délibérément ignorée, sans concevoir que son attitude, ses regards et ses mots, qu'elle les prononce ou les ravale, trahissaient son état d'esprit.

Son déni n'avait d'égal que sa loyauté. Cette dévotion viciée qui l'avait empêchée de protéger son enfant. Avec les années, Anita avait même fini par s'accoutumer aux abus, aussi bien ceux dont elle était victime que ceux perpétrés contre son fils. Parce qu'une femme dépend de son mari, elle est aussi sujette à ses humeurs, se répétait-elle comme si la réitération de cette idée suffisait à la valider. Et puis un père apprend à son fils comment devenir un homme. Et puis les coups n'étaient pas si violents. Pas si fréquents. Et pour finir, ils valaient bien tous les autres bénéfices. Anita en avait fait son parti pour ne pas sombrer dans les affres de la culpabilité, et parce qu'il est si simple de pardonner à ceux à qui l'on croit tout devoir.

Désormais libérée de sa terreur, Anita éprouvait un vide débilitant qu'elle se surprenait souvent à combler par une colère dont la cause lui échappait. Les sentiments qu'elle avait si longtemps réprimés se rappelaient à elle sous la forme de crises de nerfs aussi virulentes qu'imprévisibles, auxquelles elle assistait impuissante et plus désemparée qu'avant. Elle ne savait pas comment réagir à cette autonomie soudaine et tentait en vain de se réapproprier le caractère mesuré dont la mort de son mari l'avait dépouillée. Elle en venait à regretter la femme qu'elle avait été, et qui semblait avoir le contrôle, aussi dérisoire et mensonger fût-il, sur son existence.

La liberté n'est belle que pour ceux qui savent quelle forme lui donner. Or Anita avait perdu cette capacité d'aspirer à mieux et de croire à un avenir dont elle était seule responsable. Alors, parce que l'affranchissement la terrifiait plus que les chaînes et parce qu'elle considérait son titre de veuve comme un fardeau, elle canalisa ses efforts pour chercher ce qui, selon elle, lui permettrait de retrouver son équilibre et sa valeur : un mari.

Il était allemand, comme elle, et vibrait d'une ferveur patriotique qui la séduisit immédiatement. À l'inverse de son premier époux, il ne la battait pas, était estimé par ses pairs, recevait un salaire régulier et ne passait pas son temps libre à se plaindre. Et puis il respectait Mirko. Et à travers son estime, il l'amena à redéfinir ses ambitions artistiques, auxquelles Anita n'avait pas su clairement s'opposer. La peinture, c'était bon pour les rêveurs, les fainéants et les aliénés. La réalité du monde primait et Mirko se devait de servir son pays – après tout, il était de souche allemande, et l'Allemagne avait désespérément besoin de garçons comme lui. La vie enfin souriait à Anita, et devant cet homme déterminé, intelligent, et charismatique, elle aimait se dire que son avenir et celui de son fils reposaient entre ses mains.

Lower East Side, New York, 1925

— Des prostituées avec la bague au doigt, asséna Dolly en limant l'ongle de son annulaire qui, malgré ses soins, refusait de conserver une forme en amande. C'est comme ça qu'ils nous voient.

Elle se pencha un peu plus sur sa main tandis que le serveur disposait leurs boissons devant elles. Katarzyna prit une gorgée et s'abstint de contredire son amie. Dolly n'aimait pas les nuances, même si Katarzyna la jugeait apte à les reconnaître. De toute façon, Dolly n'exprimait jamais qu'à moitié ce qu'elle ressentait. Il lui fallait simplement un public, qu'elle imaginait sans doute réceptif à ce type d'allégations péremptoires.

D'un geste preste, Dolly rangea sa lime à ongles dans son sac, en sortit une petite flasque et agrémenta son verre d'une généreuse dose de whisky. Elle le porta à ses lèvres peintes, battit des paupières avec une emphase renforcée par ses faux cils, et s'affaissa légèrement sur sa chaise.

Depuis sa place, Katarzyna observait les traits de Dolly se détendre imperceptiblement, sans pour autant y reconnaître du soulagement, et, comme toujours dans ces moments-là, elle entrevit la petite fille derrière la femme.

Avant de rencontrer son mari, Dolly travaillait comme danseuse exotique dans un cabaret. Son mode de vie avait drastiquement changé à la suite de son mariage, mais les stigmates de son passé trouble émergeaient encore parfois dans le ton de sa voix et dans cette attitude aguicheuse que ses vêtements hors de prix ne pouvaient convertir en élégance. L'histoire de Dolly, la vraie, se lisait dans ses yeux vides qui ne pétillaient que grâce à l'alcool, dans son rire rauque toujours sur le point de dérailler, dans ses cheveux grossièrement décolorés et son parfum entêtant, dont la fonction principale consistait peut-être à noyer l'odeur et le souvenir de tous les hommes qu'elle avait côtoyés.

Le rang social et les beaux bijoux de Dolly ne dissimulaient que partiellement son histoire, et en avisant le diamant à son annulaire, aussi brillant que l'œil d'un chat dans l'obscurité, Katarzyna repensa aux paroles de son amie : « Des prostituées avec la bague au doigt. »

— Le gérant d'un restaurant à Hell's Kitchen s'est montré désobligeant envers moi l'autre soir, reprit soudain Dolly d'un ton de conspiratrice en se penchant vers Katarzyna. Et tu sais ce que Darren a fait ?

— Non, admit Katarzyna.

— Rien. Sur le moment. Mais plus tard, il s'est entretenu avec quelques personnes, et maintenant l'endroit est à lui.

Katarzyna hocha la tête, peu surprise par ce dénouement.

— C'est ça qui compte, Kat, reprit Dolly, le regard brillant.

— Quoi, ça ? demanda Katarzyna, soudain nostalgique de ses conversations avec Maria, dont elle n'avait plus aucune nouvelle.

— L'argent, conclut Dolly sans se formaliser de la mine distraite de sa confidente. Et si tu veux un conseil, profites-en tant qu'il coule à flots, parce que, comme tout ce qui est trop beau pour durer, les temps vont bien finir par changer.

— Fais-moi un petit diable, répéta Edith, en levant vers Isak un regard plein d'espérance.

Sans attendre la réponse, et vraisemblablement pour devancer son refus, la fillette lui tendit un rectangle de carton rouge et cala son menton dans ses mains. Depuis la chaise où elle tricotait une écharpe, Katarzyna scruta les gestes d'Isak, le travail agile de ses doigts et la calme précision avec laquelle il effectuait chaque étape. Il pliait le papier avec une telle facilité qu'il donnait l'impression d'avoir fait ça toute sa vie. À la réflexion, c'était en partie vrai : Isak pliait n'importe quoi, à volonté et à longueur de journée.

— Maintenant, souffle dedans, le pressa Edith, surexcitée.

Une fois le pliage terminé, il fallait souffler de l'air dans un petit trou situé à la base du cou pour que le diable se gonfle et révèle un visage en trois dimensions. Katarzyna savait aussi, pour se l'être fait répéter maintes fois par une Edith enchantée, qu'il s'agissait de la partie la plus délicate du montage.

Avec un sens inné de la mise en scène, et sans doute pour ménager son effet, Isak prolongea le suspense, inspirant à pleins poumons avant d'approcher lentement sa tête du petit diable en devenir sous le regard pétillant d'Edith. Lentement, les plis du démon se défroissèrent et prirent vie. C'était pour la fillette un spectacle fascinant, pas tant par sa nature ou son exécution, mais parce qu'il n'était destiné qu'à elle.

Katarzyna ne partageait pas le même engouement. Elle assistait le plus souvent au manège de son mari avec une patience indulgente et se réjouissait de la complicité entre Isak et Edith. Cette fois pourtant, elle sentit l'angoisse l'étreindre. Alors que le diable prenait forme, elle fut frappée par la certitude absurde qu'il la jugeait et frissonna à l'idée que sous le masque de carton respirait l'homme qu'elle avait épousé.

Manhattan, New York, 1927

Katarzyna observait les reflets du diamant rond de sa bague sertie qu'encerclait, pareils à de minuscules pétales de fleurs, une série de rubis sombres. Elle remua le doigt, et la pierre précieuse réfléchit la lumière en prisme contre le papier peint du salon. Qui des deux aveuglait le plus, s'interrogea-t-elle, l'argent ou l'amour ?

Depuis ses noces, Katarzyna anticipait le jour où cette bague brillerait d'un éclat différent, où plus rien d'autre ne compterait sinon les détails de son acquisition, à tel point qu'elle la démangerait, ne lui offrant d'autre choix que de la remiser dans un tiroir à l'abri de son regard. Les gens changent. Leurs sentiments aussi. Du moins y avait-elle cru un temps.

La bague glissa légèrement sur son doigt fin, et Katarzyna l'ajusta. Elle sourit d'orgueil et d'amour, si fascinée par l'harmonie géométrique des pierres précieuses qu'elle ne remarqua pas la silhouette dans l'embrasure.

– Elle te va toujours aussi bien.

Au son de sa voix, Katarzyna sursauta. Elle détestait la capacité qu'avait son mari de la surprendre dans ses moments de réflexion, probablement parce que ceux-ci la conduisaient le plus souvent vers lui.

Il fut un temps où le caractère distant de Katarzyna attirait Isak. Parce qu'il aimait les défis et obtenait toujours gain de cause, il s'était aussi cru capable de franchir les remparts protégeant le cœur de cette femme. Isak devinait que les sentiments qu'elle entretenait à son égard étaient ambivalents, mais il ne cherchait plus à les interpréter et cessa aussi de vouloir les changer.

Alors que Katarzyna se levait pour quitter la pièce, il hésita à lui saisir le bras pour la retenir. Il l'aurait fait il y a peu encore, ne serait-ce que pour la contraindre à le regarder. S'il avait appartenu à une certaine catégorie d'hommes, il aurait même utilisé la force pour la faire réagir. Dans ses rêves, il s'y abandonnait parfois.

Suivant des yeux sa femme, il vit Edith, à demi cachée derrière la porte de leur chambre. Prise sur le fait, cette dernière recula vivement et disparut de sa vue. Isak lâcha un soupir d'exaspération et renonça à rattraper sa fille. Lisait-elle dans les échanges entre ses parents une vérité qui leur échappait? Il le redoutait et regrettait d'y accorder autant d'importance.

Du couple formé par son père et sa mère, Edith ne savait trop quoi penser, sinon qu'elle espérait ne pas leur ressembler.
L'essentiel de leur relation se situait en périphérie de leurs échanges. Dans leurs phrases en suspens, dans les regards qu'ils s'adressaient, dans ces moyens subtils que possède le corps pour parler. Edith n'arrivait pas à se convaincre qu'il en avait toujours été ainsi et préférait l'alternative d'une discorde ancienne. Pendant longtemps, elle avait entretenu la certitude que ce tort, quel qu'il fût, revenait à son père. Elle était suffisamment mature pour comprendre que son tempérament et ses manières ne concordaient pas avec leur mode de vie, que les liasses de billets découvertes par hasard sous une latte du séjour ne provenaient pas d'un quelconque héritage, et elle établissait désormais le lien entre les absences de son père et les histoires qu'il lui arrivait d'entendre dans le quartier ou de lire dans les journaux.

En outre, elle avait fini par apprendre que le restaurant d'Isak servait de bar clandestin, ou *speakeasy*, comme on les désignait. Elle savait qu'il vivait des erreurs des autres, de leurs faiblesses, de leurs péchés, de leur détresse ou plus simplement de leur bêtise. Elle savait qu'il était tantôt question de paris, d'armes, de drogues ou de femmes, et que, sous la houlette de son père – et avec le consentement tacite de sa mère –, ces diverses activités étaient largement exploitées. Car tant qu'il y aurait des gens malheureux ou frustrés, des gens en quête d'interdits et incapables de marcher droit, la demande ne tarirait pas.

Elle avait donc supposé, une fois consciente des coulisses de la fortune de son père, que la distance entre ses parents y trouvait sa cause. Que l'approbation silencieuse de sa mère trahissait une loyauté confinant à la lâcheté, elle-même à l'origine d'un ressentiment mutuel.

La culpabilité est un sentiment difficile à appréhender. Edith l'avait constaté en découvrant, dissimulée au fond du tiroir de la coiffeuse de Katarzyna qu'elle fouillait en quête d'un peigne, une petite pile d'enveloppes jaunies. Trois en tout, où figurait seulement son prénom, que l'expéditeur avait tracé dans une écriture appliquée. Poussée par la curiosité, Edith avait ouvert les enveloppes décachetées et découvert ce que sa mère jugeait nécessaire de dissimuler, sans pour autant jeter. Le courrier datait d'août 1913 – une précision à laquelle Edith ne prêta pas tout de suite attention. La jeune femme avait déchiffré chaque phrase avec avidité, heureuse de pénétrer enfin, à travers les mots d'un inconnu, l'univers que sa mère avait laissé derrière elle et qu'elle n'évoquait jamais.

Au terme des deux premières lettres, Edith peinait à cerner clairement l'identité de son auteur. En surface, cette missive ne révélait rien de substantiel. Signée d'un laconique *M.*, elle contenait surtout de longues phrases contemplatives qui ne semblaient pas appeler de réponse. M. expliquait regretter de ne plus la voir et espérait que ses actions, qu'il ne décrivait par ailleurs nulle part, ne l'avaient pas blessée. Il lui témoignait sa reconnaissance de s'être montrée patiente, compréhensive et sensible, et lui souhaitait un futur heureux.

À la lueur de ces informations, Edith se figurait un jeune homme timide et excessivement poli, dont Katarzyna aurait rejeté les avances avant de l'exclure complètement de sa vie. D'apparence résignée, la lettre suggérait en filigrane l'espoir d'un rapprochement, et face à cette insistance déguisée, Edith éprouva une bouffée d'irritation, qu'elle imagina faire écho aux sentiments de sa mère à l'époque.

Tandis qu'elle dépliait la dernière lettre, un feuillet séparé s'en échappa et glissa au sol. Edith le ramassa, et resta interdite devant l'esquisse au crayon qui remplissait la page. Même avec vingt ans de moins, Katarzyna était immédiatement reconnaissable, et Edith étudia ses traits adolescents, reproduits avec un réalisme frappant à coups de crayon nets et maîtrisés. Sur le croquis, sa mère se tenait de face, et semblait pensive, ou fatiguée, malgré un sourire naissant aux commissures des lèvres.

Edith se la représenta, posant pour un étudiant en art ou un dessinateur, et tenta de reconstituer les différents scénarios ayant pu mener à cette situation. Elle imagina un artiste timoré, qui vivait pour son art et avait commis l'erreur stupide et banale de tomber amoureux de son modèle. Mais la précision du trait, sa simplicité et son pouvoir d'évocation suggéraient qu'il ressentait une confiance inébranlable envers son talent, plus qu'envers son sujet ou lui-même, et que son œuvre primait sur ses sentiments.

« J'ai exécuté ce portrait de mémoire », expliquait-il en introduction à sa dernière missive, qui s'achevait ainsi : « À titre de remerciement et d'adieux. Je sais que nous ne nous reverrons pas. Beaucoup de routes ne se croisent qu'une fois. Je te souhaite le meilleur. Avec toute ma tendresse, M. »

L'absence d'une signature complète prenait une dimension symbolique. Et la concision du message aussi. C'était la conclusion d'un échange auquel, sans en avoir la confirmation, Edith soupçonnait que sa mère n'avait pas participé. Rien ne permettait d'établir ce que ce garçon représentait pour Katarzyna, et après une deuxième lecture, Edith ne trouva pas plus d'indications susceptibles d'expliquer la conservation de ces lettres, et encore moins leur présence dans un tiroir si facilement accessible.

Peut-être que sa mère les avait oubliées. Peut-être qu'elle souhaitait au contraire que quelqu'un les trouve. Peut-être que, malgré le peu d'attention qu'elle semblait accorder à sa beauté, elle aimait conserver le souvenir d'un artiste qui l'avait admirée, ou la preuve de ce qu'elle avait été avant de débarquer en Amérique.

En survolant à nouveau les lettres, un élément sauta cette fois aux yeux d'Edith : les dates. Août 1913. Les enveloppes ne portaient aucun timbre ou tampon postal, ce qui suggérait qu'on les avait remises en mains propres. Ou glissées sous une porte. Edith en déduisit que sa mère les avait emportées avec elle en quittant la Pologne. Or, à l'époque où elle la pressait de questions sur son pays natal, Katarzyna avait déclaré être arrivée en Amérique en mai de cette année. Edith était née onze mois plus tard, en avril 1914. Mais si Katarzyna se trouvait encore à Kalisz quand ces lettres lui étaient parvenues, alors elle avait menti, et n'avait pas quitté la Pologne avant la fin de l'été. Et de cet imbroglio chronologique découlait une vérité stupéfiante : Edith n'avait pas pu être conçue aux États-Unis.

Alors oui, Edith avait un temps imputé tous les torts à son père. Mais l'existence des lettres l'amenait à réviser son jugement. Par la suite, elle réfléchit souvent au portraitiste, à son rôle et à l'histoire dissimulée entre les lignes de ces lettres, sans toutefois se risquer à questionner ses parents qui, depuis le début, avaient choisi de se taire.

Breslau, Allemagne, 1932

Mirko se frotta les yeux et contempla la feuille vierge sur son bureau. Sa blancheur le pressait d'agir, et il repoussa son verre de vin pour mieux se concentrer. Contrairement à son habitude, il était peu inspiré, et il affûta son crayon déjà parfaitement taillé.

Tambourinant doucement sur son bureau, Mirko revivait le rassemblement auquel il avait récemment participé avec son beau-père. Il se souvenait de l'exaltation qu'il avait ressentie à se tenir au cœur de cette marée humaine transcendée par la même euphorie.

Impossible de rester insensible à ce sentiment galvanisant d'appartenance, impossible de ne pas se laisser porter par la clameur de tous ces corps tendus dans la même direction. Impossible d'ignorer cette vague bourdonnante qui résonnait de l'espoir d'un million de gens et de ne pas vouloir s'y jeter.

La cadence des pas foulant le sol se superposait à ses propres battements de cœur, et il avait été traversé par le sentiment de se tenir au cœur d'une énorme machine, omnipotente et indestructible. La confusion avait d'abord freiné sa marche, mais la ferveur patriotique contagieuse avait vite balayé ses doutes. Porté par le flot de bras brandis, Mirko avait joint ses hurlements au chant collectif des Allemands, et encensé leur maître. Hitler suscitait son émoi, à la manière de ces figures charismatiques et captivantes auxquelles rien ne semble résister. Il lui enviait son assurance inflexible, sa rhétorique implacable, son maintien fier et ses habiles techniques de persuasion, car toutes ces qualités dessinaient l'homme qu'il aurait aimé devenir.

Pourtant, l'excitation qui avait étreint Mirko s'était dissipée au fil du discours tandis que sa vision se scindait pour lui révéler une seconde image, dissimulée derrière la première. Distrait par l'abondance de détails qui s'offrait à lui – les perles de sueur dans le cou d'un homme à ses côtés, l'ourlet partiellement défait d'une jupe, les faisceaux mouvants que les rayons du soleil déclinant projetaient sur la foule –, Mirko avait glissé dans un état d'éveil où son acuité visuelle éclipsait tous ses autres sens. Situé près de l'estrade, il voyait la bouche du Führer s'ouvrir et se fermer, sa mâchoire avancer, ses lèvres fines s'incurver et se retrousser selon le son et l'émotion qu'elles expulsaient. Il distinguait le mouvement de ses sourcils, le tressaillement de sa pomme d'Adam, percevait la tension dans ses épaules et l'excitation dans son regard.

Il n'entendait plus les mots proférés, ni les murmures amplifiés qui parcouraient la foule, l'espoir et l'attente contenus dans leur souffle. Et cette vision, qui opposait un homme seul à des centaines de milliers de cœurs battant au même rythme, avait subitement transformé son enthousiasme en effarement.

C'est dans ce sentiment ambivalent que Mirko puisa la matière de son travail. Il s'inspira de l'expression de Hitler, à la fois féroce et enjôleuse, pour donner vie à l'archétype du Juif de son illustration. Puis il affubla son personnage d'un manteau noir élimé duquel émergeait une main velue agrippant un couteau tranchant. La pointe du couteau découpait, sur la droite, une énorme toile d'araignée tracée à l'encre rouge dont les fils centraux s'entremêlaient pour former une étoile de David. Des femmes et des enfants apeurés se débattaient au centre de la toile, tandis que la main libre du Juif soupesait le monticule de petites pièces d'or qu'il leur avait dérobées.

Mirko considéra cette composition avec un mélange de satisfaction et d'amertume. C'était un croquis sans âme et sans valeur artistique : le seul but étant l'efficacité de son message. Il détestait son job, non pas en raison de ses possibles conséquences, mais parce qu'il était à la portée de n'importe quel idiot capable de manier un stylo. Ses aspirations de jeunesse lui paraissaient insignifiantes, et Mirko peinait à trouver son équilibre, coincé entre une ambition qu'il refusait d'abandonner totalement et une carrière qui risquait de l'enfermer.

À cette idée, il fut pris de vertige. À moins que ce ne soit l'alcool dont il avait abusé… Quoi qu'il produise, son beau-père Karl louerait sa formidable créativité, et Mirko essaya d'y trouver du réconfort.

Le travail de son beau-fils le gonflait d'orgueil, et il avait pris l'habitude d'énumérer, la voix altérée par la suffisance, la liste des publications dans lesquelles figurait une illustration de Mirko. Cet homme qui partageait désormais son patronyme, en plus de ses convictions, lui garantissait à travers son talent la plus belle postérité. Karl n'avait jamais remis son don en question, il s'était contenté de lui donner une autre direction. D'une certaine manière, ses louanges tenaient lieu de récompense, et depuis qu'il avait goûté à cette approbation, qu'elle fût justifiée ou non, Mirko appréhendait de ne plus la recevoir.

Il anticipa la réaction qu'engendrerait sa caricature chez ses concitoyens. Il imagina le dégoût qui se saisirait d'eux et transformerait leurs traits, et la portée de son pouvoir lui inspira un frisson d'excitation. Impossible de ne pas les remarquer, ces images mille fois imprimées, placardées et distribuées dans toute la ville à tour de bras. Impossible, surtout, de ne pas se laisser influencer par ce qu'elles prônaient. Car il fallait bien une explication et un coupable et, à force d'être répétée, n'importe quelle théorie finit par convaincre.

West Village, New York, 2015

Madame Janik rêva qu'elle se trouvait dans un cube en mouvement, plongé dans la pénombre. Paralysée d'angoisse, elle écoutait les gloussements mêlés aux pleurs s'élever autour d'elle. Elle distinguait, à la faveur d'un rai de lune filtrant par un interstice, la chevelure blonde d'une petite fille devant elle. Elle n'osait pas la toucher et, sans trop savoir pourquoi, elle espérait qu'elle ne se retournerait pas. Le cube prit de la vitesse et, au fil de sa progression, il sembla à madame Janik que des râles résonnaient à l'extérieur, au-delà du paysage cendré, là où les morts parlaient entre eux. Leur plainte s'amplifia. Elle portait en elle le désespoir et la somme de toutes les prières restées sans réponse. Elle se déploya autour de madame Janik en un long ruban immatériel qui s'enroula autour de son corps avec une surprenante délicatesse. Un chant s'en éleva, pareil à un faible écho, et le ruban resserra son étreinte en déversant son triste refrain.

Au cœur de ce bruissement ondoyant, elle discerna comme un appel dont elle parvint à saisir des bribes. Ou plutôt des noms.

L'énumération n'en finissait plus, et elle s'aperçut que tous ces patronymes étrangers s'inscrivaient sur le ruban mouvant à mesure qu'ils étaient prononcés. Hypnotisée, madame Janik essayait de percer la signification de cette liste lugubre : hommage à des victimes ou dénonciation de coupables ?

La litanie se mua en un sifflement strident qui se confondit avec son propre hurlement, et elle se réveilla en sursaut, empêtrée dans son édredon. Les rideaux de la fenêtre entrouverte gonflaient doucement sous l'effet de la brise et le vieux radiateur émettait ses borborygmes habituels. Mis à part ses draps, malmenés dans son sommeil, la chambre respirait l'ordre et la propreté. Pas de ruban au chatoiement trompeur, et bien qu'elle scrutât la pièce en quête d'une ombre révélatrice, elle n'y dénicha aucun fantôme non plus.

Soulagée, madame Janik s'enfonça dans les coussins aux effluves rassurants de lessive et se rendormit en comptant dans une langue qui n'était pas la sienne.

Łódź, Pologne occupée, 1942

— *Eins, zwei, drei, vier...* Magda !

L'institutrice s'interrompit et fusilla du regard la fillette distraite, absorbée par la course d'un insecte sur le carrelage de la salle de classe.

— *Magda, hörst du mich ?* Peux-tu répéter ce que je viens de dire ?

Magda sursauta et reporta son attention sur sa professeure, répétant soigneusement les chiffres énoncés. En écoutant les mots qui sortaient de sa bouche, elle eut l'impression curieuse qu'ils n'avaient pas toujours sonné ainsi. Satisfaite, l'institutrice se détourna.

Depuis sa chaise, Magda observa le large dos de la vieille enseignante. À cette silhouette se superposa brièvement un souvenir flou, que Magda tenta sans succès de retenir. Les autres fillettes suivaient de leurs yeux fatigués les déambulations de l'institutrice, dont la voix puissante résonnait dans la salle silencieuse.

Les doigts cramponnés à son crayon, Magda repensa à la minuscule fourmi sur le carrelage qui, libre de ses mouvements, pouvait se glisser sous la porte et quitter ce lieu clos et pesant. Magda l'imagina emprunter le long couloir menant au réfectoire, son corps dessinant une tache infime pour le reste du monde – qui, selon les dires, s'effondrerait bientôt aux pieds de la toute-puissante Allemagne.

– ... *fünf, sechs...*

La fourmi, antennes en alerte, poursuivait son exploration le long du chemin gravillonné de l'institut bordé de jardins. Elle gravissait des collines et traversait des champs abandonnés. Sans répit, elle traçait sa route, foulant le sol de ses minuscules pattes. Au-dessus d'elle, les nuages s'amoncelaient et les arbres, cinglés par le vent, courbaient l'échine comme les mauvais élèves avant d'être frappés. Indifférente aux éléments, la fourmi avançait patiemment millimètre après millimètre.

– ... *sieben, acht...*

Loin, beaucoup plus loin, l'insecte finissait par atteindre le sommet d'une pente derrière laquelle, imagina Magda, se dressait sa maison. La fourmi s'immobilisait, comme le font parfois les animaux lorsqu'ils prennent subitement conscience d'une altération de leur environnement. Elle s'immobilisait car le monde avait changé. La terre elle-même s'était retirée, ne laissant à la place qu'un vide béant, au seuil duquel se dressait la petite fourmi solitaire. À perte de vue, il n'y avait que le néant. Et au-dessus de ce néant pesait le silence de la tragédie.

– ... *neun, zehn.* Ce sera tout pour aujourd'hui, asséna la maîtresse sans regarder ses élèves.

Au fond de la classe, la petite Magda tomba de sa chaise.

West Village, New York, 2015

La nouvelle se répandit comme une traînée de poudre. Ethan l'apprit par sa mère, qui la tenait de madame Hoffman du troisième, elle-même informée par la voisine de palier de madame Janik, à qui l'information avait été directement donnée par l'hôpital.

Cet après-midi-là, Ethan entendit les sanglots étouffés de sa mère depuis l'escalier, où il vacillait sous le poids de son dernier projet d'arts plastiques. En ouvrant la porte, il s'attendait à la voir plantée devant une quelconque émission dépeignant la décrépitude de l'humanité à grand renfort de musiques dramatiques et d'images-chocs. Il fut donc surpris de la trouver dans la cuisine, la télévision éteinte. Sur le comptoir à côté d'elle gisait un bouquet de roses maintenues par un large ruban blanc.

Ethan fut traversé par l'espoir absurde que les fleurs avaient été envoyées par son père. Mais l'incongruité de cette éventualité lui apparut aussitôt. Dos à lui, sa mère sanglotait, légèrement courbée comme dans une étrange prière. Elle ne l'avait de toute évidence pas entendu entrer, et Ethan envisagea une seconde de repartir. Finalement, il avança d'un pas et se racla la gorge.

— Maman ?

— Madame Janik est à l'hôpital, articula-t-elle péniblement. Elle a fait un malaise.

Jodie se frotta les yeux, s'attardant sur ses doigts couverts de mascara comme si elle découvrait qu'elle s'était maquillée, puis reporta son attention sur son fils. Lequel, consterné, eut juste assez de bon sens pour demander comment.

— Je sais simplement qu'elle a perdu connaissance dans le bus qui la ramenait chez elle. Elle se moucha. Mon Dieu, la pauvre femme.

— Tu sais si c'est grave ? questionna Ethan assailli par les images déprimantes d'hôpitaux compilées dans les séries qu'il regardait avec sa mère et ses sœurs.

— Apparemment, son état est stable, répondit Jodie. Mais on ne sait jamais, elle est très âgée, tu sais.

Elle attira son fils contre elle avec une insistance qu'Ethan jugea embarrassante en plus d'être affectée, et il se raidit malgré lui. Jodie dégageait une vague odeur de transpiration, ses cheveux décoiffés collaient à son visage, et Ethan lui trouva cet air négligé des chiens errants qui exsudent la solitude.

— Je lui ai acheté des fleurs, murmura-t-elle. Cette pauvre madame Janik, je crois bien qu'elle n'a plus de famille.

Pour la première fois, l'émotion de Jodie fit écho chez son fils, qui décela dans l'empathie soudaine de sa mère pour leur voisine la peur de connaître un jour le même sort, et il en voulut à tous ses médicaments aux noms compliqués, manifestement incapables de l'aider.

Dans l'espoir de lui remonter le moral, Ethan lui présenta son travail d'arts plastiques. Intitulée *Ma famille*, la toile les représentait, lui, Jodie et ses sœurs, assis à la table de la cuisine au moment du dîner.

Pour son projet, Ethan avait pris soin de gommer certains détails et d'en inventer d'autres afin de flatter ses sujets. Par exemple, le visage d'Alice n'était plus constellé d'acné, et de jolies boucles s'étaient substituées à la masse indomptable des cheveux d'Estelle. Trônant fièrement en bout de table, Jodie affichait un sourire serein. Il manquait peut-être son mari, mais il lui restait son fils et ses filles, et Ethan espérait que cette peinture le lui rappellerait. Il observa sa mère, cherchant une réaction sur son visage bouffi par les larmes.

— Où est papa ? finit-elle par demander d'une voix éteinte.

— Il n'est pas là…, répondit Ethan, sans parvenir à déterminer si la question se référait à son dessin.

Jodie hocha la tête et passa son index sur la représentation de ses enfants. Ses yeux s'animèrent tout à coup comme si elle voyait quelque chose qui lui avait échappé jusqu'alors, mais l'étincelle disparut aussi vite, et son esprit glissa hors de la pièce. Loin de la cuisine, de son fils et de sa peinture qui finirait là où finissaient inévitablement toutes les réalisations des enfants Parker : au fond de l'armoire de sa chambre, au sommet d'un enchevêtrement de bricolages enfantins, vestiges d'une innocence révolue qu'elle préférait hors de sa vue.

— Je vous préviens, ça va faire mal, lui dit l'infirmière.

Avec indifférence, madame Janik regarda la pointe de l'aiguille lui transpercer la veine et compta les secondes jusqu'à ce que le sang remplisse l'éprouvette. Elle s'étonnait toujours de la prévenance du personnel médical, s'amusant presque de cette bienveillance aux allures d'excuses.

Une fois pourtant, elle aurait aimé qu'il en soit autrement et qu'on l'avertisse : « On vous prévient, ça va faire *très* mal. » Mais bien entendu, ils n'avaient rien dit.

Aujourd'hui, ces médecins assez jeunes pour être ses descendants s'adressaient à elle de ce ton patient et indulgent réservé aux enfants qui ne peuvent saisir la gravité d'une situation.

— Je comprends, dit-elle à voix haute alors que l'infirmière avait déjà quitté la pièce. Je comprends, ajouta-t-elle pour elle-même, en espérant que ce soit vrai.

Lorsqu'Ethan arriva à l'hôpital, madame Janik était endormie. Ses traits inhabituellement détendus la rajeunissaient sensiblement et s'accordaient mal avec l'image de la vieille femme élégante et polie, mais constamment sur ses gardes.

De fait, à peine Ethan eut-il le temps de dresser ce constat que madame Janik ouvrit les yeux.

— Bonjour, annonça-t-il en s'efforçant de masquer son inquiétude. J'espère que vous allez mieux.

Le regard de sa voisine s'arrêta sur les fleurs qu'Ethan lui tendait avec un sourire sincère mais gêné.

— Ma mère voulait vous les apporter elle-même, précisa-t-il. Mais elle n'a pas pu venir.

Ethan n'avait pas tenté de s'opposer lorsque Jodie avait subitement décrété ne plus l'accompagner. La vieillesse, pressentait-il, comptait parmi les innombrables facettes de l'existence qui suscitaient l'angoisse de sa mère et auxquelles elle préférait ne pas se confronter. Jodie l'avait donc déposé à l'accueil et était partie s'installer dans la salle d'attente.

Le bouquet à la main, Ethan se sentait gauche de ne savoir quoi dire et misérable d'éprouver de la pitié pour cette femme à qui, il en était certain, personne d'autre n'avait rendu ou ne rendrait visite.

— Assieds-toi, Ethan, lui enjoignit-elle en désignant la chaise en plastique à côté de son lit. Et mets ces jolies fleurs sur la table, je demanderai un vase à l'infirmière quand elle reviendra.

Le garçon s'exécuta et croisa nerveusement les mains sur ses genoux. Après quelques instants, il finit par rompre le silence et poser la question qui le tourmentait depuis qu'il avait appris la nouvelle.

— Ça fait mal ?

— Qu'est-ce qui fait mal ?

Ethan regarda autour de lui, sans trop savoir ce qu'il cherchait à découvrir.

— Ce qui vous est arrivé, ajouta-t-il.

La vieille dame parut hésiter et se redressa dans son lit. Les draps formaient un creux entre ses jambes étendues, soulignant la maigreur de son corps, et Ethan se reprocha de ne pas avoir apporté une boîte de chocolats en plus du bouquet.

— Je ne m'en souviens pas très bien, pour être honnête, finit-elle par dire. Mais c'était bien un malaise, pas une crise cardiaque.

— Et maintenant ?

— Maintenant quoi ?

— Est-ce que vous avez mal ?

Elle lui sourit.

— Non, Ethan. Et cesse donc de froncer les sourcils, tu es trop jeune pour te faire tant de souci.

Ethan regretta son émotivité, héritage maternel manifeste.

— J'aurais préféré déranger quelqu'un d'autre, reprit madame Janik, mais penses-tu pouvoir nourrir Toby jusqu'à mon retour ? Sa pâtée est dans le placard sous l'évier de la cuisine. Et il a besoin de prendre un médicament pour les reins, tu trouveras la boîte de comprimés sur la commode de l'entrée. Mes clés sont dans mon sac, prends-les.

L'espace d'un instant, Ethan se demanda à qui elle faisait référence. Puis le souvenir du gros félin paresseux somnolant dans le placard lui revint, et il réprima un soupir. Il n'aimait pas beaucoup les chats, leur caractère imprévisible et leur indifférence.

— D'accord, promit-il en évaluant s'il devait à présent prendre congé.

Fallait-il la réconforter d'un geste avant de la laisser seule ? Peu habitué aux démonstrations affectives, Ethan opta finalement pour un salut de la tête, que sa voisine parut ne pas voir. Puis il se dirigea vers la porte.

— Merci d'être venu, Ethan, ça m'a fait très plaisir, glissa la vieille dame alors qu'il passait l'embrasure.

— Moi aussi, répondit-il spontanément, et tandis qu'il quittait la pièce pour rejoindre sa mère, il se sentit désolé pour cette dernière, qu'il jugeait plus seule encore que leur voisine.

L'appartement était moins accueillant sans sa propriétaire, et Ethan se sentit immédiatement mal à l'aise. Disposés sous ses yeux dans toute leur vulnérabilité, la somme des objets cassés lui faisait l'effet d'un journal intime attendant d'être lu. Époussetant sa veste comme pour mieux chasser son trouble, il se dirigea vers la cuisine et versa du thon en boîte dans l'écuelle en céramique posée par terre. Il y incorpora le médicament et replaça le tout au pied du frigo.

— Toby ! appela-t-il, viens par ici, ton repas est servi !

Mais le chat refusa de se montrer. Ethan inspecta sous chaque meuble avec une impatience grandissante contrebalancée par l'appréhension de ne pouvoir s'acquitter de son engagement.

Il fut donc soulagé de trouver Toby là où il l'avait vu lors de sa première visite, au fond de l'armoire du couloir. Le battant ouvert laissa filtrer un rai de lumière qui força le chat à cligner de ses yeux verts, mais il ne manifesta pas la moindre envie de sortir. Ethan repartit chercher l'écuelle, qu'il agita devant le museau de Toby dans une piètre tentative pour l'inciter à bouger de sa cachette. Mais ce dernier se contenta de la renifler avant de détourner la tête et de cacher son museau entre ses pattes. À court d'idées et de patience, Ethan saisit le chat, qui agita mollement une patte en signe de contestation, pour le poser devant l'écuelle. C'est à cet instant qu'Ethan aperçut quelque chose miroiter au fond de la boîte : le reflet d'une pochette plastifiée protégeant plusieurs photographies noir et blanc.

Après une brève hésitation, il saisit la pochette tapissée de poils de chat et en sortit les photos sans plus prêter la moindre attention à Toby, qui ronronnait bruyamment dans son dos. Plusieurs instantanés montraient la même femme sur plusieurs années, pris plus d'un demi-siècle plus tôt selon les dates figurant au dos. Madame Janik jeune, conclut Ethan en s'étonnant de la reconnaître. Si le temps avait distendu la peau, creusé des sillons et dessiné des veinules, le regard, lui, brillait du même éclat. D'autres détails avaient survécu à l'histoire, si ténus qu'il était difficile de les identifier au premier coup d'œil : l'incurvation des lèvres étirées en un sourire timide, la courbe des sourcils et le relief des pommettes. Ethan reconnut aussi l'expression, dans laquelle se dessinait la madame Janik d'aujourd'hui. Une expression prudente, réservée, mais avenante. Elle avait été une très belle femme, et Ethan peina à concilier ces deux versions de la même personne.

Sur les photos plus anciennes, madame Janik posait dans plusieurs lieux symboliques de New York. Devant la bibliothèque publique à Bryant Park, accoudée à la rambarde de Battery Park, avec la statue de la Liberté en arrière-plan, sous l'arche de Washington Square Park, au sommet de l'Empire State Building ou encore à l'entrée du pont de Brooklyn. Pour qui la connaissait, son sourire manquait de naturel, comme si elle se prêtait sans conviction à un jeu, et son air distant rappela à Ethan son père, chaque fois que ce dernier s'évertuait à cacher son ennui. Le regard rivé sur ce fragment d'histoire en noir et blanc, Ethan se demanda si madame Janik aussi s'était crue obligée de jouer un rôle.

Qui avait bien pu prendre ces photos ? Ethan était reconnaissant envers ce ou ces anonymes qui, cliché après cliché, avaient immortalisé quelques fractions de l'existence de sa voisine et lui permettaient, cinquante ans plus tard, de glaner un aperçu de celle qu'elle avait été.

La deuxième série différait drastiquement et révélait une madame Janik à peine plus âgée posant pour des magazines américains de l'époque dont le nom était inscrit au verso. On la découvrait dans des intérieurs stylisés, vêtue d'habits de grandes marques et arborant des coiffures sophistiquées. Ethan superposa l'image de la vieille dame qui, dans son manteau aubergine mal ajusté, jetait des miettes aux oiseaux à ce jeune mannequin, et il songea que sa voisine était passée d'un stéréotype à un autre.

Il s'attarda sur un cliché la montrant à une soirée mondaine au bras d'un homme nettement plus vieux – Isak, selon l'indication de la légende au dos –, et dont l'expression trouble couplée au maintien incertain suggéraient un état d'ébriété avancé. Madame Janik, quant à elle, adressait à l'objectif un sourire crispé et donnait la très nette impression de vouloir être ailleurs. Son mari ou son père, spécula Ethan, avant de conclure que, dans un cas comme dans l'autre, la jeune madame Janik accueillait sa proximité avec réticence. Il tâta la poche de son pantalon, là où reposait sa photo fétiche, et réfléchit à ces moments de la vie, sombres en surface, parfois synonymes d'échec, de chagrin ou de regret, qui pourtant, observés sous un angle précis ou avec du recul, se parent d'un éclat proche de la beauté.

Sur la somme des reflets que projetaient ces bribes du passé, il y en avait forcément un qui étincelait plus que les autres, et c'est sur celui-là que les gens se concentraient. Sur quoi s'arrêtait le regard de madame Janik lorsqu'elle contemplait cette photo ? Vers quoi la conduisait-elle ? Quel détail, qui n'existait plus que dans son souvenir, l'avait poussée à conserver cet instant au profit d'un autre ?

Ethan en était là de ses réflexions lorsqu'il arriva au dernier cliché. D'abord, il ne sut quoi en penser, incapable d'appréhender l'image dans son ensemble. Puis, il éprouva un malaise, auquel se greffa bientôt une curiosité horrifiée.

Il s'agissait d'une photo de famille, prise dans un salon distingué, meublé dans le style opulent et excessif qu'Ethan supposa typique de la bourgeoisie de l'époque, même si rien ne lui permettait d'en être certain. De lourds rideaux en velours, retenus par des embrasses tressées, bordaient la haute fenêtre en arrière-plan. Le pan de mur visible, quant à lui, était recouvert d'un papier peint damassé, rehaussé par deux tableaux fixés à égale distance de chaque côté de la fenêtre. Des paysages, semblait-il, bien que le format et la qualité de la photographie l'empêchent de l'affirmer. Le plafond était hors champ, mais Ethan imagina son pourtour ourlé de ces grosses moulures au charme renaissant qu'on voit parfois dans les vieilles maisons chics et dans les musées.

Au centre, un jeune couple, assis sur un canapé baroque, encadrait une fillette aux joues rebondies qui adressait à l'objectif un regard à la fois interrogateur et inquiet. Vêtue d'un chemisier pâle et d'une jupe plissée sous laquelle se devinait le relief de ses genoux croisés, la mère arborait un sourire de composition, et ses doigts fins enserraient l'épaule de l'enfant avec une fermeté que contrecarrait sa jovialité factice. Elle était jolie, quoiqu'il émanât d'elle ce charme travaillé propre à ceux qui ont les moyens et le temps de se soucier obsessionnellement de leur apparence.

Cheveux soigneusement peignés sur le côté, rasé de près et doté de la même beauté froide et impersonnelle que son épouse, le mari affichait une mine sérieuse et confiante, dans laquelle Ethan crut déceler une certaine impatience. La symétrie de ses traits lui conférait aussi une aura de sévérité, avec sa mâchoire carrée au menton fendu d'une fossette et ses lèvres fines surplombées d'un nez droit, volontaire, rehaussé par la ligne des sourcils, épais et nets. Discipliné, tel était l'adjectif qui l'aurait le mieux décrit. Le genre de type qui obtenait toujours gain de cause et admettait rarement ses erreurs.

Debout derrière le canapé se tenait un couple plus âgé. Malgré les décennies qui les séparaient, l'homme présentait une ressemblance frappante avec le jeune époux, son père probablement. Sa femme et lui se tenaient droits et dignes dans leurs vêtements chics, irradiant la distinction et la suffisance caractéristiques des gens nés fortunés. Ils ne souriaient pas vraiment, mais quelque chose dans leur attitude trahissait la joie d'être pris en photo ainsi, surplombant deux générations qui, s'imaginaient-ils sans doute en cet instant, porteraient leur lignée vers un avenir prospère dont ils étaient les piliers.

À bien des égards, il s'agissait d'une famille comme tant d'autres, avec ses valeurs, ses espoirs et ses failles. Mais un détail venait bouleverser cette lecture et plaçait le cliché sous un spectre bien plus sinistre. Sur l'uniforme fringant du père, encerclant son bras comme le brassard d'un sportif sur le point d'entamer une course, se détachait une croix gammée.

Après l'avoir identifiée, Ethan eut du mal à en détacher les yeux, et il scruta le symbole avec l'embarras fébrile qui accompagne une découverte aussi choquante qu'inattendue. Ignorant les sollicitations du chat qui, revigoré par sa ration de thon, se frottait maintenant à sa jambe avec insistance, Ethan jeta un œil au verso dans l'espoir d'y trouver un indice supplémentaire.

La légende succincte, *Dresden, Oktober 1944*, était rédigée dans une écriture serrée et appliquée. Peut-être celle de la jeune dame sur le canapé ? Il était tentant d'élaborer une histoire, et Ethan rassembla tous les éléments révélateurs de cette photographie, conscient de toutes les autres choses qu'elle ne disait pas.

Il plissa les yeux pour mieux observer la fillette blonde. Était-ce madame Janik ? Intrigué, Ethan compara la photo de famille avec les autres clichés. La différence de contextes et d'époques l'empêchait de corroborer sa théorie. Toutefois, en 1944, sa voisine aurait pu avoir l'âge de cette petite fille.

Dresde, Allemagne, octobre 1944

Le photographe n'arrêtait pas de renifler en effectuant ses réglages, et Magda jeta un regard anxieux à Grand-Mère, qu'elle s'attendait à voir secouer la tête d'agacement, sa coiffure impeccable révélant une imperceptible ondulation. Mais la vieille dame sévère rayonnait ce jour-là d'un lustre différent, qui ne laissait aucune place à l'impatience. Elle suivait les gestes du photographe avec les yeux gourmands d'une fillette au spectacle, et ses lèvres pincées semblaient même esquisser un sourire. Elle portait sa belle robe imprimée de grosses fleurs, celle qu'elle réservait aux occasions très spéciales, et qui sentait la naphtaline. Bien qu'elle incarnât de coutume la rigueur et les vieilles manières, Grand-Mère contenait avec peine son excitation, et ses mains s'affairaient avec nervosité sur le nœud papillon de Grand-Père. Ce dernier en revanche affichait une indifférence paisible et considérait son épouse avec le détachement patient d'un promeneur face aux considérations affectives d'un chien insistant.

Le tissu de sa robe neuve grattait furieusement Magda, et elle se tortilla pour minimiser son inconfort. Mère respirait fort, et Magda la vit jeter quelques coups d'œil insistants en direction de l'armoire à liqueurs, les traits de son joli visage figés dans une expression que la fillette ne connaissait que trop bien. Elle ne prêtait pas la moindre attention à son époux et tressaillit lorsqu'il posa son imposante main sur son épaule.

Grand-Père sentait la pipe, mais son corps dégageait aussi un effluve légèrement rance que ni ses bains fréquents ni les soins vigilants de Grand-Mère ne parvenaient à totalement dissiper. Le parfum capiteux de la vieille dame rappelait celui des roses fanées, et se mariait mal avec celui de la laque de Mère. Quant à Père, il avait profité de l'occasion pour s'imbiber d'une nouvelle eau de toilette importée de France, qu'il répandait à chaque mouvement. Assaillie par la combinaison de tous ces arômes, Magda retroussa le nez et reporta son attention sur le photographe, étudiant avec un intérêt craintif l'objectif de son imposant appareil. Il y aurait un flash, lui avait expliqué Père en expert, et Magda devrait résister au réflexe de cligner des yeux. La fillette avait retenu l'injonction et appréhendait l'instant fatidique, le corps tendu, les sens en alerte, inquiète à l'idée de faillir.

— Bon, déclara le photographe en tapant dans ses mains à la manière d'un professeur cherchant à capter l'attention d'une classe dissipée. Regardez par ici.

Il disparut sous l'épaisse cape noire accrochée à son appareil, et sa voix leur parvint étouffée lorsqu'il reprit la parole :

— Je vais compter jusqu'à trois. Maintenant, souriez…

Alors qu'il prononçait ces mots, Grand-Père fut saisi d'une violente quinte de toux qui lui valut un soupir excédé de son fils. Mère, elle, laissa échapper un gloussement et gratifia Magda d'un clin d'œil, comme si elles étaient complices d'une farce.

Les cheveux de la fillette, retenus à l'aide d'un ruban en satin, tiraient sur son crâne, et elle porta une main à son front, geste qui lui valut d'être réprimandée d'une petite tape impatiente de Grand-Mère, qui ajouta à son oreille d'un ton plus doux :

— C'est bientôt fini.

La suite des événements, cependant, lui prouverait le contraire. Une fois la toux de Grand-Père calmée et la rougeur sur son visage estompée, le téléphone déchira le silence de sa plainte stridente. Père quitta le salon et s'entretint plusieurs minutes à voix basse, tandis que le reste de la famille patientait face au photographe qui n'en finissait plus de fignoler et de s'agiter derrière son appareil en abreuvant ses clients d'indications qu'il modifiait la seconde d'après.

— Un peu plus à droite, monsieur. Non, définitivement à gauche. Et vous, mademoiselle, repoussez vos cheveux pour dégager votre minois. Non, ramenez-les plutôt sur le côté. Et madame, continua-t-il à l'attention de Mère, tournez votre visage de trois quarts vers moi. En fait, ce sera mieux de face, et croisez les jambes. Ou plutôt croisez les bras.

Magda entendit Grand-Mère se racler la gorge, et Grand-Père se déplacer dans son dos.

– J'ai soif, déclara ce dernier en quittant brusquement la composition soigneusement établie par le photographe pour s'approcher de la fenêtre.

Il jeta un coup d'œil derrière l'épais rideau donnant sur la rue et lança d'une voix égale :

– Il fait beau.

– Wolfgang, revenez ici, lui intima Grand-Mère d'un ton crispé où perçait aussi de l'embarras.

Mais son mari l'ignora, et elle dut se résoudre à aller le chercher elle-même. Magda sentit la pression sur son crâne s'atténuer tandis que le nœud en satin se déliait jusqu'à tomber mollement au sol, libérant enfin ses cheveux qui vinrent chatouiller ses joues. Soucieuse de ne pas engendrer plus de tracas, elle tâtonna pour ramasser le ruban et le garda serré dans sa paume avec l'espoir que cet imprévu passe inaperçu.

– Les cheveux de la demoiselle sont en désordre, lança le photographe, nullement contrarié par ce joyeux bazar.

Loin de se sentir concernée par cette problématique capillaire, Mère s'amusait à dessiner des plis dans sa longue jupe et ne daigna même pas relever la tête. Grand-Père, dans un élan affectif, tapota gentiment, quoiqu'inutilement, le crâne de la fillette. C'est donc à Grand-Mère qu'il incomba d'y remédier, tâche qu'elle exécuta avec des gestes rapides et brusques trahissant son exaspération. D'un petit coup entre les omoplates, elle intima à la fillette de se redresser et lui rappela dans un chuchotement empressé les rudiments d'une posture exemplaire. Buste en avant, épaules dégagées, menton levé, dos droit. Consignes que Mère accueillit d'un ricanement moqueur.

Enfin Père réapparut. En quelques enjambées, il regagna sa place et lança au photographe un regard qui dissuada ce dernier d'émettre une suggestion de plus.

– Très bien, à trois, annonça-t-il d'une voix légèrement dépitée en disparaissant une nouvelle fois sous son rideau de magicien. Un. Deux…

Magda inspira profondément en bombant la poitrine, les yeux solennellement rivés sur l'objectif. Allait-il exploser dans une gerbe d'étincelles ? Les rendrait-il aveugles ? Cette expérience, certes insolite, s'était surtout révélée éprouvante, et elle se réjouissait d'en voir la fin. À l'instant où le flash crépita, Magda se trouvait dans un tel état de concentration qu'elle ne pensa même pas à sourire. Le cliché ne la montrait pas sous son meilleur jour, constata-t-elle plus tard, et à l'époque, elle ne savait pas encore à quel point elle avait raison.

West Village, New York, 2015

Assis sur la chaise en plastique destinée aux visiteurs, Ethan attendait que sa voisine se réveille. Il n'aurait su dire depuis quand il était là, mais il patientait depuis suffisamment longtemps pour pouvoir attester de l'inconfort du fauteuil et se représenter les yeux fermés chaque pli des rideaux de la fenêtre.

Son regard revenait constamment sur le mouvement de la couverture se soulevant et s'abaissant au rythme de la respiration de la vieille dame. Il craignait de voir la fréquence cardiaque affichée sur le moniteur s'aplatir brusquement en une note continue, et chaque minute écoulée renforçait sa superstition qu'une baisse de vigilance de sa part, même brève, suffirait à causer la mort de madame Janik.

De sa grand-mère, Ethan ne gardait aucun souvenir, sinon qu'elle avait toujours entretenu une relation compliquée avec sa fille Jodie, consistant en une répétition sans fin de reproches entrecoupés de brèves et illusoires périodes de réconciliation. D'après Estelle, le mariage de leur mère avait détérioré des rapports déjà difficiles, à tel point que les deux femmes avaient cessé de se voir, choisissant le téléphone pour cracher leur désaccord mutuel. Ethan n'avait ainsi jamais rencontré sa grand-mère jusqu'à ce jour fatidique où un membre persévérant du personnel de la maison de repos où la vieille dame avait échoué était finalement parvenu à mettre la main sur le numéro de Jodie pour l'avertir de la mort imminente de sa parente.

Jodie ne l'avait que très rarement évoquée à ses propres enfants, et ce n'est qu'une fois la main refermée sur le poignet noueux de sa mère mourante qu'elle avait éclaté en sanglots et mis un terme à sa rancœur. De cette première et ultime rencontre, Ethan se souvenait d'une dame flétrie comme les fleurs qu'Alice avait longtemps conservées petite fille en vue d'en décorer les cartes de vœux qu'elle distribuait à ses amis pour leur anniversaire. Une personne au bout de sa vie, vulnérable et fatiguée. Complètement inoffensive, impossible à haïr. Et pourtant, Ethan n'avait pas oublié les cris de sa mère au téléphone, tentant vainement de se justifier auprès de la seule personne dont elle aurait voulu l'approbation et qui, coup de fil après coup de fil, la lui refusait.

Sans laque pour les discipliner, les cheveux pâles de madame Janik, d'ordinaire si impeccablement soignés, se dressaient en désordre autour de son visage. Ethan remarqua qu'un fin filet de salive s'échappait de ses lèvres entrouvertes, et il se sentit triste pour elle et pour lui, soudain accablé par le poids de leur solitude respective et par l'atmosphère de la pièce.

Un yogourt entamé reposait sur la tablette. Sans sucre, sans parfum, et probablement sans goût. Ethan regarda la matière blanche et crémeuse en se demandant si, passé un certain âge, l'acuité olfactive, à l'instar de l'ouïe et de la vue, déclinait jusqu'à ne plus permettre de différencier une saveur d'une autre.

Les yeux fixés sur la grille d'aération, madame Janik s'efforçait de contrôler son rythme cardiaque. Elle était réveillée depuis quelques minutes et, bien qu'elle fût dos à Ethan, elle ressentait sa présence. Touchée par sa sollicitude, elle ne trouvait cependant pas le courage de se retourner pour lui parler. Depuis combien de temps était-il là? Elle n'aimait pas l'idée qu'il ait pu l'observer dans son sommeil. Elle eut une brève pensée pour sa précieuse brosse en crin de sanglier, posée sur la commode de sa chambre; un simple coup de peigne aurait suffi à rétablir le sentiment de dignité dont elle se sentait dépossédée. La perfection de sa mise en plis lui prodiguait une satisfaction simple et rassurante, et l'absence de ce rituel la déstabilisait cruellement.

Retardant le moment de se confronter à son visiteur, madame Janik détaillait les lamelles de la grille d'aération en tâchant de situer l'instant où elle avait basculé dans la vieillesse. Était-ce le jour où un jeune homme lui avait poliment cédé la place dans le bus? Ou celui où elle avait découvert un cheveu blanc dans sa précieuse chevelure blonde? Le premier anniversaire où la surface du gâteau n'avait pas suffi pour y planter toutes les bougies? Ou bien lorsqu'elle avait décidé d'éviter les passages piétons, parce qu'il lui arrivait de ne pas atteindre la chaussée opposée à temps? Peut-être que la transition remontait à cet hiver particulièrement long où, pour le simple plaisir de se sentir écoutée, elle s'était mise à parler à son chat. Cessait-on d'être jeune quand on cessait d'être entouré? Ou s'agissait-il seulement, comme certains se plaisaient à le dire, d'un « état d'esprit »?

Derrière elle, Ethan se racla la gorge. Les yeux mi-clos, madame Janik se surprit à l'envier, lui et ses muscles vigoureux, son cœur fort et les décennies de liberté qui s'ouvraient devant lui. Il devait avoir entre onze et treize ans. Une période ingrate et belle. Pleine de promesses, comme le sont tous les débuts. Il était maigrichon et plutôt petit. Timide et doté d'une grande sensibilité qui, soupçonnait-elle sans l'espérer, en ferait un adulte tourmenté. Il ne lui avait pas fallu longtemps pour déceler cette brisure en lui, infime et peut-être réversible, mais une brisure tout de même, qui avait trouvé un écho dans son vieux cœur.

Depuis plusieurs années, et avec une attention qui n'était pas sans rapport avec la conscience croissante de sa mortalité, madame Janik analysait le comportement des enfants qu'elle croisait dans la rue, au supermarché ou dans Washington Square, où elle s'aventurait parfois pour se dégourdir les jambes lorsqu'elle trouvait la force de sortir de chez elle et d'affronter ce monde devenu aussi incompréhensible qu'un pays dont on ne parle pas la langue. Elle les regardait rire, s'ébattre et cancaner en se demandant à quoi sa propre enfance aurait ressemblé si elle n'avait pas grandi pendant la guerre, mais était née, comme eux, à l'aube du troisième millénaire. Le détour terriblement tentant des « Et si… ». Pouvait-on le lui reprocher ? La vieillesse fournissait certaines excuses, et madame Janik décida que les vains regrets comptaient parmi ces charmes de l'existence auxquels il lui était permis de céder sans se justifier.

Mais pas tout de suite. Lentement, madame Janik roula sur elle-même et feignit le réveil. Elle s'appuya sur ses mains pour se redresser et esquissa un sourire courageux à l'adresse d'Ethan.

– Bonjour, Ethan. J'espère que tu n'attends pas depuis trop longtemps.

Le garçon ne répondit pas immédiatement, et madame Janik pressentit que quelque chose clochait. Son expression trahissait un trouble nouveau et ses yeux papillonnaient sans réussir à se poser sur elle. Il avait coincé ses mains sous ses genoux, et se balançait légèrement sur sa chaise. Il était agité, et, elle s'en rendit compte en croisant finalement son regard, méfiant.

De sa chaise, Ethan constatait avec perplexité le changement s'opérer sur le visage de la vieille dame. Assise ainsi, les yeux presque exorbités, elle lui rappelait sa mère quand ses doutes et ses peurs l'acculaient.

– Madame Janik, commença Ethan, délaissant momentanément les questions accumulées dans son esprit depuis la veille. Est-ce que ça va ?

Il se pencha vers elle, mais la vieille dame esquissa aussitôt un mouvement de recul épouvanté.

– Madame Janik ? répéta-t-il, mais cette dernière ne le voyait ni ne l'entendait plus.

– Il faut oublier, Magda.

C'est ce qu'ils répétaient tous, sans exception. Oublier. Ils le disaient la mine grave, tête baissée, comme s'ils préféraient ne pas la regarder. Ce qui était le cas, avait-elle fini par admettre avec un sentiment visqueux de honte. Sa présence les gênait, leur intimant de détourner les yeux. Parce que, selon eux, elle ne comprenait pas et ne le pourrait jamais. Et quand ils osaient l'observer, ils le faisaient furtivement, de telle sorte que Magda avait fini par penser qu'ils voyaient en elle quelque chose dont elle n'avait pas conscience.

Il faut oublier. Comme si ce vœu pieux allait suffire à ressouder leurs liens. Comme si la clé résidait dans le silence et les secrets, parce que tout valait mieux que la vérité.

Magda se pliait à leur requête avec complaisance. Obéissant aux adultes, comme à son habitude, car elle persistait à les croire et aimait les satisfaire. C'est bien, Magda, tais-toi et oublie.

S'ils jugeaient préférable d'éviter certains sujets, alors ils devaient avoir leurs raisons. Car après tout, si on ne pouvait se fier à eux, alors à qui ? Mais leur silence parlait à leur place, et Magda entrevoyait peu à peu l'histoire qu'ils taisaient. Une histoire terrible, à laquelle elle appartenait malgré elle.

Oublie, Magda, répétaient-ils d'un ton monocorde tandis que leurs yeux hurlaient, écarquillés par le traumatisme des survivants qui luttent pour accepter qu'ils ne sont pas morts. Ils ne se contentaient pas de formuler une demande, ils lui donnaient un ordre. Tais-toi, Magda. Tais-toi et laisse-nous en paix. Et à travers leur voix, déformée par une terreur viscérale qui ne les quitterait plus et tremblante de souvenirs qu'aucun d'eux n'évoquerait jamais, Magda avait entendu une prière. C'était à elle, maintenant, de les épargner.

– Madame Janik ? répéta Ethan, alarmé.

Il se tourna vers les machines et observa l'écran où une succession de collines pointues révélait le rythme cardiaque stable de sa voisine. Au bout d'une minute interminable, elle pivota enfin vers lui, l'air hagard comme si elle venait d'ouvrir une porte donnant sur un paysage inconnu.

– Quel bel après-midi, n'est-ce pas ? lança-t-elle en battant furieusement des paupières.

À peine ses mots eurent-ils franchi le seuil de ses lèvres que madame Janik les regretta. Qui imaginait-elle duper avec une déclaration aussi peu inspirée ? Et au bout du compte, que s'obstinait-elle à cacher ? Allongée sur un lit qui n'était pas le sien, dans une pièce saturée d'antiseptiques, son individualité réduite par l'uniforme terne de l'hôpital, madame Janik prenait la mesure de sa situation, et l'émotion qui prédominait était la honte.

À mesure que le temps morcelait ses souvenirs, elle éprouvait une difficulté grandissante à situer la vérité, celle qu'elle avait un temps poursuivie pour mieux l'ensevelir par la suite. Elle la reconnaissait parfois dans une réminiscence incontrôlée, dans une phrase lue ou devant un paysage qui, brusquement, réveillait en elle le spectre d'une réalité pénible et refoulée.

Les mensonges aussi remontaient à la surface. Ceux qu'on lui avait servis et ceux qu'elle avait répétés. Ceux auxquels elle avait cru et ceux qu'elle n'avait pas osé mettre en doute. Ceux qu'elle avait fini par faire siens et ceux auxquels elle n'aimait pas penser.

Une accumulation de mensonges dont la nature s'était altérée en fonction de ce qu'il lui avait fallu cacher ou prétendre, jusqu'à ce qu'il n'y ait plus personne à qui mentir et que toutes ces mystifications, devenues superflues, se confondent dans son esprit et se muent en silences. De longues plages de silence sur lesquelles sa mémoire vacillante projetait de temps à autre le film d'un souvenir qu'elle ne pouvait plus affirmer avoir vécu, ou inventé.

À côté d'elle, le garçon s'agita sur sa chaise. Son mouvement créa un léger souffle d'air qui lui hérissa les poils des bras, et elle retint son souffle.

– Est-ce qu'il faut que j'appelle l'infirmière ? demanda-t-il avec inquiétude.

– Non, non. C'est juste que…

Elle réfléchit quelques instants, cherchant ses mots :

– Parfois, le réveil est difficile.

Et à son regard, elle sut qu'il l'avait comprise.

Madame Janik reçut la permission de rentrer chez elle le lendemain, et c'est partagée entre soulagement et appréhension qu'elle introduisit la clé dans la serrure de son appartement. Elle posa son sac sur la tablette du vestibule et se dirigea vers la fenêtre du salon. Un faible faisceau de lumière éclairait encore la cour en contrebas, là où s'égayaient trois pigeons, et elle les regarda sautiller et farfouiller parmi les feuilles mortes jusqu'à ce que le cercle de soleil se consume et que les ombres s'approprient la cour tout entière. Alors elle se détourna et gagna la pièce non meublée où était entreposée sa précieuse collection.

Madame Janik appuya sur l'interrupteur, régla la lumière au minimum et s'approcha des toiles qui racontaient leur histoire sans début ni fin. Elle s'agenouilla, ignorant le craquement de ses articulations, et sonda la jeune femme sur la peinture centrale. D'habitude, madame Janik lui prêtait un air rêveur, qu'elle attribuait à son port de tête légèrement incliné et à ses yeux mi-clos. Mais aujourd'hui, elle semblait juste s'ennuyer, et madame Janik scruta son visage en quête d'un soupir refoulé, d'un agacement voilé ou d'une morosité qui auraient reflété ses propres sentiments.

Kalisz, Empire russe, 1913

Katarzyna se gratta le menton et repoussa ses cheveux en arrière d'un geste impatient, empreint d'une sensualité dont elle n'avait manifestement pas conscience.

— Elle me démange, cette couverture, dit-elle sans chercher à masquer son énervement.

— Arrête de bouger, répliqua Mirko.

Elle se tourna vers lui, parée de l'expression altière et dédaigneuse d'un chat à qui on aurait refusé le siège le plus confortable, et Mirko ne put retenir un sourire. Il aurait aimé saisir cet instant et la peindre ainsi, quand elle cessait de poser. De façon générale, il rechignait à lui donner des directives, convaincu que son travail bénéficiait davantage de sa spontanéité.

— J'ai trop chaud, se plaignit Katarzyna.

— Déshabille-toi dans ce cas, rétorqua le garçon avant de se figer, stupéfait par son audace. Oublie ce que je viens de dire, c'était idiot.

Katarzyna le dévisagea un instant, interloquée, avant d'éclater de rire. La mélodie de son rire virevolta jusqu'à Mirko, et il chercha intuitivement une représentation visuelle lui correspondant.

Après avoir recouvré son calme, Katarzyna repoussa la couverture, décroisa les jambes et secoua la tête, imprimant un mouvement fluide à sa chevelure. Elle baissa les yeux, offrant à Mirko l'opportunité de disséquer son corps avec une attention clinique, et il considéra la superposition des lignes, des ombres et des textures, analysant l'effet de relief formé par les plis de sa robe, qu'accentuait la faible lumière filtrant à travers la vitre sale. Il examina l'ondulation des cheveux, remuant inconsciemment la main pour mieux s'imprégner de l'enchevêtrement de ces boucles lâches et pour en saisir la douce légèreté. Il s'apprêtait à saisir son pinceau, quand l'expression de Katarzyna l'arrêta.

– Quoi ?

– Je disais simplement que tu ne devrais pas faire cas des rumeurs.

Cette remarque balaya l'enthousiasme créatif de Mirko. Il se mordilla la lèvre tout en s'efforçant de ne pas paraître blessé.

– Oui, bon, marmonna-t-il en espérant qu'elle n'ajouterait rien.

Il chérissait les minutes peuplées par le seul chuintement du pinceau sur la toile et regrettait la propension de Katarzyna à les interrompre de remarques vaines. D'où venait cette incapacité si répandue à se taire, ce rejet du vide entre les contours d'une conversation qui, comme pour l'art, contenait sa propre substance ? C'était justement là où il n'y avait a priori rien à voir que Mirko concentrait son attention, parce qu'il lui semblait que toute œuvre résidait là, entre les lignes visibles et les idées préconçues de l'esthétisme, sous la surface de ce qui est communément perçu, admis et considéré comme beau.

Ce concept, Mirko l'étudiait depuis que Katarzyna avait commencé à poser pour lui. À travers ses gestes et ses silences surgissaient des bribes d'informations qui influaient sur sa technique et la direction de son travail. Il se concentrait sur le rythme de sa respiration, sur la fréquence de ses battements de paupières, sur le déplacement d'air provoqué par son souffle, et la somme de ces détails composait une réalité complémentaire, qu'il intégrait à sa toile. À mesure qu'il aiguisait son talent, Mirko avait appris à écouter et interpréter ces signes comme un musicien apprend à manipuler son instrument pour en extraire les sons les plus harmonieux.

À l'autre bout de la pièce, Katarzyna se racla la gorge, le tirant de sa rêverie. Il lui arrivait d'oublier sa présence lorsqu'il peignait, alors même qu'elle se tenait face à lui et aimantait toute son attention.

– J'ai bientôt fini, déclara-t-il.

Elle soupira et reprit la pose.

– Et si on discutait pour une fois ? risqua-t-elle.

– Tu peux parler, toi, si tu en as envie.

– Et dire quoi ?

– Ce qui te passe par la tête.

– Ce n'est pas très drôle de mener une conversation toute seule. D'ailleurs ce n'est pas une conversation.

Le garçon haussa les épaules.

– Il y en a que ça soulage.

Elle ne répondit pas tout de suite. Mirko l'entendit déglutir, et sa perception aiguisée lui révéla une tension nouvelle, qu'il imputa à ses paroles. Il décida de ne rien ajouter, et cette raideur finit par se dissiper.

Ses yeux sautaient de la toile à Katarzyna tandis qu'il s'appliquait à créer une impression de profondeur. Il travailla l'éclat des iris et le relief des cheveux en piquant le tableau de minuscules stries claires là où la lumière jetait des reflets mordorés. Soudain, la voix de Katarzyna s'éleva :

– Ça doit être dur pour ta mère et toi.

Mirko essaya de ne pas l'écouter, mais ses sens en alerte ne s'ouvrirent que davantage.

– Mon père compte me marier d'ici un an, avoua-t-elle.

Ce revirement inattendu comprima le cœur du jeune artiste, et il sentit sa main flancher.

– Je ne sais pas comment était le tien, mais le mien a un avis sur tout.

– Je l'ai déjà vu, ton père. Il n'est pas aussi sévère que tu le dépeins.

– On peut être plus d'une chose à la fois.

À ces mots, Mirko repensa à son père disparu, à la colère qui tordait parfois ses traits et aux coups qui suivaient. Des déchaînements imprévisibles que, paradoxalement, il se refusait à décrire comme violents. Fatigué par ses ressassements, il reposa son pinceau.

– J'ai terminé pour aujourd'hui, mentit-il pour couper court à leur échange.

Il ne voulait ni discuter ni compatir aux appréhensions de Katarzyna et encore moins lui révéler les siennes. Leur communication muette lui suffisait, car elle supposait une entente tacite et précieuse qu'il craignait de briser. Comme le lui révélait continuellement son travail d'observation, la parole n'est pas essentielle au partage. Elle n'y tient même qu'une place très limitée.

Abandonnant la partie, Katarzyna se leva et replia soigneusement la couverture, qu'elle déposa sur le dossier de la chaise avec une lenteur respectueuse. Elle passa devant Mirko, hocha la tête en guise d'adieu et quitta la pièce, laissant dans son sillage une fragrance fleurie qui s'insinua dans les fronces des rideaux, entre les rainures de bois, sous les meubles, et nimba la chambre d'un doux voile d'espérance.

— Il est bizarre, ce garçon, avoua Katarzyna le soir même à sa mère, qui jetait des pommes de terre dans l'eau bouillante. Il n'aime pas parler.

— Il n'a peut-être rien à dire, répliqua Agnieszka.

— Une personne dotée d'un tel talent, bien sûr qu'elle a des choses à dire.

— Il parle à travers sa peinture. C'est ce que font les artistes.

Katarzyna leva les yeux au ciel mais s'abstint de contredire sa mère. Elle observa ses mains larges s'activer au-dessus de la marmite, des mains en si complète opposition avec celles de Mirko, d'une délicatesse féminine. Elle le revit penché sur sa toile, les muscles de son visage figés par la concentration, ses bras virevoltant avec dextérité.

Avant de poser pour lui, Katarzyna n'avait jamais prêté attention à Mirko. Elle l'aurait reconnu dans une foule à sa posture légèrement voûtée et à sa démarche hésitante en dissonance avec la rigueur et la précision de son travail.

Mais Katarzyna devinait qu'en dépit des apparences, Mirko n'avait pas l'âme torturée, il ne créait pas grâce à la douleur, et la peinture ne lui servait pas d'exutoire. La vérité ne s'encombrait pas de toutes ces prétentions. Mirko aimait peindre, tout simplement. Et le hasard avait voulu qu'il se révèle doué.

Jusqu'à maintenant, Katarzyna avait maintenu entre eux une distance prudente, mais elle éprouvait désormais une certaine frustration face à la raideur du garçon, laquelle ne s'expliquait ni par les conventions ni par un caractère timoré. L'intérêt de Mirko envers elle se limitait, elle s'en rendait maintenant compte, au cadre de ses objectifs picturaux.

Elle n'aimait pas l'admettre, mais son talent rehaussait l'opinion qu'elle avait de lui, et la progression de ses sentiments l'embarrassait, car elle n'en trouvait pas l'écho chez lui.

— C'est bien que tu passes du temps avec lui, ajouta sa mère en s'essuyant les mains sur son tablier. Ça lui change les idées.

— Je ne crois pas, marmonna Katarzyna, surprise par l'amertume qui transparaissait dans sa voix.

C'est à sa mère qu'elle devait ces séances avec le jeune peintre, entreprise dans laquelle elle s'était lancée sans enthousiasme ni attente. Agnieszka avait rencontré Mirko par hasard en se rendant chez son boucher, dont le garçon peignait l'enseigne. Elle avait apprécié la méticulosité de ce jeune homme et avait complimenté son travail. L'adolescent, les joues rosies par ce banal éloge, l'avait timidement remerciée. Par la suite, elle l'avait plusieurs fois aperçu appliquant une couche de peinture sur une porte, une palissade, un mur, ou rafraîchissant l'enseigne des commerçants, qui avaient vite eu vent de ce travailleur sérieux et efficace. Sa minutie suscitait chaque fois l'admiration d'Agnieszka, et elle prit l'habitude de le saluer lorsqu'elle le voyait.

Suite à la disparition inexpliquée du père de Mirko, la mère de famille s'était sentie investie d'une mission visant à apaiser le chagrin de l'orphelin qui, de ce qu'on disait, aimait aussi peindre à ses heures perdues. Et c'est par l'intermédiaire de sa cadette qu'elle avait présenté ses condoléances.

Car, outre la beauté de sa fille, Agnieszka estimait que sa douceur et sa sensibilité constituaient des qualités susceptibles d'être bénéfiques à un artiste endeuillé.

— Son père doit lui manquer, remarqua Agnieszka.

— Son père le battait. Il se porte sûrement mieux sans lui.

— Ne parle pas de ce que tu ne connais pas, Katarzyna.

Katarzyna préféra abandonner là le débat, et elle disposa les assiettes autour de la table en silence, faisant mine d'ignorer le regard courroucé de sa mère.

— Qu'est-ce qui te pousse à peindre ? demanda Katarzyna au cours de la séance suivante, alors même que le sujet ne l'intéressait pas vraiment.

Elle voulait une interaction entre eux, une réponse formulée à voix haute, car contrairement à ce que prétendait Mirko, le dialogue importait. Les hommes étaient incapables de s'en sortir sans la parole. Et les artistes, en dépit de leur talent, de leur réceptivité et de leurs mille autres aptitudes sensorielles, restaient des êtres humains comme les autres.

Katarzyna recherchait l'attention de Mirko tout entière, pas seulement celle de ses yeux qui, par la force de l'habitude, ne la flattait même plus. Une réponse, aussi brève fût-elle, lui prouvant qu'il ne se contentait pas seulement de la voir, mais considérait toutes les strates dont elle était constituée. Mais la peindrait-il différemment s'il apprenait à la connaître, à s'ouvrir à ses sentiments et à creuser son caractère et ses opinions en plus des lignes et reliefs de son corps ? Sa perspective changerait-elle alors, et d'une manière capable de transformer son travail ?

À force de retourner ces interrogations, Katarzyna finit par comprendre qu'elle souffrait simplement d'un ego blessé. Elle rechignait à admettre le peu d'influence que sa personnalité avait sur l'œuvre de Mirko, car cette hypothèse amenuisait l'importance du rôle qu'elle souhaitait se donner. L'inspiration. Le souffle. La muse.

Trop concentré pour répondre, Mirko étudiait la lumière, sa densité, ses variations, et il se félicita de la collaboration météorologique qui projetait à travers le rideau de dentelle une clarté chaude auréolant la chevelure de son modèle d'un halo doré biblique. Il observa les chatoiements du rideau et s'émerveilla des jeux d'ombre d'un raffinement fortuit qui projetaient sur la joue de Katarzyna le tracé de la dentelle si précisément qu'on l'aurait cru dessiné directement sur sa peau.

Elle bougea légèrement et, dans l'axe du soleil, son œil droit étincela. La perfection se niche dans les détails, songea Mirko. Dans les textures, les couleurs, les formes, l'ombre et la lumière, dans la coexistence de tous ces principes, leur rivalité, et à travers leur contraste permanent.

Inspiré, il composa sur sa palette la teinte des iris de Katarzyna. Une pigmentation claire, qui rappelait la transparence de l'eau. Une nuance hivernale, à la fois diaphane et pénétrante.

– Je t'ai posé une question, reprit Katarzyna.

Il perçut un accent vindicatif dans sa voix et tenta de la traduire visuellement.

– Je ne sais pas, s'entendit-il répondre finalement, l'esprit ailleurs.

Sans avoir jamais touché son modèle, Mirko avait développé une connaissance précise de son corps. Pourtant, la ligne ténue entre ce qu'il était en mesure de voir et ce qu'il lui fallait deviner commençait à le tourmenter. Il embrassait une vérité partielle désormais insuffisante, réalisa-t-il, car pour accéder à l'essence de la féminité, il lui fallait contempler le corps nu.

Oserait-il formuler sa requête? Elle se fâcherait certainement. Elle risquait de le gifler et de ne plus jamais revenir. C'était d'une insolente audace, inapproprié à tous points de vue et susceptible de lui valoir des ennuis. Mais si Katarzyna saisissait, même confusément, la finalité de son projet – et il lui semblait qu'elle y serait sensible –, elle lui attribuerait le terme adéquat : étude.

Le danger des mots inopportuns, la confusion qui en découlait chaque fois qu'on en mésusait. Toute tentative comporte sa part de risque, raisonnait Mirko, et toute hésitation sa part d'échec. Il fallait poser la question.

– Est-ce que ça te gênerait de poser nue?

Katarzyna resta interdite plusieurs secondes, d'abord convaincue d'avoir mal compris, puis incapable de formuler une réponse intelligible. Elle ne commettrait pas l'impair de lui faire répéter. Et puis Mirko était suffisamment imprévisible pour émettre une suggestion aussi absurde.

Dans d'autres circonstances, et face à un autre homme, elle se serait offusquée et l'aurait fait savoir. Sauf qu'aucune concupiscence ne ternissait la proposition de Mirko. Elle le voyait à son expression, au ton de sa voix et dans ses yeux, habités d'un désir purement artistique, si distant qu'elle se sentit soudain terriblement invisible. Mirko se moquait bien de conquérir le cœur d'une femme : il négligeait son apparence, n'avait aucun goût pour la conversation, et l'intensité de son regard pouvait gêner. Mais quand on en grattait la surface, on découvrait une personnalité touchante, par laquelle Katarzyna se sentait inexorablement attirée.

Elle aimait observer les mouvements fluides du pinceau, flattée de lui servir de guide. Calqués sur son corps, les gestes de Mirko agissaient comme une caresse furtive, et elle se surprenait depuis peu à imaginer quel effet lui procurerait leur contact avec sa peau. Ses mains étaient-elles capables de composer aussi habilement sur elle que sur ses toiles ? À cette pensée, Katarzyna réprima un frisson et baissa la tête pour masquer sa rougeur.

Elle avait honte de son désir, qu'elle ne comprenait pas. Pourtant, elle savait reconnaître la convoitise des hommes. Depuis quelques années, elle ignorait dignement leurs remarques idiotes, leurs sous-entendus et cette attirance grossière qu'ils déguisaient en sollicitude. Or, il lui semblait que les subtilités de ce fameux mystère lui avaient échappé, balayées par les déclarations maternelles, par le dégoût, la peur et l'incertitude qu'elles avaient instillés en elle. Même avec le recul, Katarzyna ne parvenait pas à établir le degré de sincérité au cœur des allégations et des mises en garde d'Agnieszka.

Elle n'avait pas tant l'impression d'avoir écouté des exagérations visant à l'effrayer que de s'être confrontée à la vision personnelle de sa mère.

Relevant la tête, Katarzyna croisa le regard impassible de Mirko et réalisa qu'il attendait toujours sa réponse. Sa philosophie sur l'inutilité du dialogue s'accordait parfaitement à la situation, et elle décida de lui épargner les mots. À la place, et avec la sensation électrisante que provoque la transgression, elle entreprit de déboutonner sa robe.

Elle lut la surprise sur ses traits, comme s'il ne saisissait que maintenant les implications de sa requête. Il n'avait visiblement jamais envisagé cette réaction, n'y était en fait pas préparé, et ce basculement de pouvoir consolida sa décision.

La conscience de ses atouts rendait Katarzyna fébrile, et l'impatience guidait ses gestes tandis qu'elle se débarrassait de sa robe, de son jupon, de ses bas, puis, marquant une pause pour un effet dramatique, de ses sous-vêtements. Elle rejeta ses cheveux en arrière, déterminée à exposer sa nudité sans fard. Déposant sa robe à terre, elle s'y allongea sur le flanc et prit appui sur son coude, la jambe gauche légèrement repliée sur la droite, son bras libre épousant la courbe dessinée par sa hanche.

Elle éprouva une curieuse impression de flottement, le temps d'assimiler ce qu'elle venait de faire. L'instant s'étira avec une lenteur souple, comme la pâte à pain que sa mère pétrissait et étirait, jusqu'à se rompre sous l'impact tranchant du présent.

Le froid ambiant, d'abord atténué sous l'effet de l'excitation, se manifesta sous la forme d'une brise fraîche qui repoussa brusquement la fenêtre entrouverte. La pièce retrouva sa petitesse et ses innombrables détails que Katarzyna avait maintes fois observés et fini par mémoriser au fil de l'immobilité prolongée des séances de pose. Elle résista au besoin de changer de position, incommodée par la dureté du parquet, contre lequel le mince tissu de sa robe ne la prémunissait guère.

Le poids de son corps, ses battements de cœur saccadés, le chatouillement de ses cheveux contre son dos nu, les poils hérissés sur sa nuque, toutes ces sensations s'accentuèrent à mesure que l'angoisse la gagnait. Qu'est-ce qui avait bien pu lui passer par la tête ? Qu'espérait-elle obtenir, et à quel prix ? Son assurance vacillait, et elle se força à regarder Mirko, en quête d'une réponse. Mais, pinceau en main, armé de sa placidité coutumière, ce dernier s'attelait déjà à son nouveau défi, et Katarzyna laissa échapper un soupir, partagée entre le soulagement et l'irritation.

Il y avait tellement à saisir et si peu de temps. Le temps. Mirko aurait aimé savoir la peindre, cette substance en perpétuelle fuite dont il ressentait la densité et l'intransigeance.

Cette séance marquait un tournant décisif pour lui comme pour Katarzyna. Non pas tant à cause de ce qui avait été dit que de ce qui ne l'était pas et flottait entre eux. Il peinait à apprivoiser ce mélange insolite de familier et d'inconnu. Les parties du corps de Katarzyna qu'il avait tant travaillées qu'il pouvait les dessiner de mémoire s'opposaient à celles jusqu'alors réservées à sa seule imagination. Malgré son intuition affûtée, il fut surpris de constater que la réalité contredisait ses prédictions, et bien loin de le décevoir, cela le stimula. Il avait soif de découvrir, soif de voir, toujours plus et avec une exactitude croissante, et il pressentait que cet apprentissage ne connaîtrait pas de fin.

Les seins de Katarzyna présentaient une asymétrie discrète. Ils étaient aussi moins ronds qu'il se les était figurés et, libérés du corset, leur volume l'étonna. Les mamelons s'étalaient en leur centre, larges comme des pétales et d'un rose sombre, soutenu, qui évoqua à Mirko les nuances de l'argile. Mais il s'égarait, et se concentra sur sa palette. Il se risqua finalement à les observer à nouveau et nota que, sous l'effet du froid, les tétons pointaient vers lui, inquisiteurs et intimidants. Il s'attacha à décrire mentalement leur texture. Doux, rugueux, fermes, ou les trois? Ne sachant quoi penser, il s'imagina les toucher, avant de réaliser l'extravagance de cette idée, et considéra ses outils de travail, dépité face à l'étendue de son ignorance.

La toison pubienne de Katarzyna était plus foncée que ses cheveux, constat qui le déconcerta également. Raffermissant sa prise sur son pinceau, Mirko étudia l'énigme qui lui était révélée avec la certitude grandissante qu'il s'attaquait à une tâche dont la teneur exacte lui échappait encore.

Évidemment, Katarzyna était différente ainsi. Mais pas de la façon dont il l'avait conjecturé, et peut-être secrètement espéré. Car en dépit de sa nudité, ou peut-être précisément à cause d'elle, il était le plus vulnérable des deux. Katarzyna faisait montre d'une assurance désarmante, qu'il savait dénuée de provocation, comme si, au lieu de la protéger, ses vêtements l'avaient jusqu'alors réduite et encombrée. La beauté virginale que Mirko pensait mieux pénétrer à travers cet exercice, il l'avait en fait eue sous les yeux dès le départ, et ce revers inattendu le laissait désemparé.

Il paraissait contrarié, et la première pensée de Katarzyna fut qu'il était déçu. De son corps, de son attitude servile, de ses mœurs douteuses, d'elle en somme. Cette spontanéité et ce qu'elle suggérait ne lui ressemblaient pas, et elle espéra que l'entente respectueuse bâtie au fil de leurs séances permettrait à Mirko de ne pas la juger hâtivement.

Elle attendait tout de même un signe, une illumination sur le visage du jeune artiste lui prouvant qu'il voyait aussi par-delà ses préoccupations créatives. Mais il restait indéchiffrable. Peut-être avait-il raison quant aux limites du langage. Dans un moment comme celui-ci, il devenait inadapté, se conforta Katarzyna en se redressant légèrement.

Avisant son mouvement, Mirko se détourna un instant de sa toile pour la regarder. Ses sourcils froncés semblaient traduire l'état de concentration qu'il n'avait pas encore quitté et l'incertitude qui l'habitait. Ne voyait-il vraiment rien ? Cette possibilité ajouta à la palette des émotions de Katarzyna une nuance nouvelle : l'exaspération. Elle se redressa franchement cette fois, avant de se lever.

Tandis que Katarzyna s'avançait vers lui, Mirko vacilla. Il n'était plus très sûr de ce qu'il cherchait à accomplir, comment, et à quelle fin. Ses motivations, qu'il avait estimées nobles, perdaient en précision, et il tenta en vain de remettre de l'ordre dans ses pensées.

Il n'eut d'abord aucune réaction quand la main de Katarzyna se posa sur son épaule. C'était la première fois qu'une femme le touchait de cette manière, avec une douceur mesurée dans laquelle il lut une invitation. Il perçut ses tremblements à elle avant les siens et s'évertua à tirer sur le fil de sa mémoire pour mettre le doigt sur l'élément déclencheur de cette situation.

L'air lui parut soudain saturé et l'espace étriqué, comme si les murs se refermaient autour de lui, condamnant toute issue.

La main de Katarzyna glissa le long de son torse et s'arrêta sur son cœur, hésitante ou à l'écoute. Il sentit son regard brûlant d'attente et ne trouva pas le courage de l'affronter. À la place, ses yeux s'accrochèrent à ce qui se trouvait à leur hauteur, à savoir l'espace entre ses seins.

Il contempla avec un émerveillement stupéfié la constellation de grains de beauté qui s'y déployaient. Son index aborda la peau tendre, juste en dessus des côtes, et relia délicatement chaque petite marque à la suivante. Il s'arrêta lorsque son doigt effleura le mamelon gauche et vit Katarzyna retenir son souffle. Approchant la surface entière de sa paume, Mirko enveloppa son sein pour en épouser la forme. À ce geste, Katarzyna saisit la main en coque et la maintint contre sa poitrine. Ses cheveux vinrent chatouiller le cou du jeune homme quand elle se pencha vers lui, et il eut tout juste le temps de voir la petite cicatrice en forme de croissant nichée au creux de sa clavicule avant qu'elle ne colle ses lèvres contre les siennes.

Mirko laissa ses mains courir le long de la colonne vertébrale de Katarzyna, survoler ses reins et caresser son ventre, attentif aux réactions qu'il provoquait, aux infimes variations de sa peau, de ses muscles et de sa respiration. Chaque sensation se déployait en une gamme de couleurs qui confluait derrière ses paupières comme autant de paysages se fondant les uns dans les autres. Des sons à la tonalité intraduisible se mêlèrent à cette palette mouvante. Le froissement de sa chemise qu'elle déboutonnait à l'aveuglette, le glissement de son pouce contre sa hanche nue, l'alliance de leur souffle et de leurs battements de cœur.

La douleur lui coupa le souffle, et Katarzyna agrippa le dos de Mirko. Contrairement à certains événements marquants qui se jouent au ralenti, tout s'enchaîna avec une rapidité telle qu'elle doutait d'en garder un souvenir précis par la suite. Guidée par la spontanéité intuitive aux expériences qui ne requièrent aucun savoir, elle agit sans se poser la moindre question. Ce n'est qu'après avoir récupéré sa robe, encore euphorique, qu'elle prit conscience de ce qu'ils venaient de faire.

Elle se rhabilla en hâte, gênée, mais furieusement exaltée. Elle évita le regard de Mirko de peur de ce qu'elle y lirait, de ce qu'il pourrait dire et de ce qu'il lui faudrait répondre. En partant sur-le-champ, elle ne risquait pas d'être dans l'erreur. Et il ne la retint pas.

Le monde n'était pas différent. Le seul changement s'était opéré en elle, et elle eut soudain la certitude que sa mère le découvrirait.

Elle devinerait l'empreinte subtile de cette transformation, comme devinent toujours les mères.

Pourtant, si Agnieszka détecta quelque chose, elle n'en laissa rien paraître. Peut-être observa-t-elle Katarzyna un peu plus longuement que d'habitude. Peut-être que ses lèvres se pincèrent pour mieux réprimer les questions qu'elle aurait aimé poser en constatant les cheveux décoiffés et la robe froissée de sa fille. Mais toutes ces suppositions pouvaient aussi bien révéler l'imagination coupable de Katarzyna. D'ailleurs, sa mère ne prit pas la peine de l'interroger sur son retard, et lui fit signe de s'approcher.

— Viens donc goûter la sauce que je prépare pour le dîner, je n'arrive pas à déterminer si elle est suffisamment salée.

Katarzyna la suivit et respira les effluves familiers de la cuisine maternelle. Chaque jour, Agnieszka œuvrait avec un dévouement égal. Rien ne la comblait davantage que le silence religieux de la tablée, seulement ponctué par les tintements de couverts raclant l'assiette et les bruits de masticationss satisfaites couronnant ses talents culinaires.

C'est entre les marmites et les épices, dans cette pièce chargée d'amour, que Katarzyna se sentait le plus en paix. Aussi loin que remontait sa mémoire, la cuisine avait été le témoin privilégié de ses rapports avec sa mère, et elle eut un pincement au cœur en réalisant que cette époque de petits et grands partages allait prendre fin.

Agnieszka savait que sa soupe contenait la juste dose de sel, et ne souhaitait que retenir sa fille auprès d'elle.

— C'est parfait, déclara Katarzyna après avoir léché la cuillère.

En incorrigible timide, sa mère rougit, et Katarzyna remarqua pour la première fois les ridules autour de sa bouche. Elle nota ensuite l'aspect rêche et fâné de ses mains, qu'elle associait pourtant à une douceur infinie, et se sentit inexplicablement peinée par ce constat.

Devait-elle sa sensibilité accrue à l'étape qu'elle avait franchie? Leurs regards se croisèrent et chacune crut déceler dans les traits de l'autre les prémices de la nostalgie qu'elles éprouvaient.

Pour avoir vécu quatre grossesses, Agnieszka comprit avant sa fille. Elle s'alarma d'abord devant son manque d'appétit, et prêta dès lors une attention particulière au comportement de sa cadette. À cet indice s'en ajoutèrent rapidement d'autres qu'Agnieszka se refusa à interpréter. Katarzyna avait toujours eu une démarche et un port gracieux, mais désormais elle manquait d'entrain, et ses traits tirés accusaient une fatigue permanente.

Agnieszka s'évertua encore un temps à nier l'évidence et attribua ces signes au changement de saison ou à son cycle. Lorsqu'elle se résigna finalement à admettre la vérité, le désespoir l'étreignit. Plus que la conversation délicate qu'elle devrait inévitablement avoir avec Katarzyna, ou les conséquences de la situation, c'est le brutal rappel du temps qui la peinait. Qu'elle le veuille ou non, Katarzyna s'émancipait, et Agnieszka éprouva un avant-goût d'une jalousie irrationnelle envers le bébé à naître, qui grandissait à mesure qu'elle s'éloignait du sien.

Inévitablement, elle réfléchissait à l'autre responsable. Katarzyna avait un couvre-feu strict et elle quittait rarement la maison. Si elle ne sortait pas en compagnie de sa mère, elle était chaperonnée par l'un de ses frères. Sauf lorsqu'elle se rendait chez Mirko, ce garçon auquel Agnieszka avait accordé une confiance irréfléchie.

Sa bêtise la mortifia, et elle repoussa le moment de prévenir son mari. Elle préférait ne pas imaginer sa réaction, et se lamenta d'avoir atteint ce point de non-retour où sa fille commettait des actes aux conséquences irréversibles. Elle se flagellait d'avoir manqué de prévenance, car elle ne pouvait concevoir que sa fille avait agi en connaissance de cause. Katarzyna avait l'apparence d'une femme, soit, mais pas la maturité, et Agnieszka éprouva un bref soulagement en s'imputant les errements de sa fille. Car s'attribuer la faute de Katarzyna lui permettait de se l'approprier encore un peu, avant qu'elle ne lui échappe totalement.

West Village, New York, 2015

Elle s'arrêta devant la vitrine, sidérée de n'avoir pas remarqué plus tôt cette petite boutique pourtant située à deux pâtés de chez elle. On avait parfois du mal à suivre dans ce quartier où les commerces surgissaient et disparaissaient à un rythme effréné. La porte d'entrée était surplombée de l'écriteau « Jardins d'enfance », calligraphié en fines lettres dorées dans le style des vieux contes, et l'esquisse d'un ourson tenant une fleur égayait ce titre évocateur.

Madame Janik s'approcha, attirée par les jolies poupées aux robes fleuries disposées en cercle autour d'un service à thé miniature. Une série de figurines représentant divers animaux de la ferme occupait le coin droit de la vitrine, agencées sur un tapis de gazon artificiel piqué de pâquerettes en papier que bordait une clôture en bois. Une fausse plante jetait une ombre sur ce paysage pittoresque, elle-même partiellement dissimulée par un petit meuble à rayonnage verni dans lequel, protégées par une vitre de verre, s'alignaient des statuettes en porcelaine.

Et c'est là qu'elle le vit. Le lapin. *Son* lapin. Discrètement installé au bord du deuxième rayon, à côté d'un écureuil aux yeux de verre dont la queue touffue décrivait un point d'interrogation. Sans réfléchir, madame Janik plaqua ses mains et son front sur la vitre pour en avoir le cœur net, mais déjà le lapin avait disparu. La déception et le doute voilèrent le regard de la vieille femme qui, d'un pas mécanique, presque inconscient, gagna la porte du magasin.

Un doux parfum de cannelle l'accueillit, auquel se mêlait cette odeur particulière aux vieux objets. Deux imposantes maisons de poupées à l'architecture victorienne trônaient sur une table ronde au centre de la pièce étriquée, exigeant des clients une précaution extrême. Madame Janik la contourna, dissimulant au mieux la gêne que lui inspirait l'air sévère de la vendeuse. Elle se redressa pour admirer le contenu des étagères qui couraient le long de chaque mur, et compta au moins une vingtaine de petites voitures garées à côté d'une tribu de dinosaures en plastique.

Un peu plus loin, se tenait une rangée de soldats de plomb, qu'encadraient deux maquettes d'avions à hélice. Madame Janik examina les fantassins, légèrement inclinés vers l'avant, prêts à combattre leur adversaire invisible, et s'étonna comme toujours de la fascination que la guerre exerçait sur les gens qui n'en avaient jamais fait l'expérience.

Elle pensa au sifflement des bombes, à l'air vicié par l'esprit des morts, aux cris des vivants, à la respiration rauque de Grand-Père, qui emportait dans son dernier soupir la vision de sa ville dévastée, à la densité du silence qui avait suivi. Elle se remémora l'uniforme de Père, sa propreté et son élégance trompeuse. Mère, dont la lente déchéance avait coïncidé avec celle de son pays. Enfin, elle pensa aux victimes et aux bourreaux, aux braves et aux lâches et à ceux qui, comme elle, n'entraient dans aucune catégorie.

– Vous cherchez quelque chose en particulier ?

La voix la fit sursauter. Tournant la tête, madame Janik nota que la vendeuse avançait vers elle, ses lèvres pourpres étirées en un sourire crispé. *Je la mets mal à l'aise*, songea la vieille dame en se demandant à quoi exactement elle devait cet embarras agacé qu'elle inspirait en permanence. Elle se navrait de constater qu'avec l'âge, où qu'elle aille, elle suscitait l'exaspération lasse que l'on éprouve face à un brave chien un peu idiot. Mais elle n'arrivait pas non plus à donner tout à fait tort aux gens, et cela la rendait plus triste encore. Avisant la vendeuse qui patientait, elle rassembla ses esprits pour retrouver l'instant décisif qui l'avait poussée à entrer dans la boutique.

— Le lapin ! s'exclama-t-elle, étonnée et ravie par la rapidité avec laquelle elle avait repêché cette information.

— Je vous demande pardon ?

— Le lapin, répéta la vieille dame en espérant que sa voix ne trahissait pas son impatience. Celui qui est dans la vitrine. Le petit lapin en porcelaine.

La vendeuse, perplexe, tira sur la manche de son pull en laine noir. Un vêtement confortable mais bon marché, estima madame Janik au vu de la coupe basique et des finitions imprécises. Il fut un temps où les boutiques proposaient des articles de qualité, conçus pour durer, que l'on achetait avec la fierté propre aux plaisirs rares. Nostalgique, madame Janik se reprocha cette réflexion de vieux grincheux qui regrettent leur époque et refusent le changement.

— Il n'y a pas de lapin dans la vitrine…, annonça la vendeuse. Par contre, reprit-elle en contournant la table centrale, nous avons un lapin en peluche ici, si ça vous intéresse.

Elle se dirigea vers l'étagère surplombant le comptoir et sortit du siège conducteur d'un camion rutilant un élégant lapin blanc. Il était vêtu d'un gilet à motif de carottes et pourvu d'une poche renfermant une montre gousset en plastique. Un triangle rose inversé tenait lieu de museau, et on avait cousu deux perles sombres pour représenter les yeux. La bouche, une ancre tracée à l'aide de fils noirs, s'étirait de chaque côté en un sourire avenant, quoiqu'un peu niais, et les oreilles rembourrées dressées au-dessus de la tête conféraient à l'animal un air bienveillant qui séduisit immédiatement la vieille dame. Elle prétexta l'anniversaire d'une petite-fille pour justifier son achat – information que la vendeuse accueillit avec indifférence – et repartit de la boutique d'un pas léger, fière et amusée par son mensonge.

Ce n'est qu'après avoir franchi la porte de son appartement et déposé sur la commode de l'entrée le lapin soigneusement emballé que madame Janik réalisa l'absurdité de son achat.

Rentrant les épaules, la vieille dame déballa son acquisition d'un air penaud. Elle ajusta et épousseta le petit gilet comme l'aurait fait une mère, et plaça le lapin contre la huche à pain dans la cuisine. Ce n'était pas le lapin de son enfance, mais c'était un joli lapin, doux et sympathique, qui continuerait à lui sourire, jour après jour.

Alors qu'elle faisait chauffer de l'eau, ses yeux se posèrent sur sa tasse imprimée de marguerites, remplie d'un breuvage désormais froid, dans lequel flottait un sachet qu'elle n'avait pas retiré. Ressentant les premiers symptômes d'un malaise familier, madame Janik s'efforça de garder son calme.

À quand remontait cet oubli ? Elle ne se souvenait pas avoir préparé de thé avant de sortir. Sa consommation quotidienne se limitait à deux prises, et elle réservait sa tasse aux marguerites pour l'infusion de l'après-midi. Chaque jour, sans exception. Il lui arrivait de faire preuve d'inattention et elle se laissait facilement distraire, mais dans le cas présent, il ne s'agissait pas de ses étourderies occasionnelles. La vision du thé refroidi aurait dû réveiller sa mémoire au lieu de la plonger dans la perplexité. Elle se fit l'effet d'une étrangère dans sa propre maison et, redoutant de découvrir d'autres anomalies, elle scruta la pièce, lorsque soudain, la sonnette retentit.

Ethan attendait derrière la porte, encombré d'une grosse boîte remplie de biscuits confectionnés par sa mère dans un élan de compassion coupable. Jodie n'avait jamais été grande cuisinière, mais ses épisodes dépressifs aggravaient ses carences aux fourneaux, et Ethan était convaincu que les biscuits se révéleraient immangeables.

La porte s'ouvrit brusquement et madame Janik apparut dans l'embrasure. Elle était plus frêle que dans son souvenir et semblait tourmentée.

– Je vous ai apporté des cookies maison. De la part de ma mère.

Elle prit la boîte qu'Ethan lui tendait, exposant un instant ses paumes striées de cicatrices à son regard.

– Entre donc, lui enjoignit-elle, et il se hâta de la rejoindre à la cuisine, remarquant au passage le lapin en peluche.

La vieille dame suivit son regard, et une ombre fugitive passa sur son visage, qu'Ethan interpréta comme de la gêne.

– Vous savez, ma mère conserve sur la commode de sa chambre un cochon en peluche que mon père a remporté il y a des années à Coney Island en pulvérisant une pyramide de boîtes de conserves.

En lâchant cet aveu, Ethan n'était plus très sûr de ce qu'il cherchait à défendre, ni de la réaction qu'il escomptait. Lui-même ne parvenait toujours pas à déterminer ce que lui inspirait l'attachement de sa mère pour cette relique de romance juvénile : du découragement, de la pitié ou de l'agacement.

Debout, les bras ballants, madame Janik était partagée entre l'envie de s'expliquer à son tour et celle de voir son visiteur partir. Mais elle ressentait le besoin de parler. Par ennui, parce que le temps lui était compté, et parce que cet enfant avait, lui semblait-il, la capacité de l'écouter et de la comprendre. Or, cette compassion, madame Janik la poursuivait plus qu'elle n'osait l'admettre.

– J'ai trouvé des photos dans votre armoire, par hasard, quand je suis venu nourrir Toby, déclara Ethan.

Une part d'elle s'était depuis longtemps préparée à cette confrontation. Peut-être l'avait-elle même provoquée.

– Il y en avait une petite pile, poursuivit Ethan, et je n'ai pas pu m'empêcher d'y jeter un œil. Je sais que je n'aurais pas dû.

La vieille dame haussa les épaules.

— La curiosité peut être une qualité, Ethan. Mais il faut que tu saches que ces photos n'inculpent personne qui n'ait pas déjà été puni. Elles ne constituent pas les preuves d'un crime non résolu. En revanche, elles appartiennent à mon histoire, que je le veuille ou non.

Ces mots réveillèrent chez Ethan le souvenir de son père, et il se rembrunit.

— C'est difficile de vivre avec les erreurs d'une autre personne, non ? s'enquit-il.

Un homme dans le corps d'un enfant, songeait madame Janik en contemplant la mine sombre de son jeune voisin. Elle se demanda si les épreuves qu'il avait déjà traversées suffisaient à expliquer sa sensibilité ou bien s'il devait au contraire l'intensité de son chagrin à une lucidité précoce.

Elle connaissait de vue le père d'Ethan, un personnage discret auquel le visage rond et l'arc des sourcils donnaient un air constamment étonné. Elle l'avait soupçonné en proie à une addiction quelconque derrière son regard absent qui trahissait les effets combinés du malheur et d'un instinct faillible. Maintenant qu'elle se tenait face à son fils, dont les traits portaient l'héritage des errements paternels, elle se souvint qu'à l'annonce de sa disparition quelques années plus tôt, l'éventualité d'un suicide l'avait effleurée.

Elle se sentit navrée pour Ethan, navrée pour son père et navrée pour elle-même. Navrée pour tous ceux dont l'existence banale, sous l'impulsion d'un événement indépendant de leur volonté, prenait brusquement un tournant désastreux aux conséquences irrémédiables.

C'est sans doute ce lien fragile entre eux qui donna à madame Janik le courage nécessaire pour se diriger vers l'armoire, là où reposaient son histoire et ses secrets. Lorsqu'elle revint, ses doutes quant à ce qu'elle s'apprêtait à lui confier l'avaient quittée.

Se plaçant à côté d'Ethan, elle tapota du bout du doigt le cliché la montrant au centre de la famille nazie.

– C'est bien moi sur cette photo, commença-t-elle. À l'âge de six ans.

Ethan attendit.

– Eux, poursuivit la vieille dame en désignant l'homme en uniforme puis la jeune femme en jupe plissée, je les appelais Père et Mère. Mais ce ne sont pas mes parents.

Łódź, Pologne occupée, 1943

Un couple l'observait. Lui, avec l'air contrarié des hommes pressés ; elle, avec une curiosité distante.

Depuis son petit lit, Magda remarqua d'abord le bracelet miroitant au poignet de la dame avant de découvrir ses cheveux blonds qui, ramenés en un chignon très haut sur son crâne, dégageaient son beau visage et son long cou gracile. Elle portait une robe couleur pêche, cintrée à la taille, qui s'évasait jusqu'à ses chevilles en une myriade de petits plis. Malgré ses talons, elle se déplaçait avec une grâce remarquable, et ses imposantes boucles d'oreilles, composées de plusieurs anneaux en or au centre desquels brillait une minuscule pierre bleue, accompagnaient ses mouvements de leur tintement discret. Alors qu'elle tournait la tête, son regard croisa celui de Magda, qui lui sourit.

Elle aurait aimé tendre le bras pour toucher la robe de l'inconnue, curieuse de connaître la sensation de ce tissu doux et fluide sous ses doigts. Personne n'avait de vêtements aussi élégants au centre. Ici, même les couleurs étaient proscrites. Les employées de l'établissement méprisaient ce type d'accessoires, la coquetterie s'alliant mal à leurs tâches et à leurs convictions. Elles se confondaient les unes avec les autres dans leur uniforme rêche et fade et se déplaçaient avec empressement, affichant la mine autoritaire des gens qui considèrent leurs compétences cruciales et inégalées. Elles ne souriaient ni ne riaient jamais, et si les enfants sous leur garde leur inspiraient ne serait-ce qu'une once d'affection, elles se gardaient bien de l'exprimer.

L'austérité rythmait le quotidien de Magda depuis suffisamment longtemps pour qu'elle ne s'en formalise plus, mais l'apparition de ce beau couple distingué éveilla en elle le désir instinctif de retrouver la chaleur réconfortante d'un foyer.

Avec une insistance insolente, Magda les dévisageait en essayant de se représenter la demeure de deux personnes aussi raffinées. Elle imagina une belle maison au toit pointu, de grandes fenêtres à vitraux et un jardin rempli de fleurs, de papillons colorés et d'oiseaux chantant. Peut-être même y avait-il des chevaux et un étang où barbotaient des canards. Il y faisait certainement toujours beau et la poussière ne s'accumulait nulle part.

Le sourire rêveur de Magda provoqua un gloussement chez la femme, qui serra le bras de son mari avant de se pencher vers son oreille pour lui murmurer quelque chose. Il considéra l'enfant qu'elle lui désignait et opina distraitement.

C'est ainsi que la décision fut prise. On traita les formalités d'adoption comme on traitait tout ce qui transitait par le *Lebensborn* : avec une froide méticulosité et dans la plus grande discrétion.

Mère et Père. C'était de cette manière dorénavant qu'elle s'adresserait à eux. *Mutter und Vater*. Évidemment, il n'y avait ni maison, ni étang, ni chevaux, et pas même un jardin. Mais l'appartement des nouveaux parents de Magda n'en demeurait pas moins spacieux, luxueux et spectaculaire à bien des égards. Les manifestations de cette richesse, apprit-on cependant à Magda dès son arrivée, n'étaient destinées qu'au plaisir des yeux. Les impressionnantes peintures aux murs, les bibelots et les objets fragiles sur les étagères ou dans les armoires ne devaient en aucun cas porter la trace de ses petits doigts. La fillette ne saisissait pas l'intérêt de posséder des trésors dont on ne se servait pas et qu'on ne touchait jamais, mais elle se conforma à l'ordre qu'on lui avait donné, car elle supposait que toute infraction, comme c'était le cas au centre, entraînerait une sévère punition.

En dépit de ce règlement strict, Magda était séduite. Elle avait une chambre avec un lit moelleux pourvu de draps soyeux et imprimés de petites roses, qu'elle essayait parfois de compter. À la fenêtre face à son lit pendaient de grands rideaux blancs à volants qui se gonflaient comme les voiles d'un bateau filant à l'horizon lorsqu'on aérait la pièce. Elle disposait aussi d'une bibliothèque comportant une large collection de vieux livres illustrés que Grand-Mère lui lisait le soir pour qu'elle s'endorme et, au terme de sa première semaine, Magda reçut de Père une poupée en porcelaine aux cheveux blonds nattés, qu'elle nomma Frida, et dont elle aimait regarder les yeux, d'un bleu similaire aux siens, en se demandant ce qu'ils avaient pu voir dans leur vie d'avant.

Magda adorait sa chambre, mais sa pièce préférée restait le salon et ses joyaux inaccessibles. C'était à Grand-Père, amateur d'art, que la famille devait la majorité des pièces exposées, et Magda le surprenait parfois en train d'étudier l'une ou l'autre peinture, son visage habituellement fermé adouci par l'émerveillement que lui inspiraient ces œuvres et la fierté de les posséder. Le reste du temps, Grand-Père parlait peu, mais lorsqu'il était seul avec ses toiles, ses yeux parlaient pour lui.

Il y avait quelque chose chez Mère qui, d'emblée, interpella Magda sans qu'elle parvienne à mettre le doigt dessus. Mère était belle, d'une beauté égale aux princesses des livres qui remplissaient la bibliothèque en bois de Magda. Mais son caractère était imprévisible et son rire trompeur.

Elle brillait trop, et d'un éclat faux. Ses sourires ne révélaient aucune chaleur et s'éternisaient sur son visage, tandis que ses yeux fuyaient ce qui s'offrait à eux pour se fixer sur l'armoire à liqueurs du salon. Quand elle se trouvait dans les parages, Grand-Mère commentait cette manie d'un soupir excédé. Elle n'aimait ni les regards qui se dérobaient, ni les sourires absents dont la cause lui échappait et, très clairement, elle méprisait l'habitude qu'avait prise sa belle-fille de tournicoter autour de ce meuble comme une abeille cherchant son nectar.

Mais n'en déplaise à Grand-Mère, l'armoire à liqueurs exerçait une intense fascination sur Magda. Elle avait pu en observer une fois l'intérieur à l'insu des adultes. Depuis, lorsqu'elle se savait seule, il lui arrivait d'en ouvrir les portes pour caresser le contour délicat des bouteilles et respirer l'odeur de bois laqué. Dans l'esprit de Magda, les flacons d'alcool s'apparentaient à de belles femmes, aux courbes et aux robes variées, prêtes à se rendre au bal.

Bien sûr, Mère avait sa préférée. Elle jetait le plus souvent son dévolu sur une imposante bouteille ronde, « Dame Dresde » comme l'appelait secrètement Magda, et versait le liquide ambré dans un verre en cristal qu'elle portait à ses lèvres avec une moue combinant provocation et soulagement. Magda assistait avec ravissement à la transformation de Mère, chenille devenant papillon, et elle attendait toujours avec une impatience captivée la demi-heure suivant la consommation, car Mère faisait alors preuve d'une gentillesse inhabituelle et lui proposait toutes sortes d'activités auxquelles elle semblait elle-même participer avec joie.

Elle rayonnait lorsqu'elle buvait, à la manière d'un beau bijou venant d'être lustré après plusieurs années de négligence. L'alcool la rajeunissait, et tandis qu'elle s'activait avec entrain, fredonnant une mélodie connue d'elle seule, ses traits s'adoucissaient sensiblement et elle semblait se délester du poids qui pesait sur elle le reste du temps.

Mais ces courtes parenthèses d'euphorie cessaient abruptement, dans un élan de mauvaise humeur où Mère prétextait une grande fatigue, une migraine fulgurante ou tout simplement qu'elle en avait assez et se retirait dans sa chambre en plaquant contre son front une compresse froide pour un effet dramatique qui irritait Grand-Mère.

Sous le masque de son indifférence, Mère ressemblait à une fillette nerveuse et fragile dont l'estime blessée incite à l'agressivité. Mais Magda l'adorait envers et contre tout, et elle l'aurait volontiers suivie du matin au soir. Même si c'était Mère qui décrétait quand et comment elle dédiait du temps à sa fille. C'est donc avec Grand-Mère que Magda passait la plus grande partie de ses journées.

La belle-mère était l'exact opposé de sa belle-fille : calme et réfléchie. Elle détestait le désordre et ne tolérait pas les grossièretés. Au premier abord, elle rappelait ces adultes intransigeants que les enfants ont en horreur, qui froncent les sourcils en permanence et punissent pour le simple plaisir d'affirmer leur autorité. Mais son cœur était en réalité plus tendre que celui de sa belle-fille, et elle couvait la fillette d'une affection constante et authentique, contrairement à Mère.

Patiemment, et avec un plaisir contagieux, elle fit découvrir sa ville natale à Magda. Elles visitèrent les monuments de la vieille ville, dont Grand-Mère lui apprenait l'histoire et les particularités. Parmi eux, le nouvel hôtel de ville, construit quand Père était petit, le beau château de la Résidence de Dresde et l'église Notre-Dame, surmontée de sa grosse coupole. Elles se rendirent aussi à l'imposant Zwinger, contemplèrent son somptueux pavillon du carillon et le bain des nymphes avec ses sculptures de déesses et de poissons-démons. Les jours de beau temps, elles longeaient l'interminable mosaïque en porcelaine du Cortège des Princes, que Grand-Mère admirait longuement, et profitaient de l'impressionnant panorama depuis la terrasse de Brühl. Mais l'édifice favori de Magda restait l'église catholique de la Cour, qui dominait le centre urbain en bordure de l'Elbe, avec ses nombreuses statues sur le toit de la nef et celles des apôtres sur son pourtour. Celui qu'elle préférait montrait un missionnaire et son buffle aux grands yeux fatigués mais à la mine affable.

Grand-Mère possédait un savoir vaste, qui s'étendait à des sujets aussi variés que la médecine, la cuisine, l'actualité, la nature, la couture ou l'astronomie. Elle captivait la fillette par ses discours enthousiastes sur les différentes façons de coudre un ourlet, de soigner un rhume, sur le fonctionnement de certains mammifères, sur l'importance de la loyauté et la nécessité du sacrifice. Elle nourrissait un vif intérêt pour les étoiles, qu'elle contemplait lors des nuits dégagées en tirant sur un pan des lourds rideaux du salon, son regard traversé par une joie similaire à celle de Grand-Père devant ses peintures. Elle avait conquis la fillette en lui énumérant les noms des constellations les plus connues comme le Cygne, la Grande Ourse et la Petite Ourse, Cassiopée, le Dragon, Céphée. Puis celles qu'on ne voyait qu'à certaines saisons : la Lyre en été, Orion en hiver, le Lion au printemps et Andromède en automne. Magda les aimait toutes, même si elle avait un faible pour la Petite Ourse. Et elle ne se lassait jamais de regarder avec Grand-Mère ces minuscules et lointains points scintillants, aussi poétiques et énigmatiques que les yeux de Mère.

Grand-Mère n'étalait pas ses sentiments et rien ne semblait l'attendrir, mais lorsqu'elle chantait à Magda des comptines pour l'aider à s'endormir, sa voix sèche prenait une texture veloutée et lénifiante, et Magda oubliait alors qu'elle n'était pas chez elle, que ces gens n'étaient pas sa famille et que l'Allemagne n'était pas son pays.

— Tu es plutôt douée.

Le regard de Mère était vitreux, et Magda comprit qu'elle n'était pas vraiment là, ou du moins qu'elle ne s'adressait pas à elle quand elle demanda :

— Je me demande de qui tu tiens ce talent.

La question ne semblait pas attendre de réponse, et Magda poursuivit son coloriage.

— C'est la vieille que tu dessines ? lança Mère en renversant une partie de sa précieuse boisson sur la moquette crème.

— Et Grand-Père. Ils se tiennent la main.

À ces mots, Mère laissa échapper un ricanement moqueur.

— Je ne les ai jamais vus se toucher. Pas que je tienne rigueur au vieux sur ce point.

Sans se formaliser de son sarcasme, Magda saisit son crayon gris et s'appliqua à dessiner de petites boucles serrées sur la tête de son personnage en respirant l'haleine chargée de Mère, le visage à quelques centimètres du sien.

— Elle n'a pas autant de cheveux. Et en plus ils sont blancs, remarqua Mère.

— La page aussi est blanche. Si je lui dessine des cheveux blancs, on ne les verra pas et elle aura l'air chauve.

L'idée plut à Mère. Elle partit d'un grand éclat de rire qui s'étrangla dans un gargouillis, et reposa son verre en toussant dans sa paume.

— Montre-moi tes autres dessins.

Bien que touchée par son intérêt, Magda hésita. Quand Mère buvait, ses émotions s'en trouvaient tantôt amplifiées, tantôt déformées, et Magda avait appris à se méfier d'elle. Mais l'attente sur son visage finit par la convaincre, et Magda sortit du tiroir de son bureau neuf, un cadeau de Père, une liasse de dessins. D'un geste maladroit, elle présenta le premier à Mère : une reproduction du vase du salon au bec évasé, duquel jaillissait une touffe de fleurs dans des tons rouges et orange. C'était l'imposant bouquet que Grand-Mère achetait chaque vendredi chez Herr Heinberg, le fleuriste au coin de la rue, et qui se composait invariablement de roses couleur pêche, dont l'extrémité des pétales s'ourlait d'un liseré rouge, ainsi que de quelques marguerites blanches.

– C'est joli, commenta Mère, peu convaincue, mais les fleurs, c'est ennuyeux. Tu veux être ennuyeuse, Magda ?

– Non.

Ses paroles la heurtèrent, et Magda déglutit avec peine, sans trop savoir si elle devait en vouloir à la jeune femme, pour sa froide honnêteté, ou à elle-même, pour avoir espéré une réaction différente.

– Et ça, c'est quoi ?

Son excitation était palpable, et Magda céda, poussée par l'espoir de se rattraper. Elle lui montra le dessin figurant une superposition de formes – cercles, triangles, losanges et trapèzes – au centre desquelles flottaient tantôt des étoiles, des cœurs ou de minuscules poissons.

– C'est déjà plus intéressant, annonça Mère catégoriquement. Par contre…

Elle lui arracha brutalement le dessin des mains, le chiffonna et le jeta dans la corbeille à papier, sous le regard stupéfait de Magda.

– Si ton père voit ça, il entrera dans une rage folle, déclara Mère d'un ton curieusement détaché.

Et comme la fillette gardait le silence, elle ajouta :

– L'art abstrait n'est rien d'autre que de l'art dégénéré, Magda.

– Dégénéré ?

– Qui rompt avec l'idéal de la beauté classique. Qui prône des idées impures et corrompues.

Mère donnait l'impression de réciter une leçon à laquelle elle n'accordait pas la moindre valeur, et la conclut d'un haussement d'épaules avant de visser son regard trouble sur Magda en quête d'une réaction, comme une petite fille consciente d'avoir été injuste envers une amie.

Dépitée, Magda regardait ses pieds, attendant que Mère change de sujet. Cette dernière possédait une capacité de concentration limitée et elle pouvait, en une seconde, passer à autre chose ou quitter la pièce, en décrétant tout et n'importe quoi. Mais cette fois, elle restait obstinément immobile, et Magda n'aurait su dire si elle réfléchissait ou si elle dormait les yeux ouverts.

Elle s'illumina tout à coup, comme si elle venait juste de se souvenir d'une anecdote amusante, et d'un bond, elle attrapa le troisième dessin, qu'elle entreprit d'émietter.

– De l'art impur et corrompu, Magda! scandait-elle en boucle.

Les confettis de papier tournoyaient et se posaient sur elles en petits flocons colorés. Magda contempla leur chute délicate, triste et effrayée.

Si Mère se démarquait par son caractère instable et Grand-Mère par son discernement, Père, lui, brillait par son absence. Constamment en déplacement, il occupait son temps à serrer les bonnes mains dans les soirées en vue, là où on parlait de leur pays, de son avenir étincelant et d'autres sujets passionnants, quoique secrets, qu'il n'abordait pas à la maison.

Quand il honorait la famille de sa présence, Grand-Mère ne le lâchait pas d'une semelle. Elle le harcelait de questions sur ses voyages et ses rencontres, auxquelles il répondait de façon évasive. Loin de se formaliser de ses réponses succinctes, elle l'abreuvait des potins du quartier, devisait sur la qualité déclinante de la viande, le climat politique ou encore les prouesses scolaires de Magda. Elle parlait à n'en plus finir, avec une ferveur où transparaissait une sorte d'affolement, comme s'il lui fallait à tout prix combler chaque seconde passée en compagnie de son fils sous peine de le voir se volatiliser. C'était une exaltation frémissante, faite de fierté et de crainte, au cœur de laquelle vibrait l'amour d'une mère dans toute sa pureté et son aveuglement. Même Mère, en dépit de ses tendances narcissiques, ne pouvait s'empêcher de le remarquer et d'en être touchée. De fait, lorsque Père était là, elle restait en retrait.

Épuisé par ce harcèlement maternel ou poussé par un désir inconscient d'alliance masculine, Père passait le plus clair de son temps libre en compagnie du taciturne Grand-Père. Depuis quelques mois, ce dernier avait tendance à s'emmêler les pinceaux dans ses déclarations, confondant les noms, les jours de la semaine et les événements auxquels il se référait. Et il affichait constamment l'expression chiffonnée d'un mathématicien devant une équation insoluble. Magda aimait bien Grand-Père. Malgré ses incohérences, elle appréciait la constance de son caractère et la satisfaction paisible qui émanait de lui. Il ne lui avait jamais prêté beaucoup d'attention et ne lui adressait la parole que lorsqu'il la confondait avec sa sœur Ilda, décédée trente ans plus tôt. Mais sa nature débonnaire l'apaisait, et dans son regard voilé par la cataracte, elle discernait une bienveillance et une douceur absolues, de celles que possèdent les bébés et les animaux.

Pour pallier ses absences, ou parce qu'il était de nature généreuse, Père rapportait de ses voyages des cadeaux qu'il distribuait aux membres de sa famille – vases en cristal, tableaux anciens, bibelots décoratifs et bijoux –, dont personne ne questionnait jamais la provenance. Mère ne témoignait pas un grand intérêt envers ces présents. Une seule fois, elle avait sincèrement remercié son mari, avant de passer autour de son cou le collier en perles de corail qu'il venait de lui offrir. Elle avait plus tard précisé à Magda que le bijou lui rappelait sa grand-mère, et le sourire candide et heureux qui, l'espace d'un instant, avait illuminé son visage, avait offert un aperçu de la femme qu'elle aurait pu devenir, ou avait été.

Ces retrouvailles se mélangeaient dans l'esprit de Magda. Chaque fois, il lui semblait assister à une version imperceptiblement différente de la même scène. Les personnages restaient fidèles à leur rôle et ne modifiaient pas, ou si peu, leur réplique. Peut-être qu'au fil du temps Mère buvait davantage, l'anxiété de Grand-Mère s'accentuait et Grand-Père passait plus de temps à fixer le mur qu'à parler, mais dans l'ensemble, tout le monde suivait le scénario à la lettre.

Ce jour-là, la porte s'ouvrit à la volée et Père fit son entrée, les joues rosies par le froid et les lèvres retroussées en un sourire qui, pour une fois, ne paraissait pas forcé. Il embrassa Grand-Mère, serra vigoureusement la main de Grand-Père et enlaça une Mère réticente, que la bonne humeur de son mari invitait à la prudence. Par contre, quand vint le tour de Magda, il perdit de son assurance. Il la considéra quelques secondes avant de lui ébouriffer les cheveux d'un geste maladroit, sous le regard horrifié de Grand-Mère qui avait occupé la dernière demi-heure à les tresser pour l'occasion.

Refoulant sa contrariété, Magda fixa les grosses bottes de Père. Elles accrochaient la lumière du lustre en cristal de l'entrée, et elle résista à l'envie de se pencher pour vérifier si elle y apercevait son reflet. Parfois, ces bottes noires éveillaient des bribes de souvenirs flous, et Magda sentait alors son cœur s'accélérer et une peur inexplicable la saisir.

Au-dessus de sa tête, Père frappa des mains, s'engagea dans le couloir et, tels des écoliers suivant leur professeur, toute la petite famille l'escorta. Il transportait sa valise ainsi qu'un bagage supplémentaire, qu'il ouvrit lorsque chacun fut installé au salon. Il commença par Grand-Père à qui il tendit son cadeau – une élégante montre au cadran cerclé d'or. Assis à sa droite, Père guettait sa réaction, son expression joyeuse craquelée par l'impatience.

— Tenez, je vais vous aider à la mettre.

Mais Grand-Père l'ignora et approcha l'objet de son visage pour un examen plus approfondi. Ses doigts noueux caressèrent le cuir et le verre du cadran, puis il retourna la montre dans sa paume.

— Il y a une inscription gravée, là, annonça-t-il en tapotant le métal du bout de son index.

Il fronça les sourcils et se courba un peu plus en marmonnant d'une voix contrariée :

— Ce n'est pas de l'allemand, Peter. Je ne sais pas, on dirait du… de… ce langage juif. Comment ça s'appelle, déjà ?

— Ne dites pas de sottises, rétorqua Père en retirant promptement la montre des mains du vieil homme.

Pour faire diversion, il sortit de la valise un petit wagon en bois qu'il tendit à Magda. Père ne prenait jamais le soin d'emballer ses cadeaux, et la fillette se demandait s'il n'en voyait pas l'intérêt ou n'avait simplement pas le temps. Elle observa le jouet et aperçut, dissimulée entre les quatre roues du wagonnet, une petite étiquette que Père n'avait pas remarquée ou jugé inutile de retirer. En plissant les yeux, elle parvint à déchiffrer le mot *Warszawa*, dont la sonorité lui évoquait vaguement quelque chose… Elle interrogerait Grand-Mère si elle en avait l'occasion, car Père, lui, n'aimait pas qu'on le questionne sur ses voyages. Avec un enjouement feint qui sembla le satisfaire, Magda s'assit par terre et fit rouler le petit wagon devant elle en se gardant bien de déclarer que c'était un jouet pour garçons. Toutefois, avec un peu de chance, son lapin en porcelaine tiendrait sur le siège conducteur.

Petra n'eut aucune réaction lorsque son mari lui tendit un élégant peigne décoré d'une minuscule grappe de diamants et de saphirs violets, et se contenta de remercier son mari d'une voix éteinte. Le bijou émit un bruit sec au contact de la table, et Peter détourna le regard pour ne pas se trahir. Elle était comme ça, se raisonnait-il sans pour autant abandonner l'espoir qu'elle change un jour. Sa femme refusait d'exhiber sa gratitude ou son affection, non parce que ces émotions lui étaient étrangères, mais parce qu'elle ne voulait pas que le monde l'en croie capable. Il voyait bien qu'elle n'était pas insensible à la petite Magda – laquelle lui inspirait, comme sa femme, à la fois de l'amour et le désir de fuir. Peter redoutait ce type de contradiction, et il détestait ce qu'il ne pouvait expliquer. Irrité, il sortit son paquet de cigarettes.

– Enfin, Peter, protesta mollement Grand-Mère en lissant sa jupe.

Comme s'il s'agissait d'un signal l'autorisant à prendre congé, Mère saisit son peigne, se leva et, sans un mot, quitta la pièce. Magda lui emboîta le pas, avide de distraction et pressée de se soustraire à l'atmosphère saturée du salon. Mère gagna la chambre conjugale et, sitôt la porte fermée, abandonna sa posture guindée comme un vêtement inconfortable. Elle s'assit devant sa coiffeuse et se mit à brosser ses cheveux raides avec une ardeur excessive. Magda s'approcha discrètement, attirée par l'objet scintillant.

– On dirait qu'il a été porté, remarqua-t-elle.

– Évidemment, rétorqua Mère d'un ton sec. Il appartenait à quelqu'un.

– À qui?

– Une Polonaise, une Tchèque, une Juive? Quelle importance?

– C'est gentil à elle de l'avoir donné à Père.

Dans le miroir, le reflet de Mère leva les yeux au ciel, puis attrapa le peigne et le piqua au-dessus de son oreille.

– Il vous va bien.

– Tais-toi, Magda.

Peinée, Magda se voûta et alla s'asseoir au pied de la penderie. Genoux repliés, bras resserrés autour des jambes dans une position défiant les règles de bienséance instaurées par Grand-Mère, elle observa la pièce. La chambre sentait le parfum de Mère et ses affaires envahissaient l'espace. Une robe de nuit en soie rose traînait sur le dossier de l'unique chaise disposée à côté de la fenêtre, et un fouillis indescriptible de flacons, mouchoirs, tubes de rouge à lèvres et magazines encombrait le dessus de sa table de nuit. Le lit était défait, les draps entortillés et plusieurs coussins frangés jonchaient le sol en une pyramide informe.

Ce désordre, qui aurait beaucoup déplu à Grand-Mère, captivait Magada. Et l'attendrissait. Car malgré son jeune âge, elle pressentait qu'il traduisait une confusion authentique, et par certains côtés, il lui évoquait les traces laissées par un animal désorienté. Son affection la poussait à défendre Mère en réponse aux reproches incessants de Grand-Mère. Là où l'une choisissait de voir de la provocation, l'autre lisait de la peur, et il arrivait à la fillette de se dire que la vérité se situait peut-être quelque part entre les deux.

Magda reporta son attention sur Mère. Sa beauté classique souffrait de son régime alimentaire erratique, et ses joues prématurément creusées rappelaient le visage émacié de Grand-Père – et, par extension, la maladie. Elle était dotée d'une silhouette fine et harmonieuse, mais il suffisait qu'elle se penche ou s'étire pour que ses os saillent. Magda aimait la comparer à un bel instrument fragile et précieux dont les cordes, à force d'avoir été travaillées, ne vibraient plus que désaccordées.

– On devrait retourner au salon, lança la fillette, le repas est prêt, j'entends Grand-Mère.

Sa déception transparaissait dans sa voix. Elle aurait préféré rester seule avec Mère, dans cette pièce aux allures de refuge. La folie de cette dernière se fondait dans ce décor savamment désordonné, comme un oiseau coloré dans la jungle, et Magda privilégiait cette image à celle que Mère offrait le reste du temps.

Dame Dresde ne quittait jamais l'armoire secrète durant ces dîners interminables, au grand désarroi de Magda, qui en était réduite à surveiller les gestes nerveux et impatients de Mère, tenaillée par l'angoisse que suscite une sensation de danger imminent. Le manque se lisait si ouvertement sur son visage qu'il devenait difficile pour Magda de ne pas succomber au besoin d'aller elle-même chercher la plus grande alliée de sa mère.

Elle pouvait déjà l'entendre rire, de ce rire stridulant que seule Dame Dresde, et sa splendeur ensorcelée, savait provoquer. Un rire qui jaillissait comme une source d'eau s'infiltrant sous la surface dure et sèche du désert. Et qu'importe si, durant ces brefs interludes, son comportement provoquait l'agacement et les reproches des autres. Car sous l'emprise de l'alcool, Mère semblait aussi proche du bonheur qu'elle pouvait l'espérer, et par conséquent, Magda aussi.

Grand-Mère parvint à rester courtoise durant le dîner, employant toutes sortes de stratagèmes pour contenir ses réprobations. Elle plia et déplia sa serviette un nombre incalculable de fois et replaça à plusieurs reprises une mèche de cheveux derrière l'oreille de Magda. Elle mangea lentement, les yeux rivés sur son assiette, pour ne pas les diriger sur sa belle-fille.

Que son fils ait jeté son dévolu sur une femme aussi instable ne cessait de la tracasser. Peter souffrait, son intuition de mère le sentait, et ses tourments s'expliquaient indiscutablement par cette union ratée dont elle ne pouvait que constater les conséquences avec effroi et impuissance. Quel épouvantable gâchis, songea-t-elle en piquant énergiquement dans son assiette, quel dommage que les hommes écoutent leur cœur plutôt que leur mère.

Peter, quant à lui, était déterminé à ne laisser personne lui gâcher sa soirée. Les effets euphorisants de sa dernière perquisition lui faisaient entrevoir la suite des événements sous un jour optimiste, et il tenait à faire durer cette impression.

Un Degas et deux Renoir. Ces deux noms suffisaient à balayer l'agacement qu'il ressentait immanquablement lors de ces retours cérémonieux. Sourd aux babillages incessants de sa mère, il continuait de contempler les tableaux en pensée, bercé par l'espoir que leur empreinte sur lui ne s'efface jamais. Ces peintures étaient des chefs-d'œuvre, et Peter ressentait une bouffée d'orgueil en sachant qu'ils appartenaient désormais à l'Allemagne.

Formé aux Beaux-Arts, Peter avait un œil aiguisé. Il était sensible à l'impressionnisme, qui dépeignait la réalité telle qu'il l'éprouvait. En revanche, cette propension malsaine de certains artistes à défendre une beauté hors de tous critères relevait d'un modernisme prétentieux et dangereux. Car tout n'est pas art. Et tout n'est pas beau. De même que tous les humains ne sont pas égaux.

Le regard de Peter se posa sur Magda, et il admira avec fierté ses traits délicats à la symétrie aryenne. La perfection ne se trouvait pas partout. Mais ce soir, elle était à sa table.

Beaucoup plus tard cette nuit-là, quelqu'un pénétra dans la chambre de Magda. La porte s'ouvrit dans un léger grincement, et la fillette se retourna vivement, à l'affût d'un mouvement. Ses yeux peinaient à s'ajuster à la pénombre, mais elle distingua une masse sombre qui se déplaçait et retint son souffle. Apeurée, Magda ramena les couvertures sur son menton. Devait-elle crier, se ruer sur l'interrupteur ou jeter son coussin à la tête de l'intrus ? Sans lui laisser le temps de la réflexion, son visiteur buta sur un objet et laissa échapper un juron étouffé.

– Mère ? chuchota Magda.

La silhouette marqua un temps d'arrêt. Puis, d'un pas mal assuré, elle se dirigea vers le petit lit et se laissa lourdement tomber sur le matelas à côté de Magda, arrachant aux ressorts un couinement plaintif. Tout en faisant basculer ses jambes, Mère poussa un profond soupir dont l'arôme chargé indiqua immédiatement à Magda qu'elle avait bu. Rassurée, la fillette se rallongea, attentive à la chaleur émise par le corps de Mère.

Elle ne portait qu'une simple chemise de nuit, dont Magda sentait l'étoffe douce contre sa peau, et, se mêlant aux effluves d'alcool et de linge propre, le parfum de sa crème du soir que Mère appliquait consciencieusement sur son visage et son décolleté avant de se coucher. Sa main froide se referma brusquement sur le poignet de sa fille et ses ongles longs, laqués d'un blanc nacré aussi translucide que la surface d'un lac gelé, s'enfoncèrent dans sa peau.

— J'ai froid, murmura-t-elle en se blottissant contre Magda.

Il y avait quelque chose de désespéré dans cette étreinte, et la fillette sentit sa gorge se serrer. C'était un contact dénué d'amour qui ne semblait pas attendre de réponse.

— Je n'ai jamais voulu d'enfants, continua Mère dans un filet de voix, tandis que ses larmes pénétraient le tissu du pyjama de Magda.

Ne sachant que dire, cette dernière garda le silence. L'euphorie éthylique durait chaque fois moins longtemps. Depuis peu, Magda trouvait même que les effets de la liqueur s'inversaient et que la morosité de Mère, ainsi que son imprévisibilité, s'accentuaient au lieu de se dissoudre.

— La vieille, poursuivit la jeune femme en collant ses lèvres contre la nuque de Magda, elle a toujours cru que c'était moi qui ne pouvais pas porter de gosses. Imaginer que le problème venait de son fils, ça dépassait l'entendement.

Magda savait qu'elle parlait de Grand-Mère. Elle n'aimait pas ce diminutif insultant, mais elle préféra se taire, de peur d'attiser sa colère.

– Ce n'était pas mon idée, Magda, ajouta-t-elle.

– Qu'est-ce qui n'était pas votre idée ?

Quoi qu'elle puisse dire, c'était sans importance, se rassura la fillette en se remémorant les nombreuses mises en garde de Grand-Mère. C'est pourquoi elle fit semblant de ne rien entendre lorsque Mère murmura :

– Ce n'était pas mon idée de t'avoir.

Mère adorait les secrets autant que la boisson. D'ailleurs, l'alcool la rendait encline aux confidences, qu'elle lâchait l'air de rien dans l'oreille de Magda avant de glousser comme si elle se contentait de partager une histoire drôle. Elle ne laissait filtrer aucune émotion, rien qui permette à Magda de saisir la gravité de ses propos. Alors la fillette écoutait la mélodie de la souffrance de Mère sans intervenir, car elle savait que celle-ci ne s'adressait en réalité à personne, sinon elle-même : « Je n'aime pas ton père, et il ne m'aime pas non plus », « Ma maison a été détruite pendant la guerre », « Ma mère se décolorait les cheveux. Elle faisait croire à tout le monde qu'elle était blonde de naissance, mais c'était faux », « J'avais un chat tigré quand j'étais enfant. Il a disparu un soir et je ne l'ai jamais revu », « Mon frère cadet Ernst est mort de la tuberculose quand il avait deux ans. »

Difficile de croire qu'il y avait eu une époque où Mère, encore fillette, avait des parents, un chat, un frère et une autre maison que celle-ci. Où elle dormait dans un petit lit, apprenait des comptines et jouait à la marelle dans la rue. Un monde sans Père, sans Grand-Mère, sans elle et sans Dame Dresde.

West Village, New York, 2015

— C'est prouvé, assura la vendeuse en révélant ses dents étincelantes.

— Prouvé comment ? demanda madame Janik en déchiffrant la composition du petit flacon anti-vieillissement.

Elle se méfiait des gens excessivement sûrs d'eux, redoutait leur assurance communicative et la facilité stupéfiante avec laquelle leurs convictions devenaient les siennes. Mais elle ne leur en voulait pas. Ils n'avaient pas toujours conscience de se tromper et n'essayaient pas forcément de duper leur cible. On se méprend le plus souvent au sein d'un groupe, parce que le nombre convainc et qu'il est un argument en soi. Ainsi, madame Janik fuyait ceux qui maniaient trop adroitement l'art de la rhétorique. L'opinion bien formulée remplit si naturellement le vide de nos incertitudes. Elle ne s'estimait pas nécessairement plus bête qu'un autre, mais sa compréhension du monde lui semblait terriblement limitée. Elle ne possédait pas toujours les outils nécessaires pour départager le vrai du faux parmi la masse d'informations quotidienne, et sa seule défense se résumait à ses doutes.

Face à elle, la vendeuse responsable du rayon cosmétique s'humecta les lèvres en prélude à une tirade aussi rodée qu'inintelligible :

— Grâce aux acides alpha-hydroxylés, qui possèdent des propriétés exfoliantes, au coenzyme Q10, qui agit en synergie avec la vitamine E pour un effet raffermissant et hydratant, sans oublier la kiosmétine, qui maintient l'élasticité de la peau, et, bien sûr, l'acide hyaluronique, qui contribue à combler les rides, et nous combler de bonheur !

Elle rayonnait, satisfaite par la récitation de son plaidoyer à la conclusion irréfutable. Faute de pouvoir lui retourner des arguments contraires, madame Janik se contentait de fixer la bouteille et son incompréhensible liste de composants, en quête d'une échappatoire, lorsqu'une dame d'âge mûr se faufila entre elles pour saisir un flacon dudit produit sur le présentoir.

— Vous voyez! tonna la vendeuse d'un ton victorieux.

— Croire qu'un produit fonctionne ne veut pas dire qu'il fonctionne.

— Bien sûr que si. Sinon, personne ne l'achèterait.

— Les désirs biaisent les jugements.

Le sourire de la vendeuse vacilla, et madame Janik comprit qu'elle perdait patience. Ses radotages sur la véracité des promesses de l'industrie cosmétique n'intéressaient personne, et rien ne l'obligeait à acheter quoi que ce soit. Libre à elle d'avoir son opinion. Mais le regard ombrageux de l'employée s'abattit sur elle avec la brutalité d'une condamnation et, poussée par le besoin irrationnel de finir sur une note positive, madame Janik, balayant ses principes, capitula :

— Je vais le prendre.

Son interlocutrice approuva sa décision d'un rictus et, malgré elle, madame Janik ressentit le soulagement d'avoir réagi comme on l'attendait d'elle.

— Vous faites bien. Ça marche. C'est prouvé !

Łódź, Pologne occupée, 1942

— C'est prouvé. La race aryenne est la race supérieure, leur répétait-on à longueur de journée.

La maîtresse de l'institut développait ensuite un long discours prétentieux concernant cette notion de supériorité, qu'elle consolidait en évoquant diverses recherches scientifiques nébuleuses, disséquant les théories raciales d'Arthur de Gobineau, incompréhensibles pour son auditoire, et illustrant ses propos en déroulant des tableaux illisibles où figuraient toutes sortes de données obscures.

— C'est prouvé, tonnait-elle à tout-va pour s'assurer que cette vérité indiscutable s'insinuait bien dans le cerveau de chaque élève.

Et à vrai dire, personne ne la remettait en question, cette doctrine aux allures d'évidence. Surtout pas Magda, que rien ne confortait davantage que l'expression satisfaite d'un adulte et les hochements de tête approbateurs récompensant une réponse correcte de sa part. Comprendre importait moins qu'être félicitée, car c'est à travers les louanges que Magda se sentait valorisée, appréciée et intelligente.

— Pourquoi l'Allemagne souffre ?
— À cause des Juifs.

C'était comme d'avoir la solution à un problème mathématique, sans le raisonnement qui la précède. Alors tant pis si la logique lui échappait, Magda supposait qu'elle l'appréhenderait plus tard, comme toutes ces certitudes que les adultes discutaient entre eux avec l'air de savoir et de ne jamais se tromper.

Dresde, Allemagne, 1944

— Attention, Magda, tout risque de s'effondrer.

Père, amusé, observait la mine sérieuse de Magda, qui examinait l'entremêlement de baguettes sur le tapis comme si le destin du monde dépendait de sa décision. Elle pencha la tête et allongea la main, avant de la retirer.

— Je pense que je vais perdre, conclut-elle, dépitée.
— Ce n'est pas avec cet état d'esprit que tu risques de gagner, en tout cas, la taquina Père.

— Mais c'est la vérité, dit-elle en se mordant l'intérieur de la joue.

— Parfois, ce sont celles qui semblent soutenir le tout qui se révèlent les plus inutiles, déclara Père.

Dissimulé par un petit amas de baguettes superposées, un des bâtonnets se détachait du reste de la construction. Magda pouvait l'extraire sans causer le moindre mouvement. Ce qu'elle fit, d'un geste rapide et précis, pour le brandir fièrement devant le visage de Père à la manière d'un magicien. Il approuva sa dextérité d'une œillade complice et se pencha à son tour sur le jeu.

— Ce n'est pas qu'un jeu d'adresse, Magda, tu t'en rends compte, n'est-ce pas? Il s'agit aussi de réflexion et, évidemment, d'un peu de chance.

Père avança sa grande main et saisit un bâtonnet dont l'extrémité dépassait largement de la pile. Il tira lentement sous le regard attentif de la fillette, qui retenait son souffle. D'abord un, puis deux, trois, quatre bâtonnets roulèrent sur le tapis, et le petit monticule, encore intact quelques instants plus tôt, s'affaissa. Le bâton toujours serré entre ses doigts, Père reconnaissait sa défaite. Il n'affichait ni déception ni colère, mais Magda voyait bien qu'il était contrarié.

— En plus de l'adresse, de la réflexion et de la chance, peut-être que ce jeu nécessite des petites mains, hasarda la fillette pour minimiser son échec, tout en réprimant la joie que lui procurait sa victoire.

Père ne put lui offrir en retour qu'un sourire contrit. Il se leva, épousseta son pantalon et se tourna vers la grande fenêtre obstruée par le lourd rideau de velours bordeaux. Puis il inspira profondément, comme l'institutrice de Magda lorsqu'elle essayait de contenir sa colère ou son agacement.

— Nous allons gagner cette guerre, Magda, murmura Père.

— D'accord, répondit-elle, car il ne lui serait jamais venu à l'esprit de le contredire.

— On va la gagner, oui, répéta-t-il pour lui-même en enjambant le jeu de mikado avant de quitter la pièce.

Magda le regarda partir puis s'attarda près du tas de baguettes effondré. Elle rejoua une partie seule, ôtant précautionneusement un bâtonnet après l'autre. En dépit de son application, le petit monticule s'écroula, et il sembla à Magda que cet exercice frustrant renfermait une morale cachée. Sourcils froncés, elle poursuivit toutefois jusqu'à retirer l'ultime bâton, qu'elle contempla longuement comme pour en extraire le précepte que Père avait cherché à lui transmettre.

Étendu sur le lit conjugal, Peter réfléchissait. Laissant ses doigts courir sur la bordure en broderie de la courtepointe, il songeait à toutes les nuits qu'il avait passées dans cette chambre, en proie à l'insomnie ou aux mauvais rêves. Combien d'heures avait-il perdu à se retourner entre les draps moites de sa sueur, tourmenté par un malaise récurrent ?

L'empreinte de la guerre, s'était-il convaincu, allongé dos à la femme silencieuse et immobile à côté de lui. Il avait appris à reconnaître à sa respiration quand elle feignait d'être assoupie. Lorsqu'elle dormait vraiment, Petra s'agitait et poussait de petits geignements craintifs auxquels il s'imaginait parfois mettre un terme en l'étouffant avec son oreiller.

Elle dormait aussi mal que lui, pour les mêmes raisons, ou pour d'autres, mais Peter ne se souciait à vrai dire plus de le découvrir. L'existence de Petra se définissait par son obsession à contrefaire, imiter et mentir. Elle vouait un culte au paraître, à la mystification, aux subtilités des demi-vérités, et elle se complaisait à évoluer dans ce labyrinthe de miroirs déformants qui ne lui renvoyaient pas forcément une image plus belle que la réalité, mais manifestement plus intéressante. Peter s'inquiétait davantage quand elle laissait éclater des émotions authentiques, qu'elle expulsait avec violence et sans prévenir.

Se tournant sur le dos, Peter contempla le plafond lisse, vierge de toute craquelure. Il repensa à la partie de mikado en se demandant, vaguement honteux de sa superstition, si son échec pouvait constituer un avertissement. Ce n'était pas la première fois qu'il réfléchissait à la possibilité d'avoir mal identifié certains signes et de mener lui aussi une existence bâtie sur une illusion.

Petra. Ce casse-tête qu'il s'était un temps évertué à résoudre, en homme déterminé à trouver une solution à chaque problème. Il se rendait maintenant compte qu'il s'était fourvoyé dans un amour idéalisé et irréalisable. Il voulait aimer Petra. La secourir confirmait la noblesse de ses sentiments. Parfois, Peter croyait sincèrement à cette généreuse ambition. Oui, il était un homme bien. Et bon. Sauf que Petra se moquait de ses bonnes intentions. Elle ne fonctionnait que par le mépris. Le sien, et celui des autres. Elle ne souhaitait le soutien de personne, à commencer par celui de son mari, dont la supposée bienveillance agissait comme une offense. Elle n'avait que faire d'un allié. Elle n'avait que faire de sa pitié. Ce qu'elle voulait, c'était un adversaire de son acabit, et comme Peter ne parvenait pas à endosser ce rôle, il vacillait constamment entre le désir impérieux de l'asservir et celui de la détester.

Qu'il le veuille ou non, Petra avait façonné l'homme qu'il était. Leur relation reposait ainsi sur un déséquilibre que Peter jugeait dégradant, parce que rien ne semblait dépendre de lui et qu'il était seul à en souffrir. Mais le plus rageant était qu'il n'arrivait pas à lui en vouloir, ou même à lui donner tort. Petra étouffait ses émotions, les bonnes comme les mauvaises, dans un instinct de préservation qui, paradoxalement, précipitait sa chute.

Peter savait qu'elle n'y pouvait rien. Qu'elle n'était pas la seule dans son cas. Comme de trop nombreuses femmes, ce que Petra avait vécu au terme de la Grande Guerre se fondait dans le flot d'atrocités engendrées par les conflits de cette ampleur. Un drame collatéral destiné à tomber dans l'oubli sans jamais être reconnu, ou même admis. Au final, il ne restait qu'une plainte ignorée, un énième abus passé inaperçu, qui s'ajoutait à l'accumulation sans fin des horreurs et de l'arbitraire de cette sombre période. Il ne savait pas s'il y avait eu un viol ou plusieurs. Il n'avait pas demandé, et Petra s'était abstenue d'éclaircir ce point. Malgré les épreuves qu'elle avait traversées, Peter ignorait si son épouse était plus ou moins libre que lui. Parce qu'il lui arrivait de proclamer tout haut ce qui lui passait par la tête, de rire ou de pleurer sans retenue, et de haïr sans se cacher, elle lui faisait l'effet d'une femme affranchie des codes sociaux. Mais cette liberté s'apparentait à une forme d'emprisonnement. Celle d'une lionne en cage, condamnée à ruminer l'injustice de son sort.

Au début de leur idylle, elle avait agi sur son cœur comme un doux carillon porteur d'espoir, que Peter s'était donné pour mission d'écouter et d'entretenir. Elle réveillait en lui des émotions qu'il pensait disparues et l'émouvait d'une manière qu'il n'imaginait plus possible. C'est sa vulnérabilité qui l'avait attiré, sa délicatesse, son innocence fissurée, avant qu'il n'en reconnaisse le côté irréversible et destructeur.

Plus que Petra, c'était lui-même que Peter tentait de sauver, car il quêtait désespérément l'absolution, qu'elle prenne la forme d'un pardon ou d'une femme traumatisée à protéger. Il tolérait la froideur de Petra parce qu'il avait cru, et osait encore croire, que le temps venait à bout de n'importe quels maux. Mais cette prédiction comptait parmi les nombreuses spéculations concernant Petra à ne s'être pas réalisées.

Et puis il y avait eu Magda, la fillette étrangère à laquelle il n'avait pas prévu de s'attacher. Au départ, son adoption s'expliquait à la fois par les attentes pressantes de Grand-Mère, qui s'inquiétait de voir son fils vieillir sans descendance, et par les injonctions du Reich pour pérenniser la race supérieure. Il l'avait ainsi adoptée pour sa mère, par devoir, et parce qu'il espérait en tirer parti.

Peter associait l'éducation des enfants à une tâche relativement simple – à l'instar du dressage d'un chien – qui relevait essentiellement de la responsabilité de la mère, puis de l'école, et ne nécessitait pas d'implication majeure de sa part. Et si son épouse se sentait peu concernée par cette mission, peut-être changerait-elle d'avis avec le temps. Son instinct maternel se réveillerait, se raisonnait Peter, pour qui la possibilité inverse aurait supposé une féminité définitivement brisée, qu'il n'avait pas la force d'admettre.

Avec la maladresse caractéristique des hommes qui ne sont habitués qu'à traiter avec d'autres hommes, il avait ainsi tenté d'offrir à Magda l'attention que sa femme lui refusait. Et il avait été surpris d'y prendre goût. Surpris par la joie simple que lui inspirait sa présence, surpris par son éveil, par sa candeur, par sa curiosité et l'entrain avec lequel elle entamait chaque journée. Et puis il éprouvait un plaisir inestimable à exercer sur elle son influence, à sentir l'allégeance inébranlable qu'elle lui vouait. Elle buvait ses paroles, le regard brillant d'admiration, convaincue par ce qu'elle ne comprenait pas mais qu'elle répéterait le lendemain, dans la cour d'école, en le disséminant comme les miettes de son goûter.

Ce processus d'endoctrinement emplissait Peter d'un sentiment qu'il finit par associer à la fierté bienveillante d'un maître pour son élève prodige. Or cette affection naissante l'affaiblissait, car elle était avant tout une distraction. Et pour ne pas perdre de vue ses objectifs de carrière, autrement plus cruciaux et déterminants, Peter opta pour une distance prudente.

Comme après chaque départ de Père, Grand-Mère emmena Magda au parc. En chemin, elles s'arrêtèrent chez Franz Bäckerei, où Grand-Mère lui permit de choisir deux friandises parmi la sélection restreinte du boulanger.

Arrivées au parc, elles s'assirent sur un banc dans l'ombre d'un large hêtre et entamèrent leur en-cas. Grand-Mère mangeait en silence, par petites bouchées et avec le raffinement guindé qui la caractérisait. Sa distinction contrastait avec l'avidité de la fillette, dont le visage se constella rapidement de glaçage que la vieille dame s'empressa de nettoyer. Mais son regard faussement réprobateur dissimulait mal le plaisir évident qu'elle prenait à partager ce moment en compagnie de sa petite-fille.

Une fois les gâteaux engloutis, Grand-Mère sortit de son sac à main un livre – elle n'emmenait jamais le même –, qu'elle parcourut distraitement pendant que Magda explorait avec curiosité les innombrables merveilles du parc : la traînée de bave d'un escargot, une feuille morte aux contours asymétriques, une plume de canard flottant à la surface d'une flaque d'eau sale, un marron moisi ou encore un caillou à la texture irrégulière. Magda s'extasiait devant ces trouvailles insolites et se laissa absorber au point d'en perdre la notion du temps. Un écureuil fourrageant dans un buisson à quelques mètres d'elle attira son attention, et elle s'en approcha à pas furtifs. Ayant déniché un gland prometteur, l'écureuil s'immobilisa avant de palper son trésor avec frénésie, par petits mouvements saccadés, ses pattes minuscules étudiant la surface lisse pour mieux déterminer sa qualité. Satisfait, il saisit le gland entre ses dents et se propulsa contre le tronc le plus proche. Au comble de l'extase, Magda le suivit, admirant les mouvements de l'écureuil qui bondissait d'un rameau au suivant dans une course acrobatique virevoltante. Indifférent à l'attention dont il faisait l'objet, le rongeur disparut soudain dans un froissement de feuilles, et Magda prit alors conscience qu'elle était perdue.

Paniquée, elle pivota sur elle-même à la recherche de Grand-Mère. Le soleil avait décliné, et la fraîcheur du crépuscule la fit frissonner. Désert et silencieux, le parc prenait des allures menaçantes, et Magda ravala un sanglot en serrant ses bras contre son corps.

– Tu es perdue, petite ?

Elle l'entendit avant de le voir. Une voix traînante et rugueuse de personne âgée. Une voix qui rappelait le crachotement de la radio entre deux fréquences. Se retournant, Magda avisa d'abord le pantalon à rayures élimé, puis le long manteau gris de mauvaise qualité et ses deux poches où disparaissaient les mains, et enfin le visage du vieux monsieur souriant penché au-dessus d'elle. Ce dernier s'accroupit à sa hauteur et répéta :

– Tu es perdue ?

Ses sourcils blancs ébouriffés décrivirent un drôle d'accent circonflexe qui fit momentanément oublier sa peur à Magda. Ses petits doigts brûlaient de toucher les sourcils broussailleux de ce sympathique étranger, mais elle savait que Grand-Mère aurait désapprouvé, aussi demeura-t-elle immobile, l'expression figée par un sourire timide.

– Où est ta maman ? demanda le monsieur patiemment.

Il jeta un regard alentour et, ne voyant personne, proposa :

– Et si on allait la chercher ?

– Grand-Mère est assise sur un banc, elle lit un livre, déclara Magda du ton solennel d'un témoin soucieux de se remémorer avec précision les détails importants.

– D'accord, et sais-tu de quel côté elle se trouve ?

– Par là-bas, affirma Magda en pointant du doigt un grand chêne devant lequel elle se souvenait s'être arrêtée dans sa poursuite de l'écureuil.

— C'est un début, l'encouragea-t-il avant de se mettre en marche dans la direction indiquée.

Il marchait d'un pas alerte, et Magda dut accélérer pour rester à sa hauteur. La fillette, habituée aux objets de valeur et aux vêtements de qualité, remarqua la médiocrité des habits de son compagnon d'infortune et s'étonna du petit trou, juste assez grand pour y passer un doigt, au-dessus de l'ourlet du manteau usé. Composé d'un entremêlement serré de fils gris, le lainage suggérait une épaisseur capable de conserver la chaleur, pourtant le vieil homme frissonnait, et Magda vit alors ses mains rêches, rougies par le froid. Contrairement aux bottes immaculées de Père, ses chaussures ne brillaient pas du tout et émettaient un couinement chaque fois qu'il posait le pied par terre.

— Grand-Mère a mangé un *dominostein*, lança soudain Magda.
— C'est drôlement bon, ça, renchérit le vieux monsieur.
— J'aime bien le massepain aussi, ajouta Magda. Et le chocolat.
— Qui n'aime pas le chocolat! plaisanta l'inconnu.
— Ma maman. Elle préfère sa bouteille Dame Dresde.

Le vieil homme tiqua, mais Magda n'eut pas l'occasion de s'étendre davantage sur les troubles addictifs de Mère, car à cet instant précis, le chemin déboucha sur une clairière familière, au bout de laquelle se tenait Grand-Mère.

Son appel leur parvint d'abord faiblement quand elle cria le nom de Magda. La fillette agita le bras et répondit d'un ton joyeux:
— Grand-Mère, je suis là!

Au son de sa voix, la vieille dame se figea. Elle scruta les alentours, puis son regard se posa finalement sur la fillette, et elle trottina dans leur direction aussi vite que le lui permettait sa condition physique.

Elle arriva à bout de souffle, aussi soulagée que hors d'elle, et lorsqu'elle attrapa Magda par le poignet, ses ongles s'enfoncèrent dans la chair tendre, arrachant une exclamation de douleur à l'enfant.

— Je t'ai répété mille fois de ne pas t'aventurer hors de mon champ de vision. Qu'est-ce qui t'a pris ? Es-tu totalement inconsciente ?

Incapable d'affronter le regard courroucé de la vieille dame, Magda dévia son attention sur un couple de pigeons qui se volaient dans les plumes, plus loin sur le chemin.

— Je ne crois pas qu'elle l'ait fait exprès, intervint l'inconnu d'un ton qui se voulait apaisant. Elle s'est perdue et vous cherchait lorsque j'ai croisé sa route.

À ces mots, Grand-Mère se tourna vers lui et le jaugea d'un air où le dégoût le disputait à la peur.

— Je vous interdis d'adresser la parole à ma petite-fille.

Ses paroles frappèrent le vieux monsieur comme une série de petits coups portés sans grande force mais avec une haine si virulente qu'il recula sous l'impact, les yeux écarquillés.

— Je ne lui voulais aucun mal.

D'un mouvement brusque, Grand-Mère attira Magda à elle et fit un pas en direction du pauvre homme, l'index pointé vers son visage.

— Fichez-moi le camp d'ici. Vous n'avez rien à faire là. Vous ne devriez même pas vivre dans cette ville.

L'espace d'une fraction de seconde, il sembla sur le point de dire quelque chose. Sa bouche s'ouvrit, de surprise, de colère ou d'incompréhension, mais aucun son n'en sortit, et il finit par se détourner en évitant soigneusement de croiser le regard de Magda, qui suivit des yeux sa silhouette avec le sentiment, encore imprécis, d'avoir assisté à une profonde injustice.

Sans lui laisser l'occasion de questionner cet amer dénouement, Grand-Mère saisit Magda par les épaules et imprima à son corps un brusque quart de tour.

— Rentrons à la maison, déclara-t-elle d'un ton péremptoire qui ne laissait aucune place à la discussion.

Les ombres engloutissaient les reliefs et les couleurs, et tandis qu'elles traversaient le parc, l'esprit de Magda résonnait du couinement plaintif et discret des chaussures de l'inconnu.

Grand-Mère ne prononça pas un mot de tout le trajet. Lèvres pincées, elle se déplaçait avec un empressement inhabituel, d'une démarche légèrement clopinante rappelant le dandinement d'un canard. Intimidée, Magda endura docilement sa poigne douloureuse et la cadence.

De retour dans leur immeuble, Grand-Mère ouvrit la porte de l'appartement à la volée et traversa le couloir en quelques enjambées pour rejoindre la cuisine. Elle n'accorda même pas un regard à la bouteille que Mère s'empressait de cacher sous la table avec la mine coupable d'un étudiant surpris en train de tricher.

Sur ses talons, Magda attendait, incertaine, ne sachant quelle attitude adopter. Elle hésitait à se retirer dans sa chambre pour devancer les foudres de Grand-Mère, mais la marche l'avait assoiffée et l'expression de Mère, adoucie par l'alcool, la poussait à rester pour profiter de sa transformation.

– Tout va bien ? articula Mère devant l'expression chamboulée de sa belle-mère.

Elle ne paraissait pas franchement soucieuse, plutôt amusée et curieuse, et haussa un sourcil interrogateur à l'adresse de Magda.

– Magda s'est perdue dans le parc, répondit Grand-Mère d'une voix tremblante. Et qui me la ramène, l'air réjoui par sa bonne action ? Monsieur Nussbaum !

– Et alors ?

Visiblement, Mère ne saisissait pas la gravité de cette révélation.

– Il est juif ! s'exclama Grand-Mère en baissant le ton, comme s'il s'agissait d'un terme vulgaire ou susceptible de la mettre en danger.

— Je croyais qu'il n'y avait plus de Juifs dans cette ville, observa posément Mère.

— Sa femme ne l'est pas. Il a le droit de rester.

Mais même cette vérité visiblement révoltante laissa Mère de marbre, et son indifférence acheva d'ulcérer Grand-Mère.

— Ça ne vous effraie pas qu'un type comme lui s'approche de votre fille ? Vous savez comment ils abattent leurs animaux ?

— S'il avait voulu faire du mal à Magda, il ne vous l'aurait pas ramenée, argua Mère.

— Ils sont perfides, Petra. Ils ne font rien gratuitement. Il s'attendait sans doute à ce que je le paie, ou Dieu sait quoi d'autre !

L'absence de réaction de sa belle-fille dérouta Grand-Mère, qui se tourna alors vers Magda en quête de soutien.

— N'est-ce pas qu'il t'a fait peur, Magda ? asséna-t-elle avec une telle sévérité que la fillette ne trouva pas le courage de la contredire.

— Il avait un trou dans son pantalon, dit-elle d'une petite voix en espérant que ce détail inconséquent satisferait Grand-Mère.

À l'autre bout de la cuisine, Mère haussa les épaules pour marquer à la fois son manque d'intérêt et son scepticisme, puis elle se perdit dans la contemplation de ses mains parfaitement manucurées. Elle agita les doigts, et ses ongles irisés, fraîchement vernis, accrochèrent des reflets de lumière. Admirative, Magda s'approcha et essaya d'en définir la couleur.

— Qu'est-ce que tu regardes ? demanda la jeune femme en avisant l'air concentré de sa fille.

Rose clair. Rose comme le savon de Grand-Mère, celui en forme de coquillage qui reposait au bord du lavabo de sa salle de bains privée, là où Magda n'était pas censée aller. Rose comme les lèvres de ses poupées en porcelaine, qui souriaient de jour comme de nuit. Rose comme le ciel, très tôt le matin, juste avant que le soleil ne perce. Rose comme la peau d'un nouveau-né.

Sans réfléchir, Magda tendit le bras et saisit la main de Mère.

— C'est joli, commenta-t-elle avec le vague espoir que cette diversion mette un terme à la conversation précédente.

— C'est du vernis, Magda, expliqua Mère en dodelinant de la tête.

— C'est futile et vulgaire, renchérit Grand-Mère, qui tenait à faire connaître son opinion quel que soit le sujet.

— Non, c'est élégant et féminin, rétorqua Mère qui, se levant péniblement, heurta le coin de la table.

— Une femme élégante n'a pas besoin d'artifices pour se mettre en valeur.

Mère encaissa sans rien laisser paraître. Elle s'humecta les lèvres et posa une main hésitante contre le mur, paupières fermées, avant de quitter la pièce. Grand-Mère, elle, se mit à tripoter nerveusement sa manche. Toute trace de fureur l'avait quittée et, à pas lents, elle s'approcha de l'évier pour ranger la vaisselle propre. Dos à sa petite-fille, elle empila assiettes, verres et sous-tasses avec des gestes raides.

— J'ai eu très peur, cet après-midi, déclara-t-elle sans se retourner.

Magda attendit patiemment qu'elle poursuive. Ou qu'elle en reste là.

— J'ai eu peur et j'étais en colère. Parfois, quand on est en colère, on dit des choses qu'on ne pense pas vraiment.

— D'accord, répondit Magda sans parvenir à établir si Grand-Mère faisait référence à sa dernière remarque cinglante à l'adresse de Mère ou à son échange virulent avec monsieur Nussbaum.

Assise au salon près de son mari qui triturait le bouton de sa manche de chemise, Grand-Mère réfléchissait. Les Juifs lui inspiraient une aversion qu'elle estimait non seulement fondée, mais nécessaire à sa sécurité et à la préservation de sa patrie, parce qu'ils étaient différents, dangereux et indignes de confiance. La supposée bienveillance de ce Nussbaum n'était rien de plus qu'un masque destiné à la tromper, et elle frissonna au souvenir de son sourire calculateur. Avec les Juifs, tout n'était qu'affaires de manipulation, d'argent, d'intérêts et de transactions qu'ils prétendaient équitables. Quant à leurs croyances bizarres et à leur langue tout aussi incompréhensible, elles dénotaient leur inaptitude à s'intégrer.

Grand-Mère n'était pas dupe, et elle louait sa froide capacité d'analyse. Les films *Jud Süss* ou *Der Ewige Jude* avaient su conforter ses craintes et ses certitudes concernant le peuple juif, et elle se réjouissait que le Reich, enfin, permette aux gens moins éclairés de savoir à quoi s'en tenir. L'apparence dépenaillée de cet individu n'altérerait en rien son jugement, car Grand-Mère attribuait ces signes de détérioration physique à un choix plutôt qu'aux conséquences d'une quelconque oppression. Cet homme se négligeait car ses priorités allaient ailleurs. Vers l'argent, par exemple. D'ailleurs, s'il souffrait réellement, qu'allait-il faire dans le parc à la tombée de la nuit ?

Grand-Mère éprouvait à l'égard des Juifs le même dégoût craintif qu'un enfant vis-à-vis de la créature maléfique supposément cachée sous son lit. Leur proximité l'emplissait d'angoisse, et elle approuvait leur départ massif. Ils gangrenaient l'Allemagne, et il avait fallu attendre le Führer pour que les gens s'en rendent compte et s'allient dans une vision d'avenir forte, débarrassée de ses impuretés. Des parasites. Ces mots exacts étaient imprimés noir sur blanc dans tous les journaux disponibles, du scabreux *Der Stürmer* aux revues très sérieuses comme *Der Angriff* ou *Völkischer Beobachter*. Elle n'inventait rien, elle agissait en conséquence.

– J'ai oublié d'acheter des cigarettes, déclara subitement son mari, mettant un terme aux ruminations de la vieille dame.

– Comment, Wolfgang ?

Grand-Père ne fumait plus depuis des années, et en raison de sa santé mentale déclinante, quitter l'appartement seul comptait parmi les activités banales qui lui étaient à présent interdites.

— Je mangerais bien un strudel, tiens, marmonna-t-il en opinant du chef, comme si c'était la suite logique de ce qu'il venait de dire.

Grand-Mère feignit de n'avoir rien entendu. Elle espérait que son mari s'en tiendrait là et réintégrerait son apathie sans plus de remarques incongrues. Elle ne voulait pas penser aux strudels que les boulangeries, désormais rationnées, ne proposaient plus, aux concerts ou aux spectacles auxquels son mari ne pouvait plus se rendre, ni à tous les plaisirs simples que la guerre et l'âge leur ôtaient un à un.

Avec un soupir, Grand-Mère se leva et s'éloigna pour mettre une distance physique entre elle et l'esprit malade de son mari, chaque jour plus lent et moins cohérent. Elle traversa le salon et passa devant la chambre de Magda, d'où s'échappaient le rire enfantin de la fillette et la voix éméchée de sa belle-fille. Deux tonalités aussi différentes n'auraient pas dû résonner dans la même pièce, songea-t-elle. C'était écœurant. Et triste. Elle s'immobilisa tout de même, attendrie par les gloussements de la petite fille, et tendit l'oreille avant de se reprendre et de gagner sa chambre.

L'imposant secrétaire, coincé entre la penderie et la table basse, semblait l'attendre, et elle en ouvrit le tiroir du haut avec l'appréhension que provoque un geste condamnable. Elle trouva immédiatement ce qu'elle cherchait. Dissimulées sous une pile de courrier, les lettres d'amour scellées qu'elle avait, adolescente, rédigées sans avoir le courage de les envoyer à un ami de son grand frère, un homme patient dont l'intelligence et les qualités d'écoute avaient conquis son cœur de jeune fille. Elle l'avait adulé en silence et de loin, observant la bienséance de mise à défaut de suivre son instinct, et un demi-siècle plus tard, elle se sentait libre de tous remords. Dans ses moments de solitude, il lui arrivait pourtant de caresser ces missives interdites, s'affolant au simple contact du papier et des espoirs naïfs qu'il contenait. Mais ces émotions étaient trompeuses, c'est pourquoi Grand-Mère avait appris à les étouffer. Son corps avait peut-être tremblé dans sa jeunesse, face à cet homme à qui elle se serait offerte sans réfléchir, mais elle avait vite compris que ce type de tentations, perverses et aveuglantes, représentait un danger à éviter.

Grand-Mère saisit un deuxième paquet de lettres et se laissa transporter vers un autre passé, coloré, insouciant, rempli de promesses auxquelles personne n'avait encore mis un terme. Celui où retentissaient encore le rire de son fils aîné, avec lequel elle renouait à travers ses dessins d'enfant et ses balbutiements d'écriture attestant son amour pour elle – des phrases maladroites et bourrées de fautes –, bien loin de la raideur qui le caractérisait sur les photographies de lui adulte, ou dans les quelques lettres laconiques qu'il avait envoyées du front, peu avant sa mort.

C'est à son âme de petit garçon qu'elle pensait lorsque son chagrin refluait. À son sourire édenté et aux fossettes barrant ses joues roses, à sa mine contrite lorsqu'il rentrait avec un pantalon maculé de boue et de brins d'herbe, patchwork vibrant d'une jeunesse heureuse et frivole. Elle pensait à la lueur dans ses yeux lorsqu'il mordait dans une part de gâteau aux noisettes, son préféré, à sa chevelure indisciplinée et à ses petites mains potelées, transcrivant avec application, au moyen d'une plume, d'un crayon ou d'un feutre de couleur, les sentiments merveilleux que lui inspirait sa mère aimante.

Comme toutes les mères, elle préférait cette image de lui à celle du soldat confronté à des horreurs indicibles. Car alors son imagination superposait à la vision de son fils adoré des pensées sinistres et violentes, qu'elle peinait à chasser et qui la tracassaient des jours entiers. Et Grand-Mère n'aimait pas les tracas. La gorge nouée, elle rassembla les vestiges du fils perdu en une pile bien nette et les rangea au fond du tiroir de son secrétaire, sous ses anciens désirs d'adolescente. Puis elle s'assit sur le bord du lit et caressa les draps, à l'emplacement où, chaque nuit depuis plus de quarante ans, dormait son mari.

Elle l'avait aimé, quoique sans passion ni conviction. Mais l'attachement et le respect qu'elle avait développés pour cet homme au fil des années composaient un tableau satisfaisant à ses yeux. Après tout, le prévisible avait ses avantages, et tant pis s'il manquait de piquant. Car l'existence même n'est qu'une suite sans fin de concessions où il incombe à chacun de tirer le meilleur profit de sa situation. Parfois, cela nécessite de serrer les dents, de se montrer égoïste ou de fermer les yeux. Et parfois, la récompense n'est pas à la hauteur du sacrifice, et plus rien ne semble valoir la peine. Mais le plus souvent, tout finit par s'imbriquer parfaitement, comme les pierres d'un édifice en construction.

Grand-Mère suivait ce principe, et à plus grande échelle, l'Allemagne aussi. Et l'Allemagne, comme elle, aimait-elle se répéter, se relèverait toujours.

D'une main malhabile, Mère appliquait du fard sur les paupières de Magda. Elle pouffa de sa maladresse et du résultat ridicule qui transformait le visage angélique de sa fille en un tableau abstrait. L'alcool embrouillait déjà sa mémoire, et elle tenta de dérouler mentalement la soirée pour déterminer ce qui l'avait conduite à cet instant précis. Mais rien. Trou noir. Elle avait atteint ce point où la réalité prenait des allures de potage, au contenu et à la couleur indéfinissables, remplie de fragments disparates dont la substance se dissolvait lentement. Il n'y avait plus de fil conducteur, et Mère glissa sur cette pente avec délice, reconnaissante de ne rien voir, de ne rien comprendre et de ne plus s'en soucier.

À la pensée de tout ce dont elle ne se souviendrait pas le lendemain, elle partit d'un rire strident, et le rouge à lèvres qu'elle tenait dérapa sur la joue rebondie de la fillette. Ravie, Magda se joignit à elle et laissa échapper quelques gloussements timides. Les produits cosmétiques de Mère l'intriguaient presque autant que la mystérieuse Dame Dresde, et elle savourait l'occasion inespérée de sentir leur texture et leur parfum sur sa peau. Paupières closes, elle chérissait l'instant, enchantée par cette séance beauté improvisée et par un profond sentiment d'amour qui, pour une fois, lui semblait partagé.

La tête lourde, en passe de rejoindre la zone tumultueuse où ses pensées s'entrechoquaient douloureusement, Petra observait le minois barbouillé de Magda, ses traits fins grotesquement déformés par le maquillage. Dans un éclair de lucidité, Petra éprouva la certitude que son œuvre ratée ne témoignait pas tant de son état d'ébriété que du souhait inconscient d'avilir tout ce qui l'entourait. Cette beauté, qui portait en elle son propre anéantissement, corrompait ceux qui la recherchaient trop avidement, altérait leur jugement et les aveuglait. Car la beauté réveille le pire chez l'être humain. Convoitise. Jalousie. Vanité. Lubricité. Petra hocha la tête pour elle-même, impressionnée par la pertinence de son raisonnement.

Elle n'ignorait pas ses propres tendances destructrices et la possibilité qu'elles émergent à son insu, quand elle se croyait justement libérée de ses démons. Elle ne savait pas – et, à ce stade, se fichait bien de découvrir – quel moment avait marqué le basculement d'un simple plaisir en addiction. D'un unique verre, synonyme de détente, à une multiplication dont elle perdait chaque fois le compte et le contrôle. Impossible de déterminer quand la dose avait doublé, triplé, et quand elle était devenue indispensable.

Elle devait l'admettre, la douceur de Magda, sa présence, son sourire, ses gestes et ses attentions tempéraient parfois le besoin irrépressible de boire. Mais à l'image de tout le reste, la fillette se résumait au bout du compte à un leurre. Alors elle buvait, et l'identité de Magda, de même que son passé, cessait de la tracasser. Ces détails n'importaient plus, parce qu'elle arrivait à se convaincre qu'ils n'existaient pas.

La guerre avait laissé son empreinte sur chacun d'eux. Comme toujours, il y avait plus chanceux et plus infortuné que soi. Petra ne prétendait pas avoir le monopole de la douleur, mais l'expérience collective d'une époque aussi traumatisante, plutôt que de la conforter dans l'idée qu'elle éprouvait une souffrance partagée, aggravait son malaise et la conscience de sa défectuosité. Une bande d'estropiés, voilà ce que lui évoquait cette famille, les restes avariés d'un mauvais plat dont personne n'admettait le goût infect. Elle buvait pour diluer ses sentiments, les louables comme les innommables, pour ne pas réfléchir au chemin qu'avait emprunté sa vie et à tous ceux qu'elle n'avait pas pris. Petra recherchait l'amnésie artificielle accordée par sa bouteille, ce confinement temporaire capable de la tenir à distance de la souffrance des autres, qui finissait tôt ou tard par lui rappeler la sienne.

Succombant lentement à la fatigue, Magda résistait à l'envie de se frotter les yeux par crainte d'effacer le maquillage. Le résultat lui importait peu, seule comptait l'attention privilégiée que lui avait accordée Mère, et c'est à cela qu'elle se raccrocha. À la manifestation visible d'une complicité qu'elle imaginait pouvoir prolonger, en conservant son empreinte. Elle voyait bien toutefois que Mère l'avait déjà quittée. Elle ne souriait plus et son regard vide la traversait.

Sans rien dire, Petra se mit péniblement debout, manquant se cogner contre le montant de la porte, qu'elle évita de justesse, et s'évapora, ne laissant derrière elle qu'un nuage de parfum acidulé aux relents de rhum.

Magda se leva à son tour, les jambes endolories par sa position assise prolongée. Elle jeta un bref regard à son reflet dans le petit miroir au cadre décoré de papillons, posé sur sa commode, puis, ravie, se mit au lit. Une fois sous les couvertures, elle porta une main à son visage et récolta une fine couche de poudre bleu clair irisée qu'elle fit jouer sous le faisceau de sa lampe de chevet. Elle se lécha les lèvres pour éprouver le goût fruité du rouge à lèvres, puis elle éteignit la lumière et inspira profondément pour retenir encore un peu les effluves évanescents de Mère, avant qu'eux aussi ne se dérobent.

Initialement, Grand-Mère aurait préféré un petit-fils – les garçons causaient moins de tracas et n'encouraient pas les mêmes risques que les filles. Les garçons étaient appelés à de hautes fonctions, et de leurs décisions dépendait l'avenir. Ils composaient, inventaient, arbitraient et tranchaient. On leur devait les découvertes scientifiques, le progrès médical, la littérature, l'art et tout ce envers quoi l'humanité pouvait s'estimer redevable. C'était aux hommes qu'il incombait d'initier le changement, de conduire et gouverner un peuple. C'était aux hommes d'identifier les problèmes et de leur trouver des solutions. Parce que les hommes possédaient des aptitudes techniques et un esprit pragmatique auxquels les femmes ne pouvaient prétendre. La nature avait un but, et les atouts qu'elle accordait aux femmes n'avaient simplement pas leur place dans les affaires du monde. Ainsi tournait le monde. Ainsi le concevait Grand-Mère.

Grand-Mère n'avait jamais considéré qu'on la dépouillait de ses droits, ni que les restrictions liées à son statut de femme s'apparentaient à une forme d'injustice. Elles relevaient du bon sens. Et les nier ne servait à rien. De même qu'il ne sert à rien de prétendre que le ciel est vert, les cactus doux et la glace chaude. Mais voilà. C'était aussi les hommes qu'on envoyait au front et qui ne revenaient pas. Et qu'importe si, par leur courage, leur dévouement et leur intelligence, ils faisaient la fierté de leurs aînés, puisqu'ils n'étaient plus là pour se l'entendre dire.

Toutefois, les hommes ne s'autorisaient pas le même attachement émotionnel que les filles, et quand ils partaient, c'était définitivement, sans se retourner. On conditionnait les petits garçons à devenir des hommes forts, fiers, et à s'endurcir. Ils pouvaient être bons, honnêtes, travailleurs et heureux. Mais rarement tendres et démonstratifs. Surtout pas avec leur mère.

Alors, à la réflexion, une petite-fille présentait bien des avantages. Une petite-fille dont le cœur resterait tendre. Une petite-fille modelée pour être affectueuse, fidèle et vaillante. Une petite-fille qui ne l'abandonnerait jamais totalement. Du moins pas comme les fils abandonnent leur mère. Elle ne ferait pas carrière, n'occuperait jamais le poste de ministre ou de diplomate, ne rejoindrait pas les rangs de l'armée, ne fonderait pas d'entreprise, mais elle apporterait sa contribution à la société à travers la plus belle expérience qui soit : la maternité. Oui. Elle connaîtrait la joie d'élever des enfants, et la douleur de les voir partir. Et cette vie la comblerait.

Grand-Mère chérissait chaque instant passé en présence de Magda tout en redoutant de la voir grandir et s'épanouir jusqu'à devenir une femme qui n'aurait plus besoin d'elle. Le sourire de la fillette l'emplissait du sentiment d'être de nouveau à sa place, de remplir son rôle, et Grand-Mère ne se croyait plus capable de vivre sans. Elle l'aimait comme une mère peut aimer après la perte d'un enfant. Avec ardeur, désespoir, violence et terreur. Et cette terreur prenait la forme de multiples contradictions. Elle faisait montre d'une exigence glaciale quand son cœur se gonflait d'orgueil, devenait irritable chaque fois qu'elle sentait poindre la joie sur son visage placide, et si elle ressentait le besoin d'enlacer Magda pour s'imprégner de sa douce odeur d'enfant, elle ne cédait jamais à la tentation, sous peine de ne plus pouvoir la lâcher.

Elle luttait d'autant plus qu'une part de Magda lui échappait toujours, car certaines questions restaient en suspens. D'où elle venait vraiment, par exemple. Peter avait beau alléguer que Magda était de souche allemande et née d'une adolescente célibataire, Grand-Mère doutait. Elle entendait parfois la fillette prononcer des mots dans une langue étrangère, et sa physionomie aux pommettes saillantes, aux yeux en amande et au front large rappelait celle des Slaves. Mieux valait ne pas se pencher sur l'identité de ses parents biologiques. Mieux valait ne pas réfléchir au passé de Magda. Aux personnes qu'elle avait connues et aimées. En avait-elle aimé d'autres avant elle ? *Sa* Magda.

Elle était si obéissante et serviable. Le genre de petite fille qui devient une excellente épouse. Une épouse conciliante, affectueuse et discrète, mais pas au point de laisser son silence parler pour elle. Une épouse qui comprenait la notion de sacrifice, inhérente selon Grand-Mère au rôle de femme. Car les femmes représentaient le socle de leur famille. Et si ce socle n'était pas solidement ancré, s'il s'effritait ou tremblait, alors tout finissait par s'effondrer.

Depuis quelques semaines, Grand-Mère passait ses journées à se faire du souci. À l'insu de tous, bien sûr, car elle détestait suggérer que tout n'allait pas pour le mieux. Elle s'inquiétait de la mine sombre de son fils, de sa perte de poids et de l'incertitude qui voilait son regard lorsqu'il rentrait. Il dupait peut-être les autres en attribuant ces changements à la fatigue ou à sa charge de travail, mais il ne trompait pas sa mère. Elle connaissait son garçon, et l'enfant transparaissait toujours derrière l'homme qu'il était devenu. À force de se torturer l'esprit, elle finit par se rendre chez Gina Leona en quête de réponses.

Pour beaucoup, madame Leona s'apparentait à une voyante, trop mystique pour qu'on la prenne au sérieux mais suffisamment sympathique pour attirer une clientèle curieuse de tester ses prétendues facultés divinatoires. Mais aux yeux de Grand-Mère, pour qui le réconfort n'avait ni prix ni visage, la jeune femme aux traits méditerranéens qui exerçait dans l'arrière-boutique de sa coiffeuse lui apportait simplement le soutien qu'elle ne trouvait nulle part ailleurs.

En vertu de son opinion tranchée sur la voyance et ceux qui l'exerçaient, Grand-Mère aurait préféré brûler vive plutôt que d'admettre prêter la moindre foi aux élucubrations d'une femme qui disait voir le futur au fond d'une tasse. Mais Gina Leona était compréhensive, patiente, à l'écoute, et lorsqu'elle posait ses paumes douces et chaudes sur le bras de Grand-Mère pour un effet dramatique, ce contact simple l'apaisait.

— Les hommes dotés de grandes responsabilités ont plus de soucis que les autres. Et les soucis n'embellissent personne, dit-elle de ce ton qui transformait chacune de ses déclarations en vérité universelle.

— Je le sais. Mais ses yeux…

— Oui ?

— Ils sont… plus sombres.

Face à elle, Gina fit tinter ses bracelets, et ses faux cils papillonnèrent d'excitation.

— Le pouvoir change les gens.

À sa façon d'étudier les cartes, sourcils légèrement froncés, Grand-Mère devina que la voyante ne lui disait pas tout, par souci du mystère, pour l'épargner, ou parce qu'elle craignait de la faire fuir et de perdre ainsi une de ses dernières clientes.

— Je sais bien qu'il n'est pas en camp de vacances, rétorqua la vieille dame avec impatience. Mais je ne le reconnais plus. Et cela m'effraie.

— On se décharge de certaines choses afin d'en gagner d'autres.

— Oui, mais lesquelles ?

La voyante soupira, retourna d'autres cartes et les examina avec une gravité que Grand-Mère savait feinte. Mais elle s'en moquait, et la voyante le savait.

– Il reviendra, dit-elle en relevant les yeux vers Grand-Mère. Tout ira bien.

Et lorsque Grand-Mère paya, toutes deux évitèrent de se regarder.

Parfois, l'étreinte étouffante de l'appartement pouvait être rassurante. D'autres fois, l'intérieur immaculé, la somme des objets qu'il était seulement permis d'admirer, les lourds rideaux sombres bloquant l'accès à un paysage que personne ne semblait curieux de voir et le tapis aux motifs si compliqués qu'il en devenait étourdissant évoquaient une cellule aménagée dans le seul but de faire croire à ses prisonniers qu'ils n'en étaient pas. Il manquait à Magda les mots pour le décrire, mais elle avait l'intuition que cet apparat était à l'image du reste : travaillé, fictif et révélateur d'une blessure qui refusait de totalement se refermer.

West Village, New York, 2015

Désarçonnée par la puissance inattendue de ses souvenirs, madame Janik s'accorda une pause, et se leva pour ranger leurs tasses dans le lave-vaisselle.

Elle se figea lorsqu'elle découvrit, en tirant le tiroir du haut, un flacon neuf de shampooing. Elle referma aussitôt la porte du lave-vaisselle, se tourna vers le garçon et regagna sa place d'une démarche qu'elle s'imagina celle d'une femme qui a toute sa tête, qui ne confond pas les jours de la semaine, qui n'oublie pas le prénom de la seule personne à lui rendre visite et ne s'amuse pas à ranger sa salle de bains dans son lave-vaisselle.

— La mémoire…, commença madame Janik avant de réaliser avec horreur qu'elle parlait à voix haute.

— Oui ? l'encouragea Ethan.

Il ne se formalisait jamais du contenu de ses déclarations, non par politesse ou par pitié, mais parce qu'il comptait parmi ces êtres patients qui s'intéressent sincèrement aux autres. Un garçon sensible, qui préférait la compagnie d'une vieille femme sur le déclin à celle d'un ordinateur. Madame Janik se demandait parfois s'il y avait là matière à s'inquiéter. L'enfance filait bien assez vite pour qu'on ne cherche pas délibérément à l'écourter.

— La mémoire fonctionne bizarrement, reprit-elle, soucieuse de ne pas transformer leur agréable échange en considération philosophique barbante. Quel que soit l'âge.

— C'est vrai, approuva Ethan.

— Ce dont on se souvient, ce qu'on oublie. On aimerait pouvoir se dire que ce tri répond à quelque logique. Qu'on laisse de côté le futile, le trop douloureux, et qu'on sauvegarde ce qui nous permet d'apprendre et d'avancer. Mais c'est bien plus arbitraire que ça.

Ethan haussa les épaules, ce que madame Janik interpréta comme le signe d'un désintérêt, et elle se tut. Évidemment qu'elle l'ennuyait à radoter sur le passé et la valeur des souvenirs. Mais cette problématique la taraudait, et elle avait ressenti un certain soulagement à la formuler. Elle ne s'attendait pas à ce qu'Ethan la comprenne. À vrai dire, elle était simplement reconnaissante qu'il l'écoute.

— Ma mère n'aime pas se souvenir de quoi que ce soit, avoua Ethan. Les mauvais souvenirs la rendent triste, et les bons aussi.

— Pourquoi ?

— Parce qu'ils sont derrière, je suppose. Parce qu'ils ne lui appartiennent plus.

Madame Janik acquiesça en silence.

— Alors ces gens vous ont élevée comme leur fille, reprit Ethan, l'esprit encore habité par le récit qu'il venait d'entendre.
— Oui.
— Ce n'était pas votre faute.
— Non.
— Et peut-être que votre famille biologique ne pouvait pas s'occuper de vous, ajouta-t-il, visiblement pour la réconforter.
— C'est bien plus compliqué que ça, Ethan, mais j'y reviendrai. Bientôt.

Penchée sur la rambarde de son balcon, madame Janik, bras resserrés sur son châle, assistait au coucher du soleil, dont les contours se fondaient dans l'obscurité naissante. Un pigeon roucoula quelque part, et elle ferma les yeux pour mieux s'imprégner de la fraîcheur, des odeurs et des sons portés par le vent.
Elle se projeta dans la peau d'un oiseau aux ailes déployées, planant au-dessus de la ville, indifférent aux problèmes qui accablent l'humanité. Elle visualisa l'élégance de ces animaux des cieux, dont l'esprit ne s'encombre d'aucune préoccupation, sinon celle d'exister. Madame Janik écarta les bras, tout son corps tendant vers cette liberté inaccessible. Elle inspira longuement et sentit enfler en elle, pareil à un courant de plus en plus puissant, le besoin impérieux d'enjamber la balustrade pour s'envoler elle aussi. Cette possibilité frémissait dans l'air, et elle était prête à lui céder lorsque quelque chose se referma brutalement en elle, happant l'exaltation du moment.
Lorsqu'elle rouvrit les yeux, madame Janik sentit son pouls s'accélérer. Elle ne se souvenait pas être sortie sur le balcon, et elle fut accablée par son incapacité à estimer le temps qu'elle avait pu passer ainsi, le visage tourné vers le ciel, seulement vêtue d'une chemise de nuit et de son châle en coton rose.

Troublée, madame Janik rentra en frissonnant. Le plafonnier de l'entrée n'éclairait que faiblement le salon, qu'elle traversa le cœur battant. Elle évita de regarder le fantôme de Mère, assise dans son fauteuil, ses vêtements trempés gouttant sur le tapis. Elle résista à son appel silencieux, ignora ses propres questions, vieilles de plus d'un demi-siècle, et fila dans sa chambre, où elle ferma la porte à double tour, se demandant néanmoins contre quoi elle essayait de se protéger. Les visions n'avaient jamais totalement cessé, leur fréquence variant généralement en fonction de son humeur et de sa fatigue. Plusieurs mois pouvaient s'écouler sans qu'elle fasse l'expérience d'une seule hallucination. Mais il arrivait aussi qu'elles se manifestent de façon répétée sur une courte période.

Madame Janik ôta son châle et le plia sur la chaise de son bureau avant de se soumettre, sans le moindre plaisir, à son rituel du soir : elle se coiffa puis s'enduit le visage de crème avec le même soin que toutes les femmes qu'elle avait connues dans sa jeunesse. Ses doigts s'arrêtèrent sur le pourtour de ses yeux, fin comme la peau d'un nourrisson, glissèrent le long de son nez, frôlant les commissures de ses lèvres pour terminer leur course au bout de son menton. Sans un regard pour son reflet, la vieille dame se détourna du miroir, attrapa son lapin et se blottit sous les couvertures en serrant la peluche contre sa poitrine, priant comme chaque soir pour que les rêves triomphent de ses cauchemars.

Le lendemain, madame Janik prépara du thé pour son voisin, qu'elle lui servit dans une grande tasse frappée du logo Disney. Ethan, quoiqu'intrigué, préféra ne rien dire. De l'autre côté de la table, la vieille dame l'épiait en sirotant son infusion. Elle ressentait une furieuse envie de lui parler du château, mais aussi une étrange détresse à partager ce précieux secret. Elle avait acheté cette tasse il y a fort longtemps sous une impulsion, la tête remplie d'images de

Père, de Mère, de Grand-Mère et de toutes les personnes qui avaient façonné son enfance et qu'elle avait honte d'avoir aimées.

Ethan se tenait là, attentif et silencieux comme un élève à son cours préféré, et elle n'arrivait pas à décider si elle en éprouvait de la reconnaissance ou de l'effroi.

Oublie, Magda, lui avaient-ils répété. Il ne restait plus qu'elle désormais, et personne pour s'assurer qu'elle suivait cette consigne ou pour la réprimander en cas d'infraction. Mais les injonctions disparaissaient-elles pour autant avec ceux qui les avaient proférées ?

Madame Janik trouva subitement la tasse grotesque. La représentation simplifiée du château, réduit à d'impersonnelles bandes blanches, n'honorait pas l'édifice majestueux qui avait tant dominé ses rêveries de petite fille.

– Ce château a une signification particulière pour moi, commença-t-elle.

– Le château de *La Belle au bois dormant* ? s'étonna Ethan.

– Le château de Neuschwanstein, rectifia-t-elle. C'est effectivement le monument dont s'est inspiré Walt Disney pour ce dessin animé. Une bâtisse magnifique. Littéralement digne d'un conte de fées.

Elle secoua la tête pour dissimuler l'irritation qui la saisissait à l'idée que ce château au passé si singulier, *son* château, le château de Père, appartenait désormais au monde entier. Madame Janik repensa à l'article sur lequel elle était tombée dans la salle d'attente de son dentiste en feuilletant une revue de voyage. L'une des rubriques décrivait divers sites culturels à travers le monde, et un paragraphe entier était consacré au château de Neuschwanstein. Outre des informations concernant l'architecture éclectique typique de l'époque romantique et l'histoire de sa conception, l'auteur précisait que l'édifice, qui comportait près de deux cents pièces pour une surface de six mille mètres carrés, accueillait environ un million de touristes par an. Un million! Madame Janik avait parcouru le reste de l'entrefilet dans un état de sidération. Un million de visiteurs…

Elle s'était représenté un flot ininterrompu de touristes surexcités, arpentant béats les grandes salles désormais purifiées du crime perpétré entre leurs murs. Elle pouvait presque entendre le crissement des chaussures foulant le sol, les pas des visiteurs se superposant aux empreintes depuis longtemps disparues des bottes des soldats nazis. Elle imaginait tous ces individus ordinaires, sans histoire, capables d'oublier leurs tracas le temps d'une visite enchantée. Elle voyait leur visage illuminé face à cette expérience exceptionnelle. Et ce ravissement faisait écho à sa propre exaltation le jour où Père avait partagé avec elle son secret.

Dresde, Allemagne, 1944

— C'est un secret, Magda. Peux-tu garder un secret?

Les secrets, leur maison en était pleine. Ils ricochaient contre les murs et pouvaient se dissimuler derrière un sourire, un silence, un échange de regards ou des mots chuchotés trop bas pour que Magda les comprenne. Les meubles et les objets renfermaient eux aussi des mystères. Il y avait Dame Dresde, bien sûr, mais aussi le secrétaire de Grand-Mère, perpétuellement fermé à clé, la sacoche remplie de documents confidentiels de Père et les peintures de Grand-Père.

— Je peux garder un secret, déclara Magda en s'efforçant de ne pas trahir son excitation.

Il la dévisagea plusieurs secondes, jaugeant son degré de loyauté, avant de sortir de sa poche une photo rectangulaire légèrement cornée, qu'il lui tendit en arborant une expression triomphante.

Le cliché montrait un château que Magda n'aurait même pas pu se représenter en rêve. Construit sur une haute falaise surplombant un paysage verdoyant derrière lequel un cours d'eau sinuait entre des montagnes aux sommets enneigés, il paraissait dominer le monde. Sa splendide architecture en arcades et en tourelles s'élevait noblement vers le ciel et laissa Magda sans voix. Cent personnes pouvaient aisément y vivre, pensa-t-elle en essayant d'évaluer le nombre de fenêtres sur chaque façade. Sûrement plus. On pouvait même s'y perdre.

Peter savourait la réaction de Magda. La confidence qu'il s'apprêtait à lui faire était une prise de risque inutile, mais en avisant la mine radieuse de la fillette, cette joie pure et contagieuse qui brillait dans ses yeux, Peter jugea que ce risque en valait la peine.

— On dirait un château de princesse, commenta Magda en caressant du bout du doigt la tourelle la plus élevée.

— C'est un château rempli de trésors, précisa Père.

— Tu y es déjà allé ? demanda-t-elle, avide de détails.

Son excitation était palpable, et Peter s'en servit pour justifier les révélations à suivre :

— Je m'y rends très souvent.

Ce n'était pas tout à fait vrai. L'ERR, l'équipe d'intervention du Reichsleiter Rosenberg à laquelle Peter appartenait, opérait partout en Europe, et la galerie nationale du Jeu de paume, à Paris, constituait désormais sa destination principale, mais Peter trouvait que le centre d'art français ne dégageait pas la magnificence féerique du château de Neuschwanstein.

— J'y entrepose de beaux objets.

— Quoi, comme objets ?

— Devine.

— Des tableaux ? tenta Magda en se représentant les murs du château décorés de peintures identiques à celles de leur salon.

— Des tableaux, acquiesça Père. Des sculptures, des instruments, des livres et des parchemins.

À nouveau, il prit la liberté d'enjoliver les faits. Son département s'occupait exclusivement des arts figuratifs, mais Magda n'était pas en mesure de saisir cette subtile exagération.

— C'est quoi, des parchemins ?
— Des documents anciens.
— Ils doivent être pleins de poussière ?
— Parfois.
— Ce n'est pas joli, la poussière. En tout cas, Grand-Mère déteste ça.

Peter se frotta l'arête du nez avec impatience.
— Il y a aussi de la belle vaisselle, reprit-il.
— Pour les invités ?
— Non.

Il semblait agacé, et Magda préféra ne plus poser de questions.
— Ça ressemble à un musée, on dirait, conclut-elle.
— Exactement, approuva Père en retrouvant le sourire. Un musée rassemblant toutes les merveilles du monde.

Magda contempla encore la photo. Elle rêvait que Père l'y emmène et s'imaginait déjà courant d'une pièce à l'autre, les hauts murs renvoyant l'écho de ses pas sautillants. Il leur faudrait plusieurs jours pour faire le tour de chaque salle et, tandis que Magda se perdait dans l'inventaire d'objets somptueux, une question naquit dans son esprit, qu'elle formula sans réfléchir :

— Ces trésors, ils appartiennent à qui ?

Le visage de Père s'assombrit, et Magda se reprocha aussitôt son indiscrétion. La curiosité était une vilaine manie, on le lui avait déjà dit. Père ne voyait sûrement pas l'intérêt de s'attarder sur ce type de précisions. Et puis de toute façon, les détails importaient peu, c'est en tout cas ce que prétendait Mère. Car les détails s'oublient.

– Ils appartiennent à l'Allemagne, évidemment, répondit Père.
– Mais avant, je veux dire ?
– À des gens qui n'en voulaient plus.
– Pourquoi ?
– Parce qu'ils sont partis.
– Sans leurs trésors ?
– Oui.
– Partis où ?
– Ce n'est pas mon problème, Magda, ni le tien.
– Mais s'ils reviennent ?
– Ils ne reviendront pas.

Son ton, sans appel, imposa cette vérité, et Magda l'accepta avec le soulagement que provoque un fait établi sur lequel il n'est plus nécessaire de se pencher.

West Village, New York, 2015

Après la guerre et à maintes occasions, madame Janik avait envisagé d'aller visiter le château. Elle en connaissait déjà l'histoire, ou du moins suffisamment à son goût. Ce qu'elle voulait, c'était affronter la pesanteur de ces pièces où son père adoptif s'était tenu, fier et convaincu de la cause qu'il servait. Elle voulait fermer les yeux et s'imprégner du passé et du présent, ressentir la force de leur entremêlement et la fluidité insaisissable de ce fil invisible qui les liait. Elle voulait laisser à son cœur la liberté d'éprouver amour, colère, chagrin et regret, pour ressortir de cette expérience affranchie d'une faute qui n'était pas la sienne. Et peut-être que, si elle menait à bout cette mission, elle trouverait alors la force de pardonner.

Malgré sa résolution, elle avait laissé filer les années, prétextant d'autres obligations et repoussant l'échéance jusqu'à ce que ce projet soit relégué aux confins de son esprit et qu'elle finisse par l'abandonner, considérant que le temps suffirait à la protéger du souvenir de son père.

– Il les volait, n'est-ce pas ?

La question ramena brutalement madame Janik à la réalité. Elle aurait aimé dire à Ethan que la réponse n'était pas aussi simple, que les notions d'appropriation, de racket ou de recel pouvaient s'éloigner de leurs acceptions communes dans certaines circonstances. Que les principes et valeurs d'une société subissaient une déformation à travers le prisme de la guerre. Elle aurait aimé lui dire que Père n'avait pas agi que par haine, aveuglement et ignorance, mais aussi au nom d'une cause qu'il estimait juste. Or elle savait que, présentée ainsi, l'explication était encore insuffisante et surtout dangereuse. Aussi décida-t-elle de fournir une réponse concise, qui ne laissait pas de place aux nuances :

– Oui, bien sûr qu'il les volait.
– A-t-il été arrêté, après la guerre ?
– Je ne sais pas.
– Vous ne savez pas ?

Madame Janik perçut dans sa question l'indignation qu'elle avait elle aussi, un temps, éprouvée envers tous ces adultes pour qui les réponses n'importaient plus.

– Non, je ne sais pas. Je pense qu'il est mort à la fin de la guerre, précisa madame Janik. Mais peut-être a-t-il été fait prisonnier ou reconstruit sa vie ailleurs.

– Donc vous ne savez pas…, répéta-t-il, manifestement contrarié par cette fable à la morale écornée.

— C'est une des conséquences de la guerre. Des trous dans l'histoire, que personne n'est en mesure de remplir. Mais je peux vivre avec cette incertitude.
— À votre place, je n'aurais pas pu ! s'exclama Ethan.
— L'issue du conflit a soulevé d'autres questions, qui sont devenues prioritaires.
— Comme quoi ?
— Qui étaient mes parents biologiques ? Et que leur était-il arrivé ?

Alice et Estelle quittèrent l'appartement sur le coup de dix-huit heures. Ethan et sa mère dînèrent en tête-à-tête, piochant dans les restes du plat thaïlandais de la veille.
— Il n'y a pas de *fortune cookie* ? s'inquiéta Jodie en fourrageant dans le cornet en papier. J'aime bien ce qu'ils écrivent, c'est souvent très juste. Tu te souviens de celui qui disait qu'un étranger est un ami à qui on n'a pas encore parlé ?
— Il n'y a pas de *fortune cookie* dans la nourriture thaïe, maman.
— Ah bon ? Dommage.
Cet échange constitua le point culminant de leur repas. Pour le dessert, Jodie sortit du congélateur deux Esquimaux à la vanille et plaça au centre de la table l'incontournable boîte à biscuits. Repu, Ethan se contenta d'observer sa mère déguster sa glace avec entrain. De la vanille lui coulait sur les doigts, mais elle poursuivit sa dégustation et acheva son esquimau d'une lippée enthousiaste. Il y avait quelque chose d'excessif dans sa bonne humeur, et Ethan fut presque soulagé de la voir s'assombrir.
— Je n'aurais pas dû manger autant. C'est bien la peine de faire tous ces exercices d'aérobic.
— Ce n'est qu'une glace, et elle est Weight Watchers, la rassura Ethan.

Sans répondre, Jodie se leva pour débarrasser et faire la vaisselle. Ethan écouta le cliquètement des couverts s'entrechoquant et visualisa la saleté s'écouler par la bonde du lavabo, où elle décrirait une spirale folle avant de rejoindre le reflux des égouts de la ville.

Il pensa à son père, un évaporé dont la présence vivait encore parmi eux, et à madame Janik qui, à l'inverse, était peu à peu devenue invisible au reste du monde. Ethan jeta un œil à sa mère, elle aussi en passe de s'étioler, et regretta de ne pas savoir comment lui parler.

— Je vais me faire couler un bain, déclara subitement Jodie d'un ton étonnamment résolu.

Sur ces mots, elle quitta la pièce sans remarquer la tristesse dans le regard de son fils.

Une fois terminé son dîner frugal, madame Janik décida de prendre un bain pour se délasser. Elle versa dans l'eau chaude une perle d'huile parfumée et se permit une touche de romantisme en allumant une bougie. Elle ne s'attarda pas devant le miroir lorsqu'elle se brossa les dents et se déshabilla en réfrénant le besoin impérieux de passer en revue toutes les imperfections de son corps. Le contact de l'eau bouillante lui arracha un hoquet de surprise, mais elle se glissa avec délice sous la surface mousseuse. Elle bougea lentement ses orteils raidis et, tandis que la vapeur de la salle de bains l'enveloppait, adoucissant les couleurs et les angles de la pièce, madame Janik se reprocha son aveu. À son âge, elle était consciente que la confession n'apportait pas nécessairement le soulagement escompté. Alors qu'espérait-elle en retirer ?

Le parfum fruité de l'huile s'infiltra dans ses narines et, paupières closes, la tête renversée en arrière, elle s'imagina vivre dans cet état de pesanteur. Elle essaya de faire le vide, mais ses souvenirs l'entraînèrent avec la douce fermeté d'un amoureux, et madame Janik abandonna l'espoir de leur résister.

Poznań, Pologne occupée, 1942

Le médecin lui fit tirer la langue et observa le fond de sa gorge à l'aide d'une petite lampe. Le contact de ses gros doigts sur sa peau nue lui donnait la chair de poule, et Magda espéra qu'il ne remarquerait pas ses tremblements. Toutes les petites filles patientaient dans un coin de la salle, vêtues seulement de leur culotte, dans le même état d'appréhension et de fatigue. La main froide du docteur courut le long de sa colonne vertébrale, et Magda retint avec peine ses sanglots. Ravalant ses questions, elle se borna à fixer l'illustration du corps humain en coupe, fixée au mur derrière le bureau.

Imperturbable et silencieux, le praticien poursuivait l'examen et, saisissant le mètre ruban qui reposait sur son pupitre, entreprit de mesurer le tour de tête de Magda. Il attrapa ensuite un compas qu'il approcha du visage de la fillette, calcula la distance entre les yeux, celle entre le menton et la bouche, l'angle dessiné par le nez, le bombement du front. Il retranscrivit les résultats sur son calepin dans les cases correspondantes avant de reporter son attention sur sa jeune patiente. Il lui fit ensuite tendre les bras de chaque côté du corps et mesura l'espace séparant les deux extrémités. Finalement, il consigna la longueur de ses jambes, la largeur de son dos, le tour de son cou et celui de son bassin.

L'homme sentait le savon et la pipe, et Magda trouva que les larges poches bleu-noir ourlant ses yeux ronds lui donnaient l'air d'un hibou déprimé. Quelques touffes de cheveux blancs s'accrochaient tant bien que mal à son crâne dégarni, et lorsqu'il se pencha vers elle, Magda remarqua avec dégoût les minuscules poils gris qui lui chatouillaient les narines.

Réprimant un frisson, elle se focalisa sur le nuancier composé d'une dizaine de billes représentant des iris de différentes teintes de bleu. Le médecin en attrapa plusieurs, qu'il tint successivement à hauteur de l'œil gauche de Magda afin d'identifier à laquelle il correspondait. Une fois sûr de lui, il remplit une autre case de son tableau puis sortit d'un des tiroirs du bureau des échantillons de cheveux blonds qu'il compara à ceux de Magda.

— *Gut*, murmura-t-il, un doigt posé sur son menton. *Sehr gut.*

Enfin, il la congédia d'un geste expéditif avant d'appeler l'enfant suivant.

West Village, New York, 2015

Elle devait sauver son lapin. C'est armée de cette certitude que madame Janik se réveilla le lendemain matin, encore essoufflée par son cauchemar. Elle s'empara de sa peluche et se leva sans enfiler sa robe de chambre ni ses pantoufles.

Des images d'enfants alignés contre un mur surgissaient dans son esprit, et tandis qu'elle farfouillait, fébrile, dans ses tiroirs pour dénicher une aiguille et du fil, les voix dures des docteurs résonnaient en boucle dans sa tête.

Souhaitable. Tolérable. Indésirable.

Son regard tomba sur une boîte en cuir brun datant de l'époque où elle suivait un cours de couture hebdomadaire dans le vain but de se distraire. Elle l'ouvrit précipitamment, manquant renverser la myriade de petits boutons qui en tapissaient le fond. Elle ne s'expliquait pas ce sentiment d'urgence, sans pour autant parvenir à s'y opposer. Au terme d'un rapide examen, elle jeta son dévolu sur deux petits disques bleus, l'un nacré, aussi plat qu'une pièce de monnaie, l'autre plus large, au bord arrondi et d'un bleu pastel opaque.

Satisfaite, madame Janik referma la boîte et partit à la recherche d'un fil à coudre de couleur similaire.

Une fois son matériel rassemblé, la vieille dame s'installa à la table de la cuisine en ignorant le tremblement de ses doigts. Pressée de mettre un terme à sa macabre mission, madame Janik se saisit des ciseaux et entreprit de découdre les yeux du lapin avant de brusquement suspendre son geste devant l'air affable de la peluche. Une fraction de seconde, elle eut l'impression de revêtir la blouse blanche des médecins qui, plus d'un demi-siècle plus tôt, avaient étudié ses iris avec la même intensité.

– Il te faut les yeux les plus bleus, murmura-t-elle sur un ton d'excuse en tirant sur le fil maintenant son œil droit.

Madame Janik s'appliqua ensuite à coudre la grosse pastille bleue à l'emplacement vide. Ses doigts engourdis lui obéissaient mal, et leurs jointures, peu habituées à cette gymnastique intense, réveillèrent une douleur soutenue qu'elle choisit d'ignorer.

Remplacer le deuxième œil fut plus rapide. En revanche, elle éprouva une immense lassitude devant le travail achevé, et son nouveau lapin escamoté l'emplit du sentiment désagréable de s'être trahie.

Pour la première fois depuis des années, madame Janik s'autorisa à pleurer. Elle laissa ses larmes couler le long de ses joues et tremper le col de sa robe de nuit. Puis, pressant contre elle la peluche défigurée, elle ferma les yeux en regrettant de ne pouvoir se soustraire à ses souvenirs aussi facilement, par un simple clignement de paupières.

Dresde, Allemagne, 1945

Mis à part Grand-Père, qui ne se souciait plus de rien, confondait les gens et ne distinguait peut-être même plus une couleur d'une autre, tous les membres de la famille Grœninger accordaient une attention démesurée aux apparences.

Père choyait, astiquait et époussetait ses bottes quotidiennement. Il se rasait consciencieusement avant de scruter le résultat, à l'affût d'un poil récalcitrant ayant échappé à son impitoyable lame. Il ajustait sa tenue soigneusement chaque matin, ses habits repassés et pliés par Grand-Mère. Il aimait aussi les accessoires signalant son rang, comme les montres de grande marque, les boutons de manchette en or ou les ceintures en cuir importées d'Italie. Père était un homme au style travaillé, qui accordait autant d'importance à sa personne qu'au regard que les autres portaient sur lui. En revanche, il s'intéressait peu à l'opinion des membres de sa famille, balayant d'un geste de la main agacé les éventuelles suggestions de Grand-Mère et ignorant délibérément le regard méprisant de Mère. Il lui arrivait toutefois de demander son avis à sa fille, parce qu'elle ne savait pas mentir et que ses réactions l'amusaient.

— Que penses-tu de ces boutons de manchette, Magda ?
— On dirait des boucles d'oreilles.
— C'est pour les manches de chemises.
— Très joli, répondait Magda avec sincérité.

Père aimait qu'on l'adule. Les compliments le grandissaient, et toute sa personne irradiait. Son uniforme impeccable, qu'il quittait rarement, agissait sur lui comme la caresse d'une main aimante.

Grand-Mère, elle, entretenait une coquetterie différente. Trop âgée pour tirer vanité de sa silhouette, elle se concentrait sur son maintien, sur sa gestuelle et sur l'inflexion de sa voix. Elle assortissait ses accessoires à ses vêtements et peignait scrupuleusement le peu de cheveux qu'il lui restait au moyen d'une brosse en crin de cheval qui sentait les vieux journaux. Ce souci du détail régissait la conduite du quotidien. Lors du goûter, elle disposait toujours sa tasse à thé parfaitement au centre de la soucoupe, y incorporait sucre et lait en prenant soin d'éviter toute éclaboussure, touillait sans racler la cuillère contre le bord. Elle pliait sa serviette en un triangle parfait de ses mains ridées dont elle cachait habilement les légers tremblements. Elle reformait les coussins dès qu'elle se levait du sofa, s'assurait régulièrement que les tableaux aux murs n'étaient pas de travers et que les étagères étaient immaculées.

Elle surveillait aussi la toilette de Magda. Lissant sa jupe quand la fillette passait à portée de main, balayant de ses épaules des poussières imaginaires, défaisant ses cheveux pour mieux les retresser, débarbouillant son visage déjà propre et inspectant ses mains à toute heure de la journée pour s'assurer qu'elle ne s'était pas rongé les ongles. Magda avait beau être irréprochable, Grand-Mère trouvait toujours matière à contrariété. Car elle savait que quelque chose chez sa petite-fille lui résistait, et s'épuisait à le dompter.

Et, pour finir, il y avait Mère. Mère qui ne sortait pas de sa chambre sans maquillage, même lorsqu'elle était seule. Mère qui soupirait d'aise en tâtant des étoffes douces et soyeuses, chères et désormais difficiles à obtenir, alors même qu'elle ne quittait jamais l'appartement et détestait les mondanités. Mère qui avalait la nourriture sans plaisir, et dont la taille fine et l'ossature délicate lui valaient systématiquement le regard envieux des épouses d'officiers conviées chez eux lors des rares dîners organisés par Père. Mère aux doigts sertis de bagues magnifiques que Père lui offrait et qu'elle acceptait sans daigner lui sourire en retour. Mère qui, sous ses artifices, dissimulait des cicatrices invisibles et de mauvaises habitudes.

Seul Grand-Père arpentait l'appartement avec un désintérêt absolu pour sa tenue. Ses cheveux se dressaient en désordre sur sa tête malgré le soin qu'apportait Grand-Mère à les peigner. Il lui arrivait de roter à table et, un matin où il échappa à la vigilance de sa femme, il sortit de sa chambre, vêtu d'un pyjama dépareillé dont la chemise déboutonnée révélait son torse blafard et poilu. Il n'avait plus toute sa tête, avait-on répété à Magda, il ne fallait pas avoir peur de lui. Mais la fillette accueillait avec indulgence ces écarts de conduite. Grand-Père n'usait d'aucun masque pour tromper son public, il vivait sans retenue et partageait ponctuellement ses pensées décousues avec la fébrilité d'un jeune enfant. Les conventions comme les bonnes manières ne le concernaient plus. La maladie le délestait des soucis, et quelque part, dans sa sénilité, Magda soupçonnait qu'il était plus heureux qu'eux tous.

West Village, New York, 2015

— J'ai vu un documentaire hier sur le Troisième Reich, déclara Ethan, faisant sursauter madame Janik.

Elle le regarda avec surprise, incapable de se souvenir depuis quand il se tenait face à elle. Elle jeta un œil à l'horloge murale avant de se rappeler qu'elle ne fonctionnait plus — comme tout ce qu'elle conservait, y compris elle-même.

— Les nazis étaient obsédés par la race aryenne, poursuivait Ethan, encore sous le coup de ce qu'il avait appris. Ma mère n'a pas tenu jusqu'à la fin.

Qu'il devait être agréable de se soustraire au dénouement de l'histoire par le simple fait de quitter une pièce, d'éteindre le téléviseur, de couper le son ou de fermer les yeux, se dit madame Janik. Et puis elle s'interrogea sur la façon dont cette période était appréhendée et enseignée aujourd'hui. Combien d'ouvrages, de documentaires et de biographies avaient été compilés depuis la fin de la guerre ? Et combien en faudrait-il encore pour expliquer l'inexplicable ? Survivants, descendants, historiens, psychologues et philosophes s'évertuaient à élaborer une réponse. Mais les gens voulaient aussi une trame simple, construite sur un raisonnement logique.

Or l'histoire, aux yeux de madame Janik qui l'avait vécue, en était le plus souvent dénuée.

— J'aurais pu ne pas naître, tu sais, enchaîna-t-elle sans transition.

Devant l'air dubitatif d'Ethan, elle poursuivit.

— J'aurais pu ne pas naître, parce que ma mère n'était pas supposée rencontrer mon père.

— On peut dire ça de tout le monde, j'imagine, contra Ethan.

— Oui, mais dans mon cas, je suis le fruit d'un choix que ma mère n'aurait pas dû avoir à faire. Parce qu'elle n'aurait pas dû se trouver où elle était. Elle aurait dû être ici, en Amérique.

— Pourquoi n'était-elle pas en Amérique, alors ?

— À cause de ce qui est arrivé à sa famille.

Manhattan, New York, 1932

Ratatiné dans son lit d'hôpital, ses longs bras osseux calés contre son corps, Jozef était la personnification même de la mort. Katarzyna se sentit flancher à sa vue, mais elle se ressaisit rapidement, consciente que ses larmes ne seraient d'aucune utilité. Jozef, lui, affligé par la mine défaite de sa protégée, préféra détourner le regard.

— Un homme est mort par ma faute, Katarzyna, annonça-t-il sans préambule.

Au prix d'un effort qui parut requérir toutes ses forces, il se redressa sur son lit et fit face à la jeune femme.

— Ce poids sur mon cœur, il faut que je m'en libère, et je ne sais pas à qui d'autre en parler.

Katarzyna le dévisagea, interdite.

— De quoi parles-tu, Jozef ?

Il contemplait désormais les deux petites collines escarpées que dessinaient ses pieds sous les draps. Sa respiration sifflante, sa maigreur et l'aspect terne de sa peau révélaient l'étendue de la maladie. Il ne lui restait plus beaucoup de temps, comprit Katarzyna, et il quitterait cette terre comme il y était arrivé : avec un jeu de cartes peu favorable.

— Mes jours étaient comptés en Pologne.

— À cause des pogroms, je le sais, compléta Katarzyna sans comprendre le rapport.

— Oui, mais pas seulement.

Il hésita, comme s'il ne savait plus par où commencer.

— Je fais partie de ces hommes qui ne se marient pas, finit-il par lâcher. Tu saisis ce que j'essaie de te dire ?

Katarzyna décela dans ces paroles un profond et authentique désarroi, qu'elle n'était pas sûre d'interpréter correctement.

— Jozef, je…, commença-t-elle.

À l'époque où ils travaillaient ensemble à l'atelier, Katarzyna avait remarqué chez son ami une agitation particulière chaque fois qu'il s'entretenait avec David Dorowitz, un employé discret qui se distinguait par son goût prononcé pour les sandwichs au thon et les histoires de pêche. Il passait parfois sa pause du déjeuner avec eux, et Jozef avait alors cette vibration joyeuse dans la voix, ce que Katarzyna avait noté sans imaginer un instant qu'il y avait là autre chose qu'une manifestation de la connivence sincère entre deux collègues. Elle avait bien intercepté quelques coups d'œil insistants et décelé dans leur langage corporel une familiarité certaine, mais ces détails s'étaient vite perdus dans l'amoncellement d'éléments encombrant leurs journées. Maintenant, à la lumière de ce que son vieil ami sous-entendait, elle déchiffrait ses regards en coin dont le sens lui avait jusqu'alors échappé.

– J'aurais pu me marier comme d'autres l'ont fait. Pour me protéger et me couler dans le moule. Mais je n'ai jamais su mentir. Que ce soit aux autres ou à moi-même.

Clouée sur place par cette confession tardive et par son aveuglement à l'égard de la personne qu'elle pensait le mieux connaître, Katarzyna resta coite.

– Quelqu'un à Kalisz m'a surpris, un soir, par hasard, reprit Jozef.

– Et tu l'as tué? souffla Katarzyna en écarquillant les yeux.

– Non. Enfin, c'était un accident. Mais les circonstances ne plaidaient pas en ma faveur.

– Qu'est-ce que tu as fait, alors?

– Je l'ai enterré. J'étais paniqué. Je ne pouvais pas expliquer sa mort sans être découvert et inculpé.

Rattrapée par l'évidence que cette déclaration induisait, Katarzyna se leva brusquement et plaqua ses mains sur ses oreilles.

– Arrête, tais-toi! hurla-t-elle.

– Je n'avais pas le choix, Kat.

Il ne jugea pas utile de préciser que l'homme qu'il fréquentait à l'époque était le frère aîné de Katarzyna, et que cette coïncidence expliquait à elle seule l'insistance de leur père à le voir quitter la Pologne et l'aide substantielle qu'il avait apportée à cette fin.

– C'est arrivé quand? demanda Katarzyna sans le regarder.

– En novembre 1912.

Debout face à lui, elle paraissait consternée. Jozef, navré de lui faire porter ce fardeau, était néanmoins soulagé par son aveu. La mémoire de cette nuit fatidique s'était consolidée avec les années, comme ces souvenirs marquants qu'on revisite inlassablement pour les analyser sous toutes les facettes. Il lui avait été douloureux de vivre avec ce secret, et il ne s'imaginait pas quitter cette terre sans l'avoir partagé. Sur le seuil, Katarzyna le dévisagea une dernière fois puis, sans répondre à l'appel de son ancien compagnon, quitta la pièce.

De retour chez elle, Katarzyna tenta d'assimiler les répercussions de la révélation bouleversante de Jozef, auxquelles celui-ci était étranger. Sa première idée fut de coucher ses émotions sur le papier pour démêler son trouble. Elle conservait un journal dans le tiroir de sa coiffeuse où elle consignait ponctuellement ses rêves, ses impressions et ses humeurs.

Elle se lança, et le choc imprima à sa main un tremblement qui déforma les lettres en minuscules personnages vacillants. Le souvenir de Mirko surgit dans son esprit, et elle repensa à la disparition inexpliquée de son père. Les rumeurs le décrivaient comme un homme capricieux et antipathique, à qui il arrivait de battre sa femme et son fils. S'en remettant à l'opinion générale, Katarzyna l'avait aussi rangé dans la catégorie de ceux dont l'absence n'est pas à déplorer. À l'époque, on ne l'avait pas cherché avec beaucoup de conviction, car peu croyaient à la théorie de l'accident. S'il était introuvable, c'était parce qu'il le souhaitait. Qu'importait pourquoi.

Mirko n'avait pas semblé particulièrement attristé, mais forte des épreuves qu'elle avait elle-même traversées depuis, Katarzyna supposait qu'il avait simplement donné le change. Elle se blâmait de la facilité avec laquelle elle avait cédé aux conclusions hâtives en dépit de ses principes, et regretta de ne pouvoir s'excuser. Parce qu'elle prenait enfin l'ampleur de sa méprise.

On croit connaître les gens, on leur parle et on les écoute en pensant savoir de quoi ils sont faits, mais la vérité, c'est qu'on ne sait jamais ce dont ils sont capables.

C'est tout ce qu'elle parvint à écrire avant de refermer promptement son cahier. Consigner ses émotions ne l'aiderait pas cette fois. Elle devait parler à quelqu'un.

De longues mains fines. Élégantes et féminines. Darren y avait toujours été sensible. C'est même ce qu'il regardait en premier chez une femme. Les mains révélaient tant d'indices de la personnalité. Par exemple, il n'aimait pas la façon qu'avait sa femme, Dolly, de les agiter impatiemment sous son nez chaque fois qu'elle le jugeait responsable de ses contrariétés – ce qu'elle laissait entendre quotidiennement. Il exécrait cette manie qu'elle avait de claquer des doigts juste avant de raconter une blague vulgaire, ou de faire craquer ses phalanges quand elle réfléchissait. Dolly avait de belles mains, mais elle les utilisait mal, comme ses autres atouts d'ailleurs, dépréciant ainsi leur valeur.

En comparaison, les mouvements gracieux de Katarzyna l'attiraient. Combinée à sa personnalité distante, cette distinction innée lui conférait un côté souverain et inaccessible. Elle avait des doigts délicats, caractéristiques des musiciens, des artistes et de ceux dont la profession repose sur une connaissance approfondie du pouvoir de leurs mains.

Plus que du désir, c'était de la curiosité qu'il éprouvait pour Katarzyna en la regardant arpenter le salon. Elle semblait profondément contrariée, et Darren chercha une façon habile de s'y montrer réceptif, songeant qu'elle lui en serait reconnaissante. Les femmes apprécient les hommes à l'écoute.

– Tout va bien ? demanda-t-il en esquissant un pas dans sa direction.

Il savait qu'elle venait pour parler avec Dolly et non avec lui. Mais cette dernière sillonnait la cinquième avenue avec la rage frénétique provoquée par leur dernière dispute et ne rentrerait pas avant plusieurs heures. En avisant la mine déconfite de Katarzyna sur le pas de la porte, Darren l'avait invitée à entrer, louant cette occasion inespérée de se retrouver seul avec elle. Désormais, rien n'importait davantage que de prolonger cette rencontre.

À l'autre bout de la pièce, Katarzyna étudiait la sculpture informe entreposée au centre de l'étagère hexagonale. Était-ce un lotus, une pieuvre d'un nouveau genre ou une entité abstraite ? Darren n'avait jamais compris l'engouement de Dolly pour ces supposées œuvres. La valeur qu'elle leur accordait, reposant exclusivement sur la somme astronomique dépensée pour les obtenir, confortait Darren dans l'idée que sa femme avait une absence totale de goût, doublée d'une méconnaissance évidente de l'art.

Judicieusement arrangée derrière une vitre de verre censée la magnifier, la sculpture atteignait un niveau de ridicule incomparable, et Darren choisit d'interpréter l'air perplexe de Katarzyna comme une validation de son opinion sur le jugement esthétique de Dolly.

– C'est une horreur, n'est-ce pas ?
– C'est… intéressant, nuança diplomatiquement Katarzyna.

Darren lui reprocha intérieurement sa loyauté pour une femme qui ne méritait pas son amitié, et encore moins qu'on la défende. Dolly jalousait Katarzyna depuis leur rencontre – ce que Darren avait deviné en dépit de sa piètre capacité à déchiffrer les femmes. Il avait aussi compris que le ressentiment de Dolly n'avait pas pour objet la beauté physique de Katarzyna, à laquelle elle se comparait certainement, ou même son mariage avec un homme qu'elle trouvait indubitablement plus attirant que lui. Non, Katarzyna symbolisait l'idéal qu'elle n'arrivait pas à atteindre, malgré sa volonté, ses talents d'actrice et son argent.

À la réflexion, Darren ne s'expliquait pas leur relation, mais il songeait qu'elle avait pu être facilitée par plusieurs facteurs : l'ennui de Dolly, la solitude de Katarzyna, et leur insatisfaction partagée sur une existence qu'elles admettaient difficilement avoir choisie de leur plein gré.

Pour un homme qui décodait mal les subtilités du sexe opposé, il s'agissait là d'une analyse particulièrement pertinente. Et si le lien entre sa femme et Katarzyna avait toujours intrigué Darren, c'est peut-être simplement parce qu'il avait trait à Katarzyna.

S'approchant d'elle, il surprit une larme discrète qu'elle essuya aussitôt. En fin de compte, il arrivait à la reine de glace de craquer, et cette constatation l'attendrit. Katarzyna se racla la gorge le temps de reprendre une contenance, et Darren eut suffisamment de jugeote pour prétendre n'avoir rien remarqué. Il appréciait sa retenue, qualité qui manquait selon lui à la majorité des femmes de sa connaissance. Dolly, elle, ne s'exprimait que par l'excès. À grands coups de cris, d'accusations infondées, de provocations gratuites et d'insultes qu'elle agrémentait parfois d'un lancer de bibelot – de préférence fragile –, contre un mur. Au grand dam de Darren, l'infâme sculpture n'avait pas encore fait les frais d'une de ses fameuses crises de nerfs. Ces exhibitions émotionnelles l'épuisaient, surtout qu'elles semblaient graduellement perdre en authenticité, et il avait depuis longtemps cessé d'y voir la preuve d'un amour passionnel au profit d'un trouble pathologique dont il ne s'estimait pas responsable et sur lequel il n'avait aucun contrôle.

Le passé de Dolly l'avait conditionnée à faire de la rage son arme principale. Elle avait ses raisons, que Darren supposait justifiées, mais cette personnalité écorchée et vindicative qui l'avait d'abord séduit lui apparaissait désormais comme la cause de ses propres revers et déceptions.

Toutes des actrices. C'était du moins la théorie de Darren. Et tandis qu'il observait Katarzyna, son apparente impassibilité lui rappela l'attitude apprêtée de ces femmes qui feignent l'indifférence pour mieux attirer l'attention, et il se dit qu'après tout, elle ressemblait peut-être plus à Dolly que ce qu'il avait voulu croire. Elle rajusta son foulard d'un geste délicat qui révéla un bracelet scintillant à son poignet, et Darren s'imagina saisir son bras pour y poser les lèvres.

— As-tu déjà eu l'impression de voir tes certitudes s'effriter ? demanda-t-elle subitement.

La question prit Darren de court. Pour tout dire, les tourments personnels de Katarzyna l'intéressaient moins que la perspective de s'attirer ses faveurs.

— Dans la vie, rien n'est certain, asséna-t-il d'un ton bourru.

Elle hocha la tête, et cet assentiment l'encouragea à poursuivre.

— On naît et on meurt. C'est la seule chose que je sais pour sûr, ajouta-t-il pour faire bonne mesure, pas peu fier de la profondeur de sa remarque.

— C'est vrai, reconnut Katarzyna.

Elle fit une pose avant d'ajouter :

— Je devrais sans doute y aller.

Son manque d'entrain réjouit Darren, qui choisit de lire dans cette déclaration la preuve que Katarzyna souhaitait rester.

— Il pleut ! contra-t-il gaiement. Je vais nous faire du thé.

Il ne lui laissa pas le temps de refuser et partit en direction de la cuisine, satisfait de la fermeté virile avec laquelle il venait d'imposer cette activité, car c'était un fait, les femmes adoraient toutes le thé. Dolly en possédait une collection qu'elle entreposait dans de petites boîtes en fer-blanc aux motifs ridicules – elle avait dû lire quelque part que c'était chic et mignon. Et comme si l'un n'allait pas sans l'autre, chaque variété de thé s'accompagnait d'un nom particulièrement crétin.

— Ballade de Shéhérazade ? proposa Darren en saisissant la première boîte à sa portée.

Sans attendre de réponse, il mit l'eau à bouillir. Il savait qu'il allait à l'encontre de la prudence. Les courtoisies d'usage étaient passées et la présence prolongée de Katarzyna ne se justifiait plus. Elle devait le savoir aussi car elle parut soudain nerveuse. Ou troublée par le charme et la déférence de son hôte, songea Darren, content de lui.

Katarzyna maudissait la pluie qui tambourinait contre la vitre du salon et, pour le coup, elle maudissait aussi l'inconstance de Dolly. C'est avec elle qu'elle aurait dû boire ce thé, en évoquant des problèmes auxquels chacune ferait semblant de compatir. Malgré ses nombreuses failles, Dolly possédait une capacité d'écoute surprenante, et Katarzyna la soupçonnait d'être douée de bien plus d'empathie qu'elle ne le laissait paraître. À bien des égards, Dolly était immature et imprévisible, mais son enfance avortée, paradoxalement, semblait la rendre avide d'histoires et apte à les absorber. Son attention prévalait sur sa compassion, et Katarzyna l'acceptait, bien qu'elle réprouvât intérieurement les penchants de sa confidente pour les mélodrames.

Dolly comptait parmi ces gens allergiques à la simplicité, qui aimantent les ennuis et se complaisent dans leurs problèmes. Son exubérance ne la désignait pas comme moins perspicace ou plus bête qu'une autre. Elle était plutôt le moteur d'une existence qui, de son point de vue, ne valait la peine d'être vécue que si elle se déroulait dans la démesure.

Elles n'étaient pas en quête de conseils, même s'il leur arrivait d'en proférer, avec parcimonie et sans grande conviction, et elles ne cherchaient pas davantage à voir leur conduite approuvée. Pour sa part, Katarzyna trouvait difficile de définir leur relation. Mais la confiance mutuelle qu'elles s'accordaient suffisait. Katarzyna avait besoin de la compagnie de Dolly, et c'était à elle seule qu'elle voulait se confier.

Darren n'était pas foncièrement antipathique, mais ses manières agaçaient Katarzyna : son air affecté, sa façon de plaisanter en société, de se brouiller avec sa femme, la considération excessive avec laquelle il l'avait toujours traitée, elle. Dolly le jugeait peu sûr de lui, en perpétuelle quête d'approbation et d'une susceptibilité infantile face aux reproches. Il était caractériel, au moins autant qu'elle, prompt aux exagérations et particulièrement sensible à l'opinion des gens qu'il détestait.

Même si elle ne l'appréciait pas, Katarzyna ne pouvait s'empêcher d'avoir pitié de Darren, de son embonpoint, de sa maladresse, du désespoir frustré qui transparaissait dans ses tentatives pour être apprécié, et c'est pour cette raison qu'elle resta. Elle redoutait qu'il interprète son refus comme une humiliation, et au bout du compte, qui se soucierait de savoir qu'elle s'était attardée dix minutes de plus ?

Katarzyna buvait son thé par gorgées mesurées, ses doigts épousant la forme de la tasse avec une classe que Darren essaya discrètement d'imiter, sans grand succès.

– Tu ne bois pas ton thé ? demanda-t-elle.

– Pas assez fort à mon goût, si tu vois ce que je veux dire, plaisanta-t-il avant de partir d'un grand rire gras.

Du bout de l'ongle, Katarzyna recueillit un fragment de feuille égaré dans sa tasse et le déposa sur le rebord de sa soucoupe. Sa calme assurance retrouvée irrita subitement Darren, qui pianota sur la table à mesure que la colère le gagnait. Face à lui, inconsciente du ressentiment dont elle était l'objet, Katarzyna reposa sa tasse, dont le bord s'ourlait d'une légère trace de rouge à lèvres.

– Merci, Darren, conclut-elle en se levant.

Il refusait qu'elle parte. D'ailleurs elle n'avait même pas fini son thé. Sans réfléchir, Darren lui saisit le bras et l'attira contre lui. La stupeur qu'il lut sur le visage de Katarzyna reflétait sa propre surprise, mais ses sens échauffés se dirigeaient déjà ailleurs. Il la repoussa violemment contre le mur et colla sa bouche contre la sienne, retenant ses poignets de sa main libre. Katarzyna tenta de le repousser, sans beaucoup de conviction, lui sembla-t-il. De toute façon, elles prétendaient toujours ne pas vouloir. Il enfouit son nez dans ses cheveux, humant son parfum et l'odeur de sa peau, et lui agrippa la nuque. Elle se débattit, plus vigoureusement cette fois, et Darren resserra son emprise sur son cou.

– Arrête ! hurla-t-il, sans savoir d'où venait sa colère ni à qui elle s'adressait.

Ses tentatives de défense exacerbaient sa rage, qui fusionna avec son excitation jusqu'à ce qu'il ne sache plus quelle émotion le dominait. Mais alors qu'il approchait sa bouche de l'oreille de Katarzyna, cherchant à déterminer s'il préférerait l'embrasser, la lécher ou la mordre, quelque chose lui percuta violemment l'entrejambe, oblitérant toute pensée, et il lâcha prise en se recroquevillant.

La pièce reprit peu à peu ses contours et Darren ses couleurs. Il se redressa avec précaution, le souffle court, à moitié sonné :

– Pardon, marmonna-t-il. Je ne sais pas...

Il ne termina pas sa phrase, réalisant la gravité de ce qu'il avait failli commettre.

– Je suis désolé, Kat. J'ai cru...

Mais elle avait déjà quitté la pièce et, encore trop endolori pour avoir les idées claires, Darren ne pensa même pas à la suivre.

L'air du dehors agit sur Katarzyna comme une gifle. Elle ralentit l'allure, soucieuse de ne pas attirer l'attention et, après avoir tourné au coin de Laight Street, s'arrêta, à la fois pour arranger ses vêtements et réfléchir. Prévenir la police était évidemment exclu. Quant à se confier à Isak, Katarzyna ne l'envisageait même pas. Il serait plus sage de considérer cet incident comme un malencontreux malentendu. Idem pour Dolly, personne n'y gagnerait quoi que ce soit. Ayant abouti à cette conclusion, Katarzyna reprit sa route, ragaillardie par l'impression de contrôler la situation. Mais passé le choc initial, la colère la saisit. Quelle naïve elle était! Cette obstination à préserver les uns et les autres à son détriment, son besoin idiot de trouver des circonstances atténuantes, et de ne pas accorder foi aux apparences. Déjà la honte lui collait au corps. Sa décision de rester boire le thé s'expliquait-elle réellement par la météo défavorable? Ne fallait-il pas voir dans son choix de s'attarder seule avec un homme marié une preuve de vanité, un consentement implicite à ce qui avait suivi? Voilà qu'elle doutait. Avait-elle échappé à une agression ou provoqué un quiproquo? Son attitude ne lui semblait plus aussi limpide et elle poursuivit son chemin, coupable et abattue.

Dolly avait une conscience égale de ses défauts et de ses atouts. Elle connaissait ses charmes – qu'elle exploitait de son mieux – et ses limites intellectuelles – même si elle y accordait peu d'importance. Bien qu'elle y aspirât secrètement, elle savait qu'elle ne posséderait jamais la distinction ou le raffinement des femmes issues de la bourgeoisie, et encore moins l'équilibre de ces gens nés sous une étoile plus bienveillante que la sienne. Elle était vulgaire, encline à l'autodestruction, vénale et incapable d'aimer, ce qu'elle admettait sans amertume. En revanche, sa beauté commençait à se faner, et ce point l'attristait déjà plus. Mais elle n'avait pas son pareil pour comprendre les hommes, ces faibles âmes qui, victimes de leur arrogance, oubliaient le pouvoir des femmes et leur aptitude à lire en eux.

Au sommet de la liste de ceux qu'elle méprisait figurait son époux. Elle releva donc avec suspicion, quoique sans le laisser paraître, l'enthousiasme inhabituel avec lequel il l'accueillit lorsqu'elle franchit le seuil de l'appartement. Sa jovialité transpirait l'hypocrisie et son corps entier était traversé par un tremblement nerveux.

– Alors, cette virée ? lança-t-il d'un ton mal assuré qui, en plus d'éveiller les soupçons de Dolly, accentua son irritation.

– J'ai dépensé cent dollars, lâcha-t-elle dans un élan vengeur, même si la nature de leur dispute et sa conclusion s'étaient évaporées dès l'instant où elle avait claqué la porte derrière elle.

Pour sa plus grande satisfaction, le sourire de Darren se crispa, et elle s'apprêtait à passer son chemin lorsqu'un détail la retint.

– C'est quoi, cette égratignure sur ta joue ?

Soudain blême, Darren porta une main à son visage avant de hausser les épaules en affectant une nonchalance particulièrement peu convaincante.

– Oh, ça. Une mauvaise manipulation avec ma lame de rasoir.

Elle évita de souligner qu'il n'avait aucune trace de la sorte le matin lorsqu'elle était partie, et outre cette explication invraisemblable, c'étaient surtout les piètres aptitudes en matière de duperie de son mari qui exaspérèrent Dolly.

– Il te faudrait peut-être trouver des occupations moins dangereuses, dans ce cas, railla-t-elle en passant devant lui pour se servir un verre de bourbon avant de s'affaler sur la méridienne.

Le salon constituait indéniablement son lieu préféré. Dépareillé, d'une grandeur excessive et agrémenté d'une décoration criarde. Dolly affectionnait cette pièce pour son opulence bigarrée et son mauvais goût déguisé qui illustraient à merveille son caractère.

La jeune femme observa le liquide ambré. L'influence que la boisson exerçait sur le cerveau la fascinait. Chez Darren, par exemple, l'alcool exacerbait ses tendances violentes. Chez d'autres, il noyait la colère, le désespoir ou la peur. Certains disent de l'alcool qu'il met en lumière la vraie nature d'une personne. Mais pour Dolly, le contraire se révélait tout aussi juste. L'ivresse la rendait docile, bêtement satisfaite et indifférente à tout ce qui, en d'autres circonstances, suscitait son mécontentement. Elle gommait sa rancune et ses regrets, et l'éloignait de ce caractère hostile qu'elle portait comme un manteau laid, acquis par défaut. Quand elle était saoule, Dolly s'aimait un peu plus, et elle ne voyait pas ce qu'il y avait de si condamnable à vouloir s'échapper de soi-même de temps en temps.

Elle se détendit peu à peu, et sa colère envers Darren commençait même à se dissiper, remplacée par une euphorie bienvenue. Son regard s'égara sur le carré d'ombre sous le fauteuil canari, et bien qu'engourdie par l'alcool et la fatigue, elle y discerna une minuscule protubérance. Un cafard ? Peut-être une souris. La vermine survivait à tout dans cette ville. Rien n'en venait à bout. Elle sirota patiemment son verre en caressant l'idée d'y emprisonner la bestiole une fois sa boisson terminée. Les cafards éprouvaient-ils la peur ? Elle espérait que oui. Mais l'ombre ne bougeait pas, et Dolly finit par comprendre qu'elle se trompait.

Reposant son verre avec brusquerie, elle vint s'agenouiller devant le fauteuil. D'abord, elle pensa reconnaître les contours d'un bouton de manchette lorsque ses doigts rencontrèrent un objet rond, lisse et léger, et elle le porta à son visage afin de s'en assurer.

Pour l'avoir tant observée et convoitée, elle sut immédiatement de quoi il s'agissait. Entre ses doigts, la boucle d'oreille en perle de nacre de Katarzyna miroitait, pareille à une lune minuscule. Réprimant un hoquet, Dolly se rassit et déposa la perle dans le creux de sa paume pour réfléchir.

Encore une propriété étonnante de l'alcool : elle aidait Dolly à y voir plus clair. Malgré son état, elle fut donc en mesure d'établir plusieurs points. Premièrement, la boucle d'oreille n'était pas là la veille. Elle l'aurait vue, elle voyait tout. Elle fit rouler le bijou entre deux doigts, caressant avec son pouce le relief du fermoir en or. Elle pouvait presque sentir le parfum de Katarzyna, cette combinaison subtile où se mêlaient l'odeur de sa peau, celle de ses vêtements, de son savon et de son eau de toilette.

Frappée par l'émotion, Dolly serra les lèvres. Sa fierté l'empêchait de l'avouer à qui que ce soit, mais elle discernait en Katarzyna une chaleur maternelle plus puissante que sa sensualité. C'est d'ailleurs ce qu'elle détestait le plus chez elle. Pas sa beauté. Ni son argent. Ni même sa force intérieure. Non, ce qu'elle lui reprochait, c'était sa capacité à lui rappeler si facilement la seule personne qu'elle ait réellement aimée : sa mère.

Katarzyna, la femme qu'elle admirait, enviait et méprisait, était venue le jour même durant son absence. Dolly fréquentait le mensonge depuis sa plus tendre enfance. Le sien comme celui des autres. Elle savait qu'il naissait de façon insidieuse et pouvait prendre toutes les formes. Elle le tolérait et le pratiquait comme ces choses désagréables auxquelles on se plie par nécessité. Mais ce soir-là, avachie sur le parquet lustré de son sanctuaire, Dolly décréta qu'elle venait d'avaler le dernier.

Il n'existe rien de plus simple que de conforter un homme dans sa colère. Et un homme en colère est un homme qui réfléchit mal et agit plus bêtement encore. C'est munie de ces deux convictions que Dolly se rendit chez les Goldstein le lundi suivant le meurtre de Katarzyna.

Isak avait mauvaise mine, et les traces visibles de son chagrin, au lieu d'éveiller la compassion de Dolly, raffermirent sa rancœur. Qui la pleurerait, elle ? Et puis elle n'aimait pas voir les hommes étaler leurs émotions ainsi. Qu'ils souffrent, elle n'avait rien contre. Mais qu'ils le fassent ouvertement lui posait problème.

Depuis qu'il avait posé son regard sur Katarzyna, Isak n'avait plus eu d'yeux pour aucune autre femme. Dolly avait été témoin de sa transformation. Elle l'avait connu, avant. Les hommes ne changent pas et ne savent pas réellement aimer, pensait-elle alors. La relation entre Isak et Katarzyna avait jeté le doute sur sa théorie, et ce n'est pas tant le fait de s'être trompée qui avait peiné Dolly que celui de se tromper sur ce sujet-là. Reconnaître un amour authentique dont elle ne ferait jamais l'expérience, mais dont elle ne pouvait plus nier l'existence, voilà un coup qu'elle peinait à encaisser.

Derrière l'ombre du deuil, Dolly perçut de l'impatience dans l'expression d'Isak, et ses derniers doutes quant à ce qu'elle s'apprêtait à dire s'envolèrent. Elle se demanda brièvement quel effet cela pouvait faire, de lire sur le visage de l'être aimé une attente réciproque. Personne n'avait jamais attendu Dolly avec enfièvrement, personne ne l'avait touchée comme si son corps n'était pas qu'une réplique d'un prototype sans valeur. Personne n'avait cherché à voir au-delà de son apparence, et personne ne regretterait de ne pas l'avoir fait.

Elle n'eut pas à mentir. Pas vraiment. Ses propres sanglots résonnèrent avec une sincérité qui la blessa plus profondément que le regard haineux d'Isak, et elle refusa le mouchoir qu'il lui tendait, se tamponnant le coin des yeux du bout des doigts.

– Je pense qu'il a fait quelque chose, dit-elle. À Katarzyna.

À ces mots, l'expression d'Isak changea, et Dolly se délecta de l'attention qui lui était soudainement accordée.

Elle lui fit part de ses doutes, évoqua l'égratignure sur la joue de Darren, la boucle d'oreille qui n'était pas là la veille, et partagea les diverses conclusions auxquelles ces découvertes l'avaient amenée.

Katarzyna était passée, le matin même, pendant son absence. Son mari avait choisi de ne pas l'en informer, il avait aussi fourni une explication incohérente à sa blessure, et voilà que, quelques heures plus tard, Katarzyna était assassinée.

— Tu essaies de me dire quoi, exactement ?

— J'avais des soupçons avant, et je les aurais gardés pour moi. Mais avec la mort de Kat, j'ai du mal à regarder Darren dans les yeux sans me poser des questions. C'est quand même une curieuse coïncidence...

— Darren t'a confirmé l'avoir vue ?

— Évidemment que non. Mais tu le sais, c'est un exécrable menteur.

— Alors tu incrimines ton propre mari ? Sans preuve ? Juste... par intuition ?

Il ne fit même pas semblant d'être choqué, et Dolly éprouva une satisfaction perverse face à la confirmation que personne n'attendait grand-chose d'elle, pas même qu'elle se montre loyale envers son époux.

— Chacun son sens de l'honneur, Isak. J'ai mes raisons. Je te donne une information, tu en fais ce que tu veux.

— Dolly en quête de justice ? ironisa-t-il. Dolly la débauchée, Dolly la voleuse, Dolly la menteuse. Soudain, elle se découvre un sens de l'intégrité ?

— Peut-être que je n'ai simplement pas envie d'être sa prochaine victime, conclut-elle avant de se lever.

— Pourquoi ne pas aller directement voir la police, dans ce cas ?

— Parce que tu crois un seul instant qu'ils m'écouteront ? Qu'ils bougeront ne serait-ce que le petit doigt ?

Elle n'attendit pas sa réponse et partit. Sa version des faits était plausible et conforterait Isak dans le mépris qu'il vouait à Darren. Même si Dolly n'était pas le témoin le plus fiable, la boucle d'oreille appuyait sa théorie. Avec un peu de chance, Isak avait remarqué le lobe nu de sa femme juste avant son décès, quoique Dolly en doutât – encore une prédisposition propre aux femmes : le sens de l'observation. Mais elle pensait l'avoir déstabilisé. Maintenant, il ne lui restait plus qu'à attendre.

Isak n'aimait pas Dolly. Il n'avait pas plus confiance en elle qu'en ses ennemis, et il ne doutait pas qu'elle agissait uniquement dans son propre intérêt, mais elle pouvait se révéler d'une surprenante perspicacité, et son récit avait retenu son attention. Dolly ne connaissait pas les résultats de l'autopsie, qui avéraient une agression récente, et l'hypothèse d'une altercation entre son mari et Katarzyna corroborerait celle de la police, indépendamment des soupçons qu'Isak nourrissait. Elle venait de fournir une information essentielle qui, à la lumière de ce qu'il savait déjà, peignait un tableau de plus en plus précis des événements ayant conduit au meurtre de sa femme.

Katarzyna avait souhaité s'entretenir avec Dolly le matin même et s'était rendue chez elle. Mais sur place, c'est son mari qu'elle avait trouvé. Isak se souvenait qu'elle l'avait repoussé avec une brutalité inhabituelle quand il avait voulu l'embrasser ce soir-là. Elle avait prétendu ne pas l'avoir vu approcher et s'était même excusée, quoique son esprit semblât ailleurs. Lorsqu'elle avait quitté la pièce pour aller se préparer en prévision de leur sortie, Isak avait noté qu'il lui manquait une boucle d'oreille, et s'était promis de le lui faire remarquer lorsqu'elle serait dans de meilleures dispositions ou au cours du dîner. Sauf qu'il avait oublié. Et n'y avait plus repensé jusqu'à la visite de Dolly.

Darren ne brillait pas par sa subtilité, et il éprouvait une attirance certaine, à l'instar de sa femme, pour les complications superflues. Longtemps, Isak l'avait jugé trop stupide pour représenter une réelle menace. Mais le danger pouvait aussi surgir de l'imprévisible et ne revêtait pas nécessairement la forme d'un plan mûrement réfléchi. Il naissait aussi facilement de la bêtise, de l'ignorance et de l'impulsivité.

Que Dolly cherche à se venger plutôt qu'à rendre justice à Katarzyna importait peu. Les informations dont Isak disposait menaient à Darren. Darren qui avait profité des circonstances pour se retrouver seul avec sa femme, qui plus est le jour de son meurtre. Isak le connaissait suffisamment pour imaginer ce qu'il avait pu entreprendre, en dépit de la prudence et du bon sens. Katarzyna, quant à elle, avait préféré ne rien lui dire, par honte ou pour éviter les conséquences. Isak songea que sa conscience avait dû la tirailler, et le conflit interne qu'elle avait sûrement mené expliquait son attitude au cours de la soirée.

Sauf que Darren, lui, n'avait aucun moyen de prédire le comportement de Katarzyna et, craignant qu'elle ne parle, il avait choisi l'option qu'il jugeait la plus apte à le protéger.

Lorsqu'Isak sortit cet après-midi, peu après avoir reçu Dolly, Edith lut sur son visage cette même expression de détermination qui, autrefois, l'effrayait. Elle ne lui demanda pas où il allait ni quand il reviendrait. Elle le regarda simplement partir, surprise par sa propre indifférence. Et lorsque la clé s'engagea dans la serrure, Edith n'aurait su dire s'il s'agissait du fruit de son imagination, mais le déclic du verrou résonna à ses oreilles avec la solennité d'un dénouement.

Il flottait dans le bureau de l'inspecteur Dillons une odeur agressive de café, d'après-rasage et de donut rassis qui acheva de le déprimer. Depuis la veille, l'inspecteur se rongeait les sangs pour sa chienne, Bernie, à qui le vétérinaire venait de détecter une tumeur de l'intestin. Une maladie inhabituelle pour un chien de son âge, quoique l'explication du vétérinaire se fût résumée à un laconique et frustrant : « Ce sont des choses qui arrivent. » La malchance, oui, avait pensé Dillons, qui n'était pourtant pas superstitieux.

Sur son bureau, le téléphone laissa échapper une mélopée stridente, que Dillons accueillit avec indifférence.

— Inspecteur Dillons.

Il écouta, griffonna quelque chose dans son carnet, puis raccrocha avant de se tourner vers son collègue :

— Une résidente de l'immeuble voisin de Dolly Parsons prétend avoir vu une femme correspondant à la description de Katarzyna quitter précipitamment l'immeuble, le matin précédant son meurtre.

— Vous y croyez ?

— Il y a toujours des gens convaincus d'avoir vu quelque chose.

Brant réfléchit en parcourant ses notes :

— Lors de notre entretien, Dolly Parsons a affirmé qu'elle n'avait pas vu la victime depuis deux semaines.

Dillons se frotta les tempes.

— Je pense que c'est une fausse piste.

— Ou alors…, commença Brant. Ou alors cette personne a correctement identifié Katarzyna.

— Vous pensez que Dolly aurait menti ?

— Pas forcément. Peut-être que Katarzyna venait voir quelqu'un d'autre.

— Ça fait beaucoup de conjectures, s'impatienta Dillons.

— On n'a pas franchement d'autres pistes. On ne perd rien à aller parler à ce témoin.

Il s'avéra qu'Isak Goldstein n'était pas moins sujet aux erreurs qu'un autre. Il les évitait peut-être mieux que la plupart, mais il restait humain. Et les humains se méprennent. Tout en regrettant de ne pouvoir saisir son carnet pour y noter une énième observation relative aux faiblesses de l'humanité, Dillons songea qu'il avait manqué sa véritable vocation : la philosophie.

Bizarrement, et il y avait sûrement là de quoi écrire un autre chapitre sur le mécanisme obscur de l'âme, l'arrestation de Goldstein ne lui procura aucun plaisir. En fait, alors qu'il lui passait les menottes en lui récitant ses droits avec, dans leur dos, le corps tiède de Darren entamant à peine son lent processus de décomposition, c'est avant tout de la fatigue qu'il ressentit. Et pas de celles qu'on éprouve au terme d'un long travail acharné ayant finalement porté ses fruits. Non, cette lassitude ne comprenait pas une once de satisfaction.

La bête n'était plus si menaçante, une fois capturée, et peut-être ne l'avait-elle jamais été. Telles étaient les causes de sa morosité et de ce goût tenace d'inachevé. Voilà qu'il tombait dans le sentimentalisme… Il abhorrait Goldstein, son style de vie et ses principes. Il n'avait pas le moindre respect pour lui, ni pour quiconque choisissait de gagner sa vie en trichant, et son arrestation représentait une victoire pour la société que lui, Dillons, promettait chaque jour de servir et de protéger. Alors pourquoi n'en retirait-il pas davantage de fierté ?

– Il ressemble finalement à n'importe qui, remarqua Brant de retour au poste tandis qu'ils tapaient leur rapport.

Lui aussi semblait un peu déçu, comme s'il venait de mordre dans un gâteau appétissant qui se révélait finalement insipide.

– Évidemment, répliqua Dillons d'un ton bourru. Ils ressemblent tous à n'importe qui. Les monstres, ça n'existe pas.

Et il ne savait pas quoi ressentir face à cette vérité : du soulagement ou de l'amertume.

Dolly regarda les véhicules de police quitter un à un sa résidence, suivis par l'ambulance dans laquelle reposait son défunt mari. Elle tira le rideau du salon d'un geste brusque, se soustrayant à cette vision qui l'emplissait d'un inexplicable désarroi.

Elle arpenta chaque pièce de cet appartement qui n'appartenait plus qu'à elle, et ne se sentit pas aussi exaltée qu'elle l'aurait cru. Elle se remémora avec une joie perverse la liste de tous les horripilants défauts de son époux : son manque d'implication émotionnelle dans leur couple, sa vulgarité, son physique, le mépris flagrant qu'il lui vouait, à elle, à ses goûts, à ses choix et à son caractère, et finit par discerner dans ces réminiscences récriminatoires l'ombre de son propre orgueil blessé.

Dolly détestait s'appesantir, et elle se servit un verre de brandy en réprimant un frisson. Non, elle ne verserait pas une larme pour ce minable qu'elle avait eu la faiblesse d'épouser et surtout la bêtise d'aimer. Elle ne s'abaisserait pas à ressentir quoi que ce soit. Elle voulait juste ne plus réfléchir. À cette vie, à sa perte, à ses agissements.

Elle avait souvent souhaité sa mort, à voix haute ou pour elle-même, et elle éprouva une colère indescriptible en réalisant qu'il lui manquait déjà, et qu'il continuerait à maintenir cette ignoble emprise sur elle. En dépit des trahisons, des mensonges et du fait qu'il n'avait jamais su l'aimer. Dolly maudit son abattement, et elle but son verre d'une traite, pressée de dissoudre ses incertitudes.

Après tout, elle avait provoqué ce dénouement. Darren n'était pas mort de sa main, mais son assassinat reposait, au moins partiellement, sur son intervention à elle. Elle avait certes cherché à ébranler Isak, mais elle n'avait pas anticipé qu'il réagirait si vite, ni de cette manière. La deuxième visite inopinée de la police n'entrait pas non plus dans ses prédictions. Quelqu'un les avait de toute évidence renseignés. Elle ne savait pas qui, et encore moins pourquoi. La confluence de ces différents hasards avait déterminé le sort de Darren et celui d'Isak. Elle ne niait pas sa part de responsabilité, mais elle reconnaissait qu'il y avait eu d'autres facteurs à l'œuvre, et cette limitation de son implication la décevait.

La police avait facilement déniché l'arme qui avait tué Katarzyna, dissimulée sous le matelas du lit conjugal. L'étude balistique prouverait une correspondance sans appel entre le petit Magnum 357 et la balle mortelle. Le revolver appartenait à Darren, et personne ne se douterait que l'arme était également passée entre les mains de son épouse. Les dés étaient jetés. Elle lui avait fait payer sa déplorable incompétence en tant qu'époux, et Isak avait vengé sa femme. Chacun y trouvait son compte.

Dolly n'avait pas eu l'intention de tuer Katarzyna, mais la découverte de la boucle d'oreille l'avait frappée du besoin impérieux d'agir. Tant pis si elle ignorait encore de quelle façon. Elle était pleine de ressources et elle improvisait comme personne. Grisée par l'alcool, elle avait extirpé l'arme de Darren de sa cachette stupide et s'était enfermée dans la salle de bains pour la contempler. À la faveur de l'éclairage et de son état d'ébriété avancé, l'arme s'était parée d'un éclat salvateur, renforcé par sa surface lustrée et la douceur de ses courbes. Dolly l'avait ensuite portée à son visage et observé son reflet dans la glace en souriant béatement. Dolly l'invincible, avait-elle songé, soudain transportée par l'illusion de savoir quoi faire.

Elle était sortie, le pistolet dissimulé dans son sac à main, et avait longé Canal Street jusqu'à Lafayette, qu'elle avait foulé d'un pas rapide en direction du nord pour rejoindre la Dixième Rue. Là, elle avait obliqué à droite et traversé une partie du East Village, pour finalement s'arrêter à l'angle de la Première Avenue. L'enseigne de Lanza's l'avait fait sourire, comme si elle venait d'atteindre une destination chère à son cœur, et elle en avait profité pour reprendre son souffle, convaincue d'avoir les idées claires.

Isak et Katarzyna dînaient dans ce restaurant italien tous les samedis. Les couples et leurs habitudes... Dolly s'était appuyée contre le mur en brique d'un immeuble pour réfléchir. Elle ne savait plus très bien ce qu'elle fabriquait là, ni pourquoi sa colère l'avait portée vers son amie. Indifférente à l'idée d'être vue ou appréhendée, Dolly avait sorti l'arme et l'avait soupesée. Si légère et si puissante. Une dualité intéressante, sur laquelle elle aurait pu méditer encore un moment si la sortie d'Isak et Katarzyna n'avait pas brutalement interrompu le fil de ses pensées.

Ils ne la remarquèrent même pas. Évidemment. À moins d'être nue, à moins de hurler, personne ne la remarquait jamais. Ils échangèrent un regard, dans lequel Dolly lut une profonde affection qui la meurtrit davantage que ses soupçons, et se mirent en route. Elle les suivit à bonne distance, l'esprit encombré par des émotions contradictoires qui ne les concernaient qu'à moitié.

Le coup était parti tout seul, ou du moins indépendamment de sa volonté. Elle n'avait même pas souvenir d'avoir posé le doigt sur la gâchette. C'était le recul infligé par son tir qui l'avait ramenée à la réalité de ce qu'elle venait d'accomplir. Malgré son état, Dolly avait eu la présence d'esprit de faire demi-tour pour se diriger prestement vers la station de métro la plus proche.

Personne ne l'avait vue, elle était au moins certaine de ça. Elle rentra chez elle, nettoya l'arme et la rangea où elle l'avait trouvée. Puis elle se servit un verre, se déshabilla et se coula dans un bain.

Elle avait partiellement dessaoulé, sans pour autant se sentir coupable. Au bout du compte, elle venait juste de commettre une bourde de plus. Et c'est Darren qui, indirectement, l'y avait poussée. C'est donc lui, décréta-t-elle, qui paierait pour son erreur. Sur l'instant, ce raisonnement lui sembla à la fois logique et juste, et Dolly le considéra avec grand sérieux, l'index posé sur la bouche, traquant l'incohérence que la boisson masquait encore et qui lui sauterait au visage le lendemain. C'est ainsi qu'émergea son plan et, confortée par le bien-fondé de sa vengeance, elle se laissa aller à somnoler sans se soucier de son verre qui, en équilibre précaire sur le rebord de la baignoire, finit par céder aux lois de la gravité et alla se fracasser contre le carrelage.

Il avait fallu la mort de Katarzyna pour qu'Edith réalise à quel point sa propre existence lui échappait. Elle avait toujours ressenti les choix de ses parents comme un fardeau, sous lequel chacun ployait, mais elle n'avait jamais non plus cherché à s'en affranchir. Elle s'était simplement adaptée à sa norme. Un mal pour un bien. Ou quelle que fût la devise adoptée pour justifier leur mode de vie.

Aucun d'eux ne s'était soucié de savoir si cet arrangement lui convenait et, au final, Edith n'avait eu d'autre option que de s'en accommoder. Mais en grandissant, elle avait pris conscience que l'édifice qu'ils avaient bâti reposait sur un savant calcul et que, l'esprit ainsi tourné vers les moyens d'obtenir ce qu'ils voulaient, ses parents avaient négligé ce qui s'étalait sous leurs yeux.

Avec une lenteur démesurée, Edith entreprit de faire le tour de la maison. Elle arpenta la cuisine, théâtre des repas de famille, de discussions sérieuses et insignifiantes, des tensions entre ses parents et de tous leurs conflits larvés. Passant par le salon, elle revit sa mère sur le canapé, absorbée dans ses réminiscences silencieuses d'un passé qu'elle s'interdisait de mentionner, puis Edith contempla le sol en damier, se demandant combien d'empreintes s'y chevauchaient, et combien d'autres s'y ajouteraient.

Ensuite, elle gagna sa chambre à l'étage. Elle observa une série de livres, intouchés depuis l'enfance et dont elle avait oublié l'intrigue. Elle effleura le papier peint bleu clair, imprimé d'un motif en diagonale de nuages à la symétrie variable, et constata qu'il se décollait dans les coins. Cette chambre l'avait vue grandir. C'était une pièce qu'elle avait chérie, où elle avait appris et rêvé, mais qui renvoyait à une époque qu'elle était désormais pressée de quitter.

D'un pas mécanique, elle traversa le couloir jusqu'à la chambre parentale. Plus que les souvenirs, c'est la persistance de l'odeur de ses parents qui frappa Edith. Comme s'ils s'étaient juste absentés quelques minutes. Isak n'avait pas touché aux effets personnels de sa femme, et Edith admira les flacons intacts, disposés avec soin sur la coiffeuse. Elle effleura les affaires de toilette de sa mère et eut une pensée pour la petite fille qui, des années plus tôt, admirait le rituel de beauté de Katarzyna avec la conviction qu'il n'existait rien au monde de plus captivant.

Une veste en tweed appartenant à son père reposait de travers sur une chaise. Il en avait toujours été fier, à l'instar de tout ce qui touchait à la confection de qualité. C'était avant tout un homme issu d'une classe ouvrière qui, en dépit de ses choix de carrière, connaissait la valeur du labeur. Edith l'avait maintes fois observé et se demandait encore qui il avait le plus souhaité impressionner, et qui il avait réellement dupé.

Paupières fermées, elle caressa le tissu de la veste, sa doublure douce et soyeuse. Du sur-mesure, que son père avait les moyens de se payer, ou de se faire offrir. Edith avait souvent tenté de déterminer laquelle de ces deux options lui apportait le plus de satisfaction. Laquelle contribuait davantage à consolider son sentiment de réussite et cimenter son pouvoir. Elle se souvenait à quel point elle l'avait adulé, enfant, fière de marcher dans l'ombre de cet homme confiant et charismatique, et convint qu'elle ne l'aimait pas moins, mais avec une retenue prudente.

Elle examina ensuite la grande penderie en cèdre et résista à la tentation de l'ouvrir. Elle aurait dû éprouver de la nostalgie à la vue de ce qui n'était plus, face à la fin irrévocable d'un pan de sa vie, face à cette prochaine étape qu'elle s'apprêtait à édifier sans les piliers qui l'avaient jusqu'alors soutenue. Mais curieusement, Edith se sentit gagnée par un calme inattendu, et tandis qu'elle tournait le dos à cette pièce où s'entassaient les mensonges, l'amour et les secrets de ses parents, cette sérénité nouvelle prit des airs de délivrance.

Malgré l'affection qu'il lui vouait, Jozef ne gardait qu'un souvenir flou d'Edith. Durant la première année de son mariage, Katarzyna venait encore régulièrement lui rendre visite. Il se souvenait du bébé joufflu, le plus souvent endormi, qui dardait parfois sur lui un regard désintéressé, puis de la fillette au maintien mal assuré, agrippée aux jupes de sa mère, les yeux obstinément baissés. Au fil des ans, il avait constaté chaque changement avec le sentiment d'assister à un spectacle d'une richesse infinie et sacrée. Il accueillait les visites de Katarzyna et d'Edith avec un mélange de joie, d'honneur et de fierté, et sans doute leur accordait-il pareille importance parce qu'il pressentait qu'elles ne se répéteraient pas indéfiniment.

Leurs mondes se rejoignaient sans se toucher, et leur relation finit par pâtir de cette absence de repères communs. Jozef continuait d'apprécier leurs venues, mais il ne trouva vite plus quoi dire, tiraillé entre ce qu'il aurait souhaité savoir et ce qu'ils avaient tacitement convenu de ne pas évoquer. Il tenta bien d'orienter leurs conversations sur Edith, mais en dépit du ravissement qu'elle lui inspirait, il en vint à tourner en rond. Peu à peu, les paroles se tarirent, les visites s'espacèrent, puis un jour Jozef réalisa qu'il s'était écoulé près de six mois depuis leur dernière entrevue.

Le temps passant, leurs rencontres relevèrent davantage du hasard, et même si Jozef et Katarzyna se vouaient le même respect et la même tendresse qu'auparavant, leur relation avait irrévocablement changé. Jozef se résolut ainsi à les observer de loin et n'eut jamais l'occasion de développer un lien privilégié avec la fillette discrète, pour laquelle il demeurait un inconnu. Il se limita à une carte d'anniversaire à laquelle il joignait une boîte de Goo Goo Cluster, des bisous en chocolat Hershey ou autre infâme sucrerie qu'il supposait plaire aux enfants de son âge. Et puis, à l'adolescence, il avait tout simplement cessé, à court d'imagination et déprimé à l'idée qu'Edith l'associe uniquement à ces présents peu inspirés. Après tout, il ne l'avait vue qu'une poignée de fois depuis ses dix ans, et lorsqu'il pensait à elle, c'est son visage de nourrisson qui apparaissait avec le plus de précision.

Quand elle débarqua dans sa chambre d'hôpital et s'assit à son chevet ce jour-là, il ne la reconnut donc pas immédiatement. Les traits de sa visiteuse manifestaient une impatience mal contenue, comme si Jozef avait écourté une conversation passionnante la veille et qu'elle bouillonnait d'entendre la suite. Dérouté, Jozef la considéra plusieurs secondes, avec la certitude croissante que cette jeune personne à la mine chiffonnée se trouvait tout bonnement dans la mauvaise chambre. Il s'apprêtait à exprimer cette pensée à voix haute lorsqu'elle ouvrit finalement la bouche. Le timbre si familier qui s'en échappa le laissa pantois, et Jozef dévisagea la jeune femme en réprimant le réflexe de l'appeler par le prénom de sa mère.

– Edith ?

Pour le coup, il n'avait pas prêté attention à ce qu'elle venait de dire, et il remarqua une modification subtile de son expression tandis qu'il se redressait dans son lit. Elle fronça les sourcils d'une façon qui pouvait signifier l'étonnement ou l'irritation, et pencha légèrement la tête de côté comme pour mieux l'observer. Le bonheur de la voir éclipsa brièvement la conscience de son état, et Jozef constata le nombre d'années écoulées avec effarement, jusqu'à ce qu'une douloureuse quinte de toux le rappelle à la réalité. La jeune femme se leva prestement pour lui tendre son verre d'eau et attendit qu'il reprenne son souffle avec une inquiétude si visible que Jozef se tassa dans ses coussins, honteux de sa faiblesse. Il y parvint finalement et lui adressa un sourire maladroit en l'invitant d'un geste à se rasseoir.

L'esprit en ébullition, Edith essayait de concilier la vision de cet homme chétif avec le souvenir qu'elle avait gardé de lui – souvenir vague, à vrai dire, essentiellement fondé sur les récits de sa mère. Un portrait peut-être fidèle de la personne qu'avait connue Katarzyna, mais qu'Edith peinait à entrevoir sous le masque de la maladie.

En avisant l'éclair de joie qui l'avait traversé, elle s'était sentie curieusement démunie et coupable, consciente que sa présence avait éveillé quelques heureux vestiges de sa vie d'antan. L'affaissement physique de son interlocuteur relayait subitement ses interrogations personnelles au second plan, et elle tenta de se rappeler ce qui l'avait poussée à venir. Elle savait qu'il était gravement malade, mais les éclaircissements qu'il était en mesure de lui apporter avaient primé sur le reste. Or, à présent qu'elle était confrontée à l'imminence de sa mort, elle ne pouvait penser à rien d'autre. Un être de plus qui disparaîtrait. Une personne pour qui elle avait visiblement compté et qu'elle regrettait de ne pas avoir mieux connue.

Edith se souvenait d'un homme effacé, d'une affabilité presque gênante envers sa mère, à qui leurs rares visites, durant son enfance, inspiraient une fébrilité et un enthousiasme déconcertants. Jozef n'ayant ni épouse ni enfants, la petite Edith en avait déduit que leur compagnie épisodique constituait la distraction la plus attendue et la plus appréciée de l'ami de sa mère.

Malgré tout le bien qu'en disait Katarzyna et ses tentatives pour expliquer la place qu'il tenait dans son cœur, Edith s'était peu intéressée à lui. Ce qu'elle savait de Jozef se limitait au fait qu'il avait aidé Katarzyna à son arrivée en Amérique et qu'il était présent lors de sa naissance. Mais depuis la mort de sa mère, Jozef lui apparaissait sous un jour différent, détenteur d'informations qu'elle se sentait prête à entendre.

— Ce n'est pas aussi catastrophique que ça en a l'air, dit Jozef, rappelant Edith à la réalité. Même si j'aurais préféré te revoir dans d'autres circonstances. Pas seulement en ce qui me concerne. Je suis tellement désolé pour ta mère.

Et il l'était. Edith se demanda si elle comprendrait un jour la force du lien qui les avait unis, ou si cette opportunité lui avait été accordée sans qu'elle la saisisse.

— Elle parlait souvent de toi, dit-elle avant de se taire, parce qu'elle ne savait sincèrement pas comment poursuivre.

Parler au nom d'un mort lui déplaisait, surtout qu'elle ne pensait pas pouvoir transmettre l'affection de sa mère sans trahir son propre détachement. Et l'idée de blesser un homme à l'agonie lui était insupportable. Aussi préféra-t-elle abréger cette piteuse introduction, qui manquait d'entrain et d'authenticité. Elle cherchait encore comment réorienter la conversation lorsque Jozef déclara :

— C'était une sacrée femme.

La franchise brutale de cette déclaration déstabilisa Edith, mais elle acquiesça. Un court instant, Jozef sembla s'absenter vers une époque révolue, oubliant la présence de la jeune femme. Puis leurs regards se croisèrent, et le sourire à la fois bienveillant et courageux qui illumina le visage de l'ancien compagnon de sa mère lui offrit un aperçu de celui que Katarzyna avait tant aimé.

— Ma mère taisait beaucoup de choses, commença Edith.

— Tout le monde a ses secrets, répliqua Jozef avec diplomatie.

— Et certains méritent de le rester, mais pas tous.

— Je crains qu'il n'existe aucune autorité à même de décréter ce qui, dans une vie, mérite d'être partagé ou tu.

Défendait-il sa mère, ou soulevait-il un problème moral ? Et si tel était le cas, avait-il, depuis le début, deviné le motif de sa visite ? Edith décida que son temps comme le sien étaient précieux, et qu'il valait mieux jouer franc jeu.

– Je sais qu'Isak n'est pas mon père, et que ma mère était déjà enceinte lorsqu'elle a débarqué à Ellis Island, lâcha-t-elle.

Jozef accueillit cette déclaration sans trahir la moindre émotion. Il était vraisemblablement de ces gens impossibles à choquer, ou terriblement doués pour cacher leurs sentiments, songea Edith.

– Écoute, Edith…, commença-t-il.

– J'ai le droit de savoir! le coupa-t-elle.

– Je n'étais au courant de rien à son arrivée. L'annonce de sa grossesse m'a pris au dépourvu, je t'assure.

– C'est pourtant pour cette raison qu'elle a été exilée.

– Peut-être, concéda-t-il. Ses parents pensaient aussi que l'Amérique lui offrirait davantage d'opportunités.

– Foutaises! s'écria Edith. Une mère célibataire adolescente à New York à l'aube de la Grande Guerre n'avait aucun avenir. Ils se sont purement débarrassés d'elle.

– Parce que tu crois qu'elle aurait eu un futur plus prometteur en Pologne? Je ne connais pas l'identité de ton père, mais de toute évidence, le mariage n'était pas dans les cartes. Quant à tes grands-parents, je soupçonne qu'ils étaient trop croyants pour envisager, disons…, une autre possibilité, parfois plus dangereuse encore que l'exil. Donc, le dénouement le plus probable à l'époque et au vu des circonstances, c'était de disparaître quelques mois sous un prétexte quelconque et de t'abandonner dans un orphelinat.

Jozef avait, les années passant, longuement médité sur la question, mais il n'avait jamais formulé ses théories à voix haute, et devant l'impact que ses paroles produisirent sur Edith, il regretta immédiatement son manque de tact.

– Ce n'est qu'une hypothèse, basée sur le peu d'informations que je possède, ajouta-t-il dans une piètre tentative pour adoucir ses propos.

Edith resta un moment sans rien dire, puis poussa un profond soupir.

— Elle n'a jamais communiqué avec lui ?

— Pas que je sache. Mais comme je te l'ai dit, je n'en sais pas vraiment plus.

— Et tu n'as jamais voulu savoir ?

— Ta mère a eu tout le loisir de m'en parler, et elle ne l'a pas fait. Ce n'était pas à moi de l'y contraindre.

— Et pourquoi pas ! s'énerva Edith. Pourquoi est-ce que tout le monde excelle tellement à se taire et à regarder ailleurs ?

La fureur d'Edith glissa sur Jozef sans l'atteindre, et il dévisagea sa jeune visiteuse, impassible mais compatissant.

— C'est sans doute un défaut qui vient avec l'âge.

Elle secoua la tête avec rage. Jozef remua dans son lit, puis se saisit d'un mouchoir qu'il utilisa pour étouffer une quinte de toux. La gravité de son état, à nouveau, frappa Edith, et elle se calma brusquement. En attendant que le vieil homme reprenne son souffle, elle farfouilla dans son sac à main et en extirpa les missives que sa mère avait rapportées d'Europe et conservées dans sa coiffeuse. Elle tendit à Jozef le portrait au crayon et guetta sa réaction.

— Elle possédait effectivement une beauté méritant d'être immortalisée, dit-il.

Il avait prononcé ce constat avec un intérêt détaché, et Edith se figura qu'il était certainement le seul homme de la connaissance de Katarzyna à ne pas avoir dardé sur elle un regard concupiscent.

— Je pense qu'elle posait pour un artiste local de sa ville natale, dit Edith.

— Et tu crois qu'il pourrait être ton père ?

— Je n'en sais rien, mais je ne verrais pas d'inconvénient à le lui demander directement.

— Si tant est qu'il soit au courant.

Edith ne releva pas. C'était évidemment plausible, voire probable, que l'homme responsable de la grossesse de Katarzyna n'en ait jamais rien su.

— Et tu sais que Kalisz a été ravagée…

L'éventualité de sa mort l'avait aussi effleurée, mais elle préférait ne pas y penser.

— Je souhaite juste des réponses.

— À ce stade, quelle importance, Edith ?

Les traits de la jeune femme s'affaissèrent et, pour la deuxième fois en l'espace de quelques minutes, Jozef se reprocha son indélicatesse. Parfois, il oubliait que tout le monde ne portait pas le même regard que lui sur l'existence. Fort de ses expériences passées et de sa mort prochaine, il accordait uniquement son attention à ce qu'il était à même de contrôler. S'appesantir sur des mystères irrésolus ne l'intéressait pas, mais il comprenait qu'Edith, en vertu de sa jeunesse et son parcours, ait une vision différente. Il n'était pas hostile à sa cause, il n'en voyait simplement pas la nécessité.

— J'aimerais aller en Pologne, décréta Edith d'un ton étonnamment convaincu.

— Partir sur les traces de ton père ? la devança Jozef, immédiatement mortifié par la pointe d'ironie qui perçait dans sa voix.

— Et celles de ma mère.

Jozef s'accorda quelques instants de réflexion, assailli par toutes les implications d'un tel projet. L'expression déterminée d'Edith indiquait qu'elle avait déjà arrêté son départ, et cette preuve de courage, ou de folie, fit ressurgir l'instinct de protection que Jozef avait autrefois ressenti envers Katarzyna.

— Tu sembles décidée, dit-il.

— Je n'ai rien à perdre.

Et de toute façon elle ne quitterait pas cette terre promise pour laquelle s'étaient battues les générations d'immigrants avant elle. À

New York, comme partout ailleurs aux États-Unis, la Grande Dépression n'épargnait personne. Le taux de chômage n'avait jamais été si élevé, le futur aussi incertain, et l'optimisme s'apparentait désormais à une forme risible de naïveté. Pour Edith, qui plus est, son cadre familial venait de voler en éclats. Il serait difficile de la détourner de son objectif. Objectif que Jozef jugeait légitime, mais risqué.

— Laisse-moi t'aider, dit-il. J'ai encore quelques contacts, en périphérie de Kalisz. Des gens de confiance qui, j'en suis sûr, seraient heureux de t'accueillir.

— Ça pourrait m'être utile, concéda-t-elle.

Edith ne savait pas très bien comment interpréter l'offre de Jozef. Ce dernier n'avait pas une seule fois évoqué Isak, leur situation familiale précaire et la façon dont son départ influerait sur l'existence de celui qu'elle laisserait derrière. Il n'essaierait pas de la décourager, comprit-elle, et à vrai dire elle n'était pas venue en quête d'approbation.

— Je vais les contacter, dit-il en se redressant.

La perspective de se mettre à l'œuvre semblait le ragaillardir, et Edith remarqua le changement qui s'opérait en lui avec un mélange d'inquiétude et de reconnaissance.

— C'est généreux de ta part, dit-elle, mais il balaya son commentaire de la main.

— En revanche, ne fais rien d'irréfléchi, lui conseilla-t-il.

Edith hocha la tête. Au cours de leur conversation, sa détermination avait faibli, remplacée par une autre émotion qu'elle peinait à définir. Au moment de le quitter, elle s'approcha de lui et lui serra doucement la main dans un geste de gratitude et d'excuse. Jozef posa son autre main sur la sienne, sa peau étonnamment chaude enveloppant les doigts d'Edith, et ils restèrent ainsi, échangeant par ce simple contact tout ce qu'ils n'avaient plus la force de dire.

Isak accepta le départ d'Edith comme il avait accepté son arrivée : sans lutter. Et puis, chercher à retenir sa fille ne contribuerait qu'à précipiter sa fuite. Edith était plus mature qu'il ne le serait jamais, et trop intelligente pour agir sur un coup de tête. Si elle avait décidé de partir, elle partirait.

— Ils voudront sûrement que tu témoignes, lui dit-il à travers la vitre séparant les détenus de leurs visiteurs. Il y a des gens qui ont peur que je parle, qui essaieront de faire pression sur moi, et sur toi.

Voyant que sa fille gardait le silence, il ajouta :

— De toute façon, ce pays n'est plus ce qu'il était. La politique, la récession... Oui, c'est mieux que tu partes.

Et ils firent tous deux semblant de lui accorder cette décision.

— Je reviendrai, promit-elle.

Une indication bien évasive, dont Isak se contenta. Une adulte. C'est ce qu'elle était devenue, pendant qu'il avait le dos tourné, et cette vérité l'amena à en considérer une autre : il n'était plus aussi jeune qu'il le pensait. Plus aussi fort qu'il l'avait été. Et devant l'expression fermée de sa fille, il comprit qu'elle s'était détournée de lui depuis longtemps, et qu'il avait été trop distrait pour s'en apercevoir.

Il repensa à ce qu'il avait su lui prodiguer, et à tout ce qu'il avait ignoré. Aux souvenirs communs qu'ils conserveraient toute leur vie, et à ceux qu'il chérirait seul. Les applaudissements enjoués qu'elle adressait, fillette, aux prouesses aériennes des écureuils durant leurs balades dans le parc – activité à laquelle il participait sans grand enthousiasme, systématiquement pressé d'en finir. L'après-midi pluvieux où il avait tenté de lui apprendre à jouer aux échecs, avant de perdre patience et de la planter devant l'échiquier – attitude qu'il avait regrettée, sans pour autant s'en excuser. Combien d'occasions manquées où sa moue triste l'avait fait hésiter une fraction de seconde, lui enjoignant de revenir sur ses pas pour donner une conclusion différente à leur échange. Mais au bout du compte, il avait toujours tourné les talons, et ces occasions s'étaient évanouies, comme tant d'autres choses, dans un claquement de doigts.

Opatówek, Pologne, 1932

Szymon et Helena Zieliński, le couple contacté par Jozef pour accueillir Edith en Pologne, vivaient dans une maison modeste, au cœur de la petite cité d'Opatówek, à environ dix kilomètres au sud-est de Kalisz. Ils avaient connu Jozef à l'époque où ils travaillaient tous à Kalisz, dans le textile, et avaient depuis migré en périphérie de la ville. Ils étaient désormais employés dans l'usine fondée par l'industriel saxe Adolf Gottlieb Fiedler, qui comptait plus de cinq cents ouvriers.

Influencée par les descriptions d'autres immigrants polonais, Edith s'était imaginé une contrée aride, un peuple austère et un climat maussade, à l'image de ce pays triste que tous avaient ardemment souhaité quitter. Rien n'égalait l'Amérique, lui avait-on répété, et Edith avait attribué les rares descriptions plus engageantes à la nostalgie de ses interlocuteurs. Or Opatówek se situait dans un paysage agreste pittoresque, à la fois agréable et accueillant.

Guidée par ses hôtes, elle foula l'antique et charmant pont en fonte du parc que traversait la rivière Cienia, et se familiarisa avec le relief vallonné de la région. Quoiqu'enrichissante, cette première étape ne lui apporta aucune révélation sur sa mère. Durant sa visite de Kalisz, c'est avant tout la modernité des lieux qui interpellèrent Edith, et non l'empreinte du passé. La guerre et le temps avaient transformé la ville, de telle sorte qu'elle ne ressemblait plus à l'endroit où Katarzyna avait grandi. Edith admira ainsi le magnifique théâtre Bogusławski en bordure de la rivière Prosna, érigé après la Grande Guerre et sur lequel sa mère n'avait jamais posé le regard, l'hôtel de ville, rénové en 1920, ainsi qu'une allée d'arbres récemment plantés où se promenait un jeune couple, lui aussi trop jeune pour avoir connu Kalisz du temps de Katarzyna.

Même si certains immeubles avaient survécu, même si les résidents qu'elle côtoyait n'étaient pas tous morts, partis ou trop vieux pour se souvenir d'elle, même s'il restait ne serait-ce qu'une personne pour témoigner de son passage dans cette ville, Edith pressentait que les lieux ne portaient plus la moindre trace de sa mère. Katarzyna ne se cachait pas plus ici que dans son pays d'adoption, et Edith affronta son deuil inachevé et ses interrogations, soudain incertaine quant à la finalité de son voyage.

Passé l'attrait de la nouveauté, elle se mit en outre à ressentir les premiers symptômes du mal du pays. La langue, qu'elle parlait pourtant couramment, ne lui venait pas aussi naturellement que l'anglais, et les expressions locales lui restaient difficiles à appréhender. Elle rêva de pancake au sirop d'érable et de dollars, déplora l'absence de ses amies, de ses points de repère, et se représenta avec mélancolie le paysage familier de New York en regrettant le côté fonctionnel de ses rues parfaitement quadrillées.

Sillonner Kalisz ne l'aidait peut-être pas à mieux cerner la jeune fille qu'avait été sa mère, mais ce pèlerinage lui permit de réaliser l'ampleur de son courage. Grâce aux indications de Jozef, elle parvint à localiser l'endroit où s'était autrefois tenue la maison de ses grands-parents maternels, et elle se recueillit en silence devant la façade des nouveaux immeubles dressés sur les cendres de ce qui, jadis, avait appartenu à ses ancêtres. Elle essaya de se représenter sa mère derrière ces murs fantômes, de l'enfant à l'adolescente encore ignorante du caractère infiniment fragile de son univers. Combien de fois avait-elle actionné la poignée de la porte d'entrée sans supposer un seul instant que tout ce qui l'entourait finirait en poussière ? Quels motifs ornaient les rideaux de sa chambre ? À quel niveau se situait la pièce où les membres de sa famille se rassemblaient chaque jour pour déguster la cuisine de sa grand-mère ? Selon quel ordre établi s'asseyaient-ils à table ? Et de quoi parlaient-ils ? La liste des questions s'allongeait, et Edith regretta de devoir s'en remettre à son imagination. Les Zieliński n'avaient aucun lien avec sa famille, et les ravages de la guerre ne facilitaient pas la reconstitution d'une époque dont ne subsistait que le souvenir. Malgré ce gouffre la séparant de son histoire familiale, Edith s'efforça d'aborder son séjour avec optimisme, et elle continua de parcourir les rues de Kalisz, inspirée par le charme désuet de la vieille place du marché, par les couleurs, les odeurs et les sonorités des lieux.

Kalisz mêlait le neuf et l'ancien, le progrès et la technologie se superposant aux rares monuments ayant survécu au temps et à la guerre. Une ville aussi riche que son histoire, qui avait su se reconstruire et prospérer. La Pologne était désormais une république indépendante, ce que Katarzyna, fille de l'empire russe, n'avait jamais connu.

— Tu as l'air de te plaire ici, lui dit Helena un soir où, encouragées par des températures clémentes, elles étaient parties se promener.

Edith inspira l'air inhabituellement tiède de cette fin d'après-midi, et son regard se porta sur la paroisse du Sacré-Cœur-de-Jésus, dont les longues tourelles pointues se découpaient sur le ciel mordoré.

— La ville me plaît, concéda-t-elle.
— Mais ce n'est pas ce à quoi tu t'attendais.
— Je ne savais pas à quoi m'attendre.

Pour une raison obscure, la retenue d'Edith parut l'amuser, et elle regarda elle aussi au loin, un léger sourire aux lèvres. Elle semblait sereine, en harmonie avec son environnement, mais Edith savait que derrière cette façade, telle une mauvaise plante, poussait l'inquiétude.

Les dernières nouvelles parvenant d'Allemagne effrayaient Helena, tout comme le climat politique européen dans son ensemble. Lorsqu'elle parcourait les journaux, l'espace entre ses sourcils se fendait d'une ride de contrariété, et Edith avait noté qu'elle mangeait moins et fumait plus. Les Zieliński n'étaient pas juifs, mais nombre de leurs amis l'étaient, et les bribes de conversations qu'Edith glanait le soir depuis sa chambre concernaient systématiquement la montée de l'antisémitisme. Elle avait plus d'une fois surpris le couple débattant à voix basse, et remarqué le malaise soudain que suscitait sa présence, avec l'impression d'assister à une scène déjà vécue mille fois. Du temps où on ne la jugeait pas à même de comprendre les enjeux, où la vérité était tue, car on l'estimait seulement capable de la blesser ou de lui faire peur.

Mais parce qu'elle n'était pas encore prête à partir et parce qu'elle refusait d'accorder foi à leurs craintes, Edith rangea ses hôtes dans la catégorie des grands angoissés. Si elle avait dû prendre au mot tous les adultes autour d'elle, c'était à croire que le monde entier traversait invariablement la phase la plus terrible du siècle. Les gens se vautraient dans leur peur. Se plaindre devenait un moteur, et ils invoquaient tous des temps reculés, supposément plus heureux, victimes de cette mémoire sélective qui, à tort et à travers, tend à embellir le passé. Edith préféra donc les ignorer et se concentra sur la meilleure façon de retrouver son père.

Sauf que, comme l'avait prévenue Jozef, la tâche se révéla difficile. Les faits étaient trop anciens et les indices trop maigres : l'initiale solitaire du peintre, combinée au fait qu'elle n'avait aucune idée de ce à quoi il ressemblait, ne l'aidait pas à délimiter le périmètre de sa recherche, sans compter la migration d'une grande partie de la population, imposée par la guerre ou l'effondrement économique. Edith s'arma néanmoins de patience et entreprit d'interroger ceux qui auraient pu détenir une information. Elle frappa aux portes des immeubles dressés là où avait grandi sa mère, questionna les instituteurs et les propriétaires des petites échoppes alentour. Elle sillonna le marché et visita les églises, recueillant essentiellement des haussements d'épaules et quelques sourires compatissants. C'est finalement au sanctuaire de Saint-Joseph, non loin de la mairie, qu'elle apprit enfin quelque chose.

Elle y était avant tout entrée pour se reposer, lasse d'avoir cheminé plusieurs heures et de voir son enquête piétiner. Affalée sur un banc, les pieds en feu, elle laissa errer son regard. Malgré son humeur maussade, Edith admira l'impressionnante travée baroque, ses larges piliers ornés d'imposantes sculptures en marbre et dorures, et loua l'ingéniosité de ces hommes qui, des siècles plus tôt, avaient de leurs mains bâti pareils chefs-d'œuvre. Elle contempla la somptueuse chaire en pierre veinée, de laquelle le prêtre donnait certainement de longs sermons inspirés, et respira la fraîcheur humide, nimbée de piété de cet antique édifice. Les hautes voûtes, qui renvoyaient l'écho des prières murmurées à voix basse par quelques rares fidèles, la solennité ambiante et l'opulence des ornements rehaussaient le caractère mystique des lieux.

Bien qu'ayant grandi sous l'égide d'un père juif, dans un quartier majoritairement juif, Edith peinait à définir ses croyances religieuses. Dieu lui apparaissait surtout comme une entité floue, fruit de l'imagination des hommes et de leur besoin d'avoir une force responsable de leur destin, et elle avait souvent douté de sa réalité tant ses préceptes lui semblaient calqués sur des considérations spécifiquement humaines.

Même si les coutumes et traditions juives tenaient une place particulière dans son cœur, elle les avait peu observées. Isak n'était pratiquant que lorsque ça l'arrangeait, c'est-à-dire rarement, et il n'avait pas insisté pour prodiguer une éducation religieuse à sa fille. Katarzyna, malgré sa conversion, n'y avait pas accordé davantage d'importance, et les rapports qu'entretenait Edith avec l'instance divine n'avaient jamais atteint une dimension spirituelle.

Pourtant, en avisant l'autel où se dressaient les statues des quatre évangélistes drapés dans une dignité que renforçait leur imperturbable regard de pierre, elle éprouva une attirance soudaine pour ce qu'ils symbolisaient. Un refuge, la conviction d'une vérité ultime, et le réconfort de se sentir comprise.

– Leur présence est apaisante, n'est-ce pas ?

Edith releva brusquement la tête et considéra avec surprise le prêtre à l'expression bienveillante, penché au-dessus d'elle.

– Excusez-moi, je ne voulais pas vous faire peur, dit-il en reculant d'un pas.

– Non, je vous en prie, c'est moi qui ne vous ai pas entendu approcher, j'étais plongée dans mes réflexions.

– C'est un lieu qui s'y prête, concéda-t-il en embrassant l'église du regard.

Il n'ajouta rien, mais ne semblait pas pressé de repartir. N'avait-il pas un cierge à allumer ou une veuve éplorée à consoler ? se demanda Edith tout en soupesant l'éventualité que les ecclésiastiques, à l'instar du commun des mortels, éprouvent de temps à autre une bouffée d'ennui et l'envie de se distraire. Mais l'affabilité comptait également parmi leurs qualités, et elle esquissa un sourire pour contrebalancer ses méprisables pensées, que ce serviteur de Dieu avait certainement devinées.

Il avait un visage aux contours anguleux, qu'adoucissaient ses paupières tombantes et son large nez rond. Dressée dans la lumière oblique qui filtrait à travers une haute fenêtre à vitraux, sa silhouette s'auréolait d'un halo de circonstance, comme pour rappeler l'éminence de ses fonctions. Ainsi à contre-jour, sa chevelure cendrée irradiait, et ses yeux clairs, ombragés par deux sourcils broussailleux, renfermaient une telle douceur, une telle absence de jugement qu'Edith céda à la tentation de se confier.

– Je cherche quelqu'un qui aurait vécu à Kalisz au début du siècle.

– Était-il membre de cette église ?

– Je ne sais pas.

– Si vous avez son nom, vous aurez plus de chance auprès de la mairie.

– Je sais seulement qu'il était artiste peintre. Avant la Grande Guerre du moins, ajouta-t-elle dans un murmure, dépitée par le manque de substance de ses indications.

– Je crains de ne pouvoir vous aider, répondit le prêtre, l'air sincèrement navré.

– Excusez-moi de vous avoir dérangé, conclut Edith en se levant promptement.

Elle sentit les yeux du vieil ecclésiastique posés sur elle tandis qu'elle remontait la nef et poussait la grande porte. La douleur dans ses pieds se réveilla, et Edith rejoignait le chemin en boitillant, abattue et énervée, quand la porte de l'église claqua de nouveau dans son dos. Elle se retourna sur une petite femme replète qui s'approchait d'elle en ahanant.

– Pardonnez-moi, dit celle-ci en s'arrêtant à sa hauteur. Je n'aime pas me mêler de ce qui ne me regarde pas, mais je vous ai entendue discuter avec le père Nowak.

Elle avait un sourire avenant quoiqu'il lui manquât quelques dents, et avec son foulard frangé dissimulant sa chevelure et noué sous son menton, elle incarnait l'archétype de la babouchka.

— Il y avait ce couple qui vivait de l'autre côté de la Prosna, commença-t-elle. Je ne sais pas très bien ce qui est arrivé au mari, sinon qu'il est mort peu avant la guerre. Un type désagréable, si vous voulez mon avis. Mais ils avaient un fils, et je sais qu'il peignait parce qu'il achetait son matériel dans l'échoppe de mon mari. Un garçon timide, mais toujours poli.

— Où vit-il maintenant ? s'enquit Edith.

Elle balaya d'emblée la possibilité d'une simple coïncidence.

— Oh, il est parti depuis longtemps, répondit la vieille dame.

— Parti ?

C'était une issue attendue, néanmoins Edith sentit l'étreinte de la déception se resserrer, étouffant avec elle ses derniers espoirs.

— Lui et sa mère sont retournés en Allemagne, de ce qu'on m'en a dit, reprit la femme à voix basse comme si elle partageait des ragots de voisinage particulièrement croustillants.

— En Allemagne ?

Réalisant qu'elle répétait bêtement ce que lui disait son informatrice, Edith reformula sa question.

— Savez-vous où, en Allemagne ?

— Ah ça, je n'en sais rien. Et puis ça ne me regarde pas, ajouta la vieille dame.

— Comment avez-vous appris leur départ ? insista Edith en réfrénant son envie de secouer la bonne femme pour la débarrasser de sa serviabilité déguisée et raviver sa mémoire flétrie.

— C'est mon mari qui a dû me le dire. Honnêtement, c'était il y a longtemps, je ne me souviens plus de la façon dont j'ai eu vent de la nouvelle. En vous entendant dans l'église, je me suis simplement dit qu'il était de mon devoir de partager ce que je savais. Si, par hasard, il s'agit de la personne que vous recherchez.

— Vous souvenez-vous au moins de son nom ?

– Mirko quelque chose. Comme mon chat de l'époque, qu'il repose en paix. C'est pour ça que je me le rappelle, ajouta-t-elle non sans fierté.

Edith pensa à la missive adressée à sa mère, signée d'un unique *M* appliqué, et elle se retint de bondir.

– Que savez-vous d'autre sur lui ? demanda-t-elle avec une excitation qui déforma sa voix et parut effrayer la vieille dame.

– Mais rien ! Je viens de vous le dire. Il était juste client de l'échoppe que tenait mon mari. Et enfin, qu'espérez-vous dégoter sur une personne dont vous ne connaissez même pas le nom ?

Son expression aimable s'était décomposée, remplacée par une appréhension teintée de reproche et, comprenant qu'elle ne tirerait rien de plus de cet échange, Edith décida d'y mettre un terme.

– C'est une histoire compliquée, conclut-elle en ignorant délibérément l'œil inquisiteur de son interlocutrice. Merci pour ces précieux renseignements.

Sans nom de famille, inutile de compulser les registres de la mairie. Et le seul indice géographique dont disposait Edith, à savoir que ce dénommé Mirko avait un temps vécu de l'autre côté de la Prosna, ne l'avançait pas non plus. Avec ses quatre-vingt-cinq mille habitants, Kalisz était une ville conséquente. Elle n'égalait certes pas New York, mais on était loin du petit village où chacun connaissait jusqu'aux habitudes alimentaires de son voisin.

À nouveau, Edith se retrouvait dans une impasse. Depuis le début, avant même de rendre visite à Jozef, elle savait qu'elle s'engageait peut-être dans une bataille perdue d'avance, et au terme de cette navrante enquête, elle ne ressentait donc ni déception, ni désarroi, ni même frustration : elle accepta simplement sa défaite.

Au cours des dernières semaines, elle avait veillé des nuits entières en se repassant le film de sa vie dans le but d'identifier chaque occasion où Katarzyna aurait pu se confier et pourquoi elle ne l'avait pas fait. Ses parents étaient unis par un lien puissant, quoique différent, selon elle, de l'amour. Une sorte de pacte qu'aucun n'osait briser, à l'instar de deux adolescents qui auraient un jour mélangé leur sang dans un geste puéril de loyauté. Pourtant, le respect mutuel d'Isak et Katarzyna ne comptait pas parmi les émotions qu'ils simulaient, et leur attitude les rapprochait à bien des égards. Chacun avait, à un moment ou à un autre, confondu ses aspirations avec l'idée de nécessité et renié la nature de son rôle. Ou alors, comme bon nombre d'acteurs, ils s'étaient laissé prendre à leur propre jeu.

Sans l'approuver, Edith restait convaincue que sa mère avait pris des décisions qu'elle estimait nécessaires. Qu'elle avait longuement soupesé les bénéfices de ce silence, qui lestait sans doute son cœur et sa conscience, mais qui, en soi, ne constituait pas un mensonge. Elle voyait défiler les années, un non-dit légitimant le suivant et consolidant le rempart que Katarzyna avait érigé pour préserver les siens.

Et pour la première fois, Edith considéra la possibilité qu'elle ait eu raison. Elle avait beau être une fervente partisane de la vérité, l'attitude de Katarzyna lui apparaissait désormais, sinon justifiée, du moins compréhensible, et sur le long chemin la ramenant à Opatówek, Edith en vint à se demander si elle n'avait pas entamé ce périple dans le but de lui pardonner.

Son voyage touchait-il pour autant à son terme ? En poussant la porte des Zieliński deux heures plus tard, Edith fut saisie du sentiment réconfortant de rejoindre son foyer. Les effluves du repas en préparation lui chatouillèrent les narines, et elle se dirigea d'un pas réjoui vers la cuisine. Obnubilée par ses recherches, elle n'avait presque rien mangé de la journée, et sa faim se rappela à elle dans un gargouillement sonore.

– Edith ! Je commençais à m'inquiéter.

Edith adressa un sourire d'excuse à Helena.

– J'espère que ta journée a été fructueuse, ajouta son hôtesse en transférant ses *zrazy* grillés dans une casserole où crépitaient des oignons.

Elle arrosa ses roulades de bouillon sous le regard subitement mélancolique d'Edith, à qui cette succession de gestes était douloureusement familière. Dans son désarroi, elle oublia de répondre, mais Helena eut la présence d'esprit de ne pas insister, et Edith lui en fut reconnaissante. Elle éprouvait un attachement croissant pour cette femme discrète et bienveillante, qui savait si bien respecter son intimité et recevoir ses confidences.

Derrière elles, une série de coups ébranla la porte d'entrée, et Edith sursauta.

– Ce doit être Stanislaw, déclara Helena en se redressant. Peux-tu aller lui ouvrir ?

Stanislaw était le fils unique des Zieliński, mais Edith n'avait pas encore eu l'occasion de le rencontrer. Il enseignait à l'université de Varsovie depuis plusieurs années et rendait peu visite à ses parents. Edith l'imaginait chétif et dégingandé, le crâne dégarni et le nez surmonté de lunettes rondes, arborant l'allure soignée et légèrement démodée propre aux intellectuels. Quelle ne fut pas sa surprise, lorsqu'elle ouvrit la porte, de découvrir un homme aux cheveux ébouriffés et à la chemise à moitié déboutonnée, d'une trentaine d'années. Assurait-il réellement ses cours ainsi débraillé ?

– Tu dois être Edith, dit-il abruptement en s'avançant de telle sorte qu'elle dut se plaquer contre la porte pour le laisser passer.

Il exsudait une odeur de tabac et de sueur qu'Edith associait aux hommes impulsifs et facilement irritables. Impossible de concilier cette apparition intimidante avec l'idée qu'elle s'était forgée du fils de ses gentils hôtes, et elle lui emboîta le pas, le regard fixé sur son dos étonnamment large.

Une fois dans la cuisine, Stanislaw s'effondra sur une chaise avec un manque de grâce consternant, et demanda tout à trac :

– Ça sent sacrément bon, on mange bientôt ?

Helena tapota gentiment l'épaule de son fils, et Edith se sentit outrée pour elle. Elle avait vu défiler son lot d'hommes sans manières, imbus d'eux-mêmes et condescendants, et elle était contrariée de voir que le fils des Zieliński, des gens qu'elle appréciait tant, appartenait de toute évidence à cette catégorie. Elle l'observa s'accouder à la table en grognant dans cette posture ancestrale du mâle affamé, et lui tourna ostensiblement le dos pour signifier sa désapprobation.

Qu'Helena tolère ce type de comportement la surprenait, et elle n'arrivait tout simplement pas à croire que cet homme bourru pût être son fils. N'avait-il donc aucun rudiment de politesse et de courtoisie ? Il leva soudain la tête, et Edith contourna rapidement la table pour aller chercher la vaisselle dans le placard. Il ne prit pas la peine de décaler sa chaise pour lui faciliter le passage, et elle se glissa derrière lui en roulant des yeux. Edith ne s'attendait pas à ce qu'il les aide, mais il aurait été préférable qu'il patiente ailleurs. Elle le regarda se tourner vers les casseroles, le nez dressé comme un animal flairant des relents prometteurs, et redouta qu'il ne se lève pour goûter la sauce de sa mère.

Du vivant de Katarzyna, Isak s'adonnait régulièrement à cette pratique intrusive, et il ne lui était visiblement jamais venu à l'esprit que cette manie irritait sa femme. Seule Edith remarquait le corps soudain raidi de Katarzyna, et elle en voulait à son père de ne pas prendre conscience de l'irrespect qu'impliquait son geste. La cuisine était l'unique parcelle de territoire sur laquelle il n'avait pas son mot à dire et où elle régnait en souveraine. Or les visites intempestives d'Isak contrevenaient à cette règle tacite.

Stanislaw perçut-il l'animosité d'Edith tandis qu'elle disposait sèchement assiettes et couverts autour de lui ou s'ennuyait-il simplement du silence prolongé ? Quelle qu'en fût la raison, il se redressa subitement sur sa chaise, ramena ses coudes vers lui et considéra la jeune femme avec un intérêt nouveau.

– J'aimerais bien goûter la cuisine américaine, déclara-t-il sans préambule. J'ai vu la photographie d'un *hot dog* récemment, ça avait l'air sacrément bon. Tu as déjà essayé ?

Ne pensait-il donc qu'à manger ? Pour un professeur, Edith trouvait sa conversation plutôt limitée, mais elle décela aussi dans son regard une lueur de curiosité candide et s'adoucit.

– Oui. Ça n'a rien de spécial.

Cette réponse sembla profondément le décevoir, et Edith ajouta :

– Rien ne vaut la cuisine faite maison.

Stanislaw dut percevoir la mélancolie dans ces paroles, car il s'abstint de poursuivre sur le sujet.

– Tu enseignes à l'université, il paraît, reprit Edith dans un effort de courtoisie.

– Oui, les sciences économiques.

Cette information cadrait tellement mal avec le personnage qu'elle se retint à grand-peine d'éclater de rire. Mais en avisant le sourire en coin sur le visage du jeune homme, elle songea que Stanislaw cultivait peut-être sciemment cette apparence de contradictions, et qu'il prenait plaisir à déconcerter. Edith se sentit coupable de son jugement hâtif, mais aussi agréablement surprise, car il faut une certaine audace pour jouer des préjugés ou ne pas s'en soucier. Elle brûlait de lui demander ce qui l'avait poussé à s'engager dans l'enseignement de cette discipline, et cherchait comment formuler sa question quand Szymon fit son entrée.

– Ah, Stanislaw, te voilà ! Viens avec moi, j'aimerais te dire deux mots.

Les deux hommes quittèrent la pièce sans plus de cérémonie, et Edith s'approcha d'Helena.

– J'imaginais votre fils plus âgé.

– On l'a eu sur le tard, répondit Helena en s'essuyant les mains sur son tablier. C'est un brave garçon, mais c'est aussi un grand enfant.

Ce constat semblait la chagriner, et elle ajouta :

– Je crois qu'il ne se rend pas toujours compte des conséquences de ses actes.

– Il a pourtant l'air d'avoir la tête sur les épaules.

Helena poussa un long soupir en guise de réponse, et Edith ressentit une vague de tendresse pour cette mère dévouée qui s'inquiétait en silence pour son fils.

– Ça ne me dit rien qui vaille, ces tracts, déclara Szymon de but en blanc après avoir fermé la porte de son petit bureau.

– Je m'efforce d'éveiller les consciences.

– Contente-toi d'enseigner à tes élèves. On n'en attend pas plus de toi.

– Moi, oui.

Szymon baissa la voix, tout en jetant un œil à la porte.

– Ta mère se fait du souci.

– Eh bien, dis-lui que c'est inutile.

– Stan, les rumeurs courent vite. Et tu es son fils. Elle a tous les droits de s'inquiéter. Ils vont finir par t'expulser de l'université, ou pire.

Stanislaw haussa les épaules, ce qui, à défaut d'autre chose, exaspéra son père. Ce garçon abordait tout avec un mélange désarmant de sérieux et de légèreté. Par le passé, cet alliage avait charmé Szymon, comme la fougue irréfléchie des jeunes suscite parfois l'admiration de leurs aînés plus tempérés, mais il savait aussi que les gens comme Stanislaw, victimes de leurs convictions, refusent souvent d'envisager que l'avenir pourrait leur donner tort. Cette obstination aveugle et les enjeux présents conduisaient Szymon à croire que son fils s'engageait sur un terrain glissant.

— Je ne vais pas me défiler, répliqua Stanislaw avec cette note de défi que son père respectait et abhorrait en même temps.

Était-ce du courage ou de la stupidité qu'il discernait dans l'entêtement de son fils ? En fin de compte, les deux n'allaient-ils pas de pair ?

— Limite au moins tes activités à l'extérieur de l'université, s'entendit-il dire.

— D'accord.

Il étouffa un bâillement, et l'ennui manifeste qu'occasionnait chez lui cette conversation fit comprendre à Szymon, une fois de plus, à quel point leurs perspectives divergeaient.

— Allons manger, dit-il pour clore cet échange sur la maigre satisfaction produite par leur compromis.

Stanislaw le suivit dans le corridor, l'esprit déjà tourné vers sa prochaine mission : se sustenter. Il considéra la nuque et la silhouette frêle de son père en regrettant de ne pas avoir su mieux communiquer la grandeur de sa cause. L'à-propos n'était pas toujours son fort, mais son charisme suffisait généralement à convaincre son auditoire. Les seules personnes qu'il échouait à persuader étaient ses parents. Quoiqu'il ne leur ait jamais posé la question, Stanislaw les soupçonnait de réprouver son caractère opiniâtre et d'y lire une preuve d'immaturité.

Stanislaw s'assit en tirant brutalement sa chaise et ignora le regard courroucé d'Edith. Il avait l'impression de l'avoir agacée dès l'instant où elle lui avait ouvert la porte, comme si sa seule présence avait ruiné sa journée. D'ordinaire, Stanislaw lui aurait retourné son dédain, mais parce qu'il était fatigué, et peut-être aussi parce qu'il la trouvait plaisante à regarder, il n'arrivait pas à éprouver la moindre animosité envers elle.

Elle posa devant lui une assiette pleine de *zrazy*, ce qui le ramena à leur échange peu fructueux sur les hot-dogs. Il aurait aimé en savoir plus, à vrai dire. Sur la cuisine américaine, certes, mais aussi sur les motivations d'Edith à quitter un pays pourvu d'un gouvernement structuré résultant d'un système démocratique stable, un pays qui accueillait la diversité et l'érigeait en force.

Tout en portant une bouchée à ses lèvres, Stanislaw se demanda si leur visiteuse avait déjà été à Hollywood et s'il serait idiot de s'en enquérir. Tandis qu'elle s'asseyait, il constata qu'elle continuait de froncer les sourcils, peut-être inconsciemment. Elle se tenait parfaitement droite sur sa chaise, et mâchait lentement, les yeux baissés, avec un maintien qui évoquait à Stanislaw la grande bourgeoisie dans ce qu'elle a d'ennuyeux et de guindé. Mais lorsqu'elle finit enfin par lever la tête et vit qui l'observait, elle soutint son regard jusqu'à ce qu'il détourne les yeux le premier.

Le repas se déroula dans un silence gênant, meublé uniquement par les grincements des couverts sur la vaisselle et les raclements de gorge appuyés de Szymon. Helena pliait et dépliait sa serviette avec une nervosité contagieuse. Quant à son mari, il jetait des coups d'œil agacés à leur fils, comme s'il attendait de ce dernier qu'il prenne la parole ou quitte la pièce. Manifestement, la présence de Stanislaw troublait ses parents, et la curiosité d'Edith prit bientôt le pas sur son irritation.

Elle avait remarqué que Stanislaw l'observait à la dérobée et se demanda soudain quelle impression elle pouvait bien faire. Elle, avec ses habits de chez Lord & Taylor et son expérience inédite des hot-dogs, cette Américaine qui parlait sa langue mais n'était pas d'ici. La conscience de son exotisme l'avait ragaillardie, et elle s'était tournée vers lui pour le dévisager.

Edith avait passé toute son enfance à décrypter les échanges entre ses parents à travers leur langage corporel. Elle avait appris les différentes significations d'un sourire, le sous-entendu contenu dans un haussement d'épaules, la sentence d'un battement de paupières, et pouvait identifier une gamme entière d'émotions à l'intensité d'un regard. S'il y avait bien une aptitude qu'elle avait aiguisée au fil des ans, c'était donc celle de décoder les messages relayés par la gestuelle d'un individu. Et ce qu'elle perçut chez Stanislaw au cours du repas ressemblait à s'y méprendre à l'éclosion d'un intérêt.

Après avoir débarrassé la table et aidé Helena à laver la vaisselle, Edith sortit respirer l'air nocturne. À New York, le souffle des centaines de milliers d'habitants se mêlait dans une moiteur pesante et désagréable. C'était une ville qu'il fallait apprendre à dompter, qui prenait parfois plus que ce qu'elle avait à offrir, un lieu d'opportunités, mais aussi impitoyable. New York dégageait assurément une énergie électrisante, mais cette même ardeur farouche, animée par l'espoir universel d'une vie meilleure, cette faim insatiable de réussite pouvait se révéler épuisante, quand elle ne devenait pas destructrice. La quiétude des nuits à Opatówek offrait un contraste saisissant avec ce qu'Edith connaissait, et elle s'y plaisait.

Elle regarda au loin en direction de Kalisz et éprouva une étrange paix intérieure en songeant que son enceinte protégeait l'histoire de sa mère.

– Fait pas chaud, marmonna une voix d'homme dans son dos, interrompant ses réflexions.

Edith se retourna vers Stanislaw qui allumait une cigarette en protégeant la flamme de sa main. Elle ne l'avait pas entendu approcher, et se sentit gênée à l'idée qu'il ait pu l'observer, plongée dans ses pensées. Instinctivement, elle resserra ses bras autour d'elle.

– C'est une belle soirée, dit-elle en admirant le ciel dégagé.

Stanislaw leva les yeux en expirant la fumée de sa cigarette, et il hocha la tête.

– Alors tu vas rester à Opatówek?

– Je ne sais pas.

C'était une question sur laquelle elle évitait de se pencher. Rien ne la retenait plus en Pologne, sinon l'attachement à ses propres racines. Elle aurait pu poursuivre ses recherches, inlassablement et sans aucune garantie, mais elle se rendait compte que ses anciennes blessures avaient biaisé ses attentes. Isak n'était certes pas un homme exemplaire, mais elle ne remplacerait pas un père imparfait par un personnage fantasmé, irrémédiablement hors de sa portée.

– Tu n'aimerais pas aller à l'université?

La question la prit au dépourvu, et elle se tourna franchement vers lui. Les hommes de son entourage ne fréquentaient pas les femmes instruites, et même les hommes respectables, à sa connaissance, se mariaient avec des femmes qui finissaient invariablement par s'occuper d'eux et de leurs enfants. Il ne lui était pas venu à l'esprit que la société pût fonctionner autrement, que les attentes des hommes puissent diverger de celles qu'elle leur attribuait, et surtout, elle ne savait pas comment répondre à une question à laquelle elle n'avait jamais réfléchi.

– Étudier quoi? s'entendit-elle demander, intriguée.

– Ce qui te plaît.

N'avait-elle donc aucune passion? constata-t-elle, soudain mortifiée par son manque d'ambition, par son étroitesse d'esprit qui l'empêchait de considérer n'importe quelle carrière comme une option, encore moins un objectif.

– Qu'est-ce que tu aimes? insista Stanislaw.

— Observer les gens, dit-elle spontanément.

Ce n'était sans doute pas ce qu'il escomptait, mais elle poursuivit :

— C'est captivant de voir ce que le corps d'une personne révèle, souvent à son insu.

À son sourire, elle devina ce qu'il allait dire avant même qu'il n'ouvre la bouche.

— Que révèle le mien ?

Se moquait-il d'elle ou tentait-il de la séduire ? L'inexpérience d'Edith l'empêchait de se prononcer, mais cette éventualité la déstabilisa. Appuyé contre le mur, les bras croisés, sa cigarette coincée entre les lèvres, Stanislaw était l'illustration même de la nonchalance, et d'une certaine vanité qui n'était que trop familière à Edith.

— Je pense que tu n'accordes pas d'importance à ce que je, ou quiconque d'ailleurs, pourrais déduire de ton comportement.

— Quoi d'autre ?

— Tu n'aimes pas vraiment fumer.

— Qu'est-ce qui te fait dire ça ?

— Tu n'as pris qu'une bouffée depuis le début de cette conversation, et ta cigarette se consume toute seule. Mais après tout, c'est assez commun de s'attacher à des accessoires pour lesquels on n'éprouve rien, ou de croire qu'ils nous confèrent une aura particulière.

Sa propre effronterie la choqua, et Edith regretta immédiatement ses insinuations insultantes ainsi que sa précipitation – d'autant plus qu'elle redoutait de s'être trompée. Mais Stanislaw ne sembla pas le moins du monde affecté.

— Peut-être que notre échange me subjugue tant que j'en ai oublié ma cigarette…

Elle n'aurait su dire si son sarcasme s'apparentait à une contre-attaque, ou s'il s'efforçait simplement de désamorcer la tension.

Quoi qu'il en soit, elle décida de mettre fin aux hostilités et s'abstint de répliquer.

— Ce que je voulais dire, c'est qu'une femme devrait pouvoir étudier ce qui l'intéresse, poursuivit-il avec sérieux cette fois, après plusieurs secondes de silence.

— Pour quoi faire ?

Edith ne comprenait pas son acharnement ni son raisonnement. Elle n'avait jamais considéré l'instruction comme un plaisir ou comme une activité gratifiante. Sans redouter l'école, elle ne se souvenait pas avoir éprouvé la moindre excitation à se rendre en cours. Les salles de classe de l'institution pour filles qu'elle avait fréquentée réveillaient surtout des souvenirs pénibles : l'ignoble grincement de la craie sur le tableau, le brouhaha des réfectoires, les chuchotements perfides des élèves entre elles et la sévérité des instituteurs, que rien ne semblait jamais contenter.

Elle s'était pliée à l'apprentissage des leçons, sachant que cette obligation prendrait fin à sa majorité et ne connaîtrait pas d'autre aboutissement. Compte tenu de sa perception du système éducatif, Edith concevait difficilement l'intérêt d'intégrer une université pour le seul désir de s'instruire. On étudiait pour décrocher un diplôme et gagner sa vie. Point barre. Elle imaginait donc mal des élèves en droit émerveillés par la lecture du code pénal, ou de futurs médecins exaltés par la découpe de quelque obscure cellule mouvante. Mais face à l'insistance de Stanislaw, qui indéniablement portait un regard différent sur la question, elle ne se voyait pas formuler sa pensée à voix haute.

— N'importe quelle matière devient passionnante si elle est enseignée par un bon professeur, dit-il en écrasant sa cigarette.

— C'est certainement vrai.

Elle ignorait ce qui la déroutait le plus : sa vision de l'enseignement ou son obstination à la rallier à son opinion.

— Tu devrais venir à l'université, je suis sûr que ça te plairait.
— Pourquoi pas, dit-elle simplement pour clore le sujet.

Dans les jours qui suivirent le départ de Stanislaw, Edith se repassa leur discussion en boucle. Ses recherches concernant son père biologique n'ayant pas abouti, elle se retrouvait à une intersection, sans savoir quelle direction prendre. Il lui fallait un but tangible, devinait-elle, un objectif à long terme qui occuperait sainement son esprit et ses journées. Et quelle que fût la nature de ce projet, elle pressentait qu'il dépendait d'un cheminement personnel.

La distance avec son pays natal et l'absence de ses parents la débarrassaient des attributs qui avaient jusqu'alors délimité son identité. C'était pour Edith une forme nouvelle et relativement effrayante de liberté. Elle n'avait pas réfléchi à la possibilité d'exister au-delà de ces repères, parce qu'elle n'aurait jamais envisagé qu'ils se dissoudraient aussi brutalement. À présent, elle prenait lentement conscience de l'infinité des voies qui s'offraient à elle. Son émancipation contrainte la grisait, et elle comprit que ce vers quoi elle tendait depuis le début de son pèlerinage se rattachait moins à ses origines qu'à la découverte d'elle-même. Et ce voyage-là, elle le sentait, commençait ici.

Edith accepta l'invitation de Stanislaw. Au cours de la journée qu'ils passèrent ensemble, elle se rendit compte que la brusquerie du jeune homme relevait moins de l'insolence que d'une exigence de franchise et d'une impatience qui l'empêchaient d'enjoliver les choses. Stanislaw était sûr de lui, de son savoir et de son expérience du monde, et quoiqu'il acceptât volontiers de débattre avec quelqu'un ayant une opinion différente de la sienne, il était clair qu'il se pensait détenteur de la vérité. Mais il possédait aussi un caractère jovial qui invitait à la confidence, et Edith lui avoua que leur conversation l'avait fait réfléchir. Sa déclaration parut le ravir et, afin de la conforter dans cette avancée, Stanislaw l'invita à déjeuner.

Elle était plus introvertie qu'il ne l'avait imaginée au premier abord – Stanislaw s'était toujours représenté les Américains comme particulièrement expansifs – et se montra réticente à parler d'elle. Son sourire vacillait à chaque allusion aux États-Unis, sans qu'il sache s'il s'agissait d'une manifestation de son chagrin ou si elle prenait ombrage de ses commentaires. Contrairement à la majorité de ses connaissances, Edith ne le contredisait pas, préférant manifestement l'écoute, et Stanislaw finit par comprendre qu'elle le laissait discourir pour mieux se soustraire à la parole.

Il se demanda si son éloquence l'intimidait, si elle comptait parmi ces femmes peu coutumières des débats ou réticentes à partager leur point de vue. Elle avait pourtant démontré une répartie étonnante chez ses parents, mais s'était refermée aussi vite, embarrassée, comme si elle estimait avoir enfreint une règle tacite.

L'épanouissement intellectuel aurait dû être à la portée de tout le monde, pensait Stanislaw, hommes et femmes sans distinction. La société ne bénéficierait jamais trop de gens instruits, et restreindre cet accès à la moitié de la population ne profitait à personne. Stanislaw savait que sa position progressiste en effrayait certains, mais l'heure était au changement. De fil en aiguille, il orienta la conversation sur la politique, et se pencha vers Edith pour lui faire un aveu :

– Je fais partie du PPS, dit-il d'un ton plus bas avec un air de conspirateur.

– Ah ?

Se sentant déjà suffisamment inculte face à Stanislaw, Edith s'abstint de demander des précisions.

– C'est le Parti socialiste polonais, précisa-t-il avec le sourire d'un gamin partageant un précieux secret.

Il s'attela ensuite à lui énumérer les causes que cette organisation défendait : interdiction du travail des enfants, salaires égaux pour les hommes et les femmes, liberté de la presse et liberté d'expression, égalité des droits pour tous les citoyens de la Pologne, indépendamment de leur nationalité ou de leur religion. Edith avait du mal à suivre, mais tandis que Stanislaw embrayait sur l'histoire compliquée de son parti politique, elle cessa totalement de l'écouter.

C'était la première fois que quelqu'un, à plus forte raison un étranger, lui faisait des confidences. Elle sentait instinctivement que Stanislaw avait bon cœur et de nobles idéaux. Elle pressentait qu'il vivait pour ses combats, et que l'urgence avec laquelle il s'investissait le dissuadait de perdre son temps à mentir.

Elle l'étudia alors sous un jour nouveau, avec un respect mêlé d'affection. Le café bruissait d'une agitation agréable, c'était une belle journée qui invitait à la flânerie, et en portant à ses lèvres son thé délicatement parfumé, l'oreille caressée par la douce cacophonie des rires autour d'elle, des allées et venues des serveurs et des conversations animées aux tables voisines, Edith comprit qu'elle était heureuse.

L'annonce de leur union quelques mois plus tard ne surprit personne, pas même Isak, avec qui Edith entretenait une correspondance régulière. Elle discernait dans ses missives une retenue inhabituelle qui, soupçonnait-elle, ne s'expliquait pas uniquement par le fait que son courrier était lu. Au fil de leurs lettres, il avait paru se résigner à ce qu'elle reste en Pologne, d'autant que la situation économique aux États-Unis ne s'améliorait guère et qu'à l'approche de son procès, il préférait la savoir loin.

La voix d'Isak résonnait à travers ses mots et, victime de ses vieilles habitudes, Edith chercha d'abord un double sens dans cette écriture parfaitement maîtrisée. Mais sa prose ne renfermait aucun code et ne révélait rien, sinon la lente métamorphose de son auteur, qui avait perdu sa femme, sa fille et un empire scrupuleusement bâti.

Pas à pas, Edith se confia à Stanislaw sur son enfance. C'était pour elle une expérience inédite de laisser quelqu'un entrer dans son intimité, mais une fois lancée, elle se sentit aussi extraordinairement libérée. Stanislaw l'écoutait avec attention, sans émettre de jugement, et Edith fut soulagée de pouvoir construire son mariage sur l'honnêteté.

Stanislaw enseignait désormais à temps partiel et revenait à Opatówek chaque fin de semaine. Sa verve politique s'intensifiait. Il dénonçait Józef Piłsudski et la régularité avec laquelle ce dernier arrêtait et emprisonnait à Bereza Kartuska, un ancien pénitencier tsariste, tout individu s'opposant à son régime. Ses méthodes autoritaires révulsaient d'autant plus Stanislaw qu'il s'était initialement réjoui du coup d'État mené par Piłsudski en 1926. Cet homme, qu'il avait jadis admiré, en qui il avait vu le symbole du progrès et de l'affranchissement de la Pologne, cet homme, comme tant d'autres une fois au pouvoir, s'était transformé pour rejoindre le rang des ennemis.

À l'aune de ses vitupérations et des nouvelles qui leur parvenaient de l'ouest, Edith évoqua timidement la possibilité de partir. En France ou en Angleterre, par exemple, le temps que la situation se calme. Mais la seule mention de ce projet mit Stanislaw hors de lui.

L'instabilité du pays et les tensions engendrées par les aspirations de son mari décourageaient Edith, mais chez Stanislaw, les obstacles décuplaient sa motivation, et seuls les lâches, de son point de vue, abandonnaient les leurs en période d'adversité. La Pologne avait plus que jamais besoin de gens comme lui, et si tous s'éparpillaient comme des moineaux affolés à la moindre note discordante, le régime ne changerait jamais. Une amélioration durable, répétait-il, dépendait de la volonté du peuple à se mobiliser. Il était impensable de se dérober, et il ne comprenait pas qu'Edith puisse l'envisager. Sa détermination découvrait des tendances à la fois généreuses et narcissiques, une capacité étonnante à s'effacer derrière l'intérêt général, mais aussi à agir indépendamment de l'opinion de ses proches.

La nature duale de son mari apparut clairement à Edith lorsqu'elle tomba enceinte en 1935. Stanislaw se montra certes ravi à l'annonce de la nouvelle, mais il se mit à s'absenter plus souvent, plus longtemps, et il se montrait davantage accaparé par le PPS que par la perspective de fonder une famille. Même lorsqu'Edith se vit contrainte de renoncer au travail de traductrice qu'elle avait décroché à la faculté grâce à son mari, il ne sembla qu'à moitié le déplorer, et elle se rendit alors compte qu'il n'avait aucune notion de ses futures responsabilités.

Lorsqu'Anna vint au monde, l'accueil enthousiaste que lui réserva son père alerta Edith. Il répétait désormais qu'il se battait pour sa fille, pour la chair de sa chair, reliant sa descendance à la nécessité de rester. Il avait beau aimer sa femme et leur enfant, leur promettre loyauté et protection, son quotidien ne s'articulait plus qu'autour de ses activités au sein du PPS, convaincu qu'il était d'être indispensable et irremplaçable. Fidèle à lui-même, il surestimait ses compétences et son influence, et sa contribution à leur vie conjugale s'amenuisa. C'était néanmoins un mari aimant, un père attentionné et dévoué lorsqu'il était présent, et parce qu'il justifiait ses absences par des motifs hononorables, Edith n'arrivait pas à lui en vouloir.

Anna se révéla heureusement un bébé facile. De son père, elle avait hérité sa chevelure miel et ses yeux clairs, mais elle possédait un tempérament calme, presque prévenant, comme si elle devinait qu'il fallait ménager sa mère. Sa naissance transforma Edith. L'émerveillement que suscitait chez elle son nourrisson relégua au second plan ses craintes et, accaparée par son bébé, elle cessa de redouter le pire.

Le 15 août 1938, un an et dix-sept jours avant l'invasion de la Pologne par l'Allemagne, Edith accoucha d'une deuxième fille. Physiquement, Magdalena ressemblait à son aînée, mais elle n'avait rien du bébé serein et conciliant qu'était Anna. Ses poumons laissaient échapper en continu des beuglements stridents, elle ne dormait jamais plus d'une heure d'affilée, souffrait de diarrhée et vomissait presque systématiquement son lait.

– Elle pleure beaucoup, quand même, nota inutilement Stanislaw un soir tandis que sa femme entreprenait de nettoyer une énième tache de lait régurgité sur sa robe.

– C'est un bébé, répliqua Edith d'un ton agacé.

– Anna n'était pas comme ça.

– Elle ne hurlera pas toute sa vie.

Mais Edith ne pouvait s'empêcher de voir les prémices d'un esprit tourmenté dans le comportement de son bébé. Comme si les petits poings serrés étaient en butte contre une force inconnue, sans lien avec la faim, la fatigue, la douleur, ou même la guerre qui couvait. Impuissante et épuisée, Edith s'escrimait à calmer sa fille, avec le pressentiment que les manifestations de cette souffrance auguraient des temps difficiles.

Finalement, Magdalena cessa de geindre et de se contorsionner. À la place, et comme pour contrebalancer les éclats continus qu'elle avait imposés au cours de ses premiers mois, elle se mit à évoluer en silence. Elle était aussi timide que son aînée volubile. Encline à baisser la tête et avare de contacts physiques. Le bébé caractériel avait cédé la place à une enfant extrêmement réservée, et Edith se surprit à trouver dans ce comportement matière à s'inquiéter davantage.

Magda avait peur de tout, sauf d'Anna, qu'elle suivait partout, les yeux remplis d'adoration. Elle l'escortait d'une pièce à l'autre, aussi mutique qu'une religieuse, étudiant les faits et gestes de son aînée avec une indéfectible admiration. De son côté, Anna appréciait sa compagnie discrète, et Edith se félicita de la complicité unissant ses filles pourtant si différentes.

En dépit des incertitudes qui fissuraient la Pologne, le désir d'Edith de partir s'amenuisa. Son mari, sa maison, et maintenant ses filles l'ancraient chaque jour un peu plus dans ce pays qu'elle considérait désormais comme sa patrie. L'Amérique l'avait vue grandir, mais c'est en Pologne qu'elle s'était trouvée et épanouie. D'autres partaient, mus par la même angoisse viscérale qui l'avait un temps étreinte. Mais elle constata leur départ sans éprouver l'envie de les imiter, satisfaite de son bonheur. La situation finirait par s'améliorer, raisonnait-elle.

Pourtant, telle une timide écolière menacée par deux camarades agressifs, la Pologne était prise en étau par ses voisins allemands et soviétiques. À partir du 1er Septembre, les villes tombèrent une à une aux mains de l'Allemagne. Częstochowa, Cracovie, Kielce. Et moins de trois semaines plus tard, l'Union soviétique envahissait l'est du pays.

La guerre rendait Stanislaw fébrile et, ayant depuis peu intégré un mouvement de résistance qui fournissait de faux papiers à des enfants polonais juifs, il s'absentait de plus en plus souvent. Jusqu'au jour où il ne rentra pas du tout.

West Village, New York, 2015

Madame Janik observa sa fenêtre lacérée de fines gouttes de pluie, appréciant intérieurement cette météo au diapason de son récit. Elle pensa à sa mère, à l'accumulation des minutes, des heures puis des jours gonflés par cette insoutenable attente. Elle se représenta une jeune femme paniquée et dépassée par la bureaucratie d'un pays occupé, seule avec ses filles et ses questions. On comptait alors trop de disparitions pour les dénombrer, entre les exécutions sommaires, les arrestations et les fuites. Des milliers d'existences qui, pareilles à des empreintes ensevelies sous la neige, s'effaçaient sans laisser de trace.

Combien, comme Edith, avaient frénétiquement cherché à combler les trous ? Combien avaient gardé espoir malgré tout et attendu, inlassablement, courageusement ? Et combien n'avaient eu ni l'opportunité ni la force de savoir ? Elle pensa à son père, qu'elle ne pouvait définir que par l'impact de son absence, par la honte née de son incapacité à se souvenir, et à la difficulté qu'avait dû éprouver sa mère à entretenir sa mémoire tout en préservant l'espoir de son retour. Elle pensa enfin à son grand-père qui, précocement affaibli par ses échecs et sa perte, seul dans sa cellule de prison où il rejouait peut-être certaines de ses décisions, percevait les rumeurs sur le sort des Juifs d'Europe, auxquels même son pays d'adoption avait fermé ses portes.

Le poids de l'incertitude avait terrassé autant de gens que les bombes, estimait madame Janik, qui octroyait au doute une force destructrice bien plus considérable qu'à la vérité. La mélancolie assombrissait son humeur, et elle se reprocha de ne pas mieux apprécier la présence de ce garçon sensible et à l'écoute. Elle mit à chauffer la bouilloire, puis leur servit à chacun une tasse de thé, espérant ainsi offrir un remède où noyer la tristesse de son histoire.

Opatówek, Pologne occupée, 1942

Sourde aux rumeurs, Edith continuait d'attendre son mari. Était-il possible qu'il se soit fait arrêter ou qu'il ait dû fuir ? Cette dernière hypothèse la bouleversait. Elle jugeait inconcevable qu'il ait pu partir sans laisser le moindre indice ou un quelconque message, indépendamment du niveau d'urgence de son départ. Quant à la possibilité d'une arrestation, elle n'était guère plus enviable. Même avant l'invasion de la Pologne par les nazis, et bien avant les premières manifestations de la guerre, toute personne s'opposant au gouvernement encourait le risque de se faire emprisonner sans autre forme de procès. Plusieurs connaissances de Stanislaw avaient été internées dans des camps de travaux forcés, et Edith n'ignorait pas les risques qu'encourait son mari, mais elle le supposait trop avisé pour se faire prendre.

Pourtant, sa conviction s'étiolait. Si Stanislaw n'avait pas été arrêté, pourquoi ne donnait-il pas signe de vie ? Lorsqu'elle les interrogea, ses rares amis prétendirent ne rien savoir. Plusieurs collègues de l'université avaient pris leur distance en apprenant ses liens avec la résistance. Quant aux membres de ce maudit PPS, ils étaient aussi fuyants que des poissons dans l'eau.

Helena et Szymon osaient à peine prononcer son nom, et Edith devinait à la prévenance craintive avec laquelle ils la traitaient qu'ils n'espéraient plus son retour. Incapable d'admettre sa mort, elle continuait d'entretenir la maison et de parler de Stanislaw au présent. Elle s'occupait l'esprit en lisant les épais ouvrages qu'il aimait consulter, et établissait des listes exhaustives de tout ce qui avait retenu son attention et sur quoi elle solliciterait son avis. Elle ne s'étendait jamais sur sa moitié du lit et, par superstition, s'interdit de ranger son bureau. Et elle poursuivit ainsi, avec acharnement, jusqu'au jour où on lui prit ses filles.

West Village, New York, 2015

Parfois, madame Janik parvenait à extirper une bribe de souvenir relatif à son enlèvement. Elle avait alors l'impression d'observer à la loupe déformante les contours d'une créature à la fois familière et effrayante. Des sons indistincts. Des couleurs se chevauchant.

Elle se souvenait d'une silhouette vêtue de brun se penchant sur elle, la brise glissant sur une vague verte de brins d'herbe couchés. Et une voix, rassurante, féminine, qui s'insinuait dans son oreille comme le chuchotement du vent.

— Tu as de si jolis yeux.

Elle avait ramené ses petites mains potelées en visière pour se protéger de l'éclat aveuglant du soleil et regarder à qui appartenait cette voix. Ou peut-être s'agissait-il d'une extrapolation de sa mémoire.

— As-tu des frères et sœurs? Est-ce qu'ils te ressemblent?

L'inconnue n'avait pas de visage. Son timbre, aussi léger qu'une plume, virevoltait vers Magda et lui évoquait les stridulations discrètes et apaisantes de l'eau cascadant sur la roche. Les pans de sa robe ondulaient, noyés au niveau de l'ourlet par l'herbe des champs, si bien qu'elle paraissait flotter.

D'autres fois, ce n'était pas tant une impression visuelle que la sensation d'un tremblement continu qui remontait à la surface. Une sorte de vibration sifflante qu'elle ressentait jusque dans ses mains. Une série de secousses et la perception du sol en mouvement sous ses pieds, et puis ce raclement distinct produit par la friction du métal contre le métal. Alors elle savait qu'il s'agissait du train dans lequel on l'avait transportée, elle et tous les autres.

— Les SS traquaient des enfants aryens, expliqua madame Janik à Ethan. Dans le cadre du programme *Lebensborn*, dont le but consistait à développer la race aryenne. Yeux bleus, cheveux blonds. Des enfants aux traits purs, des « *eindeutschungsfähig* » comme ils nous appelaient, c'est-à-dire avec le potentiel d'être germanisés. Ils ont d'abord ciblé les orphelinats. Puis les enfants de prisonniers et les enfants de travailleurs étrangers. Mais nous étions nombreux en Europe de l'Est à répondre à leurs critères, devenant par là même l'objet de leur convoitise.

– Et vous faisiez partie du lot…

– Il faut croire.

– Mais comment s'y sont-ils pris ?

– Avec les moyens dont ils disposaient. Par la ruse. Par la force. J'ai lu plus tard qu'ils envoyaient des femmes de l'aide sociale en repérage, les « sœurs brunes », nommées ainsi à cause de leur uniforme brun caractéristique. Je pense que j'ai été approchée par l'une d'elles. Les SS sont venus peu après.

– Et votre mère ?

– Elle ne les a pas vus venir, et elle n'a rien pu faire.

Opatówek, Pologne occupée, septembre 1942

Elle sentit plus qu'elle ne vit le bras passé autour de sa taille, la soulevant de terre. La pression contre son estomac lui arracha un hoquet, et elle tendit les mains vers le sol par réflexe. Le cri d'Anna, dans son dos, l'emplit d'une peur panique, et elle battit inutilement des jambes avant de se mettre elle aussi à hurler. Son nez vint s'écraser contre la manche du bras qui la retenait, et elle renifla les effluves de tabac mêlés au parfum musqué d'une eau de toilette pour homme. Ses yeux, brouillés par les larmes, se posèrent sur une paire de bottes noires, rutilantes, dont la marche imprimait à son corps des soubresauts désagréables. Elle sentait la chaleur du corps de l'inconnu contre le sien, le grattement produit par l'uniforme rêche contre sa peau. Elle entendait le halètement à chacune de ses expirations, le son étouffé de ses bottes aplatissant l'herbe. Le souffle du vent de cette fin d'après-midi d'automne, qui renvoyait par vagues les arômes de la forêt, du soleil, des blés et de la lessive suspendue dans le jardin dont ils s'éloignaient. D'autres bruits de pas s'intercalèrent dans le rythme de leur marche, et les sanglots terrifiés d'Anna, derrière elle, lui indiquèrent qu'elles suivaient le même chemin. L'homme resserra sa prise sur le corps de Magdalena et aboya quelque chose dans une langue râpeuse et autoritaire. Une voix grave lui répondit, et leur cadence s'accéléra encore. Ils avançaient vite, et la pénombre soudaine lui signala qu'ils avaient pénétré la forêt. Magdalena regarda défiler, impuissante, le sentier tapissé de touffes d'herbe, cailloux, branches d'arbres, marrons, pives et feuilles mortes. Sa maison était à présent hors de vue, et elle ne savait pas comment retourner chez elle.

Ils avaient déjà disparu, avalés par les arbres et l'obscurité, quand le hurlement d'Edith déchira le silence paisible du crépuscule automnal.

West Village, New York, 2015

Elle se souvenait de la douceur molletonnée de son lapin en peluche, de son odeur et de ses longues oreilles, qu'elle aimait mâchouiller quand elle était nerveuse. En revanche, elle ne se rappelait plus son nom, si tant est qu'il en ait eu un. Elle revoyait son corps mou glissant entre ses doigts alors qu'elle lâchait prise, sa masse blanche s'écrasant contre la terre humide du sentier. Elle n'était plus certaine d'avoir pleuré, crié ou seulement subi cette perte dans un silence choqué. Les ravisseurs ne s'étaient pas arrêtés, ils ne s'étaient rendu compte de rien. De toute façon, ils le lui auraient confisqué par la suite.

Il arrivait encore à madame Janik de se demander si quelqu'un l'avait un jour récupérée, cette peluche anonyme maculée et victime collatérale de la guerre. Un jouet, abandonné ou perdu, dans lequel chacun contemplerait avec nostalgie sa propre enfance et le chagrin qu'avait peut-être provoqué cette séparation.

Il y avait quelque chose de lugubre et d'exaltant à tomber sur un objet égaré, car on pouvait lui inventer n'importe quelle vie. L'imagination offrait un éventail de possibilités infini. C'était ce à quoi madame Janik s'était adonnée, des années durant, en sillonnant les vide-greniers et les marchés aux puces.

Elle ne s'attardait pas toujours, et pas sur n'importe quoi. Elle répondait à l'appel de certains objets, ceux avec lesquels elle éprouvait une connexion personnelle. Elle était captivée par les vestiges du temps qu'elle discernait à travers une rainure, sous un morceau de peinture écaillée, dans un verre étoilé ou du papier jauni. Et aussi par les histoires que ces fêlures lui racontaient ou dissimulaient.

Qu'ils soient passés entre les mains de plusieurs générations ou d'une seule personne, qu'ils aient séjourné sur le même angle de bibliothèque pendant un siècle ou dans un placard une semaine, tous ces bibelots avaient un jour appartenu à quelqu'un. Certains avaient été traités avec soin et affection, d'autres avec indifférence. Des possessions, qui avaient survécu à leurs propriétaires et poursuivaient leur voyage sans eux.

Au cours de sa longue existence, la vieille dame avait ainsi accumulé les objets d'autrui, qu'elle refusait encore de considérer comme siens. Rien n'appartient jamais totalement à qui que ce soit, estimait-elle, et elle se voyait avant tout en gardienne de cette galerie disparate. Et si elle tenait tant à leurs imperfections, c'est surtout parce qu'elles lui évoquaient la fragile beauté de la vie et la facilité avec laquelle elle se brise.

Dresde, Allemagne, 2 février 1945

Le petit lapin de porcelaine observait Magda depuis l'étagère en bois à la tête du lit, ses longues oreilles étendues contre son dos, son museau rose pointé vers des aventures trépidantes. La fillette lui enviait le détachement indolent que suggéraient ses paupières lourdes mi-closes sur ses yeux dorés. Elle s'imagina survoler Dresde sur le dos d'un lapin géant aux oreilles aussi grandes et puissantes que les ailes d'un oiseau.

Délicatement, Magda attrapa la figurine et caressa sa surface lisse. Derrière la porte de la chambre, Mère et Grand-Mère discutaient. Sans saisir clairement ce qu'elles disaient, Magda ressentit néanmoins l'inquiétude qui transparaissait dans leurs paroles.

Ils n'avaient pas vu Père depuis plus d'une semaine ni reçu la moindre nouvelle de sa part, et son absence avait compromis l'équilibre déjà précaire de la maison. Dans la main de Magda, le petit lapin sembla remuer. Venait-il de lui faire un clin d'œil? Elle l'aurait juré. Elle passa son pouce sur le renflement que formaient ses pattes avant repliées et admira la finesse du travail de l'artisan, songeant à la patience dont il avait dû s'armer pour insuffler à ce morceau de porcelaine une impression de vie immobile, entre sérénité et espièglerie.

Les animaux ressentaient-ils la guerre de la même façon que les humains? Flairaient-ils la victoire et la défaite, ou se contentaient-ils, comme Magda et les siens, d'attendre craintivement l'issue? Éprouvaient-ils la brûlure du doute et la nostalgie des temps plus heureux? Se souvenaient-ils seulement de ce à quoi le monde ressemblait, avant?

Quelque part dans l'appartement, un objet se fracassa. Grand-Mère lâcha un cri étouffé, et Magda essaya de deviner quel bibelot sacré, désormais en miettes, rejoindrait la poubelle et l'oubli. À nouveau, elle crut sentir le lapin bouger dans sa paume, et ce n'est qu'après avoir baissé les yeux qu'elle prit conscience du tremblement de ses mains.

West Village, New York, 2015

— La bonne nouvelle, c'est que ce n'est pas la maladie de Parkinson.

Le docteur croisa ses longs doigts sur son bureau, et madame Janik focalisa son attention sur son alliance en or blanc, de sorte qu'elle ne prêta qu'une oreille distraite à son diagnostic.

— Ce sont de toute évidence des tremblements idiopathiques.

Comme madame Janik restait sans réaction, le docteur enchaîna avec ce débit propre aux médecins désireux de fournir à leur patient une explication détaillée, quoique suffisamment technique pour n'être comprise qu'à moitié.

— Les causes sont indéterminées. On sait en revanche que la majorité des cas résultent d'une malformation génétique, vraisemblablement selon un modèle de transmission autosomal dominant. Certaines études suggèrent quant à elles une implication du cervelet ou de l'axe cérébello-thalamo-cortical…

Mais madame Janik ne l'écoutait plus, totalement absorbée par l'alliance. C'était une bague simple, élégante, que l'épiderme pâle du médecin échouait à mettre en valeur. Tout en l'étudiant, elle conjectura sur l'identité de l'épouse dont l'annulaire s'ornait d'une bague jumelle, en se demandant si elle partageait les qualités du praticien – précision, concision, discipline – ou si le docteur Nolton était plutôt le genre d'homme attiré par son contraire. On ne pouvait jamais rien déduire avec certitude de ces conversations d'une froide objectivité, mais madame Janik avait l'intuition que sous la blancheur immaculée de sa blouse, derrière son bureau impeccablement rangé et ses mots soigneusement choisis, se cachait un homme qui, de temps à autre, prenait une cuite monumentale, riait d'une blague douteuse et fantasmait sur des filles plus jeunes.

Assis bien droit sur sa chaise, le médecin soulignait ses paroles de mouvements de mains que madame Janik suivait à l'affût des reflets que projetait la bague. Elle n'était plus très sûre de ce qu'elle fabriquait là, face à cet homme assez jeune pour être son fils, cet inconnu qui transpirait le paternalisme et, supposa-t-elle, une certaine condescendance pour les carcasses rouillées de son acabit. Elle ne le comprenait pas, ce qu'il devait savoir, et cette position d'infériorité la tourmentait.

– ... c'est une condition irréversible, qui tend à empirer avec le temps, poursuivait le neurologue du même ton impassible, joignant ses doigts en un triangle équilatéral. Pour ce qui est du traitement, nous allons démarrer avec du Propanolol 40 milligrammes par voie orale deux fois par jour.

Il griffonna l'ordonnance et la tendit à sa patiente, qui, sans chercher à en déchiffrer le contenu illisible, la rangea dans son sac à main.

– Vous avez peut-être des questions ?

Madame Janik préféra ne pas lui dire qu'elle n'avait rien écouté, et se leva en éprouvant tout à coup une bouffée d'inquiétude, comme si elle venait de se laisser bêtement distraire à un cours particulièrement important. Elle se borna à lui sourire de ses dents impeccables, vestige d'une jeunesse qu'il ne pouvait même pas entrevoir. Je ne suis pas complètement cassée, ni totalement partie, aurait-elle voulu lui dire tout en sachant qu'elle n'était, à ses yeux, qu'une somme accablante de dysfonctionnements internes dont il anticipait déjà la progression, les symptômes à venir, et la meilleure manière d'en atténuer les effets.

Le téléphone du médecin sonna au moment où madame Janik lui serrait la main, et elle lui envia ses journées occupées, ses rendez-vous, l'intérêt respectueux avec lequel le saluaient ses patients et la satisfaction gratifiante dont il se drapait certainement chaque soir en quittant son cabinet. Il décrocha, déjà absorbé par cette nouvelle requête nécessitant son expertise, tandis que madame Janik refermait la porte sans bruit.

Dresde, Allemagne, 13 février 1945

Le hurlement des sirènes prit tout le monde par surprise. Grand-Mère, Mère et Magda se tournèrent d'un même mouvement vers la rue. Ignorant les protestations de Grand-Mère, Mère se précipita pour tirer le rideau et ouvrir la fenêtre du salon. Le bruit s'y engouffra et résonna dans la pièce avec une force redoublée. Magda ressentit l'urgence de la situation à l'expression des deux femmes, et elle vit du coin de l'œil que même Grand-Père, pourtant sourd, avait levé les yeux.

– Ça n'a pas de sens, dit Mère.

Elle resta debout, indécise, pendant que Grand-Mère prenait les devants. Avec célérité, la vieille dame se dirigea vers la cuisine et emballa à la va-vite quelques restes. Elle saisit au vol la photo de famille sur le cadre de la cheminée, et la fourra entre les mains de Magda. Ses gestes étaient fébriles mais déterminés. Elle n'était pas femme à se laisser déstabiliser par l'urgence.

– Prenez quelques vêtements chauds et des jeux pour la petite, ordonna-t-elle à Mère d'un ton sec.

Cette fois, Mère hocha docilement la tête et s'exécuta. L'espace d'un instant, Magda se sentit réconfortée par l'assurance de sa grand-mère, par la concision de ses ordres qu'elle lâchait à la façon d'un commandant rodé aux imprévus. Ce n'est qu'en avisant les tremblements de la vieille dame qu'elle sentit la peur la gagner.

Les sirènes continuaient de hurler, enveloppant la ville de leur rugissement strident et agressif. Magda entendait des gens dévaler l'escalier de l'immeuble et leurs cris s'ajoutaient au vacarme ambiant. Effrayée, elle se détourna de l'entrée. Grand-Père se déplaçait laborieusement, affichant une mine contrariée. Se cramponnant d'une main à sa canne, de l'autre au bras de sa femme, il lui fallut près de deux minutes pour traverser le couloir menant au vestibule.

Il semblait désapprouver ce départ précipité, et sa voix les stupéfia lorsqu'il annonça qu'il ne venait pas. Il les observa tour à tour, avec dans les yeux une étincelle d'audace qui lui conféra un air de jeunesse.

– *Nein*, répéta-t-il en secouant la tête avec détermination.

– Wolfgang, nous n'avons pas le temps, supplia Grand-Mère, aussi déconcertée qu'exaspérée.

– *Nein*.

Le vieil homme se dégagea de l'étreinte de son épouse et recula en vacillant.

– Wolfgang, tenta Mère en lui saisissant les poignets. Nous devons partir. Vous ne serez pas en sécurité ici.

Les sirènes tonitruaient, et Magda réprima son envie de se couvrir les oreilles des deux mains pour ne plus les entendre. La vision de Père, seul quelque part, lui traversa l'esprit, et elle préféra l'imaginer dans son grand château loin du danger.

Grand-Père recula encore d'un pas en leur décochant un sourire penaud. Il haussa les épaules, comme pour s'excuser, et pointa son menton tremblotant en direction du salon.

– *Meine Stadt. Mein Haus.* Ma ville. Ma maison.

Des pleurs de bébé leur parvinrent depuis le palier. S'éloignant de la porte, Grand-Mère s'approcha de son époux.

– Wolfgang, pour l'amour du Ciel.

– S'il veut rester ici, respectez son choix, l'interrompit Mère.

– Je n'abandonnerai pas mon mari, Petra !

– Il ne viendra pas ! rétorqua Mère en haussant le ton à son tour.

Elle saisit Magda par l'épaule et ouvrit la porte de l'appartement.

– Je descends avec la gamine. Vous pouvez nous accompagner ou rester là.

Grand-Mère gratifia son mari d'un dernier regard où se lisaient l'amour et la douleur de la résignation, tandis que Grand-Père rebroussait chemin à grand-peine vers le salon.

Des familles entières dévalaient les escaliers, quelques affaires jetées en vrac dans des paniers ou débordant des sacs à main. Depuis le seuil, Magda reconnut Elke, une jeune mère qui serrait contre elle son bébé emmailloté dans une couverture de laine à carreaux. Elke passa devant leur porte sans leur adresser le moindre regard. Il sembla même à Magda qu'elle détournait les yeux, mais elle n'aurait pu le jurer.

– On devrait…, commença Mère, qui n'eut jamais l'occasion de terminer sa phrase, car l'impact de la première bombe les projeta tous au sol.

Soufflées par l'explosion, les vitres volèrent en éclats à travers l'appartement. Magda eut la sensation que le plancher se dérobait sous ses pieds, s'inclinant jusqu'à prendre la position verticale des murs et, l'espace d'un instant, elle se demanda si le monde ne venait pas littéralement de se retourner. Une pluie fine voletait autour d'elle, dans un tourbillon scintillant. Un sifflement aigu noyait tout le reste.

L'odeur de brûlé arracha à Magda une toux sèche, et elle cligna des paupières pour chasser les picotements provoqués par la fumée.

Il manquait un mur, réalisa-t-elle en devinant le pan déchiqueté de la façade du salon, derrière lequel apparaissait une partie de la ville, surmontée du ciel étoilé d'un noir velouté. La moitié inférieure de la fenêtre avait été épargnée et pendait dans le vide. Les rideaux se consumaient lentement dans un crépitement discret, au pied de la tringle calcinée, et le motif jacquard du papier peint, que Magda aimait suivre distraitement du bout de son index, disparaissait sous la suie. Tout était recouvert de poussière, y compris sa peau et ses vêtements. L'imposant lustre en cristal de la salle à manger gisait par terre en une myriade de fragments. Ou était-ce le plafond ? Magda voyait trouble et sa tête tambourinait. Elle tenta de se redresser, mais retomba aussitôt.

– Grand-Mère, appela-t-elle, mais seul un faible râle s'échappa d'entre ses lèvres.

Une large tache sombre couvrait le centre de la pièce. Magda s'en approcha en rampant, les membres encore vibrants de la violence de l'impact. Ses oreilles bourdonnaient toujours et son cerveau enregistra soudain une douleur aiguë, sans parvenir à la localiser. Ce qu'elle avait pris pour une silhouette humaine était un trou. Une fosse béante. Aussi large que leur table à manger. Sa bordure irrégulière rappelait celle des timbres que Grand-Mère la laissait lécher et coller sur son courrier. Et à travers le parquet éventré, Magda découvrit l'appartement de leurs voisins du dessous. Elle put même discerner un cheval à bascule avant qu'une deuxième déflagration la projette en arrière.

Cette fois, la puissance du choc lui coupa le souffle et elle perdit connaissance. C'est une pression exercée contre son corps qui la sortit de sa torpeur, et durant la fraction de seconde qu'il lui fallut pour reprendre ses esprits, Magda crut entrevoir Père et cria son nom. Mais rien ne sortit de sa gorge sinon un gargouillis étouffé dans une nouvelle quinte de toux.

Une silhouette floue émergea au-dessus d'elle, que Magda regarda s'agiter. Lorsque sa vision se précisa, elle reconnut Mère. Son visage touchait presque le sien, et les mouvements de ses lèvres indiquèrent à Magda qu'elle lui parlait, mais aucun son ne lui parvint.

Les doigts de Mère comprimaient son épaule. Elle aussi était toute grise, comme ces statues en terre cuite cérémonieuses que Magda avait un jour observées dans un livre d'art avec Grand-Mère. Tout son corps tremblait, et sous la pellicule de poussière, ses yeux exprimaient une terreur comme Magda n'en avait jamais vu. Sa propre peur s'en trouva amplifiée, et elle laissa échapper des sanglots incontrôlés, tournant la tête en tous sens dans l'espoir d'apercevoir Grand-Mère. Le nuage de fumée produit par les explosions s'était épaissi, mais Magda put distinguer une chaise renversée, en équilibre précaire sur le rebord du cratère, ainsi qu'une série de poutres effondrées dont l'extrémité disparaissait dans la nuit.

Autour d'elles, tout n'était que chaos, et Magda contempla les meubles réduits en miettes et les autres miraculeusement intacts, les fils, câbles et fusibles qui surgissaient des façades détruites comme les veines et tendons d'un membre arraché.

— Grand-Mère, parvint-elle à articuler tandis que Mère la saisissait sous les épaules pour la mettre debout.

Leur appartement n'existait plus. Magda chancela sous le coup de cette vérité. Ses yeux tombèrent sur une paire de jambes émergeant d'un tas de gravats, gainées de bas et chaussées de mocassins en cuir brun qu'elle reconnut immédiatement. Mère la tira brusquement en arrière, et Magda, hagarde, se mit en mouvement malgré elle.

C'est en s'engageant dans le couloir pour descendre ce qu'il restait de l'escalier que Magda recouvra subitement l'ouïe. Des pleurs et des cris, le craquèlement des débris sous ses souliers, la clameur ininterrompue des sirènes et le sifflement des obus lâchés sur la ville la percutèrent de plein fouet.

Elles finirent par atteindre le rez-de-chaussée, où Magda se concentra pour ne pas regarder les deux corps prostrés sous la rangée de boîtes aux lettres. Monsieur Kindberg, la vieille madame Haussler et sa fille au visage constellé d'acné, les sœurs Gertrud et Imma Wässel, récita-t-elle mentalement en se représentant les petits écriteaux des boîtes aux lettres, qu'elle avait appris à déchiffrer avec l'aide de Grand-Mère. Monsieur et madame Stadler et leur jeune fils Jürge. Le taciturne monsieur Kunstlig et son labrador au poil doré, dont les jappements enthousiastes en préambule à ses promenades matinales irritaient Grand-Mère. Magda continuait d'énoncer les noms familiers de ses voisins tandis que Mère dégageait le battant défoncé de l'entrée et qu'elles émergeaient dehors.

La chaleur était étouffante, et en levant les yeux sur la rangée de bâtiments en face, Magda réalisa qu'un incendie gigantesque se propageait, dévorant un immeuble après l'autre. La fillette fut secouée par une quinte de toux qui lui écorcha les poumons. Quelqu'un la bouscula violemment et elle lâcha la main de Mère, déséquilibrée, avant d'être percutée par une jeune femme encombrée d'un couffin brûlé, qui l'enjamba en hurlant. Paniquée, Magda fouilla des yeux la foule en quête de la silhouette familière au manteau en astrakan.

— Mère! appela-t-elle, mais son cri se perdit aussitôt dans la clameur ambiante. Mère!

Elle se redressa et s'élança sans autre but que de fuir cette étuve mortelle. Elle longea l'avenue détruite et reconnut dans les ruines au coin de la rue, le fleuriste préféré de Grand-Mère. Il ne subsistait rien du magasin amoureusement entretenu et parfumé, rempli de compositions colorées, que le propriétaire disposait avec goût sur des tréteaux bleus. La vitrine derrière laquelle s'alignaient encore quelques minutes plus tôt de somptueux arrangements d'orchidées, de lys et de roses sauvages avait volé en éclats laissant place à un gouffre noir. Une silhouette nimbée de flammes surgit brusquement sur sa gauche, et Magda la regarda, tétanisée, poursuivre sa course sur quelques mètres avant de s'effondrer sans un cri. Des corps jonchaient la route comme des poupées de chiffon abandonnées. Magda évita de regarder ces monticules sombres et immobiles qui dégageaient une épouvantable odeur de viande carbonisée.

D'épaisses volutes de fumée s'élevaient vers le ciel en de longs rubans sinistres, et la fillette s'arrêta devant un escalier en colimaçon qui se dressait, seul, au milieu des décombres, la dernière marche ouvrant sur le vide.

Elle finit par déboucher sur Karcherallee, et longea la bordure du Grand Jardin. Grand-Mère l'y avait emmenée pour visiter le jardin botanique, où elle lui avait montré les azalées, les magnolias et les rhododendrons, répétant leur nom jusqu'à ce que Magda les assimile. Elles s'étaient ensuite rendues au zoo. Magda gardait un souvenir particulièrement vif des singes, de leur gestuelle et de leurs expressions si évocatrices du comportement humain. Les singes sont des animaux très futés, avait précisé Grand-Mère. Magda les imagina en train de bondir à travers le grand parc, fuyant les flammes qui léchaient la verdure et détruisaient leur maison, comme elles avaient détruit la sienne.

Mère était quelque part, et elle finirait par la trouver, se répétait-elle en boucle, sa vue brouillée par la fumée, par les larmes et par le ballet désordonné des silhouettes qui couraient en tous sens sous la baguette des avions vrombissants.

Embrassant les environs du regard, Magda constata que l'incendie avait largement épargné la rue dans laquelle elle s'était maintenant engagée. Elle ralentit, à bout de souffle, et s'abrita dans une petite allée déserte bordée d'arbres maigres. Et c'est là, tandis que l'adrénaline refluait dans ses veines, que Magda identifia la douleur. Elle leva ses mains à hauteur de son visage, s'étonnant des plaques rouges qui marbraient ses paumes. Lentement, elle s'attela à plier ses doigts, s'arrachant un cri. Elle enfouit alors son visage dans ses bras et pleura jusqu'à sombrer dans l'inconscience.

West Village, New York, 2015

Si on avait demandé à Jodie de se définir en une couleur, elle aurait choisi le gris. Le gris de la morosité, le gris de l'anxiété. Le gris de la mélancolie. Elle relevait en permanence toutes sortes de détails insignifiants qu'elle associait aux manifestations d'un grand malheur, et sur lesquels elle passait une énergie stupéfiante à se morfondre.

L'échoppe où elle travaillait lui fournissait une succession infinie d'éléments à décortiquer, ce à quoi elle s'adonnait bien malgré elle, comme un fumeur incapable de résister à une cigarette. Perchée derrière son comptoir, elle consignait des fragments de vie de ses clients, pour lesquels elle inventait des explications sinistres qu'elle savait sans fondement.

Là, cette dame âgée qui peinait à rassembler sa monnaie sur le comptoir, farfouillant dans son large sac à main tout en secouant la tête de dépit. Elle était pauvre, à n'en pas douter, pauvre et seule, à l'exception de sa chienne, un chihuahua rachitique, qu'elle traitait avec une déférence confinant à l'obsession. Alors quand la cliente lui lança un « merci » énergique et un sourire avenant au moment de partir, Jodie, loin de remettre en question sa théorie, en conclut simplement que cette femme possédait un sens aigu des apparences. Et elle regretta que l'âge adulte se résume en fin de compte à ça : une accumulation de faux-semblants.

Vint ensuite une jeune Hispanique aux traits fatigués, poussant un landau bon marché entre les étagères de croquettes pour chats seniors. À coup sûr ce nourrisson – dont Jodie ne distinguait que les petites menottes – était le fruit accidentel d'une soirée trop arrosée et grandirait sans père et sans perspectives.

Jodie ne jugeait personne, elle portait elle aussi son lot d'épreuves et d'échecs. Elle s'inquiétait en revanche de tout ce que son pessimisme l'empêchait de voir.

Depuis qu'elle s'était défilée pour lui rendre visite à l'hôpital, Jodie repoussait le projet de convier madame Janik à dîner. À bien des égards, elle admirait le courage de sa vieille voisine solitaire qui affrontait l'existence la tête haute. Mais elle la plaignait pour ces mêmes raisons, et redoutait les sentiments qui l'assailliraient en sa présence. Or en ajournant son invitation, elle n'éprouvait que davantage de culpabilité et se retrouvait coincée entre la honte de ne rien faire et l'appréhension d'agir.

– Je suis sûre que ça lui fera plaisir, l'encouragea Ethan le jour où Jodie lui confia sa généreuse ambition.

Elle était désireuse de lire dans le regard de son fils une lueur d'approbation. Et voilà qu'elle se blâmait à nouveau, consciente du caractère égocentrique de sa démarche. Mais n'était-ce pas toujours le cas des bonnes actions, en fin de compte ?

– Je lui dirai de venir vendredi, poursuivit Ethan. Elle sera ravie.

Et Jodie hocha la tête, pétrifiée de ne plus pouvoir reculer.

On l'invitait à dîner. Madame Janik fut tellement prise de court par la proposition qu'elle oublia de remercier son messager. Ethan attendait, le visage illuminé par un large sourire qui lui redonna soudain l'apparence de ce qu'il était : un petit garçon.

– Bien sûr, finit-elle par répondre, étonnée par son propre engouement.

À quand remontait sa dernière invitation à un dîner ? Madame Janik se caractérisait elle-même par son asocialité, mais face à l'enthousiasme avec lequel elle s'entendit accepter, elle se demanda si son caractère solitaire relevait vraiment d'un choix.

– On mange généralement à vingt heures, précisa Ethan. Mes sœurs seront là aussi.

– Parfait, répondit madame Janik, stupéfaite de réellement le penser.

Le sourire hollywoodien de madame Janik déconcerta Jodie à tel point qu'elle en oublia le cocktail d'émotions qu'elle avait prévu de servir à leur vieille voisine. Elle se surprit aussi à noter que, sans sa veste informe, madame Janik n'était pas aussi chétive ni chiffonnée qu'elle l'avait cru.

Outre sa mise en plis sévère, d'un blond platine aussi artificiel que stupéfiant, la vieille dame arborait un style simple et élégant, en parfaite adéquation avec sa personnalité discrète et polie. Elle se tenait bien droite sur sa chaise, mais son regard brillait d'une telle intensité que, l'espace d'un instant, Jodie crut avoir pour convive non pas une septuagénaire affaiblie, mais une petite fille à sa fête d'anniversaire.

En annonçant le menu, Jodie avait précisé qu'il y aurait du gâteau au chocolat pour le dessert, et cette information parfaitement anodine avait immédiatement plongé madame Janik dans un état second, au point qu'elle n'arrivait plus à fixer son attention sur autre chose. Du gâteau. Au chocolat. Fait maison. Même si les écarts qu'elle se permettait étaient rares, elle avait toujours préféré le sucré au salé. Confiseries et gâteaux lui évoquaient l'insouciance de l'enfance rien que par leurs noms. Et c'est aussi le goût qu'ils laissaient sur sa langue. Elle sentait son corps tendu par l'attente, et elle songea à la somme des sucreries qu'elle avait dévorées, petite fille, dans quelques exceptionnels moments d'abandon où plus rien ne comptait sinon la sensation de la crème fondant sur sa langue ou du biscuit craquant sous ses dents.

Une à une, à cause du rationnement, les pâtisseries aux doux noms d'*Eiershecke, Pulsnitzer Pfefferkuchen, Quarkkäulchen, Christstollen* avaient toutes disparu, remplacées par un pain sec et insipide qu'on se contentait de désigner comme tel, car parmi ses nombreux effets, la guerre tarit l'imagination.

De cette expérience était née sa philosophie : une situation ne pouvait jamais se révéler trop dramatique tant qu'il y avait des desserts. Pour avoir vécu une partie de sa vie sans la gaieté simple associée à leur seule évocation, madame Janik ne risquait pas de l'oublier.

Quelque chose dans le comportement de madame Janik interpella Ethan, et il scrutait ses gestes avec l'appréhension qui d'ordinaire caractérisait sa mère. La vieille dame semblait apprécier la soirée, mais ses yeux papillonnant sans cesse et son sourire enfantin avaient quelque chose de déstabilisant. Elle baissa brusquement la tête, consciente d'être épiée, et gloussa à la manière d'une écolière en train de passer un mot doux à un garçon. Elle donnait la très nette impression d'être ailleurs, et Ethan se demanda quel couloir de son passé elle venait d'emprunter. Que ce comportement puisse suggérer une forme de sénilité l'alarmait et lui coupa l'appétit. Il sentait le regard de sa mère sur lui et s'interdit de tourner la tête dans sa direction pour voir ce que l'attitude de leur voisine lui inspirait.

Madame Janik se régala du gâteau qu'elle enfourna en quelques bouchées gourmandes, sans oser lever les yeux de peur de discerner chez ses hôtes la réprobation courroucée de Grand-Mère. Une fois son dessert englouti, réprimant un rot satisfait, elle considéra les miettes dans son assiette en résistant à la tentation de les rassembler pour dessiner un sourire. À la place, elle observa les règles de conduite établies par feu Grand-Mère, et aligna ses couverts en travers de son plat, en évitant soigneusement de les entrechoquer.

— Délicieux, dit-elle en décelant dans sa propre voix le ravissement de la petite Magda.

Avaient-ils conscience du désordre émotionnel au cœur duquel elle se débattait ? Ressentaient-ils les couches d'embarras, de plaisir, de manque et de culpabilité sous lesquelles elle ployait ? Elle espéra que non, tout en tâchant de déterminer s'il lui était permis de demander une deuxième tranche.

Dresde, Allemagne, 19 février 1945

— Encore une bouchée, Magda.

Magda observa la cuillère approcher de son visage et loucha quand elle frôla son menton. Ses lèvres s'entrouvrirent, et elle mastiqua lentement la bouillie insipide avec une conscience accrue du mouvement des muscles de sa mâchoire. L'infirmière lui sourit, usant de cette jovialité hospitalière surfaite à laquelle la jeune Magda serait à nouveau confrontée soixante-dix ans plus tard.

— C'est bien, Magda. Allez, encore une.

Les infirmières s'affairaient entre les lits sans s'attarder plus que nécessaire. Courtoises mais distantes, compatissantes mais pressées, d'une efficacité toute professionnelle. Elles avaient l'air éreintées, même si elles s'employaient à ne pas le montrer. L'hôpital était surpeuplé et les gémissements des blessés se fondaient les uns dans les autres, produisant un bruit de fond sinistre et continu qui semblait n'émouvoir personne et auquel Magda finit par ne plus prêter attention.

Elle continuait d'attendre Mère. Elle avait fourni une description détaillée à Renata, une infirmière ronde et enjouée, dont elle jugeait le sourire plus sincère que celui des autres. Chaque matin, elle attendait avec impatience le moment où Renata surgirait d'entre les lits avoisinants, de sa démarche étonnamment légère malgré sa lourde ossature, le petit déjeuner frugal de Magda en équilibre sur un plateau qu'elle déposait ensuite sur les genoux de la fillette avec la solennité d'un chevalier faisant une offrande au roi.

Magda l'aimait bien. Il émanait d'elle une douceur à laquelle la fillette était étrangère, et elle répartissait son temps équitablement entre tous les patients requérant ses soins. Sa générosité et sa compassion gommaient ses défauts physiques et son manque d'expérience, et c'est en la regardant aller et venir de son pas décidé pour distribuer sourires, paroles rassurantes et encouragements que Magda comprit ce qu'était la bonté, et la frontière infime qui la séparait du courage.

Depuis son arrivée à l'hôpital, plusieurs adultes étaient venus la voir, pleins d'un espoir qui se muait aussitôt en une douloureuse résignation. Ce n'était ni des médecins ni des patients. On lui avait expliqué qu'il s'agissait de parents ayant perdu la trace de leur enfant pendant l'attaque aérienne. Combien de Magda manquaient à l'appel ? Combien de mères et de pères quittaient l'hôpital, plus affligés qu'en y entrant, parce qu'elle n'était pas celle qu'ils espéraient ?

Elle avait eu de la chance, lui avait-on dit. Une chance folle, de ne pas s'être trouvée sur le chemin de la tempête de feu dont l'intensité avait réduit en cendre tout ce qui se trouvait sur son passage. Il ne restait presque rien de la vieille ville tant chérie par Grand-Mère, sinon les souvenirs que les gens en garderaient, et qui disparaîtraient avec eux. Partout autour d'elle, Magda pouvait voir les conséquences de l'incendie. Elle savait que beaucoup de gens étaient morts, brûlés, asphyxiés ou encore enterrés sous les fondations calcinées de Dresde. Y compris des enfants, de son âge et plus jeunes encore. Elle réalisait aussi que la plupart des survivants ne récupéreraient jamais totalement ce que le feu leur avait pris, ils apprendraient simplement à vivre sans. Comme Grand-Père qui continuait d'admirer des peintures que ses yeux ne voyaient presque plus.

On la désignait comme chanceuse, comme miraculée, mais Magda, elle, se jugeait en traîtresse : elle avait abandonné Grand-Mère. Sans hésiter, et sans se retourner. Comme elle ignorait leur adresse, elle s'était contentée d'expliquer à Renata qu'elle habitait à quelques minutes du parc. Dans une jolie rue, avait-elle ajouté. Avec un fleuriste qui disposait ses bouquets sur des tréteaux bleus. Leur immeuble était plus haut que ses deux voisins, avait-elle aussi précisé avant de se taire brutalement, consciente du caractère désormais superflu de ce détail.

Elle n'aimait pas penser à sa maison anéantie et concentrait tous ses efforts à refouler les images des bâtiments en flammes, des façades éventrées et des gens s'élançant hors des ruines en hurlant. Mais même lorsqu'elle y parvenait, que son esprit ne se laissait pas happer par le souvenir de cette nuit terrible, qu'elle n'avait plus la sensation d'inhaler de la fumée et des relents de chair brûlée, que la fatigue la délivrait de son imaginaire, même dans ces instants de répit, la peur continuait de s'épaissir, avec la lente inexorabilité d'un lac cristallisant sous l'effet du froid.

Pour la première fois de sa jeune vie, Magda prenait conscience de sa mortalité et de la facilité avec laquelle son existence pouvait être anéantie au même titre que tout ce qui composait son identité.

Elle étudia ses mains bandées de gazes en essayant d'imaginer ce que Grand-Mère aurait pu dire à leur sujet : « Tu ressembles à une momie, Magda. Enlève-moi ça. Et puis ne vois-tu pas qu'elles sont sales ? Les bactéries adorent la saleté. Et d'où vient cette odeur ? » Non, Grand-Mère n'aurait pas aimé les effluves de désinfectant mêlés à ceux que dégageaient tous ces corps en mauvais état, blessés, mourants et choqués, au-dessus desquels planaient la douleur, l'incertitude et la mort. Cette atmosphère d'urgence, qui reléguait les bonnes manières au second plan, lui aurait déplu, tout comme ce trop-plein d'émotions, engendré par des événements catastrophiques qui, en théorie – tout le monde le sait –, n'affectent que les autres. Ou du moins pas l'imperturbable Grand-Mère.

L'hôpital oscillait entre les opposés. Entre l'exigence de propreté et la détérioration des chairs. Entre la précision des médecins et la nature injuste du hasard qui leur valait de soigner des blessures distribuées à la manière d'un jeu de cartes. Entre les terminologies cliniques aux consonances poétiques et les situations dramatiques qu'elles désignaient. Entre la blouse virginale des infirmières et l'irrévocabilité des plaies qu'elles traitaient.

« J'espère que tu ne déranges personne, Magda. Laisse ces gens faire leur travail et ne te plains pas. Ce n'est jamais bon d'attirer l'attention sur soi. Et mange ce qu'on te sert, pour l'amour du Ciel, tu n'aimerais tout de même pas froisser la cuisinière. » Alors Magda, que l'obéissance aux injonctions de sa grand-mère rassurait, se contenta d'attendre.

West Village, New York, 2015

Madame Janik retardait le moment de rentrer chez elle. Elle redoutait la solitude confinée du petit appartement et le sentiment de vacuité qui l'assaillirait.

Elle percevait une dissonance entre les membres de la famille Parker, une sorte de retenue forcée, comme si chaque mot prononcé n'avait pas tant pour but de favoriser une conversation que d'en éviter une autre. Mais elle sentait aussi leur chaleur, le respect qu'ils se vouaient et l'affection qui les liait. Et madame Janik, en raison de son parcours de vie, préférait les revers d'un amour compliqué à l'absence d'amour.

Aucun d'eux n'était très bavard, et c'était peut-être mieux ainsi. Il lui semblait que les détails les plus importants de l'existence se communiquaient de toute façon à travers le silence.

La petite Magda qui se nichait encore au creux de sa poitrine ne put s'empêcher de ressentir un pincement au cœur devant le tableau de cette famille, certes imparfaite, mais unie. Madame Janik souhaitait prolonger cette soirée tout en craignant de s'imposer, et elle trouva le courage de demander une tasse de thé. Jodie Parker, qui depuis le début du repas paraissait batailler intérieurement bien loin des sujets abordés à table, revint de la cuisine avec une théière fumante, qu'elle déposa devant son invitée avec hésitation, comme si elle participait à un jeu dont elle avait oublié les règles.

– Qu'est-il arrivé à vos mains ? lança Estelle lorsque madame Janik tendit le bras pour attraper le sucre, exposant sa peau meurtrie.

La vieille dame sentit le regard furieux de Jodie fusionner avec l'esprit de Grand-Mère, que ce type d'indiscrétion aurait fait avaler de travers, et haussa les épaules pour apaiser les esprits, ceux des vivants comme ceux des morts.

– Ce n'est rien. Une vieille cicatrice.

C'était curieux, ce besoin de savoir qui se contentait de si peu. Récent, aussi, lui semblait-il. À son époque, on acceptait l'absence d'explications, par pudeur, par respect et peut-être aussi parce qu'on savait la vérité difficile à supporter. La nouvelle génération était-elle réellement plus courageuse et plus soucieuse d'obtenir des réponses ? Ou était-elle animée d'une curiosité malsaine, façonnée par une culture de l'information de surface, de gros titres choquants, d'images frappantes où le contexte n'importait plus et où les faits, au bout du compte, n'intéressaient personne?

Du coin de l'œil, madame Janik vit Ethan baisser la tête, et elle éprouva à la fois une étrange fierté et un élan réconfortant de complicité face à la conviction qu'il ne parlerait pas.

La dynamique de la famille Parker et ses subtilités n'auraient pas dû l'intriguer à ce point, ni même l'affecter. Mais elle avait toujours été sensible à l'obscure alchimie dissimulée derrière les relations familiales. Un moyen peut-être de se sentir moins seule. Madame Janik quitta les Parker après les avoir maintes fois remerciés, louant les talents culinaires d'une Jodie préoccupée, et adressa un clin d'œil discret à Ethan avant de disparaître dans le couloir.

Descendre les deux étages jusqu'à son appartement se révéla plus facile qu'elle ne l'avait escompté, et elle déverrouilla la porte avec un soupir victorieux, puis se coucha directement, sourire aux lèvres et tout habillée.

— Magda, Magda, réveille-toi!

Magda battit des paupières, confuse, sans trop savoir si elle rêvait. Groggy, elle peinait à émerger et, les yeux embués de sommeil, mit plusieurs secondes à reconnaître le visage face à elle.

— Mère?

Elle était penchée sur elle, si près que Magda sentit son souffle, dépourvu de relents d'alcool. Son indifférence coutumière avait cédé la place à l'effroi, et avant que Magda puisse déterminer ce qu'elle-même éprouvait, la main de Mère lui enserra le poignet avec une vigueur qui acheva de la réveiller.

— Magda, répéta-t-elle.

— Où étiez-vous? demanda la fillette sans réfléchir.

— Je te cherchais, répondit Mère d'un ton qui suggérait que ce n'était peut-être pas tout à fait vrai.

Sidérée par ces retrouvailles inespérées, Magda se redressa et dévisagea Mère. Elle avait maigri, ses vêtements étaient sales et ses cheveux mal coiffés, mais elle conservait cette prestance que Magda associait aux princesses.

– Où est Grand-Mère ?

Se heurtant au silence, la fillette préféra ne pas insister. Elle attendit que Mère reprenne la parole, et observa du coin de l'œil Renata qui évoluait silencieusement entre les lits.

– J'ai parlé aux infirmières, finit par dire Mère. Elles disent que tu vas bien. Que c'est un miracle.

– J'ai été blessée aux mains, précisa Magda en agitant ses paumes bandées.

Elle aurait voulu expliquer à Mère la façon dont le service hospitalier avait loué sa bravoure et son sang-froid. Qu'en dépit du désordre qui régnait, les adultes s'étaient montrés gentils, attentifs, et que personne ne l'avait grondée quand elle mouillait son lit. Qu'elle avait eu peur mais n'avait pas pleuré. Mais Mère était agitée, et lorsqu'elle se pencha à nouveau vers Magda, celle-ci renifla une odeur rance qui la fit instinctivement reculer.

– Cet endroit ne plairait pas à Grand-Mère, c'est pour ça qu'elle ne vient pas, reprit Magda.

Elle scruta la réaction de Mère, qui se contenta de hocher la tête en silence.

Magda décida de ne pas lui dire qu'elle avait fièrement sauvegardé un pan minuscule de leur existence. La photographie de la famille au complet, prise dans le salon quelques mois plus tôt, avait miraculeusement survécu, nichée contre sa poitrine. Elle était sûre que Grand-Mère aurait loué cet exploit ; Mère, elle, ne s'en réjouirait même pas. Ainsi choisit-elle d'en faire son secret. Elle aussi pouvait en avoir.

Sa main froide posée sur les petits doigts bandés de Magda, Petra s'évertuait à ne pas se trahir. Elle avait hésité avant de se lancer sur la trace de sa fille. Elle ne le lui avouerait jamais, bien sûr, et ses propres motivations manquaient de clarté, comme tout le reste désormais. À vrai dire, elle ne pensait pas que Magda avait survécu, et elle n'avait pas immédiatement trouvé la force de s'en assurer. L'incertitude offrait un refuge. On pouvait la remplir des couleurs de son choix. Au bout d'un moment, on oubliait même qu'il existait un autre tableau, dissimulé derrière la toile du déni et des fantasmes.

Elle avait pensé marcher jusqu'à s'écrouler. Peut-être qu'elle ne se réveillerait jamais, et le monde ne s'en porterait pas plus mal. Peut-être, au contraire, qu'elle se relèverait armée de suffisamment de volonté pour poursuivre dans cet univers apocalyptique où son identité ne signifiait plus rien. Personne ne se préoccuperait de savoir qui elle était. Elle avait entrevu l'opportunité d'un nouveau départ, et cette possibilité l'avait d'abord séduite.

Vidée, seule et effrayée, elle avait erré dans les ruines pendant plusieurs heures, animée d'une détermination qu'elle ne comprenait pas. L'Allemagne avait capitulé, et s'il existait un futur, Petra doutait qu'il se révèle heureux. La première nuit du bombardement, elle avait trouvé refuge dans un bistrot en périphérie de la vieille ville, dans un secteur relativement épargné où la tenancière, une femme forte et simplette que Petra n'aurait jamais imaginé côtoyer, lui avait offert une maigre ration de soupe agrémentée d'une critique virulente sur l'offensive alliée. Petra avait mangé en se gardant d'intervenir, les yeux rivés sur son reflet dans le miroir sale et fissuré accroché derrière le comptoir.

Chaque scène était absurde. Chaque conversation insensée. La terre ne tournait sûrement même plus sur son axe. Les gens traversaient les rues, hébétés, à la recherche de quelqu'un ou de quelque chose, fouillant les décombres comme des excavateurs obstinés, insensibles à la fatigue, à la faim et à leurs propres blessures. Et le vacarme ne connaissait aucun répit. La mort, la destruction et la défaite soufflaient sur la ville entière un bourdonnement ininterrompu où se mêlaient le cri des sirènes, les hurlements des familles décimées, les appels sans réponse et le crépitement des flammes.

Petra avait arpenté des rues familières, et d'autres, inconnues, observant d'un œil curieusement détaché les immeubles en ruine et ceux que les bombes avaient épargnés. Cette réalité n'était pas la sienne. Ces gens sales et désespérés qui erraient n'étaient pas ses concitoyens, et les murs arrachés, les fenêtres brisées et les façades calcinées n'étaient pas Dresde. Ce n'étaient pas les décombres de sa ville qu'elle contemplait.

Finalement, le tumulte avait cessé, remplacé par une stupeur collective qui avait réduit tout le monde au silence. L'odeur de brûlé s'infiltra en Petra avec violence, et elle ressentit brusquement les courbatures dans ses jambes, meurtries par sa marche prolongée. Elle perçut les relents de sa propre sueur, les spasmes secouant son corps, et l'épuisement la saisit lorsqu'elle se rendit compte de l'ampleur du désastre.

Aussi aberrant que cela puisse paraître, Magda lui était jusqu'alors simplement sortie de l'esprit. Comme Peter et sa belle-famille. Mais la vue d'une fillette pleurant sur les vestiges d'un perron avait fait ressurgir le visage de Magda, et l'avait ramenée aux derniers instants avec sa fille. L'immeuble. La foule. Elle l'avait perdue dans la panique. Elle s'en souvenait maintenant.

Émergeant de cet état second, Petra prit conscience de sa solitude et, redoutant de s'y confronter, décréta qu'elle devait retrouver Magda.

Elle avait arpenté les rues de leur ancien quartier, se fondant parmi les silhouettes qui se déplaçaient au milieu des décombres.

Elle avait bêtement appelé son nom et scruté autour d'elle comme si un indice se cachait quelque part derrière l'écran de fumée qui refusait de se dissiper. Les heures, puis les jours s'étaient écoulés, dans un brouillard qu'elle affrontait sans rien ressentir, ou plutôt sans parvenir à établir ce qu'elle ressentait. Elle ne s'identifiait pas à ces mères affolées qui fouillaient les gravats de leurs mains nues des heures durant, éreintées par leur désespoir. Elle ne redoutait pas que sa quête la mène à un dénouement dont elle ne pourrait se relever. La tristesse, l'appréhension, le manque et le deuil lui étaient momentanément aussi étrangers que les inconnus qu'elle croisait. Elle savait juste que, pour la première fois depuis des années, il lui fallait une certitude. Elle s'était rendue sur les lieux où elles avaient été séparées. Là, Petra avait sinué entre les ruines, parmi les rescapés, les pompiers et les secours, jusqu'à perdre la notion du temps. Ce n'est que beaucoup plus tard, tandis qu'un semblant de calme s'installait sur la ville ravagée et que chacun se concentrait sur sa survie, qu'elle avait songé à vérifier les hôpitaux.

Et elle avait fini par la retrouver. Au terme d'une recherche laborieuse jalonnée d'entretiens infructueux et de visites pénibles dans des hôpitaux surpeuplés. Magda la miraculée. Elle n'avait pas semblé choquée de la voir, comme si leurs retrouvailles allaient de soi, et son assurance naïve, cet optimisme borné et absurde propre aux enfants, avait empli Petra d'un besoin irrépressible de hurler. Mais elle s'était retenue, et le cri était mort dans sa gorge, empilé sur tous les autres.

La défaite de l'Allemagne était palpable, et cette réalité s'enracinait dans les esprits avec une insistance croissante. Après les pertes essuyées, face à l'ampleur des dégâts, chacun pliait encore davantage l'échine, et Petra se demanda si le pays se redresserait un jour.

Magda ne se plaignait pas, fidèle à elle-même, mais sa pâleur accusait la fatigue, la faim et un abattement que Petra associait à la disparition de ses grands-parents et de leur foyer. Réduite au silence, la fillette suivait Petra docilement, et cette dernière se garda bien de lui fournir des explications.

West Village, New York, 2016

Par un bel après-midi de mars, encouragée par des températures prématurément estivales, madame Janik enfila sa parka pour aller se balader. C'était l'heure idéale, les gens travaillaient. Les enfants étaient encore à l'école. Les ménagères faisaient tourner leur maisonnée.

Seuls les vieux disposaient du privilège d'occuper leurs journées selon leur bon vouloir – une idée communément admise. Une oisiveté, même imposée, restait agréable. Pas d'horaire. Pas d'échéance. Aucun engagement. Un calme mérité, auquel on prenait vite goût. Était-ce si vrai ? Existait-il réellement des gens pour l'envier ? se demanda madame Janik.

Elle sortit de l'immeuble en peinant à ouvrir la lourde porte d'entrée. Mais une fois dehors, le soleil dégoulina sur elle, et madame Janik sentit son agacement et ses appréhensions fondre.

Elle s'installa sur un banc vide du métro avec un exaltant sentiment d'indépendance. Elle partait se promener, seule. Sans canne et sans plan, seulement armée de sa détermination et de sa bonne humeur. Elle profiterait de cette agréable journée, du chant des oiseaux, de la caresse du vent dans ses cheveux, du soleil sur sa peau, de tous ces petits riens auxquels on n'accorde leur véritable importance qu'une fois qu'ils nous ont échappé.

Couplé à la chaleur du wagon, le vrombissement du train eut sur la vieille dame un effet soporifique, et elle se laissa tant et si bien bercer qu'elle faillit manquer son arrêt. Elle descendit à Eastern

Parkway sans parvenir à se rappeler la dernière fois qu'elle avait mis les pieds à Brooklyn, et se dirigea vers l'entrée du jardin botanique, d'un pas lent mais léger.

Elle serpenta un moment dans le parc en quête des premiers bourgeons printaniers. Cette période transitoire était sans doute son moment préféré de l'année. Même la guerre, au printemps, devenait plus supportable, car ce basculement de saison portait en lui la promesse d'un futur à son image : plus lumineux, plus chaleureux et plus coloré.

D'ici quelques semaines, l'esplanade des cerisiers serait en fleur, et si elle trouvait le courage, madame Janik reviendrait les admirer. Lorsqu'elle observait les gens autour d'elle, l'indolence joyeuse des jeunes couples aux doigts entrelacés, des mères poussant leur landau en bavardant et des jeunes filles prenant la pose sous l'objectif de leurs amies, toute cette insouciance si harmonieusement distribuée l'amenait à se sentir terriblement hors propos. En imaginant à quoi ressemblait leur quotidien, madame Janik peinait à croire qu'ils puissent appartenir au même monde.

Les arbres verdoyants, le gazon méticuleusement entretenu et la danse aérienne des oiseaux composaient une scène paisible que madame Janik aurait voulu apprécier, mais à ce décor idyllique se superposa le souvenir des grands jardins de Dresde, et elle agita le bras en croyant voir Grand-Mère avancer dans sa direction. Tandis qu'elle allait à sa rencontre, madame Janik constata que l'inconnue n'avait de Grand-Mère que la stature. Elle était beaucoup plus jeune, et ses cheveux blonds, avec le contre-jour, s'étaient parés d'un éclat argenté trompeur.

Elle laissa retomber son bras, embarrassée, et évita soigneusement le regard de la femme lorsqu'elle arriva à sa hauteur. Combien de fois avait-elle pensé apercevoir Grand-Mère dans une fraction de seconde où le fantasme oblitérait son jugement et octroyait à l'illusion la dimension du possible ?

Un moineau téméraire frôla son épaule, et madame Janik sursauta. Puis elle s'engagea dans le jardin japonais, niché au cœur du parc. Elle marcha le long de l'étang en guettant les carpes *koï* dont on devinait les fugitives silhouettes mordorées sous la surface, et contempla le paysage tout en rondeurs des bosquets parfaitement taillés. À la faveur d'un ciel complètement dégagé, le soleil parsemait le bassin d'étincelles mouvantes et conférait à la scène une douceur et un lyrisme propices au recueillement.

Madame Janik pénétra dans la petite hutte en bordure de l'étang et se pencha pour étudier son ombre sur la nappe opaque du marais. Dans les remous engendrés par un *koï* se dessina le reflet de Mère, et madame Janik recula vivement. Mis à part une femme aux prises avec son fils brailleur, visiblement insensible au charme bucolique alentour, le petit jardin était désert. Pourtant, tandis qu'elle parcourait la longueur du ponton, madame Janik ressentit la présence de Mère à ses côtés, dans le frémissement du vent et le clapotement de l'eau. Il lui sembla entendre son rire étouffé, porté par le bruissement des arbres, et le chuintement léger produit par le balancement d'un bambou lui évoqua ses soupirs.

Contrairement aux apparitions inopinées de Grand-Mère, le fantôme de Mère la quittait rarement. Plus énigmatique, plus obscur, il réveillait les vestiges émoussés de son amour filial contrarié. Les sentiments qui liaient madame Janik à ce spectre étaient difficiles à démêler, et peut-être est-ce pourquoi la vieille dame avait plus de mal à les repousser.

Un *koï* s'approcha de la surface, et la vieille dame observa les bulles minuscules dans son sillage. Celles que Mère avait expulsées, tandis que ses poumons cédaient à la pression et se gonflaient d'eau glacée, madame Janik ne les avait pas vues, mais il lui arrivait fréquemment de les imaginer. Appuyée contre la balustrade, sourde à la mélodie feutrée de la nature autour d'elle, madame Janik retint son souffle, et ferma les yeux.

Radebeul, Allemagne, avril 1945

C'est une douce et insistante pression humide sur sa joue qui réveilla Magda, et elle ouvrit un œil ensommeillé sur une jeune biquette impatiente. Le soleil de l'aube filtrait entre les lattes de bois de la grange, répandant sur la paille de minces rectangles blancs. Aux pieds de Magda, la chèvre paraissait attendre, et la fillette tendit la main pour la caresser. Mais l'animal recula vivement, de peur ou de surprise, et se détourna pour renifler une bûche égarée.

L'air brumeux du matin portait en lui un silence inhabituel, et à mesure que Magda s'éveillait, acclimatant ses sens à son environnement, la perception d'un changement indéfinissable la poussa à se lever. Mère n'était pas dans sa couche, mais elle n'y dormait pas toujours. Il lui arrivait de passer la nuit avec le bourru monsieur Arden, dont l'absence d'incisive gauche suscitait à la fois le dégoût et l'empathie de Magda. Il avait dû croquer dans une pomme trop dure, s'était-elle dit le jour de leur rencontre.

C'était un homme seul, lui avait expliqué Mère d'un ton suggérant que cette situation lui inspirait de la compassion et l'envie d'y remédier. Il n'avait que ses bêtes, et les animaux sont de piètres substituts à la chaleur humaine. C'est donc à ça que Mère s'était attelée depuis leur arrivée à la ferme, à fournir à monsieur Arden ce que son troupeau de vaches, son domaine et son labeur ne pouvaient lui procurer.

Parfois, Mère la rejoignait au milieu de la nuit. Parfois, pas du tout. Les effluves de Dame Dresde s'étaient depuis longtemps évaporés, remplacés par le parfum d'autres bouteilles, que Mère chipait à monsieur Arden ou qu'ils buvaient ensemble jusqu'à l'inconscience.

Monsieur Arden acceptait la présence de Magda, à qui il n'adressait la parole que lorsqu'il n'avait pas d'autre choix. Elle le remerciait à chaque fin de repas, selon les injonctions de Mère, et le reste du temps, ils s'évitaient. Monsieur Arden était grand, doté d'un corps puissant qu'il devait à la nature de son travail physique éprouvant. Il lui manquait une dent, ses cheveux et une épouse, mais il possédait un caractère calme et semblait étranger à la cruauté.

Pourtant, Magda s'interdisait de l'apprécier, lui et ses qualités qui s'opposaient si drastiquement au tempérament de Père. Le quotidien rustique de monsieur Arden agissait comme le faisceau d'un projecteur sous lequel les actions passées de Père apparaissaient sous un jour neuf, moins glorieux et moins méritoire. Magda se surprenait à réviser ses souvenirs et à discerner dans le soin qu'apportait Père aux apparences, dans ses choix et ses priorités, le signe d'une vanité superflue qui l'avait desservi. La satisfaction que monsieur Arden retirait de son existence modeste piétinait les principes et les croyances de Père en soulignant leur vacuité.

Il n'y avait pas de tableaux dans la ferme de monsieur Arden. Pas d'étagères en verre renfermant des trésors fragiles qu'il était interdit de toucher. Ses armoires rustiques ne dissimulaient aucune vaisselle fine et sa table à manger légèrement bancale, posée à même la pierre, n'était pas recouverte d'une nappe blanche brodée qu'on se sentait immanquablement coupable de tacher. Peut-être que monsieur Arden ne savait pas ce qu'étaient la richesse, l'art et les belles choses qu'on acquiert pour le seul plaisir de les regarder. Peut-être qu'il y était indifférent. Monsieur Arden était fier de ce qu'il possédait et ne convoitait rien. Quand il trayait ses vaches ou s'attelait à changer une latte de bois pourrie, ses yeux s'ourlaient de petites ridules de contentement, et les mouvements souples de son corps pourtant massif irradiaient un plaisir authentique.

C'est pour toutes ces raisons que Magda ne l'aimait pas, parce qu'il exemplifiait une remise en question qui n'ébranlait pas seulement la figure idéalisée de Père, mais aussi tout ce qu'elle pensait être vrai et juste. Cette loyauté indéfectible qui malmenait sa conscience, Magda savait être la seule à la ressentir. Mère, qui se comparait fréquemment à une marionnette, jouissait en réalité d'une liberté en totale contradiction avec le terme qu'elle avait choisi pour se désigner. Face au stoïque monsieur Arden, et délivrée de ses obligations d'antan, elle ressemblait à un animal au terme d'une longue captivité, tandis qu'il se réapproprie son habitat naturel. Elle ne se lamentait pas sur l'absence de son mari, ne l'évoquait jamais, et Magda devinait qu'elle ne l'attendait plus et se fichait de son sort. Elle ne tenait pas en place, mais ne menait rien à terme. Magda trouvait parfois la vaisselle oubliée, mijotant dans l'eau savonneuse grisâtre du lavabo, ou la panière à linge abandonnée, attendant qu'on suspende son contenu. Quand elle ne délaissait pas les rares tâches qui lui incombaient, Mère jacassait des inepties à monsieur Arden, qui l'écoutait patiemment – ou excellait à faire semblant –, et lors des repas, pour une raison connue d'elle seule, elle alternait entre fous rires et crises de larmes face à un public impassible. Son émancipation la rendait plus imprévisible que jamais, et sans armature pour contenir ses sautes d'humeur et ses tendances destructrices, elle donnait parfois l'impression de s'effrayer elle-même.

Magda ignorait tout de l'arrangement entre monsieur Arden et Mère. Elle savait simplement qu'elles habitaient là parce qu'il les y autorisait. Quant à déterminer s'il se réjouissait de leur présence, c'était difficile à dire. À Magda, il évoquait surtout un vieil ours fatigué, attaché à sa solitude et pressé d'hiberner.

Après avoir ajusté le chandail trop grand qui lui servait de chemise de nuit, Magda se leva et gagna la porte de la grange, entrouverte par la chèvre aventureuse. Elle sortit au grand jour et plissa les yeux, éblouie par l'intensité du soleil. Les poules avaient déjà entamé leur journée, se dandinant avec entrain dans leur enclos, et les quelques vaches paissaient tranquillement dans le pré, leur queue fouettant l'air mollement pour chasser les mouches qui tournoyaient autour de leur arrière-train. L'herbe des champs scintillait sous la rosée et le mince sentier menant à la ferme serpentait à travers la verdure, pareil à une longue langue de farine qui disparaissait à l'orée de la forêt. Les oiseaux partageaient les premières nouvelles du jour dans l'intimité protectrice des feuillages et, déjà haut dans le ciel, le soleil brillait avec insolence.

Malgré ce décor paisible, quelque chose mit les sens de Magda en alerte. Un détail à la périphérie de sa conscience, qu'elle ressentit avant de pouvoir en déterminer l'origine. Cette sensation flotta devant elle jusqu'à ce qu'elle mette le doigt sur son trouble. Monsieur Arden. Il se réveillait toujours à l'aube, et ses tâches matinales se mêlaient à la discrète musique de la nature. Qu'il coupe du bois, s'active dans la cour ou ratisse la terre, ses activités produisaient des sons distincts qui contribuaient à composer la mélodie quotidienne à laquelle Magda s'était vite habituée.

Maintenant qu'elle en avait identifié la cause, Magda sentait l'angoisse refluer, et elle se hâta de traverser la cour. Monsieur Arden n'était pas dans l'arrière-cour, ni dans son établi débordant d'outils. Elle ne croisa pas Mère non plus, mais cette absence la surprit moins. Il arrivait à Mère de dormir la journée entière ou de s'aventurer dans les bois pour ne revenir qu'à la nuit tombée, les cheveux parsemés d'aiguilles de pin et les yeux brillants de malice, comme un enfant ravi par sa témérité et curieux de voir ce que lui vaudra son mépris du couvre-feu. Sauf que personne ne réagissait et que ses provocations chargées d'animosité tombaient dans le vide.

Magda se rendit à la cuisine en résistant à la tentation d'appeler monsieur Arden. Les adultes n'aimaient pas être dérangés, surtout pour rien. Peut-être que monsieur Arden faisait une sieste, incommodé par un de ces maux de tête carabinés dont Mère se plaignait si souvent. Peut-être qu'il était fatigué et s'offrait une pause bien méritée. De toute façon, Magda redoutait de donner l'impression de le chercher, car il en déduirait forcément qu'elle se souciait de lui, ou quêtait sa compagnie.

Mais alors qu'elle décidait de s'en retourner à la grange, Magda perçut dans son dos le crissement distinctif et régulier de l'herbe humide s'aplatissant sous des bottes. Elle s'immobilisa, l'oreille à l'affût, et enregistra la pesanteur qui accompagnait chaque foulée, comme si un poids alourdissait le promeneur, rendant sa marche lente et laborieuse. Tandis que les pas s'approchaient, Magda entendit une respiration, bruyante et essoufflée.

Elle sut qu'il s'agissait de monsieur Arden avant même de se retourner, et durant la minute qu'il fallut à l'homme pour atteindre l'endroit où elle se tenait, Magda contempla la campagne face à elle avec l'intuition que chaque seconde écoulée la rapprochait d'une fin. Elle n'aurait pu l'expliquer, mais elle ressentait dans tout son être l'imminence d'un changement et d'une conclusion.

Dans la cour de récréation, bien avant le bombardement de Dresde, Magda et ses camarades s'adonnaient souvent à un jeu dans lequel chacun s'octroyait un pouvoir particulier. « Voler » apparaissait généralement en tête, suivi par « devenir invisible ». Les fantasmes les plus irréalistes inspiraient ces conversations, et presque toutes les fillettes y participaient avec volubilité. Certaines en profitaient néanmoins pour pallier leur douleur personnelle, comme Vera Müller, qui s'imaginait ramener à la vie son chat mort, ou

Gerda Weitzman qui, atteinte d'une malformation congénitale à la main, optait systématiquement pour une faculté de guérison immédiate. Vera et Gerda s'inventaient ces pouvoirs d'une voix désenchantée et dépourvue de l'enthousiasme qui animait leurs camarades, et Magda se souvenait que personne n'accueillait leurs suggestions avec grand intérêt.

Si on lui en avait donné l'occasion aujourd'hui, Magda aurait choisi d'étirer le temps. Elle aurait distendu les secondes à l'extrême, jusqu'à ce qu'elles se brisent, la libérant ainsi d'un dénouement.

– Petite.

Il ne l'appelait jamais par son nom. Mais Magda décela dans son ton une douceur forcée qui lui serra la gorge. Elle attendit, avec l'espoir qu'il s'en aille en emportant avec lui le bruit des gouttes d'eau s'égouttant dans l'herbe, qu'elle percevait à présent. Elle attendit, avec l'espoir qu'il ne s'agisse que d'un rêve, de ceux dont on émerge soulagé. Mais l'odeur caractéristique du fermier dans son dos, le rythme de son souffle et la chaleur du soleil contre sa peau trahissaient une réalité dont Magda se savait prisonnière. Alors elle se retourna, et lui fit face.

Entre les bras puissants du grand monsieur Arden, le corps de Mère paraissait si fragile et léger que, l'espace d'une seconde, Magda se demanda comment il ne s'était pas simplement brisé. Elle ressemblait à une enfant endormie. Ses pieds nus dépassaient de la longue jupe aux motifs cachemire délavés qui avait autrefois appartenu à madame Arden. Le tissu trempé continuait de goutter et collait à son corps frêle comme une seconde peau bariolée. Son visage étant tourné vers le ciel, Magda ne put y lire le reproche, mais c'est l'ultime expression qu'elle attribua à sa mère morte, parce qu'elle ne l'imaginait pas partir autrement qu'en colère. Une petite entaille décorait son arcade sourcilière, et entre l'instant de ce constat et la recherche d'une explication, monsieur Arden se racla la gorge et déclara :

— C'était un accident.

Il ne s'appesantirait pas, et Magda devinait qu'il lui faudrait se contenter de cette déclaration succincte et libre d'interprétation. Bien que déjà soumis à un début de rigidité cadavérique, le corps de Mère semblait décontracté, et Magda réfléchit au mot employé par monsieur Arden, « accident », à tout ce qu'il pouvait désigner, et au fait qu'il ne s'accordait peut-être pas au cas présent.

C'est ainsi, sous un soleil dégageant une chaleur trompeuse et au cœur d'une campagne encore épargnée par l'armée soviétique, que le chapitre de Mère prit brutalement fin.

Brooklyn, New York, 2016

De ce jour tragique, madame Janik gardait surtout en mémoire l'odeur de la terre fraîchement retournée sur la tombe de Mère et de la sueur de monsieur Arden ahanant sous l'effort et l'émotion qu'il se retenait d'exposer. La suite était morcelée. Elle se souvenait vaguement d'un séjour dans une sorte de monastère régi par des nonnes et rempli d'orphelins comme elle : sans parents et sans maison. Cette période lui avait rappelé le centre de Łódź, à la différence que les enfants n'étaient pas tous blonds et qu'ils ne chantaient plus à la gloire de Hitler. Pendant un temps, Magda avait entretenu l'espoir que Père viendrait la chercher. Et puis elle avait capitulé, et l'Allemagne aussi.

Après la fin officielle de la guerre, il y avait eu un autre transfert, peut-être même deux. Un marasme administratif sans nom. Les nombreux bouleversements impliqués par la défaite. L'attente et la confusion. Cet air hébété de naufragé qu'on observait chez presque tout le monde, des enfants aux vieillards. Entre prises de conscience et consternation, au cœur de l'abattement collectif, démarraient déjà les travaux préliminaires de reconstruction. Et puis, pour Magda du moins, il y avait eu l'entretien avec cette dame de l'Administration des Nations unies pour les secours et la reconstruction, un organisme au nom aussi interminable et compliqué que la cause qu'il désignait.

— Écoute maman, et arrête tes pitreries.

La voix transperça les pensées de madame Janik, qui sursauta avant de se tourner vers la jeune mère exaspérée et son fils. Il venait de jeter quelque chose dans l'étang. Une branche, un caillou, ou un bout de pain. Effrayés, les *koï* se dispersèrent en une myriade de flèches dorées, sous le regard navré de la mère et le rire strident de l'enfant.

Markt Indersdorf, Allemagne, 1946

On lui expliqua qu'il s'agissait de sa mère, et Magda hocha la tête, peu soucieuse de comprendre et encore moins disposée à remettre en question cette affirmation, aussi invraisemblable fût-elle. Grand-Mère lui avait enseigné à ne pas contredire les adultes. On n'en retirait que froncements de sourcils, reproches et punitions. À la place, Magda écouta distraitement, son attention focalisée sur la petite tache de boue sur sa chaussure droite, dont elle décréta qu'elle avait la forme d'un chapeau retourné.

Elle reverrait très bientôt sa maman, sa vraie maman, lui répétait doucement la dame en costume kaki assise sur la chaise en face d'elle, avec un engouement excessif qui rappela à Magda le ton des infirmières après l'incendie. Survolant ces souvenirs, la fillette essaya d'imaginer la réaction de Mère. Aurait-elle ri, comme il lui arrivait de le faire aux moments les plus inappropriés ? Aurait-elle simplement haussé les épaules, l'esprit ailleurs, avant de s'emparer de Dame

Dresde pour la porter à ses lèvres ? Magda ravala un sanglot. Mère lui manquait. Grand-Mère aussi.

Face à elle, la jeune femme avisa sa triste mine et se pencha vers elle, répandant des miasmes soutenus de parfum à la lavande. Elle était chargée de la protection de l'enfance, ce qui voulait dire qu'elle était là pour l'aider. Mais c'était une étrangère, et Grand-Mère avait toujours répété à Magda de se méfier des gens qu'elle ne connaissait pas, à plus forte raison quand ils prétendaient vouloir son bien.

– Ta maman est si heureuse de te revoir, dit la jeune femme en souriant.

Elle avait de belles dents régulières, comme Mère, remarqua Magda qui, baissant les yeux, avisa les plis disgracieux que formaient sur les chevilles de l'étrangère ses bas mal tirés. Mère aimait les bas de soie. Magda aussi. Elle se rappelait leur douceur lustrée et fragile, et la sensation qu'on éprouvait en les enfilant, pareille à la caresse d'une plume. Cet accessoire était synonyme de luxe, et par extension garant d'un statut social privilégié, lui avait expliqué Mère avant de préciser d'un ton suffisant que le rationnement ajoutait encore à leur valeur. Mais pour Magda, ils incarnaient bien plus qu'un symbole.

Elle avait maintes fois étudié Mère lors de sa toilette matinale, suivant avec émerveillement le cérémonial complexe du choix des habits, des bijoux, du maquillage et de la coiffure. La métamorphose était aussi lente que spectaculaire et comptait parmi les attractions favorites de Magda, lorsqu'il lui était permis d'y assister.

Elle observait, subjuguée, les gestes habiles de Mère torsadant ses cheveux pour les relever sur sa nuque en un chignon compliqué, qu'elle piquait de fines pinces dorées. Elle analysait la façon dont elle appliquait le maquillage par petites touches rapides, avec la précision d'un artisan rodé par l'habitude. Magda dévorait Mère du regard. La peau lisse de son dos, sous laquelle les muscles et les os dessinaient des reliefs mouvants. La finesse de son cou dégagé, le dessin de sa taille fine et la perfection de son port, que personne n'admirait autant qu'elle. Elle ne voyait pas le visage de Mère, ou alors n'en devinait qu'une partie dans le miroir, car Mère ne se tournait jamais vers elle. Peut-être l'oubliait-elle, accaparée qu'elle était par ces divers préparatifs qui requéraient toute son attention. Peut-être, au contraire, que la conscience d'une présence derrière elle influençait son attitude et qu'elle trouvait dans cette routine l'occasion de se mettre en scène, face à un public qu'elle contrôlait plus qu'elle-même. Peut-être qu'elle aimait cette idée. Ou qu'elle s'en moquait. C'était difficile à dire, avec Mère.

Au terme de ces préliminaires et encore en sous-vêtements, Mère attrapait ses bas et les enfilait d'une façon langoureuse savamment étudiée. Magda savait que Mère suivait des yeux son propre reflet, et qu'il lui arrivait souvent de froncer les sourcils, comme si elle jugeait décevante la performance d'une athlète à l'entraînement. Les jours de beau temps, le soleil filtrant entre les rideaux s'accrochait dans ses bas, et les longues jambes fuselées de Mère brillaient d'un éclat satiné.

Un matin où Mère arpentait sa chambre à moitié nue, les cheveux encore défaits, Père avait fait irruption sous prétexte d'avoir oublié un document. À la vue de sa femme dévêtue, il s'était arrêté net, une expression bizarre dans le regard. Mère l'avait notée et y avait répondu par un sourire qui tenait davantage du rictus. De toute évidence encouragé par ce signal équivoque, Père avait amorcé un pas dans sa direction, ignorant que Magda se tenait tapie au pied du lit.

L'attitude de Père, nerveuse et gênée, contrastait avec son habituelle assurance, et Magda avait été embarrassée de le voir déstabilisé par cette scène à laquelle il n'était certainement pas convié. Mais c'était bien de l'attente qu'elle lisait sur son visage, et elle s'était rencognée un peu plus, curieuse de découvrir comment Mère y réagirait. Cette dernière avait paru hésiter, ses traits s'étaient adoucis l'espace d'un instant, si bref qu'il aurait tout aussi bien pu s'agir d'une illusion, puis elle avait pouffé, et la main de Père, suspendue entre eux, s'était figée avant de retomber le long de sa cuisse. L'expression sur son visage avait brusquement changé et il était reparti sans un mot, et sans document.

Sa présence n'était pas souhaitée lors du rituel du matin, avait conclu Magda avec l'orgueil que confère tout privilège, si bien qu'elle n'avait pas réagi lorsque Mère s'était ensuite tournée vers elle pour lui vaporiser en pleine figure une rasade de parfum.

— Ta maman est encore faible. Elle a vécu des choses difficiles.

Magda releva la tête et considéra la dame en costume kaki, son air penaud et ses yeux terriblement fatigués qui dissimulaient si mal sa déconvenue. Tous ces adultes pétris de bonne volonté, qui faisaient de leur mieux et s'efforçaient de sourire sans totalement y parvenir, comme s'ils avaient oublié comment faire.

— Tu es tout ce qui lui reste, conclut l'inconnue en effleurant le poignet de la fillette.

À ces mots, Magda éclata en sanglots.

Ce n'était pas sa maman. Mais elle préféra ne rien dire. Ce serait son secret. Un de plus. Elle accepta docilement l'étreinte étouffante et crispée de l'inconnue qu'on lui présentait comme sa mère, et répondit aux interrogations silencieuses qu'elle lisait dans son regard par un sourire de façade. Les sourires avaient cette capacité d'améliorer toute situation difficile, disait Grand-Mère. Mais il fallait les utiliser avec parcimonie, comme les compliments, sinon ils ne signifiaient plus rien.

La femme semblait sincèrement heureuse de la voir, mais à la candeur de sa joie se mêlait un sentiment plus furtif et glissant, que

Magda identifia immédiatement pour l'avoir observé cent fois chez Mère : l'anxiété. Elle jeta un regard à l'inconnue, se demandant si elle aussi possédait une bouteille quelque part. Lui arrivait-il de rire sans raison pour grincer des dents la seconde suivante ? Avait-elle des secrets qu'elle déclamait à voix haute quand elle se croyait seule ou ne se souciait plus d'être entendue ? Usait-elle de mensonges et de subterfuges pour ruser avec une vérité trop lourde à porter ? Elle était maigre, comme Mère, et ses yeux bouffis suggéraient qu'elle avait beaucoup pleuré, ou pas assez dormi. Magda en conclut donc qu'elle était triste et souffrait de cauchemars récurrents, comme tous les gens qu'elle rencontrait.

Lorsque la fillette croisa le regard de sa nouvelle mère, elle se heurta au néant. Un néant qui effraya Magda, même si elle ne l'avoua pas.

La première nuit fut aussi la plus troublante, et Magda peina à trouver le sommeil. S'imprégnant de la musique de cette maison étrangère, elle écouta les craquements du vieux bois, le hululement des oiseaux derrière sa fenêtre, le chant du vent qui soulevait les feuilles et aplanissait l'herbe, et celui des pleurs de sa nouvelle mère, qu'elle entendait à travers la mince cloison séparant leur chambre. Magda se retourna dans les draps, et suivit du bout des doigts le tracé d'une rainure dans la boiserie. Elle soupira et observa le jeu de lumière que projetait la lune sur le mur. Au bout d'un moment, les sanglots cessèrent, et Magda ferma les yeux.

Paupières closes, Edith s'efforçait de contrôler sa respiration. Inspirer. Expirer. Inspirer. Expirer. Comme on le lui avait appris. Mais cet exercice avait tendance à exacerber ses angoisses, et il lui devenait alors impossible de ne pas songer à tous ces corps immobiles, rachitiques et oubliés, enterrés ou abandonnés, dont le cœur ne battait plus.

Elle n'avait jamais imaginé reconnaître Magda. Durant les semaines précédant leurs retrouvailles, elle avait établi une liste exhaustive de tous les changements, notoires ou subtils, auxquels elle serait confrontée : la corpulence, la taille, la forme du visage, les proportions, l'expression, la gestuelle et le regard, en partant du principe que Magda ne serait pas la même. Elle s'était donc préparée à tout, sauf à reconnaître sa fille. Et c'était là que la vérité, dans son implacable cruauté, l'avait frappée. Magda n'avait pas changé.

Bien sûr, elle avait grandi, ses traits s'étaient affinés et elle ne se déplaçait plus avec la gaucherie touchante des très jeunes enfants. Ses cheveux avaient légèrement foncé, ses gestes gagné en précision et sa silhouette s'était élancée. Mais outre ces transformations physiques inévitables, elle ressemblait de façon trop évidente à la fillette qu'Edith avait perdue et dont elle avait fait le deuil.

Son regard révélait la même interrogation triste qu'à l'époque où elle errait d'une pièce à l'autre, drapée de silence, en quête de sa sœur partie à l'école. Elle avait gardé la manie agaçante de se creuser un côté de la joue pour y planter son index quand elle réfléchissait. Et dans sa manière de se mouvoir et de regarder autour d'elle, Edith lisait cette tension si familière, celle qui l'avait tant tracassée des années plus tôt et pour laquelle elle n'avait jamais trouvé de cause.

C'était comme d'avoir une inconnue dont les mimiques et les expressions réveillaient le souvenir d'un être cher disparu. Magda lui *rappelait* sa fille, mais Edith ne parvenait pas à se convaincre qu'il s'agissait vraiment d'elle. Elle déglutit, pensive, tout en réfléchissant à la façon dont Magda la voyait, elle.

– Les chances qu'elle se souvienne de vous sont plus ou moins nulles, l'avait prévenue l'interlocutrice scrupuleuse et bienveillante de la UNRRA lors de leur premier entretien. Il faut vous y préparer.

Retrouver la trace de Magda avait presque semblé trop facile, comme un odieux jeu truqué, et la conclusion de l'enquête l'avait peut-être davantage déstabilisée que la réponse à laquelle elle s'était depuis longtemps résignée. Elle avait donné les signalements de Magda et d'Anna, tout en réprimant l'espoir qui plongeait tant de gens dans une obsession destructrice. Elle avait patienté, avec le sentiment de participer à une loterie infâme bâtie sur le dos d'individus déjà perdants.

Mais sur le sol de l'Allemagne vaincue, Magda avait tout de même laissé des empreintes infimes, que plusieurs personnes, par un concours de circonstances inespéré, avaient remarquées et partagées, et dont les témoignages recoupés avaient permis de reconstituer son parcours. Il y avait cette femme à Dresde, que la brusque apparition d'une fillette en 1943 chez ses voisins – un couple sans enfants – avait interpellée. Et ce fermier bourru qui avait confié une enfant blonde à un groupe de nonnes en avril 1945, en expliquant que la mère était décédée et qu'elle lui avait par ailleurs confié avant sa mort que l'enfant n'était pas vraiment à elle. Et puis ce garçon juif polonais qui, en août 1945, tandis qu'il entonnait une comptine polonaise pour calmer un autre survivant au centre de réfugiés, avait eu la surprise de voir cette même petite Allemande joindre sa voix fluette à la sienne. Le prénom Magda était une simple contraction de son nom légal – une modification que les nazis impliqués dans l'enlèvement d'enfants aryens, par manque d'imagination, par paresse ou par bêtise, avaient estimée suffisante pour reconstruire les identités qu'ils s'efforçaient paradoxalement d'effacer. Et pour finir la preuve sans appel, la petite cicatrice au creux du coude, vestige de la varicelle que Magda avait contractée à l'âge de deux ans.

Une série de hasards cumulés qui, comme les indices disparates d'une enquête invraisemblable, s'étaient imbriqués pour former un dénouement exceptionnel. Edith savait qu'elle aurait dû manifester sa joie, son soulagement ou son excitation alors que se profilait l'aube des retrouvailles. Mais elle avait été incapable de croire à cette résolution trop joliment ficelée, et se flagellait d'avoir souhaité retrouver son autre fille. Celle qui riait, dansait, et contemplait le monde avec le regard gourmand, curieux et vif d'un chaton. Celle pour qui son cœur avait toujours battu un peu plus fort, même si les mères ne sont pas censées avoir de telles pensées, et encore moins les avouer.

Magda l'avait-elle ressenti ? C'était une petite fille observatrice, sensible et intelligente. Peut-être avait-elle toujours perçu ce favoritisme réprimé, avant même d'être en âge de le définir. Mais cette éventualité n'avait plus la moindre incidence aujourd'hui, car ses souvenirs de l'époque précédant son enlèvement, et par extension ceux incluant sa sœur, s'étaient dissous depuis longtemps.

Que faudrait-il expliquer, que faudrait-il taire ? Le silence se révélerait-il son meilleur allié ou sa seule défense ? Edith s'attardait sur ces questions pour ne pas laisser à son esprit l'occasion de s'évader ailleurs et de formuler les interrogations qui la taraudaient vraiment.

Elle roula dans son lit et enfonça la tête dans l'oreiller trop mou, le nez chatouillé par une odeur de brûlé qui, elle le savait, n'existait plus que dans sa tête et dans celles de tous ceux qui étaient revenus.

Maman était triste. Magda le sentait, comme elle avait senti la tristesse de Mère. Son chagrin s'enroulait autour d'elle à la manière d'une vieille écharpe grise et laide ne protégeant plus du froid. Il raidissait ses membres, alourdissait sa démarche et creusait son visage déjà maigre. Maman ne ressemblait en rien à Mère. Elle négligeait son apparence et n'observait aucun rituel de beauté. Elle évitait les miroirs avec soin, comme si elle craignait de surprendre son reflet et de ne pas le reconnaître, alors que Mère consacrait des heures à s'étudier, se juger et corriger des imperfections qu'elle était seule à voir.

Cependant, Magda leur trouvait aussi des similitudes frappantes qui la laissaient à la fois songeuse et tourmentée. Aucune des deux ne s'aimait et elles vivaient chacune dans une forme d'isolement qu'elles redoutaient tout en étant incapables de vivre différemment. Leurs rares sourires ne s'adressaient qu'au vide, à leurs souvenirs et à la vie qu'elles n'avaient pas vécue, et leurs paroles semblaient toujours dire autre chose. Elles observaient Magda avec une certaine méfiance, comme si sa présence ne cessait de les surprendre et suscitait leurs soupçons. Parfois, leur solitude les incommodait à tel point qu'elles se réfugiaient auprès de la fillette, mais elles rechignaient à lui parler, évitaient de la toucher et paraissaient systématiquement regretter ces tentatives d'approche réitérées. Maman ne possédait pas de Dame Dresde, cachée dans un bar interdit. Mais derrière le miroir de la salle de bains, alignés sur le dernier rayon, trop haut pour que Magda les atteigne, reposait une série de flacons frappés de noms compliqués qui chassaient les mauvais souvenirs, du moins quelques heures, et l'aidaient à dormir. C'est en tout cas ce qu'elle prétendait. Maman ne s'étendait jamais sur rien. Elle se contentait de les avaler rapidement, honteuse, et de regarder le monde continuer sans elle.

À l'autre bout de la pièce, Maman rangeait la vaisselle propre. Ses bras, qui d'habitude suivaient avec un temps de retard, saisissaient maintenant assiettes et couverts par saccades rapides. Ce spectacle offrait un contraste saisissant avec les épisodes d'ébriété de Mère, durant lesquels son corps et son élocution fonctionnaient au ralenti.

– Et si on allait manger une glace cet après-midi, lança-t-elle subitement d'un ton légèrement strident, sans se retourner.

Maman opta pour une boule à la pistache, qu'elle dégusta les yeux dans le vague. Une traînée vert pâle dégoulinait le long de sa main, mais elle ne la remarqua pas ou choisit de l'ignorer. Magda observa le filament de glace fondue, pareil à une grosse veine défigurant le poignet de sa mère.

— Je n'ai plus très faim, avoua-t-elle en observant l'intérieur de sa coupe en carton, où la boule à la vanille tout juste entamée perdait lentement sa belle forme ronde pour former une bouillie.

— Mange, Magda.

— Mais je n'ai plus faim.

— Mange, s'il te plaît, répéta Maman en clignant furieusement des paupières, d'une voix bizarrement déformée.

À contrecœur, la fillette porta la petite cuillère en plastique à ses lèvres et acheva sa glace sous le regard anxieux de sa mère. Comme pour s'excuser, ou pour la féliciter, Maman la gratifia d'un baiser aussi léger qu'un souffle, puis elles se perdirent dans la contemplation d'un pigeon grignotant des miettes à leurs pieds, et ni l'une ni l'autre ne prononça le moindre mot.

C'est le pigeon qui avait servi de déclic. Celui qu'elle avait trouvé, blessé au fond du jardin. Du moins avait-elle réussi à s'en convaincre un temps. Mais elle savait désormais que c'était faux. Il n'y avait pas eu de déclencheur précis. En tout cas, pas au déclin qu'avait connu sa maman. Plutôt une lente transition dont la cause exacte restait insaisissable. Même s'il était tentant d'identifier une source, un *pourquoi*, la guerre avait appris à Magda à ne pas se languir d'une explication que personne n'était à même de lui fournir. Non. Tout ce qu'elle savait, c'était que sa maman allait mal, et qu'elle-même n'y pouvait rien.

Il n'était pas plus gros que le poing. Et il ne bougeait pas. Magda le prit d'abord pour une pierre, avant d'apercevoir l'œil rond et noir, à peine visible dans l'amas de plumes grises. Elle s'agenouilla et caressa le dos duveteux de l'oiseau en retenant son souffle, ravie par cette trouvaille infiniment plus intéressante que la branche qu'elle cherchait depuis vingt minutes au fond du jardin en vue de construire un balluchon à sa poupée.

L'oiseau cligna des yeux à son contact, comme pour la saluer. Avec mille précautions, Magda glissa ses doigts sous son ventre et le souleva lentement, plaçant son autre main en coupe au-dessus de son dos. Il ne pépia pas, et ne fit aucune tentative pour lui échapper. Ses plumes lui chatouillait les doigts, et elle prit garde de ne pas exercer de pression sur son corps minuscule, si léger qu'il semblait ne rien peser. D'un pas pressé, réjouie à l'idée de montrer l'oisillon à sa mère, Magda regagna la maison.

Vêtue d'un pantalon marron et d'un tee-shirt trop grand, Maman réarrangeait les meubles du salon, et la fillette patienta sur le seuil quelques instants, observant les tentatives infructueuses de sa mère pour déplacer le canapé.

– Regarde ce que j'ai trouvé!

Lorsqu'elle ouvrit les deux mains, dévoilant le pigeon avec le suspense et l'effet dramatique d'un magicien achevant un tour, Magda espérait que son engouement se propagerait à sa mère.

– Il est blessé, nota cette dernière d'un ton posé.

Elle quitta la pièce sans explication, puis revint quelques instants plus tard, une petite boîte en carton et un morceau de couverture découpée à la main. Avec soin, elle déposa le tissu au fond de la boîte et y imprima un creux au centre, dans lequel elles déposèrent l'oiseau affaibli.

– On va le mettre près du poêle pour qu'il ait chaud, décréta-t-elle d'une voix ferme dans laquelle Magda discerna une pointe d'excitation timide. Ensuite, on lui donnera à boire.

Ce sauvetage improvisé l'avait sortie de sa torpeur coutumière, nota Magda, et elle s'assit à la table de la cuisine en face de Maman. En étudiant ses gestes plus détendus et son expression sereine, Magda se représenta une jolie fleur en train d'éclore après un long hiver, ses pétales se déployant avec une grâce paresseuse. C'était un changement notoire, qu'elle savait sans rapport avec les médicaments, et elle se demanda si la présence d'un oiseau blessé aurait également pu aider Mère, si en fin de compte, la solution se résumait à ça.

La douceur délicate de son plumage contrastait avec la raideur de ses doigts. Contre sa paume, elle sentait même son cœur battre, minuscule et fragile. Il remua légèrement et ferma les paupières, sombrant dans le sommeil avec la facilité des êtres libres de toute préoccupation. C'était ce genre d'aléas, de par leur brute simplicité, qui évoquait au mieux la valeur de l'existence, médita Edith. C'était aussi ceux qu'on avait tendance à négliger, quand on n'y était pas tout bonnement aveugle.

Le souffle de Magda, accroupie dans son dos, effleura sa nuque comme une caresse froide, et elle se raidit.

– Il s'est endormi, dit la fillette.

Ignorant la remarque de sa fille, Edith lissa délicatement le dos bombé de l'oiseau, et un sourire attendri s'étira sur son visage. Son petit corps dégageait une chaleur qui se répandait bien au-delà des mains rêches d'Edith, et ce bienfait qu'il lui accordait, sans en avoir conscience et sans en retirer aucun mérite, soulignait la portée de son pouvoir.

Maman prêtait au rétablissement de l'oiseau plus d'attention qu'à n'importe quoi d'autre, comme si la survie du pigeon relevait d'une problématique bien plus vaste. Magda était contente et soulagée de la voir s'adonner à une occupation qui piquait enfin son intérêt. Le reste importait peu. Maman allait mieux, même si elle oubliait de se nourrir. Elle souriait davantage, quoique jamais à l'adresse de sa fille. Elle marchait d'un pas plus léger, et il lui arrivait même de chantonner. Alors tant pis si Maman passait désormais plus de temps auprès de son oiseau qu'avec Magda. Car peut-être attendait-elle simplement de l'animal qu'il la guérisse comme elle avait su le guérir.

Voler sans être libre. Libre et paralysé. Edith réfléchissait constamment à ces contradictions, établissant à longueur de journée des parallèles entre la condition de l'oiseau blessé et la sienne. Elle pensait à sa voix et aux mots qu'elle n'articulerait jamais. À son corps qui fonctionnait sans qu'elle lui en donne l'ordre. À sa liberté, qui n'en avait que le nom. À ses yeux, qui filtraient son environnement pour n'en retenir que la laideur. À tout ce qu'elle appréhendait désormais différemment.

Magda, par exemple, qu'était-elle? Sa fille. Son sang. Et pourtant une étrangère. Edith ne lui en voulait pas, ne lui reprochait rien, mais elle continuait de la voir comme une inconnue, et redoutait de trop l'approcher.

Par contraste, l'oiseau était si facile à aimer. Il n'avait pas d'histoire, sinon celle de sa chute. Ignorant son insignifiance, sa petitesse, sa fragilité et par conséquent incapable de s'en soucier. Dépourvu de raison, et affranchi de toutes les émotions qui en découlent. Rien ne comptait sinon sa survie, à laquelle il aspirait par instinct. Et cette existence qu'il menait, docilement et sans but, confortait Edith.

À côté d'elle, Magda soupira, le menton calé sur ses deux poings fermés. Edith observa le dos étroit de sa fille, et se retint de poser sa main dessus, de peur de ce qu'elle pourrait ressentir.

— Une fois, j'ai trouvé un oiseau mort dans le parc, déclara Magda. Je l'ai recouvert de feuilles, mais Grand-Mère m'a vue et elle m'a réprimandée.

Malgré elle, Edith étouffa un hoquet. Magda s'en rendit compte et ses yeux s'agrandirent de stupeur. Edith maudit ce regard, et se maudit plus encore d'en être la cause.

– Pardon, Maman, j'ai…

– Ne parlons pas de tout ça, la coupa Edith en se détournant. N'en parlons pas.

Et sans se soucier de savoir s'il s'agissait là de la juste réponse, elle s'éloigna, soudain pressée de sentir entre ses mains la douce chaleur de l'animal blessé.

De la même façon qu'elle avait peiné à interpréter Mère, Magda ne savait pas toujours comment réagir face à Maman. Autour d'elle, plus rien ne répondait aux règles d'antan, à croire que le terrible bombardement de Dresde avait déréglé toutes les boussoles du monde. Elle n'était même plus certaine de pouvoir se fier à l'heure, au soleil, ou à ses sens. C'était déconcertant, comme de vivre dans une maison où les habitants auraient chaque jour changé de nom.

Autrefois, elle s'était laissé séduire par Dame Dresde car elle créait l'illusion d'une Mère heureuse. Elle avait prêté foi aux discours justifiant l'infériorité raciale des Juifs parce que Grand-Mère avait peur d'eux. Elle s'était réjouie de ce gigantesque musée-château rassemblant les trésors de toute l'Europe, simplement parce que les yeux de Père brillaient lorsqu'il l'évoquait. Mais elle s'était trompée, sur tous les points. Dame Dresde se révélait dangereuse, comme une femme provocante dont les atouts extérieurs cachent une âme mauvaise. Voilà qu'en réalité, les Juifs n'étaient pas ceux qu'il fallait craindre. Quant au musée, Magda se promit de ne jamais évoquer ce qu'on lui avait confié à son sujet. En ce qui concernait Maman, eh bien, elle aussi laissait parfois entendre à mots couverts qu'elle avait un jour été différente. À l'instar de Magda. À l'instar de Dresde, et du reste du monde. Elle ne s'attardait jamais à préciser en quoi. L'idée flottait juste dans l'air, pareille à une grosse bulle grise, opaque et insondable.

Magda ne savait pas comment satisfaire Maman, elle qui excellait pourtant à plaire aux adultes. Alors elle apprit à vivre avec ses doutes, et tout ce qu'elle n'était visiblement pas appelée à comprendre.

— Et si on l'appelait Pip ?
— Ça ne sert à rien de lui donner un nom, Magda.
— Mais ça lui va bien.

Maman couva l'oiseau de ce regard tendre qu'elle ne réservait qu'à lui, et lui effleura le sommet du crâne.

— Il va mieux, poursuivit la fillette en regardant le pigeon se dandiner maladroitement sur le carrelage de la cuisine.
— Oui, approuva Maman sans pour autant donner l'impression de s'en réjouir.
— On pourra le relâcher bientôt.
— On verra.

Elle finit par le laisser partir, par un après-midi ensoleillé, sans prévenir sa fille. Sur le moment, elle n'en éprouva ni honte ni regret. Magda ne pouvait saisir la force du lien qui l'avait unie à l'oiseau, et Edith n'avait pas le courage de se confronter aux émotions que cette séparation provoquerait chez sa fille. Au fond, elle reconnaissait la dimension irrationnelle et injuste de son raisonnement, mais elle ne trouvait pas l'énergie de franchir cette étape avec Magda.

La vieille boîte à chaussures trembla entre ses mains, et elle essaya d'ignorer les grattements de pattes et les piaillements impatients qui l'animaient. Il était prêt. Sensible à la liberté imminente qui l'attendait et avide de s'y jeter. Le bosquet où elle comptait le déposer n'était plus qu'à quelques mètres, mais l'espace d'un instant,

Edith se revit marcher sur une route interminable, épuisée, effrayée, et elle se demanda si sa destination n'en cachait pas une deuxième. Elle s'agenouilla et sursauta au contact de la terre froide et humide contre ses genoux.

Le pigeon remuait furieusement dans sa boîte et lâcha une série de piaillements frustrés. Les oiseaux chanteraient toujours, se rassura Edith. De même que le soleil continuerait de briller, qu'il y ait ou non quelqu'un pour l'admirer.

Avec un soupir de résignation, Edith souleva le couvercle de la boîte. Le pigeon cligna des yeux, puis vint se percher sur son doigt tendu, d'où il observa les alentours sans bouger pendant quelques secondes, hésitant, avant de s'envoler dans un bruissement d'ailes jusqu'à disparaître à l'horizon.

Depuis la fenêtre de la cuisine, Magda regarda Maman revenir le long du petit sentier, la boîte à chaussures vide entre les mains. Encore un au revoir raté pour elle. Encore un départ dont on ne l'avertissait pas. Était-ce le privilège des adultes, de dire adieu ? S'agissait-il d'une de leurs nombreuses règles idiotes et arbitraires ?

Au bout du chemin, Maman leva les yeux, et Magda rabattit prestement le rideau. Elle sauta du tabouret et se dirigea vers sa chambre, le cœur battant, meurtrie, mais déterminée à ne pas pleurer. Grand-Mère le lui aurait reproché, et Magda n'aimait pas l'idée de la décevoir, elle ou son fantôme.

Mère lui manquait aussi, d'abord cruellement, puis peu à peu à la manière d'un doux souvenir lointain, davantage chéri que regretté. Il arrivait à Magda de lui parler, même si Mère n'avait jamais su l'écouter. Ce soir-là, elle lui raconta le départ du pigeon, pressée de partager son désenchantement et de chasser sa contrariété. Magda voyait d'ici sa réaction : Mère aurait balayé son accablement d'un de ses haussements d'épaules caractéristiques, emblématique d'une indifférence qui, à force d'être feinte, était devenue plus convaincante que la vérité qu'elle dissimulait. Puis elle aurait bu et orienté la conversation sur quelque regret relatif à l'existence qu'elle n'avait pas eue. Elle aurait conclu son monologue par un gloussement incongru, car l'auto-apitoiement provoqué par son état d'ébriété lui permettait d'entrevoir dans sa situation une ironie digne d'amusement. Au moins trouvait-elle matière à rire. Et même si son rire était trop aigu, même s'il sonnait faux, même s'il renfermait quelque chose d'infiniment terrifiant, Magda le préférait au silence de Maman.

Dans la chambre attenante, Edith tendait l'oreille pour entendre Magda, mais seules des bribes étouffées lui parvenaient. À quel spectre s'adressait sa fille, et que lui racontait-elle ? Elle espérait honteusement qu'il s'agissait d'Anna, tout en sachant que c'était impossible. Magda ne s'en souvenait pas et ce n'était pas vers cette vie-là que ses songes la portaient.

D'un mouvement brusque, Edith repoussa les draps et porta son regard sur la peinture fixée au mur opposé. L'aquarelle représentait trois coquillages, un bulot, un scalaire noble et un pétoncle, disposés côte à côte sur le sable. Edith avait cherché leur nom, poussée par cette récente et contraignante obsession d'appeler chaque chose par un qualificatif précis, et elle s'était étonnée de ces termes poétiques, qui désignaient des squelettes.

Peints dans des nuances pastel ocre, saumon et crème, les coquillages semblaient avoir été délavés par la mer avant qu'elle les rejette. À force de les observer, Edith leur trouvait un aspect morose et déprimant. Contrairement à ses prédictions, l'étude prolongée de l'aquarelle ne la laissait ni détendue ni inspirée, et l'incitait plutôt à en extraire des métaphores pessimistes sur sa propre condition.

Échouée. Oubliée. Abandonnée à la frontière d'un monde qui poursuivait sa route sans elle, car les nouvelles priorités décourageaient l'introspection.

Edith laissa son regard dériver de la peinture et se poser alternativement sur les différents meubles de la petite pièce. Il lui était impossible d'exprimer à quel point elle se sentait étrangère à tout. Elle aurait voulu expliquer à Magda que la routine du quotidien lui paraissait désormais aberrante, qu'elle ne se sentait plus chez elle nulle part, qu'elle n'arrivait pas à appréhender cette autonomie recouvrée aussi subitement qu'on la lui avait arrachée, parce qu'elle ne savait plus quoi en faire. Qu'elle avait perdu l'habitude de vivre quelque part, de se réveiller chez elle, d'aligner trois phrases et de penser par et pour elle-même. Elle aurait aimé trouver les mots pour partager ces impressions, leur donner un sens, mais elle redoutait tout autant de clarifier sa pensée à voix haute, de peur de ne recueillir qu'un silence déconcerté, révélateur de son ostracisme et de l'inconcevabilité de son histoire. Personne ne la croirait.

Les tourments de Magda n'importaient pas moins que les siens, et Edith pressentait que la jeunesse de sa fille lui accordait une clémence provisoire qui, tôt ou tard, volerait en éclats.

Edith sentit sa gorge se serrer sous l'étau de cette culpabilité acide, qui croissait chaque jour à la manière d'un lierre engloutissant peu à peu la façade d'une maison. Et la même question lancinante, qu'elle observait sous tous les angles comme un casse-tête insoluble. Pourquoi n'était-elle pas partie ? Elle se souvenait des raisons invoquées à l'époque, et à quel point elles lui semblaient désormais naïves. Les optimistes avaient payé.

Un craquement résonna quelque part dans la maison, et Edith songea au vide qu'avaient laissé les morts et à l'espace qu'occupaient leurs fantômes. Anna, en partance pour un train vers les camps, inconsciente que l'histoire s'apprêtait à se débarrasser d'elle, parce que ses cheveux n'étaient pas assez blonds et ses yeux trop foncés. Stanislaw, dont elle avait appris qu'il était mort dans un camp de travail, et qui se rappelait à elle à tout moment.

Les fantômes se cachaient partout, et elle redoutait leur apparition tout en la souhaitant. Ils pouvaient surgir dans le reflet d'une flaque d'eau, à l'évocation d'un mot ou au beau milieu d'une tâche quotidienne, leur mémoire ravivée par un geste, une odeur ou un son. Ils n'avaient rien d'effrayant, et Edith se sentait moins troublée par leur présence que par l'attraction qu'ils exerçaient sur elle.

Derrière la mince cloison, Magda se mit à ronfler doucement, et Edith regretta de ne pas pouvoir choisir ses sentiments. Elle regrettait de soupçonner que Magda rêvait encore en allemand, regrettait de lui reprocher son oubli et regrettait de l'associer à ses souvenirs les plus sombres.

Magda, elle, attendait un signe, de ceux que donnent les adultes en prélude à une conversation importante. Il n'appartenait qu'aux parents de prendre ce genre d'initiative. S'ils préféraient taire un problème, c'est qu'il n'en était pas un, n'était pas digne d'être discuté ou ne la concernait pas. Elle surprenait parfois Maman en train de se tamponner les yeux, mais elle ne s'aventurait jamais à demander pourquoi. La curiosité est un vilain défaut, disait Grand-Mère, et même si elle avait eu tort sur les Juifs, Magda ne pouvait se résoudre à croire qu'elle ait eu tort sur tout.

Alors elles parlaient peu, évoluant dans deux sphères distinctes qui s'éloignaient chaque jour un peu plus. Magda acceptait cette distance comme un fait irrémédiable, comme une punition qu'elle supposait méritée. Désormais habituée à l'inconstance des adultes et à leur propension à dissimuler, et parce qu'elle discernait chez Maman un rejet inavoué qui lui évoquait Mère, la fillette était dans la crainte permanente de revivre un abandon. Et pour mieux s'y préparer, elle élabora toutes sortes de scénarios autour du départ de Maman.

Elle imaginait son lit défait, son assiette encore sur la table, appelant un retour qui n'aurait pas lieu. Son odeur renforcée par l'absence. Les affaires qui jonchaient sa chambre, témoins de son départ précipité, ou au contraire l'aspect immaculé de la pièce, qui ne porterait même plus la trace d'avoir un jour été occupée. Un mot laconique rédigé dans une écriture illisible et laissé sur le comptoir, des empreintes de pas fraîches menant au portail. Ou alors rien de tout cela, seulement l'incertitude quant à savoir si cette brève cohabitation n'était pas seulement le fruit de l'imagination de Magda.

Quand elle n'était pas aux prises avec ses sombres spéculations, il arrivait encore à Magda de murmurer des anecdotes à Mère à l'heure du coucher, mais son enthousiasme narratif et la précision de ces échos décrurent à mesure que s'étiolaient ses souvenirs d'une époque qu'elle savait révolue. Mère était morte. Grand-Mère aussi. Et au bout d'un certain temps, l'intensité du manque s'estompa.

West Village, New York, 2016

— Tout le monde faisait de son mieux, tempéra madame Janik.

À vrai dire, elle n'avait pas ressenti suffisamment d'amour envers Maman pour devoir lui pardonner, et c'est à elle-même qu'elle en voulait le plus, pour avoir une nouvelle fois déçu les attentes d'un adulte qu'elle échouait à comprendre. Elle n'avait pas observé l'étiolement de Maman avec la même inquiétude que pour Mère, car contrairement à elle, Maman n'avait jamais tenté de l'entraîner dans ses ténèbres. Or, cette incursion malsaine, madame Janik enfant l'avait associée à une forme de partage, qu'elle supposait alors inhérente à la complicité qui liait une mère et sa fille. Elle avait donc vécu sa douleur dans la solitude, cahin-caha, à la manière des amputés qui s'accommodent tant bien que mal de l'absence d'un membre.

Madame Janik baissa la tête, l'œil attiré par un carreau fendillé au pied de sa chaise. Grand-Mère aurait critiqué cette imperfection, ou plutôt sa négligence. Malgré le besoin de s'en affranchir, elle sentait continuellement le poids de son jugement, comme une couverture sale dont elle n'osait se défaire parce qu'elle lui tenait tout de même chaud.

Et puis il y avait le fantôme d'Anna, éternellement jeune et invariablement souriant, surgi de sa culpabilité plus que de ses souvenirs. Madame Janik ressentait sa présence vaporeuse, et celle de Stanislaw. Ces spectres sans visage qui la tourmentaient précisément parce qu'ils n'existaient qu'à travers le récit des autres, et qu'elle ne se souvenait pas d'eux.

De son côté, Ethan tâchait de se représenter l'échelle des conséquences de cette page de l'histoire. Pas celles qu'on examinait en classe, dans les ouvrages et lors de débats entre experts, mais toutes les autres, cette myriade d'effets et de contrecoups, vécus dans l'isolement ou en cachette, dont la trace avait disparu en même temps que la personne qu'ils concernaient.

Combien de Magda avaient traversé l'enfance déchirées entre deux patries ? Combien de familles, après avoir connu la douleur de la séparation et lutté pour leur survie, avaient été réunies sans vraiment l'être ? Ethan réfléchit à toutes les histoires poignantes et tragiques dont cette époque avait été témoin, et qui, pour la plupart, s'évaporaient dans l'indifférence générale.

— Je n'aurais pas dû te parler de tout ça, s'excusa madame Janik en avisant la mine sombre et contrariée de son visiteur.

— Je ne sais pas pourquoi ma mère est triste, observa Ethan, maussade.
— Personne ne choisit d'être malheureux, Ethan.

Le garçon pensa à Jodie, à sa boussole interne cassée, à la muraille qu'elle érigeait si soigneusement autour d'elle et qui ne la protégeait de rien.

— Que s'est-il passé, avec votre mère ? finit-il par demander.

Mais la vieille dame secoua la tête et se leva, signe qu'elle ajournait leur discussion.

— Je suis fatiguée, Ethan. Reprenons cette conversation un autre jour.

Elle était toujours aussi incertaine quant à ce qu'elle attendait vraiment de ces révélations, si tant est qu'elle puisse en retirer quoi que ce soit. Elle transmettait une histoire, voilà tout. La sienne, mais pas seulement. Elle embrassait à la fois son point de vue, à l'époque où elle ne saisissait ni les enjeux ni le rôle qu'elle avait tenu, et sa perspective actuelle, altérée par les années et son expérience. Au bout du compte, peut-être ne souhaitait-elle rien d'autre qu'être entendue et vue pour ce qu'elle avait été. Oui, elle avait existé, même si personne n'y accordait plus d'importance.

L'invisibilité. Sœur siamoise de la vieillesse. Madame Janik avait l'impression qu'elle affectait plus violemment les femmes. Personne ne les prévient que le regard qu'on pose sur elles change, qu'il s'étiole, se désintéresse, pour finir par se détourner totalement. Certaines injustices sont ancrées dans la terre, comme disait Grand-Mère. Pareilles à des mauvaises herbes, elles poussent et repoussent, dans l'indignation, dans la révolte, jusqu'à ce qu'on abdique et qu'on les accepte pour ce qu'elles sont : désagréables et irrémédiables.

Manhattan, New York, 1946

— Quelle magnifique petite fille ! s'étaient extasiés les gens à son arrivée en Amérique. Une véritable petite poupée de porcelaine !

Durant la période transitoire d'après-guerre, Maman avait décidé, dans un élan de paranoïa salutaire, de quitter l'Europe de l'Est pour retourner dans son pays natal. Pourtant, l'Amérique avait changé elle aussi. Pas de la même manière que la Pologne ou que l'Allemagne. Un souffle d'optimisme semblait animer cette contrée qui avait payé son dû et essuyé des pertes, quoique sans avoir à faire face aux ravages qui avaient défiguré l'Europe. Mais Maman ne s'y sentait plus chez elle.

Elle détestait les compliments portant sur le physique, à plus forte raison ceux concernant sa fille. Ses yeux se voilaient, sa bouche se pinçait, quelque chose se contractait en elle. Son visage parlait pour elle, mais seule Magda voyait. Car les gens n'aimaient pas regarder Maman. Ils n'aimaient pas la lueur dans ses yeux qui exsudaient la tragédie. Ils avaient pitié, bien sûr. Mais ils étaient surtout effrayés. Effrayés d'approcher de trop près cette femme marquée et défaite. Cette survivante qui ressemblait trop à la mort à laquelle elle avait échappé.

Il y en avait d'autres comme elle, qu'elles rencontrèrent par le biais de l'homme qui les avait accueillies. Edith ne s'étendit pas sur son sujet, sinon pour préciser qu'il s'était occupé d'elle quand elle était enfant, et qu'il avait eu quelques ennuis avec la justice. Lui non plus ne parlait pas beaucoup. Mais ses traits trahissaient certaines choses, et à travers eux, Magda comprit qu'il possédait une bouteille quelque part, qu'elle imagina cachée dans un placard secret, mais qui trônait en réalité sur le comptoir de la cuisine.

C'est lui qui leur trouva un logement, ainsi qu'un docteur « de la tête » qui rédigeait à Maman des ordonnances compliquées dont on ne parlait pas. C'est lui qui la mit en contact avec des gens « comme elle » pour l'aider à surmonter son traumatisme, lui qui chercha en vain un emploi qu'elle n'abandonnerait pas dans la semaine. Finalement, c'est aussi lui qui dénicha un agent à la petite Magda, qui n'était plus si petite que ça. Car la beauté est une monnaie sûre. Et peu importe si elle est aussi parfois sale.

– Le visage très légèrement de trois quarts, menton en équilibre sur la paume. Index, majeur et pouce dépliés, qu'on voie bien le tube de rouge à lèvres. Replie un peu l'index. Sourcils haussés comme si tu étais étonnée. Oui ! Voilà ! Parfait !

L'appareil crépita à plusieurs reprises, puis le photographe rappela la maquilleuse pour qu'elle retouche une énième fois les lèvres de Magda à l'aide d'un gloss rosé, dont le projecteur stratégiquement placé faisait ressortir l'effet lustré.

Parfois, le maquillage soulignait ses traits délicats, renforçant la courbe de ses sourcils, le dessin de sa bouche, le relief de ses pommettes ou l'éclat de ses iris. D'autres fois, il transformait complètement son visage, comme si la peau recouvrant son ossature n'était qu'un canevas sur lequel ses clients créaient un tableau, et ce tableau n'avait rien à voir avec elle.

Rien d'étonnant. Rien de nouveau non plus. La réalité du monde de la publicité était l'opposé de la poésie et du fantasme qu'il cherchait tant à créer. Personne ne le savait mieux que ceux qui travaillaient sur le plateau, y compris Magda. Mais elle n'avait pas toujours appréhendé son métier avec le même détachement.

Quand elle avait démarré sa carrière, les compliments lui avaient paru sincères. Et sans doute l'étaient-ils. C'est l'environnement qui ne l'était pas, et elle avait mis du temps à le comprendre et encore plus à l'apprivoiser. Naïvement, Magda avait un temps cru que les projecteurs étaient braqués sur elle, son histoire, et elle avait confondu l'obsession des photographes pour sa personne avec un intérêt sincère pour ce qu'elle était. C'est à cette époque que Magda, encouragée par son agent, changea de patronyme. D'après ce dernier, il lui fallait un nom plus simple, que ses clients pourraient prononcer. Ce n'était de toute façon pas son identité qui les intéressait, et Magda avait éprouvé une forme de soulagement à se distancer de ses racines. Janik, ça sonnait bien, c'était à la fois exotique et facile à dire. Et personne, pas même sa mère, ne la contredit.

— Changez les boucles d'oreilles, ordonna le directeur du shooting en claquant des doigts. Elles détournent l'attention du rouge à lèvres.

Quelqu'un s'en chargea sans laisser à Magda le temps d'agir. Difficile de dire si on la traitait en princesse ou en assistée. Et au final, ça n'avait pas d'importance. Les sommes en jeu étaient non négligeables, et même si son salaire lui semblait rarement mérité, il lui permit rapidement de s'émanciper, et cette opportunité la séduisit.

— L'obsession de notre société pour la beauté est quelque chose que je ne comprendrai jamais quand on sait les dégâts qu'elle cause, s'agaça Maman au cours d'une de leurs rares discussions concernant la carrière de Magda.

— Ce travail est temporaire, avait remarqué sa fille.

— Ah ça, c'est sûr! avait renchéri Edith. Le miroir ne sera pas ton ami toute ta vie et, en fin de compte, il ne reflète rien d'important!

Magda n'avait pas répondu, parce qu'elle n'en avait pas l'énergie et parce que ces discours conventionnels sur la nature perfide de la beauté et l'hypocrisie de la société ne menaient nulle part.

West Village, New York, 2016

— Mais elle avait raison, commenta madame Janik en caressant, peut-être inconsciemment, le creux de son cou strié de rides. Les années se ressentent davantage dans une industrie qui refuse de vieillir.

Ethan repensa aux instantanés de la très jeune madame Janik, posant pour différentes marques, et sa progression vers l'âge adulte, étape que les clichés avaient vite cessé de couvrir.

— C'est à ce moment-là que ma mère s'est mise à évoquer ma grand-mère, reprit madame Janik. Elle disait que je lui ressemblais. Et qu'elle en était navrée.

— Que vous a-t-elle raconté à son sujet?

— Pas grand-chose, au bout du compte. Mais d'après elle, sa beauté avait détruit sa famille.

— Et elle pensait la même chose de vous?

Madame Janik eut un haussement d'épaules navré.

— Elle était irrationnelle, à ce stade. Le conflit qu'elle menait contre elle-même ne se résumait pas à mon apparence, mais c'est sur ce point qu'elle focalisait son attention.

— Pourquoi?

— Parce que c'était plus facile... Je ne sais pas.

Elle s'interrompit, pensive, contemplant peut-être, comme l'avait fait Ethan pour son père, la somme des conversations qu'elle n'avait pas osé avoir avec sa mère, et tous ces blancs que personne ne pouvait plus remplir.

Manhattan, New York, 1977

Le lit avait beau être étroit, Maman donnait l'impression de se noyer dans les draps blancs. Son corps frêle tendait vers la mort bien avant son internement au centre psychiatrique de Creedmoor. Un membre du personnel lui avait peigné les cheveux, et cette preuve d'attention peina Magda plus encore que la vision de sa mère. Elle avait cet air sauvage de certains déséquilibrés, indifférents à l'image qu'ils renvoient. Et malgré la honte que lui inspirait ce constat cruel, Magda espéra ne jamais offrir pareil spectacle.

Elle caressa le poignet maigre de sa mère, et s'en voulut de ne pas ressentir davantage de chagrin. Surprise par ce contact, Maman cligna des yeux et tourna son visage vers elle. Elle paraissait tellement plus vieille que ses soixante-trois ans.

– Je t'ai apporté quelques livres, lui dit Magda en les déposant sur la table de nuit.

La lecture était la seule activité à laquelle Edith s'adonnait d'elle-même et prenait plaisir. Les mots des autres l'aidaient davantage à s'échapper que les médicaments, avait constaté Magda, qui portait, en vertu de son expérience, un œil critique sur l'univers médical. De toute façon, rien ni personne ne pouvait guérir sa mère. On pouvait juste faire en sorte qu'elle se sente moins mal. Et les livres y contribuaient.

Magda entreprit de lui faire le résumé de sa sélection du jour lorsque, brusquement, Maman lui arracha un des ouvrages des mains.

– Tu n'es pas obligée de le lire si ça ne te dit rien, ajouta Magda.

Maman contemplait la couverture, ses traits exprimant un ravissement sincère qui transforma momentanément son visage, offrant à Magda une image fugace de la femme qu'elle aurait pu devenir.

– C'est ta grand-mère, déclara subitement Edith en suivant de son index les contours de la silhouette imprimée sur la jaquette.

Magda préféra ne pas la contredire et se pencha pour observer plus attentivement l'illustration. Elle représentait une jeune femme assise sur une chaise en bois, de face, la moitié de son corps mangée par la pénombre. Son expression lisse ne révélait rien, mais la peinture, grâce à sa composition dominée par le contraste entre ombre et lumière, évoquait un jeu subtil entre des forces contraires. La jeune femme dégageait un charme et une délicatesse transcendant sa beauté. Il y avait en elle ce mélange de pureté, d'innocence et de sensualité propre aux adolescentes en transit entre l'enfance et l'âge adulte.

Les yeux de la jeune fille brillaient. De désir, d'impatience ou de curiosité. Il revenait à chacun de le déterminer. Avait-elle seulement existé ? se demanda Magda, à qui le réalisme saisissant de l'œuvre et la méticulosité des détails suggéraient un travail d'observation assidu.

— C'est elle, insista Maman d'une voix surexcitée.

Son entrain attrista Magda, mais elle se refusa de la contredire. Elle la laisserait profiter de cette illusion. Si s'accrocher à un fantasme la soulageait ne serait-ce que quelques minutes, Magda se prêtait volontiers à son jeu.

— J'aurais aimé faire sa connaissance, ajouta Edith.

— Maman…

— Le peintre. Je pense que c'est mon père.

— Ton père s'appelle Isak.

— Mon père biologique. Maman m'avait menti. Je l'ai su à cause des lettres.

— Tiens donc, répondit Magda, qui s'efforçait de suivre le raisonnement haché de sa mère.

— Je ne l'ai jamais rencontré, reprit Edith. Je ne pense pas qu'il sache que j'existe.

C'était la première fois qu'Edith évoquait ce sujet, et Magda décida de se taire pour voir où cette conversation les mènerait.

— Adolescente, je suis tombée sur des lettres qu'il avait écrites à ma mère, quand elle vivait encore en Pologne. C'était un étudiant en art, il me semble. Il avait joint un feuillet avec un portrait de maman au crayon. Très impressionnant.

— Tu n'en as jamais parlé.

— C'était une autre vie. Les mots d'un mort à un autre mort.

— Comment sais-tu qu'il est mort ?

— Je n'en sais rien, je suppose. Je m'en fiche ! s'impatienta-t-elle soudain en croisant les bras à la façon d'un enfant contrarié.

— Comment s'appelait-il ? interrogea Magda, soudain pressée de mettre un terme au délire de sa mère.

— Mirko. Mirko quelque chose.

Avec douceur, Magda lui reprit le livre des mains et l'ouvrit à la première page, là où figuraient le nom de la maison d'édition, l'année de parution et, dans certains cas, le titre de l'illustration utilisée pour la couverture ainsi que l'identité de l'artiste. Son doigt tomba dessus immédiatement, et elle relut le nom, abasourdie.

— Quel est le titre du livre ? s'enquit Edith en se redressant derrière sa fille.

Magda retourna l'ouvrage, décontenancée.

— *Blessures de nuit*.

— Qu'est-ce que ça peut bien vouloir dire ?

— Je ne sais pas, Maman.

— Je déteste les titres mystérieux, répliqua Edith en retombant sur ses oreillers. C'est arrogant.

Mais Magda ne l'écoutait plus. Stupéfaite par l'allégation fracassante de sa mère, elle fixait la couverture tout en réfléchissant au jeu des probabilités, à l'alignement des coïncidences qui l'avait conduite à rentrer ce jour-là dans cette librairie et à acheter ce livre en particulier pour l'apporter à sa mère. Tous ces « Et si » dont la vie était remplie.

Mirko Danowski était l'auteur de la peinture, et s'il était réellement mort, Magda comptait bien s'en assurer.

West Village, New York, 2016

— Il était on ne peut plus vivant, révéla madame Janik à un Ethan captivé par ce surprenant retournement. Mais il ne donnait aucune interview. Refusait de parler à la presse. La célébrité lui était tombée dessus par surprise, à l'instar de l'écrivain à qui il devait cette notoriété soudaine. Rien ne l'y avait préparé, et il ne souhaitait pas s'y frotter.

— Qu'est-ce qui l'a fait changer d'avis, alors ?

— Il y a eu une vente aux enchères quelques mois plus tard. J'y ai acheté l'intégralité de ses peintures. Anonymement. Ça l'a intrigué.

— Ces toiles n'étaient pas hors de prix ?

— Après la mort de ma mère, j'étais la seule héritière d'Isak Goldstein, expliqua madame Janik. L'homme qui nous a prises en charge, Maman et moi, à notre arrivée aux États-Unis après la guerre. Il s'est avéré qu'outre ses choix de carrière discutables, il savait placer son argent. Il est mort riche.

— Et l'artiste a donc accepté de vous voir, parce que vous aviez acheté ses œuvres ?

— Oui.

Sa voix trahissait encore l'étonnement qu'elle avait dû éprouver à l'époque. Mais Ethan décela aussi une note de déception, et il s'interrogea quant au dénouement de leur rencontre.

Slaughter Beach, Delaware, 1978

Mirko Danowski vivait seul, dans une petite maison bien entretenue quoique sans caractère, à quelques minutes de la mer, dans l'est du Delaware. Bâtie dans un style simple, typique des résidences secondaires de la région, la bâtisse était pourvue d'une large véranda ombragée qui, aux yeux de Magda, représentait l'atout majeur de ce logement sinon passablement austère.

Agrémentée d'une unique chaise en osier et d'une petite table assortie, celle-ci donnait sur une parcelle ensablée piquée d'herbe haute. Un lieu idéal pour s'adonner à la méditation, ou contempler la nature en quête d'inspiration, songea Magda en inhalant l'air marin. Il aimait l'isolement et la quiétude, lui expliqua-t-il en prélude à leur entrevue, comme pour justifier l'achat de cette bicoque recluse.

– C'est un curieux choix, la solitude, souligna Magda en admirant la vue par la grande baie vitrée du salon.

Elle distinguait la mer au loin, et le va-et-vient calme et régulier des vagues lui serra la gorge, sans qu'elle comprenne pourquoi. Une mouette survola la surface de l'eau avant de se poser sur un rondin, et cette nature sereine chatouilla un souvenir ancien, dominé par le bruissement des arbres et le chant discret des créatures évoluant dans l'invisibilité.

– Moins un choix qu'une nécessité, contra le vieil homme avec un fort accent d'Europe de l'Est. Pour certaines personnes en tout cas.

– Les artistes, compléta Magda, tournant le dos à son interlocuteur de telle façon qu'elle ne le vit pas secouer la tête.

Elle se détourna de la fenêtre pour prendre la tasse de thé qu'il lui tendait et s'assit sur un vieux fauteuil en rotin, face à la cheminée. Le décor banal cadrait mal avec l'image qu'elle s'était faite d'un peintre à l'âme tourmentée, et elle en éprouva une légère déception. Elle détestait les stéréotypes et se méfiait des clichés, mais elle comprenait ce qu'ils avaient de rassurant : ils donnaient l'illusion de savoir.

— Vous vous attendiez à autre chose, devina le vieil homme avec un demi-sourire en s'asseyant à son tour.

— Peut-être, admit Magda. Quoique j'essaie généralement de ne m'attendre à rien.

C'était faux, évidemment. Il était impossible de ne pas céder à cette tentation. Au mieux, on pouvait prétendre l'indifférence. Comme l'avait fait Mère.

Magda trouvait que son interlocuteur renvoyait l'image d'un intellectuel posé et réfléchi, dont la clarté d'expression concordait mal avec le soin obsessionnel qui définissait ses peintures. Devant ce constat, elle réalisa également que, eût-il corroboré un tant soit peu les préjugés concernant l'excentricité communément associée aux artistes, elle aurait eu plus de peine à lui en vouloir.

— La presse a dit certaines choses sur mon compte qui ne sont pas vraies, reprit-il en étudiant son visage avec une telle intensité qu'elle détourna les yeux, soudain mal à l'aise. C'est ce que font les médias. Ils exagèrent, ils modifient. Parce que certaines histoires se vendent mieux que d'autres.

— Ce n'est pas ce qui m'intéresse, le coupa-t-elle.

Il posa sa tasse et se renfonça dans son fauteuil, attendant la suite.

— La femme de vos peintures.

— Je ne sais pas ce qui lui est arrivé.

La précipitation avec laquelle il lâcha cette information éveilla la suspicion de Magda, mais elle se contenta d'acquiescer.

— Que savez-vous, alors ?

Il hésita.

— Elle est partie.

— Comment ça ?

— Je vivais en Pologne à l'époque. J'ai simplement perdu sa trace.

— Et vous n'avez jamais cherché à la retrouver ?

— Pour quoi faire ? Les gens mènent leur vie comme bon leur semble. Ils vont et viennent. Parfois, ils partent et décident de ne pas revenir.

Sa bouche était maintenant agitée d'un tic nerveux, et Magda sentit poindre en elle le bourgeon du doute. Nonobstant son pressentiment, elle prit dans son sac à main une page de journal jaunie de l'édition du *New York Evening Post* datée du 16 septembre 1932, au centre de laquelle apparaissait une photo en noir et blanc de Katarzyna. En dessous figurait un article consacré à son meurtre.

Elle tendit le feuillet et guetta la réaction du vieil homme. Il se pinça les lèvres, et bien qu'il semblât considérer ce qu'elle lui montrait, Magda eut la nette impression qu'il évitait de regarder la photographie. Il la lui rendit sans un mot, les yeux baissés, l'air curieusement contrit.

— Vous la reconnaissez ?

— Dur d'oublier un visage pareil, vous ne croyez pas ? rétorqua-t-il, avec dans la voix une note de défi qui étonna Magda.

— Personne n'a fait le lien, remarqua-t-elle. Mais c'est la femme de vos peintures.

— Soit.

Magda comprit à son expression soudain fermée qu'il n'ajouterait rien, aussi décida-t-elle d'en venir aux faits.

— Cet article mentionne sa fille, Edith.

Il la dévisagea, impatient et irrité. S'il devinait le cours que leur conversation s'apprêtait à prendre, il se gardait bien de le montrer, et Magda eut la sensation dérangeante qu'il ne voyait sincèrement pas où elle voulait en venir. Elle finit par abdiquer, choisissant d'ignorer le soupçon qui grandissait en elle.

— C'est votre fille. Ma mère.

Les mots éclatèrent avec une violence imprévue, comme une série de ballons percés, suivis par un silence interloqué. Magda pensait avoir anticipé toutes les réactions, du démenti à la colère, en passant par l'hébétude et la confusion, mais le regard gêné dont la gratifia le vieil homme lui démontra le contraire. Sa déclaration flottait entre eux sans véritablement l'émouvoir.

– J'imagine que c'est possible, finit-il par lâcher.

Il avait raté le coche et tous deux le savaient. Magda hésita face à ce dilemme inattendu. Devait-elle tenter de creuser par-delà les épaisseurs de mensonges ? Ou ignorer cette entaille à ce qu'elle pressentait être vrai, et poursuivre son chemin ? Elle n'avait aucune garantie d'obtenir une réponse honnête. Rien n'obligeait cet homme à avouer. Il n'avait rien à y gagner, sinon une conscience tranquille, mais peut-être n'en voyait-il pas l'intérêt.

Victime d'une enfance bâtie sur la duperie, Magda voulait croire que la vérité primait sur tout. Mais dans le cas présent, les années en avaient gommé l'importance. Et ses conséquences n'affecteraient que les deux personnes qui se faisaient face aujourd'hui et emporteraient avec elles ce qu'elles savaient, ou ce qu'elles choisissaient de croire.

L'air peiné du peintre l'aida à faire son choix. Ses paupières gonflées tremblotaient au-dessus de ses yeux clairs, d'une nuance proche, autant que Magda pût en juger d'après la photographie noir et blanc qu'elle tenait dans sa main, de celle de sa grand-mère. Aucune alliance de ce type ne pouvait engendrer la teinte marron dont avait hérité sa propre mère, Edith.

Le vieil homme respirait bruyamment. Il se gratta fébrilement le bras, les yeux fixés sur le tapis et, dans le mouvement, sa manche révéla, l'espace d'une fraction de seconde, d'infimes lignes foncées gravées dans la peau.

Alors Magda vit défiler une histoire. Celle d'un homme qui, plongé au cœur d'un chaos où le désespoir éclipsait la morale, avait tiré profit d'une occasion inouïe. Elle en devinait le mécanisme : la faim, la fatigue, l'abattement et, soudain, l'occasion, aussi invraisemblable qu'ironique, qui permettait d'obtenir une sorte de justice. Ou de revanche. Cet homme, qu'on avait tenté d'annihiler, avait dépouillé un mort de son identité. Un artiste du renom qui lui était dû.

Magda garda l'œil rivé sur les chiffres tatoués, même après qu'ils eurent disparu sous la douce étoffe du pull en cachemire. Invisible au reste du monde, dont l'attention, de toute façon, était déjà tournée ailleurs.

D'une certaine manière, elle s'identifiait à sa honte. La honte de s'en être sorti, la honte d'être marqué. La honte face aux regards qui se détournent et préfèrent ne pas savoir. Magda se leva, conservant une expression qu'elle espérait neutre. Déchirée entre la colère et la pitié, elle choisit de ne rien ajouter. C'est en rajustant son tailleur qu'elle vit la bouteille de vin entamée, trônant seule sur la console de l'entrée. L'avait-il sortie à son intention ? Elle en doutait. Elle eut une brève pensée pour Mère, pour ses démons qu'elle n'avait pas su faire taire, pour ses fautes et son degré de culpabilité qui, même après toutes ces années, restaient difficiles à établir. Comme pour cet homme.

Il se leva à son tour, et Magda prit la mesure de sa fragilité physique et de sa vieillesse. Une existence placée sous le sceau du secret et de la tragédie, un destin extraordinaire, fruit de circonstances qui l'étaient tout autant. Une gloire inopinée, à laquelle il n'avait sans doute pas aspiré. Des honneurs qui, sous leur surface miroitante, tenaient depuis toujours lieu de punition, devinait Magda.

— Je n'ai jamais souhaité devenir célèbre, murmura Mirko, ou quel que fût son nom.

Son ton suggérait un regret que Magda jugea sincère, et elle lut dans cette déclaration une forme d'excuse. Sa rancune s'était tarie, et elle songea un instant à lui dire qu'elle ne lui en voulait pas. Mais, étant de l'avis que l'absolution dépend rarement de l'opinion d'autrui, elle préféra s'abstenir.

— Ce sont de belles peintures, se contenta-t-elle de répondre. Elles méritaient d'être appréciées.

— De cette façon ?

La question ne semblait pas s'adresser à elle, et Magda sentit le désarroi poindre dans sa voix. Combien de fois avait-il douté, tergiversé, contemplé puis rejeté l'idée d'un aveu ? Combien de nuits passées à travailler ses réponses, à peaufiner son histoire, soignant chaque détail avec un sens de la composition directement emprunté à l'artiste qu'il prétendait être ?

Les larges cernes sous ses yeux trahissaient la fatigue accumulée au fil des années, et Magda se le représenta sur le point de se lancer dans un projet qui, à la faveur du soin et du temps qu'il lui accorderait, finirait par s'autojustifier.

Il n'attendait pas vraiment de réaction de sa part. De toute manière, Magda supposait qu'il avait déjà longuement réfléchi à la possibilité d'être démasqué, et s'y était donc préparé.

— Je vous remercie de m'avoir reçue, conclut-elle sans mentir.

Il lui serra la main, sondant son regard en quête d'une sentence qu'il ne trouva pas, puis recula.

— Je vous remercie d'être venue.

Le relâchement infime de ses épaules indiquait une décontraction nouvelle, et Magda espéra que sa confession implicite lui permettrait de mieux dormir et de trouver la paix intérieure, si tant est qu'elle existe.

En voyant la silhouette mince s'éloigner sur le sentier, Mirko, de son vrai nom Viktor, hésita à rappeler sa visiteuse. Il alla même jusqu'à ouvrir la bouche, mais l'instant et l'objectif qu'il contenait retombèrent, comme une vague se refermant sur elle-même. À la place, il regarda la petite Chevrolet Malibu effectuer une marche arrière dans un crissement de gravier et quitter sa propriété avant de disparaître définitivement de sa vue.

Elle ne le contacterait plus, il en était certain. Il traversa le séjour puis le salon, et ouvrit la verrière pour sortir sur le porche. Le crépuscule s'annonçait à travers les ombres croissantes, la brise fraîche portée par la marée montante et l'intensité du ciel strié de bandes roses, qui se reflétait sur la surface de l'eau. Un spectacle splendide, qui captivait Viktor davantage que la forme de beauté à laquelle il devait sa supposée carrière d'artiste. La nature recelait une force magique incomparable, parce qu'elle était indomptable et n'appartenait à personne. Les paysages marins, l'immensité de l'océan, ses ténèbres sacrées et son mystère le fascinaient, et c'est vers eux qu'il voulait se tourner, pour le peu de temps qui lui restait. Pas vers les hommes et leur sombre ambiguïté.

Elle avait immédiatement su, en voyant son tatouage, qu'il avait sciemment découvert. Viktor devinait qu'elle ne le dénoncerait pas. La réponse obtenue, aussi décevante et incomplète fût-elle, lui suffirait. Et il supposait qu'elle avait été bénéfique, pour elle comme pour lui. Il n'avait pas besoin d'être pardonné, ni même compris. Il était seulement soulagé de ne pas avoir eu à mentir, et de ne plus être le seul dépositaire de cette vérité volée.

Il était tombé sur les peintures par hasard, dans le bouleversement de la fin de la guerre. En transit entre deux frontières, au cœur de cette confusion humanitaire et administrative, il avait trouvé refuge dans un appartement berlinois abandonné – celui d'un nazi. Il ne se souvenait plus très bien des événements l'ayant conduit là. Il était encore affaibli et traumatisé, mais une fois sur place, électrisé par cet invraisemblable hasard, il n'avait pas pu partir.

Il avait fouillé chaque pièce en quête de l'homme sous l'uniforme. Avec acharnement, il s'était attelé à retrouver son identité, des traces de sa vie et de ce qui avait pu faire battre son cœur.

Ça ne lui avait pas pris très longtemps. Les gens, quoi qu'ils s'imaginent, se ressemblent. Même après tout ce qu'il avait traversé, Viktor persistait à le croire. Il ne voulait pas mourir amer, empreint du même ressentiment qui avait conduit à la volonté démente d'éradiquer un peuple entier.

Il avait trouvé la première toile en ouvrant la penderie. Elle ne le frappa pas immédiatement par son réalisme, sa texture ou sa composition, parce qu'il n'était pas en état d'apprécier ces qualités. La légèreté des traits, la tendre indolence du sujet, l'onctuosité des couleurs, toutes ces caractéristiques équivalaient à des insultes. Rappels cruels d'un monde enterré. Puis Viktor trouva une deuxième peinture, une troisième, et toute une série représentant la même jeune fille.

Sa première pensée fut qu'elles avaient été volées. Il avait eu vent du nombre exorbitant d'œuvres pillées par les nazis, dans les musées ou chez des particuliers. Comme beaucoup de SS, cet homme avait un penchant pour l'art, supposait Viktor, et il s'était approprié la collection d'un peintre vraisemblablement doué mais méconnu. Un artiste polonais, conclut Viktor après avoir déchiffré la signature en bas de chaque toile, M. Danowski. Viktor se représenta un homme chétif, sans autre richesse que son talent, un type qui avait peut-être suivi des cours à l'université, ou qui peignait en amateur.

À force de les avoir sous les yeux, il étudia la délicatesse infinie contenue dans les coups de pinceau, la retranscription particulièrement réaliste d'éléments aussi subtils que les ondulations du tissu froissé, la densité laiteuse des yeux, l'imminence d'un sourire sous-jacent. Il admira la richesse du travail, et l'expression d'un don auquel la guerre avait peut-être mis un terme. Il présumait que ce type était mort dans les camps, au combat, ou porté disparu. Il était aussi possible qu'il soit parfaitement bien portant, qu'il ait vendu ses œuvres des années plus tôt, et que les nazis les aient ultérieurement volées à leur propriétaire. Mais quel que fût le scénario, Viktor restait convaincu que la présence des peintures entre ces murs s'expliquait par un crime.

C'est en fouillant les tiroirs du bureau que Viktor finit par découvrir, coincé sous une pile de documents administratifs, l'acte de naissance de Mirko Danowski, né à Kalisz, dans ce qui appartenait alors à l'Empire russe, le 2 mars 1896. Les noms du père et de la mère apparaissaient respectivement comme Iwan Danowski et Anita Seidel. Viktor reposa l'extrait de naissance sur le bureau et, compulsant les divers papiers du secrétaire, il mit la main sur une facture d'électricité impayée adressée à un dénommé Mirko Breidinger, ainsi qu'une enveloppe non décachetée, expédiée trois semaines plus tôt par une certaine Anita Breidinger depuis Bytom. Viktor considéra ces informations, comparant les dates et les noms jusqu'à obtenir une vision d'ensemble cohérente.

Mirko Breidinger, né Danowski, était l'auteur des peintures, réalisées avant qu'il ne change de nom, conséquence vraisemblable du deuxième mariage de sa mère, Anita Breidinger, née Seidel. Viktor en déduisit que les toiles étaient relativement anciennes, ce qui expliquait également leur nombre limité. L'homme avait, dans sa jeunesse, nourri et peaufiné son talent, mais il ne peignait déjà plus lorsqu'il s'était installé ici.

Viktor s'intéressa ensuite au modèle. Il n'y avait pas prêté attention plus tôt, mais son physique aryen le frappa soudain. À la lumière de ce qu'il soupçonnait, Viktor ne voyait désormais rien d'autre que la blondeur de ses cheveux, le bleu délavé de ses yeux, la symétrie presque surnaturelle de ses traits. Il plongea son regard dans celui de la jeune fille, qui n'en était sans doute plus une, si tant est qu'elle ait existé, et ressentit le besoin impérieux de lacérer la toile de ses ongles, d'anéantir cette beauté damnée.

Sentant ses genoux fléchir, Viktor s'assit pour digérer cette ultime offense. Évidemment, le talent n'était pas le lot exclusif des âmes justes. Mais Viktor se sentit à la fois blessé et sali par ce qu'il tenait entre les mains, par la pureté de l'œuvre et des sentiments qu'elle révélait. Tandis qu'il arpentait le petit appartement, sa surprise se dissipa lentement pour laisser place à la colère.

Cet homme, où qu'il soit, vivant ou mort, ne méritait pas qu'on découvre son travail. Viktor voyait d'ici l'excitation fiévreuse avec laquelle historiens, sociologues et psychiatres décortiqueraient ce talent, leur critique biaisée par les motivations souterraines qu'ils attribueraient à l'auteur. Viktor présumait qu'un artiste dont on pouvait démontrer les crimes ferait l'objet d'un débat d'autant plus animé. Ce type de contradiction fascine, interpelle et dérange. Dans une autre vie, ou s'il n'avait pas lui-même été victime, Viktor se serait peut-être aussi penché sur cette troublante dualité. Mais il ne possédait plus le recul nécessaire pour se perdre dans de telles considérations.

L'appartement comprenait une petite cheminée, garnie de quelques maigres bûches, et au terme de plusieurs tentatives infructueuses entravées par son besoin d'en finir, Viktor réussit finalement à démarrer un feu. Encore tremblant, il saisit une des peintures pour la jeter dans les flammes, mais son regard croisa celui du modèle, et il se figea.

Viktor hésita. Il était libre de désavouer ce qu'il voyait, libre d'en détourner le regard, mais il n'avait pas l'autorité, ou le droit, de le détruire. Il n'allait pas, comme les SS, saccager une œuvre sous prétexte qu'elle le mettait mal à l'aise. Et c'est précisément à cet instant que naquit l'idée la plus folle, la plus absurde et la plus scandaleuse qu'il ait jamais conçue. Il la contempla comme il avait contemplé les peintures. Avec un mélange de consternation, de rage et d'excitation.

Il fouilla de nouveau l'appartement, cette fois en quête d'un détail précis : les traces d'une famille susceptible de mettre son plan en péril. Il ne trouva qu'une photographie, dans le tiroir de la table de nuit. Un simple cliché montrant une femme d'un certain âge, vêtue d'une robe longue, debout devant ce qui ressemblait à un potager. La mère, songea-t-il, irrité par l'universalité de ce sourire légèrement guindé, par cette pose banale dans un lieu banal, par ces vêtements chiches, ce physique ordinaire. Irrité et irrationnellement déçu que tous ces éléments ne révèlent rien de plus.

Machinalement, il rangea la photo dans la poche arrière de son pantalon et poursuivit son inspection. Rien ne suggérait l'existence d'une éventuelle conjointe ou d'enfants, et aucune correspondance personnelle sinon la lettre scellée d'Anita Breidinger. Un introverti solitaire, déduisit Viktor en se désolant de ne pas plus facilement le haïr.

Il tomba sur un petit carnet en cuir noir dissimulé sous le matelas, sorte de journal intime rapportant les contrariétés et observations de leur propriétaire. Viktor le parcourut et prit connaissance sans surprise du caractère hautement insatisfait du fantôme qu'il pourchassait.

D'un claquement sec, Viktor le referma et rassembla les peintures. Les trouvait-il captivantes à cause de leur histoire ou du dégoût qu'elles lui inspiraient ? Leur aurait-il accordé la même attention sans connaître leur contexte ? Mais la seule question qui comptait vraiment était désormais celle-ci : susciteraient-elles un intérêt semblable si on l'identifiait comme l'auteur ? Et oserait-il prendre ce risque ?

Il avait endossé son rôle d'imposteur par défi, par revanche, et parce qu'il se fichait des conséquences. La notoriété l'avait moins surpris que la facilité avec laquelle on avait cru à sa supercherie.

Jusqu'à cette jeune femme surgie de nulle part, personne n'avait douté de son identité. Après la première vente des peintures, en 1951, il avait immigré aux États-Unis et gagné sa vie comme professeur d'histoire de l'art. Il ne peignait plus, et personne n'avait cherché à savoir pourquoi. Personne n'avait non plus tenté de découvrir qui était la femme sur ses peintures. Les rares fois où on lui posait la question, Viktor, devenu expert dans l'art de rester évasif, répondait qu'elle avait un temps posé pour lui, puis qu'ils avaient perdu tout contact. Et la douleur dans son regard, crue et authentique, propre à ceux qui ont vécu une tragédie indicible, décourageait les éventuels curieux de creuser le sujet. Les écorchés vifs comme lui imposaient silence et respect.

Redémarrer une vie sous un autre nom s'était ainsi révélé étonnamment simple, et Viktor s'était, au cours du processus, attaché de manière inattendue à son nouveau personnage. Il avait prêté à son mensonge des vertus salutaires parce qu'il lui permettait de rattraper deux destins avortés. Et tel l'artiste qu'il prétendait être, il avait créé une fresque, dans laquelle il s'était pas à pas inventé.

Il donnait d'ailleurs ses cours avec impétuosité. Mais il n'oubliait pas d'être discret. Il évitait de bavarder avec ses collègues et de tisser des liens. Il ne s'attardait pas auprès de ses élèves et repoussait avec douceur ceux qui cherchaient un mentor. Il jouissait du respect du corps enseignant sans être adulé. On ne l'approchait pas de trop près. Ses étudiants suivaient attentivement ses cours, prenaient des notes, soumettaient des analyses, passaient leurs examens, et au bout d'un semestre, une nouvelle série de jeunes adultes enthousiastes prenait leur place.

Et puis il y avait eu ce maudit bouquin, à la couverture illustrée d'une de ses peintures, dont l'achat des droits lui avait rapporté une somme suffisante pour qu'il baisse la garde. Le livre, quoiqu'il abordât un sujet intéressant, souffrait de l'avis de Viktor d'une écriture peu inspirée, et accumulait les clichés. On y suivait la progression psychologique d'un homme politique conservateur après le décès de sa fille, morte des suites d'un avortement illégal à la fin des années soixante.

L'arrêt Roe v. Wade, rendu quatre ans plus tôt par la Cour Suprême, continuait de susciter débats et conflits au sein du peuple américain, et certains lecteurs avaient condamné ce qu'ils considéraient comme le déguisement malhabile d'une propagande progressiste. Viktor, lui, se souvenait simplement de sa déception, de celles qu'on éprouve face à une occasion ratée. Et parce qu'il avait jugé ce livre insipide, il avait cru que les gens seraient du même avis. Or le cataclysme qu'il anticipait depuis des années avait pris la forme d'un succès aussi soudain qu'inattendu, alimenté par une frénésie qui ne le concernait même pas. Le roman avait déchaîné les passions, pour des raisons qui lui échappaient, et le phénomène sociétal, inévitablement, avait fini par braquer les projecteurs sur lui.

La vente aux enchères ne lui avait rien apporté sinon une publicité et un regain d'intérêt alarmants, à travers lesquels Viktor avait prédit sa chute imminente. Il ne survivrait pas à la médiatisation. Et il suffirait d'une enquête, même sommaire, pour faire éclater sa duperie. Mais il n'était pas tombé. On respectait trop les rescapés pour fouiller leur passé ou remettre en question leur récit. Son côté fuyant et asocial s'ancrait dans la personnalité que la presse lui octroyait à défaut d'informations ou de démenti de sa part. Quant à la célébrité, comme elle finit par s'émousser si elle n'est pas entretenue, Viktor était peu à peu retombé dans l'oubli au terme de ce terrifiant quart d'heure de gloire. Son parcours fascinait, avait-il compris, parce que les gens raffolent des *happy endings*, et qu'importe si l'histoire qui précède est truffée de trous. Ce qui interpelle et ce qui compte, c'est la conclusion.

West Village, New York, 2016

Rétrospectivement, Ethan n'aurait su dire à quel moment madame Janik avait définitivement basculé dans l'incohérence. Peut-être que tout avait commencé avec ces phrases qu'elle laissait en suspens, comme si la passerelle reliant ses pensées se détachait de ses fondations. Ou peut-être qu'elle poursuivait dans sa tête, sans prendre conscience que sa voix s'était tue et que seules ses mimiques offraient un aperçu de ce qu'elle revivait.

Ethan avait d'abord justifié ces blancs en invoquant l'émotion, voire l'embarras. Il était possible que le courage et la détermination de la vieille dame faiblissent à mesure qu'elle approchait de l'épilogue. Peut-être qu'elle appréhendait la conclusion, qui s'achèverait inévitablement sur un point d'interrogation. Et après ?

Mais Ethan voyait bien que le débit désormais saccadé de sa voisine ne relevait pas d'un choix ni d'une volonté vacillante. Madame Janik perdait les pédales, voilà tout. Sa lucidité diminuait, ou plutôt elle allait et venait à son gré, jetant sur des pans de sa mémoire des faisceaux de lumière qui s'éteignaient tout aussi subitement. Son état, pressentait Ethan, s'était dégradé au fur et à mesure de ses confessions. Les détails s'estompaient à mesure que madame Janik perdait l'accès à ses souvenirs. Elle mélangeait, les dates, les noms et les lieux. Ethan l'écoutait néanmoins, parce qu'il devinait qu'elle en avait besoin, et que même morcelé, ce témoignage était primordial.

Mais ses errances avaient finalement atteint un stade nécessitant une intervention. Les incidents sporadiques s'étaient rapprochés et aggravés jusqu'à entraver le quotidien de la vieille dame. Elle oubliait de s'habiller, de s'alimenter, laissait la bouilloire siffler sur le feu, abandonnait ses poubelles dans la cour, s'immobilisait devant sa porte sans plus savoir pourquoi elle était sortie.

Ethan avait dû se rendre à l'évidence et, totalement démuni, il s'en était ouvert à Jodie et à ses sœurs, qui connaissaient son attachement profond pour leur voisine. La solution la plus raisonnable, aussi difficile fût-elle, était de mettre madame Janik sous tutelle. Et de faire cette requête avant que la vieille dame ne perde l'entier contrôle de ses facultés. Durant la procédure, Jodie se renseigna sur les maisons de repos avoisinantes et proposa que leur voisine soit placée au centre Beaumont, situé dans le sud-est de Brooklyn. L'établissement adapté jouissait d'une excellente réputation.

Parmi ses nombreux agréments, Beaumont disposait d'un agréable jardin et offrait à ses résidents un accompagnement personnalisé, dont la prise en charge d'une dépendance progressive, ainsi que la possibilité de participer à des animations hebdomadaires. Lors d'un entretien préliminaire, le personnel s'était montré charmant, professionnel et accueillant, et la visite des lieux avait achevé de convaincre Ethan et Jodie. Madame Janik serait entre de bonnes mains, avait conclu Jodie en pressant gentiment l'épaule de son fils avec un sourire confiant dans lequel Ethan avait décelé l'embryon d'une complicité renaissante.

Devant le juge, madame Janik avait approuvé chacune de leurs suggestions, sans émettre la moindre réserve. Elle lui avait accordé sa confiance, comprit Ethan, et maintenant que sa raison s'étiolait, elle s'en remettait à lui. Les documents avaient été signés, et elle entamait cette dernière étape avec le courage et l'humilité qui la définissaient.

Ethan voyait qu'elle prenait parfois conscience de la sévérité de son état. Il souffrait de la mine navrée qu'elle affichait de plus en plus souvent, comme si elle s'imaginait le décevoir. Mais peut-être était-ce avant tout elle-même qu'elle plaignait et ses espoirs envolés.

L'égarement avait des effets contradictoires. Il était terrifiant, comme tout ce qui surgit sans prévenir, mais il offrait aussi une pause bienvenue dans l'abîme de ses pensées. Parfois, ces pertes de contrôle réveillaient le souvenir de son corps d'enfant glissant sur un toboggan. Cette sensation qui exalte autant qu'elle effraie. On lui avait expliqué qu'elle souffrait d'absences, lesquelles deviendraient de plus en plus récurrentes jusqu'à dominer son quotidien. Absences. Ce mot lui évoquait davantage un voyage qu'un symptôme de sénilité.

Magda n'aimait pas le terme *sénilité*. Elle n'aimait pas avoir atteint cet âge où l'incohérence devenait la norme. Le plus surprenant, et peut-être le plus douloureux, survenait entre ces périodes d'obscurité, quand elle était frappée par un éclair de lucidité, où tout lui apparaissait avec une clarté brute. Elle se voyait avec les yeux des autres, et ressentait à son égard l'apitoiement qu'on réserve aux êtres défaits. Désormais, Magda se résumait à une coquille vide, fragile, susceptible de se désintégrer au moindre souffle.

Il restait Ethan, cet enfant délicat et sensible en qui elle projetait une part d'elle-même. La génération future, à qui elle n'avait pas su complètement transmettre son histoire. Sa mémoire s'apparentait désormais à un grenier sans fin, sombre et terriblement encombré, duquel elle n'arrivait qu'à extraire des objets disparates qui finissaient invariablement par lui échapper des mains et se fracasser à ses pieds. Ils gisaient là, pièces d'un puzzle trop vaste pour qu'elle espère le reconstituer. Et chaque jour, un morceau s'effaçait. Au final, elle savait que tout disparaîtrait, jusqu'à son propre ressenti et sa conscience qu'il n'en avait pas toujours été ainsi.

– C'est comme d'être aveugle, confia-t-elle un jour à Ethan. Tout est là, à ma portée, et pourtant je ne vois rien.

Il arrivait aussi qu'un élément anodin réveille des souvenirs que la maladie n'avait pas encore complètement ensevelis. Comme ce jour où, devant une émission culinaire, madame Janik laissa échapper une exclamation joyeuse :

– C'est le tablier de Grand-Mère !

À l'écran, l'animatrice versait de la farine dans un grand bol, tout en décrivant la marche à suivre.

– Mais elle ne le mettait jamais, poursuivit madame Janik. Il était chic, et elle ne voulait pas le salir. Elle n'aimait pas les taches, Grand-Mère. D'aucune sorte.

Ou cette fois où un oiseau s'était perché sur le rebord de la fenêtre le temps de faire sa toilette :

– Elle ne m'a pas laissée lui dire au revoir, avait commenté la vieille dame, émue, en tendant la main vers le volatile. Est-ce que les oiseaux comprennent le concept de départ ?

Elle lâchait aussi quelques révélations, sans lien avec la situation :

– Il n'y avait pas assez d'eau dans la rivière pour se noyer. Je l'ai toujours su, même si personne ne me l'a confirmé.

Ou :

– Au fond, quoi qu'elle ait pu faire, elle n'aurait jamais pu être libre.

Ethan ne savait pas à qui se référait ce « elle », mais madame Janik l'évoquait avec une dose égale de douceur et de chagrin. Sa mère adoptive ? Sa mère biologique ? Sa grand-mère ? Il ne posait plus de questions. Quand il venait la voir, il arrivait même que sa voisine oublie sa présence. Son expression hagarde l'attristait, et bien qu'il tentât de se convaincre des vertus de l'oubli, la détresse qu'il discernait parfois dans son regard lui indiquait que sa démence ne l'avait en rien délivrée.

Sa santé mentale continua de se dégrader. Un jour, elle cessa complètement de parler, se contentant de fixer des objets dont elle avait oublié le nom et la fonction. Seuls ses doigts s'agitaient, dessinant sur les draps des formes qui, dans son esprit défaillant, trouvaient peut-être un écho familier.

Ethan refusait de croire qu'elle ne ressente plus rien. Lorsque, de temps en temps, les coins de sa bouche vacillaient, il décidait d'y lire l'ébauche d'un sourire. Personne ne pouvait plus apporter de certitudes, à ce stade. Les infirmières le savaient et adressaient au jeune garçon des signes de tête encourageants, quand elles le croisaient. Elles n'essayaient pas de le réconforter. Elles ne minimisaient pas la gravité de la situation. Elles faisaient leur travail avec humanité, et cette bienveillance s'appliquait aussi bien aux patients qu'à leurs visiteurs.

Parfois, Ethan imaginait la petite Magda, cavalant d'une pièce à l'autre dans le grand appartement de Dresde, libre d'aimer les gens que l'histoire lui ordonnait de maudire. Il se figurait une fillette insouciante, qui s'émerveillait de la façon dont un objet scintillait sous la lumière, de la forme d'un caillou ou de la texture d'un tapis, et il souhaita de toutes ses forces que l'esprit fuyant de madame Janik se soit réfugié là, dans cette brève parenthèse où il lui avait été permis d'être heureuse.

Et puis, par un samedi doux et humide, Ethan entra dans la chambre avec le pressentiment qu'il entamait son ultime visite. Le silence qui l'accueillit était lourd et définitif, mais Ethan l'accepta, car ces longs mois lui avaient enseigné la résilience. L'angoisse qui l'avait si souvent saisi sur le seuil s'était dissipée. À la place, il éprouva un relâchement indescriptible face au décor familier, figé comme une photographie, et cette image lui apparut comme le prélude au voyage que son amie s'apprêtait à entamer.

Il s'approcha du lit et respira les effluves aseptisés sans en être écœuré. Puis il prit la main de madame Janik et imprima une légère pression contre sa paume abîmée, à laquelle elle ne répondit pas. Il était prêt à faire ses adieux, et après s'être penché pour déposer un

baiser sur sa joue déjà froide, aussi douce et fine que du papier de soie, il prononça pour la première fois son prénom :
— Au revoir, Magda.

Ethan se rendait régulièrement sur la tombe de Magda. Au début, Jodie l'accompagnait, et ils déposaient ensemble un bouquet de fleurs sur la pierre tombale qu'Ethan avait choisie. Madame Janik reposait dans l'ombre d'un large hêtre, un hasard qui lui avait été imposé, mais qui, espérait Ethan, lui aurait plu. Comprenant que la peine de son fils était profonde, et par respect pour son chagrin, Jodie finit par espacer ses visites jusqu'à ne plus venir du tout.

Quant aux peintures, la famille Parker ne sut d'abord pas quoi en faire. Devaient-ils contacter un musée ? Cette option avait initialement séduit Ethan parce qu'elle lui paraissait honorer la mémoire de son amie. Mais en dépit de quelques coïncidences extraordinaires, le sort de madame Janik lui paraissait surtout frappé du sceau de la malchance et de la tragédie, et les peintures en étaient l'expression ultime.

Finalement, Ethan empaqueta les toiles avec soin, assisté par une Jodie troublée mais pleine de bonne volonté, que la détermination de son fils dissuada de poser la moindre question.

Elle considéra les possessions de la vieille dame avec un intérêt respectueux. Elle s'étonna du lapin aux yeux bizarrement dépareillés, sourit à une ancienne poupée en porcelaine au bras amputé, et suivit du bout des doigts le contour irrégulier d'une jarre en céramique au bec ébréché. À la surprise d'Ethan, elle n'émit aucun commentaire, preuve que l'authentique tristesse s'éprouve avant tout dans le silence. Jodie attira néanmoins l'attention de son fils sur la finesse du motif estompé d'un oiseau en plein envol ornant le centre d'une assiette creuse. Ethan ne chercha pas pourquoi cet objet plutôt qu'un autre avait suscité son intérêt, mais il repensa au château de madame Janik, celui que les Allemands avaient voulu convertir en musée, et il ne put s'empêcher de deviner dans le contenu de l'appartement le miroir inversé de ce terrible fantasme.

Il entreposa ensuite les peintures dans sa chambre et s'attarda un moment sur leur surface trouble derrière le papier bulle. L'heure n'était pas encore venue, mais il se fit la promesse que, le jour où il aurait les mots et le courage pour la commémorer, il partagerait l'histoire extraordinaire de sa voisine et de ses toiles.

D'un commun accord, les Parker décidèrent de recueillir Toby. En plus d'un refuge, le vieux chat trouva rapidement une maîtresse particulièrement dévouée en la personne de Jodie. La présence discrète du chat l'enchantait, et elle entreprit de le choyer avec l'ardeur qu'elle avait jadis employée à se morfondre. Son humeur s'améliora, et Ethan en éprouva un optimisme prudent. Il n'était pas assez naïf pour octroyer à un félin, même sympathique, des propriétés thérapeutiques capables de vaincre la dépression, mais Toby paraissait consolider les défenses vacillantes de sa mère, et il en fut heureux. Son caractère serein et indépendant faisait écho à la personnalité de son ancienne propriétaire, et Ethan fut soulagé d'avoir conservé intacte cette image d'elle.

Posté derrière la fenêtre de la cuisine, Ethan contemplait souvent la cour où sa vieille amie, emmitouflée dans sa veste, émiettait autrefois du pain rassis pour les pigeons. Il revoyait son sourire, celui d'une personne à la force intérieure insoupçonnée, d'une intelligence rare, capable d'estimer chaque vie qui croisait sa route avec un respect et une considération égales.

L'été se délita et les journées se firent plus courtes. Les arbres perdirent leurs couleurs avant de perdre leurs feuilles, qui tournoyaient paresseusement dans le vent, et Ethan trouva dans l'harmonie de ce spectacle ordinaire matière à se réjouir. Pour la première fois depuis le départ de son père, il accueillit l'automne sans éprouver ni mélancolie ni regrets.

Création graphique et réalisation
Anne-Marie Bourgeois / m87design
Composé en Tribute, Marthin et Garamond.

Achevé d'imprimer par
Normandie Roto Impression s.a.s.
61250 Lonrai
en mars 2020.

●

Dépôt légal
mars 2020.
Numéro d'imprimeur
2000920
Imprimé en France